KB058785

1990 서울 年代記

오디세이아 서울 2

이 문 열 장 편 소 설

오디세이아 서울

O D Y S S E I A S E O U L

RHK
알에이치코리아

차례

표착

마침내 나의 배는 난파하고 어두운 밤의 표류는 시작되었다.

처음 김왕흥 씨의 윗주머니에서 빠져나와 길바닥에 떨어질 때만 해도 나는 내 어쭙잖은 살이가 이것으로 끝인가 싶어 언뜻 비감에 젖기도 했다. 낯선 그림자가 무차별하게 김왕흥 씨에게 주먹질 발길질을 해댈 때 그중의 일부가 나를 가격해 나는 이미 어지간히 골병이 들어있었다. 거기다가 다시 거지반 어른 키높이에서 메다 꽂히다시피 단단한 아스팔트 위로 처박히고 보면 그런 느낌도 무리는 아니었을 것이다.

내가 특정된 존재로서의 유용성을 상실하고 별 의미 없는 물질들의 집합체로 되돌아가게 되었다 싶자 순간적이지만 참으로 많은 것이 떠올랐다. 몽블랑 DB258064로 태어나기까지의 내가 겪어야 했던 여러 고통스러웠던 공정들이 오히려 즐거웠던 날의 추억처럼 떠올랐고, 여러 마스터들의 숙련된 손길과 엄격하고 세심한 관찰의 눈초리들도 다시 돌아갈 수 없는 고향의 일부처럼 사무치게 그리웠다. 특히 마지막으로 나를 포장한 한나라는 아가씨를 떠올렸을 때는 눈물까지 핑그르 돌았다.

"잘 가거라. 이제 가면 다시 돌아오기는 어려울 테지만 세상 어디를 떠돌더라도 유용하게 쓰여지기를, 부디 가치 있는 존재로 오래오래 지속되기를."

그때 그녀는 나에게 가볍게 입 맞춰 주며 그렇게 축복해 작별의 인사를 겸했었다. 그러나 야속한 신(神)들에 의해 그녀의 그 같은 축복은 무참하게 거부되고 말았다…….

그 바람에 나는 한동안 의식까지 가물가물해져 어둡고 조용해진 골목의 아스팔트 위에 늘어져 있었다. 그렇게 얼마나 지났을까. 잠시 잠들었는가 싶더니 다시 깨어나 수런거리기 시작하는 도시와 더불어 내 의식도 깨어나기 시작했다. 저 씩씩한 그리스 사내에게 그랬듯이 내게도 야속한 신들만이 있었던 것은 아니었다.

내 스스로를 시험해 볼 길은 없지만, 의식이 돌아오면서 나는 문득 특정된 개체로서의 내 존재와 그 존재에 요구된 유용성이 온전히 상실돼 버린 것은 아닐지도 모른다는 생각이 들었다. 아직도 결리고 쑤시는 데는 있어도 한 필기구로서의 내 기능은 별로 상한 것 같지가 않은 까닭이었다. 어쩌면 그것은 나를 총애하는 신들 덕분이기보다는 나를 이 세상으로 내보낸 마이스터들의 긴 세월에 걸쳐 습득된 기술과 성실함 덕분이었는지도 모른다.

하지만 내 짐작이 맞는지도 어차피 사람을 통해서 확인될 수 있을 뿐이었다. 나는 희끄무레 밝아오는 새벽 길바닥에 늘어진 채 그걸 확인해 줄 사람을, 더 나아가서는 새로운 항해를 위한 배를, 은근히 조바심치며 기다렸다. 내게 조바심이 들기 시작한 것은 특히 도시가 갈수록 활발하게 깨어나고 있었기 때문이었다.

내가 떨어진 곳은 이면도로의 골목 어귀여서 아직 자동차들이 지나다니지는 않았다. 그러나 도시가 다 깨어나면 그리로도 틀림없이 자동차들이 몰려올 것인데 그때가 걱정이었다. 사람의 구둣발에 밟히는 것은 어떻게 견딘다 쳐도, 자동차 바퀴에 깔리고 나면 내가 아무리 명품 몽블랑이라지만 견뎌낼 재간이 있을 것 같지가 않았다. 따라서 그런 횡액을 당하기 전에 구원을 받고 아직은 궁금한 게 많은 세상 구경을 더 하기 위해서는 되도록이면 빨리 사람의 눈에 띄어야 했다.

날이 아주 새기 전에도 사람들은 더러 내 곁을 지나갔다. 그러나 그들은 특별히 새벽 골목길을 걸어야 할 일이 있는 사람들이라 총총히 지나가는데다 발밑은 아직 어두워 그들에게 발견되기를 기대하기는 어려웠다. 그때까지 어디서 버텼는지 술꾼도 더러 지나갔지만 그들은 대낮이라 해도 어차피 그냥 지나칠 수밖에 없는 사람들이었다.

이윽고 날이 밝아 부지런한 신문배달 소년이 두엇 돌았는데 그들도 나를 지나치기는 마찬가지였다. 횡재를 기대해 발밑을 찬찬히 살피고 다닐 만큼 그들은 한가하지 못했다. 근처 해장국 집에 물건을 대는 오토바이 배달은 다만 나를 겁주었을 뿐이었다. 자동차보다야 덜하겠지만 그 우툴두툴한 앞바퀴에 깔려도 성할 것 같지는 않았다.

그러다가 드디어 구원자가 나타났다. 내게서 두어 발자국 떨어진 곳에 놓인 플라스틱 쓰레기통을 목표로 리어카를 끌고 다가오는 미화원이었다. 나는 그가 골목 건너에 있는 쓰레기통을 비울 때부터 결국은 그에게 구원을 받게 되리라는 예감을 받았다. 그는 쓰레기통만 비워가는 것이 아니라 그 전에 주위에 널려 있는 쓰레기를 먼저 쓸어 함께 리어카에 담고 있었기 때문이었다.

모든 것은 내 예감대로 되었다. 리어카를 쓰레기통 곁으로 밀어넣고 먼저 주위를 쓸던 그가 문득 나를 본 듯 비질을 멈추었다. 선뜻 집지 않는 게 나름으로는 나를 가늠하고 있는 듯했다. 그냥 쓰레기와 함께 쓸어 담아야 할 것인지, 아니면 주워서 따로 간수해야 될지를.

이 나라가 워낙 일회용품에 익숙해 있어 그럴 수도 있지만, 나는 그가 한눈에 나를 알아봐 주지 못하는 게 몹시 섭섭했다. 공항 면세품점의 진열장을 떠난 지는 이미 반년이 가깝긴 해도 나는 겉으로는 아직 새것과 다름없을 터였다. 김왕홍 씨가 특별히 나를 잘 간수했다기보단 별로 많이 쓰지 않았기 때문이다. 게다가 나는 외제라면 사족을 못 쓰는 이 나라 사람들이 한눈에 내 출신을 알아볼 만큼 특징 있는 외형을 가지고 있었다.

"이거 버리구 간 거야? 모르고 떨어뜨린 거야?"

이윽고 그 미화원이 그렇게 중얼거리며 나를 집어 들었다. 그에게도 굵직한 내 몸통이나 은은하게 빛을 뿜는 은도금이 예사롭게 보이지는 않은 것 같았다.

그는 그 같은 내 외양만으로는 아무래도 못 미더운지 나를 휴지 조각 위에 몇 번 시험해 보고 난 뒤에야 냄새나는 작업복 윗주머니에 꽂았다. 그리 기뻐하는 기색이 없는 게 여전히 서운했지만 나는 아직 필기구로서의 내 기능을 별 탈 없이 수행할 수 있음을 확인하게 된 걸로 우선 만족했다.

그 미화원에게 내 가치가 제법 비슷하게 알려진 것은 그로부터 거의 한 시간이나 지난 뒤였다. 그가 세 번짼가 네 번째 리어카를 분리형 적재함에 쏟아 넣고 다시 어떤 식당의 전용 쓰레기통을 비우려는데 안에서 누가 불렀다.

"아저씨, 들어와서 해장 한잔 하구 가세요."

보니 해장국으로 한몫 보는 집인데, 미화원들이 가장 싫어하는 음식찌꺼기를 많이 내는 게 미안해서 안주인이 인심을 쓰는 것 같았다.

"들어가두 될라나, 냄새가 옷에 배서……."

입으로는 그렇게 중얼거려도 그는 별 사양 없이 그 식당으로 들어갔다. 그러나 식당 안으로 들어가지 않고 입구의 탁자 가에 서서 기다리는 그나, 보통보다는 좀 적게 뜬 해장국에 비닐뭉치로 뚜껑을 대신한 반병쯤의 소주를 차려 내오는 아주머니로 보아 전에도 자주 있었던 일인 듯했다.

나를 알아본 사람은 바로 그 식당에서 해장국을 아침 삼아 먹고 나오던 젊은이들 중에 하나였다. 일터는 근처이고 집은 인천이나 수원쯤 되어 러시아워를 피하느라 일찍 나온 월급쟁이들 같은데 그들 중 유난히 와이셔츠가 새하얀 친구가 그 미화원에게 눈인사를 하다가 나를 보고 아는 척을 했다.

"아, 아저씨. 만년필 하나 굉장하네, 그거 어디서 났어요?"

"일찍 나왔구먼. 헌데 이건 만년필이 아냐."

미화원이 그렇게 심드렁하게 대답하다가 갑자기 궁금해진 듯 나를 뽑아 그에게 보이며 물었다.

"볼펜이 굉장해 봤자지. 일제, 미제라두 되나?"

"이거 몽블랑이라구 유명한 거예요. 여기 이 꼭대기에 육각형 별 모양 있죠? 이게 그 표시라구요."

하지만 그도 내 국적은 잘 알지 못했다.

"불란서젠데, 세계에서 최고라구요. 이거 아마 백화점 같은 데서 몇십만 원 갈걸요. 아마."

"그래?"

내 국적이야 어찌 됐건 그 젊은이가 그렇게라도 나를 알아봐 준 것은 여간 고맙지가 않았다.

무엇이 원인이 되었는지는 정확히 알 길이 없지만 내 새로운 주인도 거기서 얼굴빛이 달라졌다. 어느 정도 습득 과정을 짐작하겠다는 듯 그 젊은이가 다시 물었다.

"글씬 나와요?"

"나도 다 쓰고 버린 껍데긴 줄 알았는데 써보니 글씨는 나오더만."

"횡재하셨어요. 학교 다니는 자제분들 있으면 좋아할 거예요."

젊은이는 그래놓고 그새 계산을 끝낸 일행과 함께 인사도 없이 식당을 나가버렸다. 눈인사를 건넬 때와는 달리 다분히 사람을 무시하는 듯한 데가 있었으니 그때 이미 무언가 골똘한 생각에 잠겨든 미화원은 전혀 느끼지 못하는 눈치였다. 뿐만이 아니었다. 식당을 나온 뒤로 그는 갑자기 사람이 달라지고 있는 것 같아 보였다.

"불란서제라, 불란서……."

다시 일을 하면서도 그는 몇 번이나 그렇게 되뇌면서 자신의 생각만을 곱씹었다. 그러다가 마침내 무슨 중요한 결심을 한 표정으로 나를 작업복 윗주머니에 바깥에서 보이지 않게 쑤셔 넣더니 주머니 뚜껑의 단추를 단단히 채웠다. 그 뒤 일하는 틈틈이 몇 번이나 윗주머니를 더듬어 나를 확인하는 게 마치 그의 결의를 실천하는 데 없어서는 안 될 도구를 감수하는 듯했다.

열 시쯤 되어 동료들과 늦은 아침을 먹을 때도 좀 유별난 데가 있었다. 다른 미화원들은 그날 있었던 이런저런 시비며 보고 들은 일에다 자질구레한 횡재들까지도 숨김없이 털어놓았지만 그는 끝내 내 얘기를 하지 않았다. 젊은이가 대강 맞춘 진품일 때의 내 가격에 겁을 먹었는가 싶었으나 어쩐지 꼭 그런 것 같지만도 않았다.

내 새로운 항해 수단이 된 그 미화원의 일과는 오후 두 시쯤

이 되어 끝났다. 하지만 그 뒷얘기에 들어가기 전에 시간의 순서에 관계없이 내가 알게 된 그의 신상에 대해 미리 대강 밝혀두고 넘어가는 게 좋겠다. 듣는 이의 이해에도 도움이 될 성싶을 뿐만 아니라, 이대로는 좀 거북한 호칭 문제도 그걸로 해결이 될 것 같기 때문이다.

뒷날에 알게 된 것까지 합쳐 그 미화원의 인적(人的) 사항을 종합하면 대강 이렇다. 먼저 그 성은 강(姜)씨이고 이름은 만석(萬石)이었는데 대개 현세기복(現世祈福)의 뜻을 담고 있는 이 땅 사람들의 이름짓기 방식을 따르기는 김왕홍 씨와 마찬가지였다. 그러나 만석이란 이름이 부(富)에 대해 너무나도 노골적인 기원을 담고 있어 그에게 그 이름을 붙여준 선대(先代)의 궁핍을 짐작게 했다.

강만석 씨는 남도의 곡창지대 출신으로 수몰로 고향을 잃은 농부였다. 아직은 농업에 대해 전통적인 미련을 버리지 못하고 있던 군사정부가 양수겸장의 효과를 노려 일차적으로 곡창지대 주변 여기저기 만든 다목적댐의 희생자로, 말하자면 수몰민 제1대인 셈이었다.

하지만 고향을 떠난 지 이미 이십 년이 훨씬 넘는 데다 그 자신도 농사일이 몸에 배었다고 하기에는 좀 이른 이십 대 후반에 떠난 터라 농부로서의 품성은 그에게 그리 두드러지게 남아 있지는 않았다. 가끔씩 옛날을 '좋았던 그 시절'로 그리워하지 않는 것은 아니었으나, 한편으로는 군대에서 제대하고 막 돌아와 아직 농사일에 마음 붙이지 못하고 있을 때라 차라리 고향이 수몰지구에

든 게 반가웠다는 회상도 있었다.

토막토막 주워들은 걸로 미뤄보면 고향을 떠난 뒤의 그들 일가가 그리 성공적이었던 것 같지는 않다. 처음부터 서울로 올라온 건 아니고 보상비로 가까운 도시에 눌러앉으려 했던 모양인데 그게 잘 되지가 않았다. 고향에 있을 때도 몇 두락 소작논을 보태지 않으면 계랑(繼糧)이 안 될 정도의 땅밖에 없었던 처지라 보상비는 많지 않았고, 거기 의지해 살아야 할 식구는 많았기 때문이었던 듯하다. 그때만 해도 늙은 부모에 어린 동생이 둘이나 더 달려 있어, 도시 변두리에 작은 구멍가게를 열고 장사라고 시작을 해보았으나 결국은 곶감 빼먹는 일이 되고 말았다.

그들 일가가 서울로 올라올 생각을 한 것은 고향을 떠난 지 삼 년도 안 돼 식구대로 길거리에 나앉게 된 뒤였다. 이제는 몸뚱이밖에 팔 게 없어진 그들 일가를 먹여 살리기엔 그 도시는 너무 작고 일거리가 적었다. 서울로, 거기만 가면 어떻게 입에 풀칠을 할 수 있다는, 말로만 들은 서울로 가보는 수밖에 없었다.

"정말 눈앞이 캄캄하데. 병들어 고랑고랑하는 양친네에 말만 한 여동생과 이제 갓 중학을 나온 천수(千壽) 놈하고 고물고물하는 자식새끼 합쳐 여덟 명이 서울역 광장에 패대기쳐졌는데, 수중에 남은 돈은 달랑 만 원이라, 그것도 식구대로 늦은 저녁밥 한 그릇씩 먹고 나니 천 원이 확 날아가더라구, 그제서야 정신이 번쩍 나서 그날 밤은 대합실에서 새우잠을 자고……."

물론 뒷날 듣게 된 얘기지만, 강만석 씨의 상경기는 그렇게 시작된다. 그리고 그 뒤의 서울살이는 그야말로 신산한 실향민의 뿌리내리기 이십 년이었다.

그들 내외의 표현대로 하면 '소설을 꾸며도 몇 권은 꾸밀' 그 세월을 상세히 얘기하는 것은 반드시 필요한 것 같지도 않거니와 가능하지도 않다.

내가 더 관심이 있는 것은 1992년 현재의 서울일 뿐만 아니라, 내게 할애된 시간도 무한정한 것은 아닌 까닭이다. 따라서 그 뒤의 이야기는 강만석 씨나 그 아내 무주댁을 통해 뒷날 듣게 된 단편적인 회상에 의지해 대강 얽고 지나가도록 하자.

"통금 되기 바쁘게 찾아간 게 친정 쪽 먼 친척이 먼저 터 잡고 사는 왕십리였다구요. 식구대로 한 보퉁이씩 나눠 지고 있어도 명색이 이삿짐인데 그걸 시내버스로 다 옮겼다니까요. 새벽 버스라 텅텅 비어 있던 차 안이 우리 여덟 식구 타니까 그득합디다. 그 오라비도 사는 건 바닥이었지만 그래도 우리 같은 사람이 주저앉을 수 있는 길은 알더라구요. 당시로는 가장 꼭대기에 있는 판잣집에 5천 원 보증금으로 단칸 사글셋방을 얻게 해 우리 짐부터 풀어놓게 하더니 저 냥반하고 나가 헌 판자 조각하구 보루박스를 사오는 거예요. 그리구 부엌 옆 반 평도 안 되는 빈터에 헛간 명색으로 방을 얽게 합디다. 주인이 뭐라 그랬지만 우리 나갈 때 그냥 두고 가겠다고 하니 못 이긴 척 봐주더라구요. 바둑이 구멍마다 수라더니 어쨌든 그렇게 우리 여덟 식구 밤엔 비록 교대 잠을 자도 우선 엉덩이 디밀 곳은 생긴 거죠."

이십 년 서울살이에 이리저리 부대끼는 동안 사투리를 거의 씻어낸 무주댁은 그렇게 서울에서의 첫날을 회상했고, 강만석 씨는 언젠가 고향 사람과의 술자리에서 그다음을 요약했다.

"말같이 쉬운 건 아무것도 없더만. 안 되면 노가다라도 어쩌구 했어도 그 당시는 그 노가다일조차 흔치 않더라고. 그래두 어쨌든 일할 수 있는 식구들은 모두 나가 일을 했지. 향순이 년은 청계천 피복공장으로 가구, 천수 놈도 중국집 뽀이로 나갔지. 나는 이것저것 닥치는 대로 하고 마누라는 식모살이를 나가 이제 갓 서른을 넘긴 우리 부부는 졸지에 보름에 한 번 만나기도 눈치 뵈는 견우직녀가 되구 말야.

그렇게 한 이태 지나니 겨우 정신을 차릴 만해지데. 하지만 안 되는 놈은 죽어라 죽어라 하더라구. 이제 어떻게 집 장만 계획이라두 마련해볼까 하는데 난데없이 철거 바람이 분 거야. 우리 살던 집, 요새 지나다 보니 번듯한 주택가가 되어 있더라만 그때는 꼬방동네 한가운데였는데 그곳까지 철거의 손길이 미친 거라. 집주인들이야 그때도 약간의 보상은 받았지. 하지만 우리 같은 세입자는 어디 말 붙여볼 데도 없었어. 갑자기 보증금 달랑 받아 길거리로 내몰리니 그동안 모은다구 모은 것 보태도 또 찾아갈 곳은 꼬방동네뿐이더라구. 그다음부터는 줄줄이야. 늙고 병든 양친네 공원묘지까지 치다꺼리하고 나니 다시 향순이 년 시집가구, 천수 놈 장가에, 또 철거 — 십 년이 그저 그 모양으로 훌쩍 흘러가 버리데. 겨우 정신을 차려보니 이번에는 또 자식새끼 셋이 다 학생이 되어 번갈아 손을 벌리는 거라. 마누라는 일 나갈 형편이 못 되구……."

강만석 씨네 아이들에게는 고모가 되는 강향순 여사에게도 들은 게 있다. 공원 시절에 연애 결혼한 강향순 씨는 이제 공장장이 된 남편의 바람기 때문에 자주 속이 터져 친정이라구 오빠네 집을 찾아왔다. 그리고 한나절이나 올케를 잡고 신세타령을 하다 가곤 했는데 그때 강만석 씨의 이력 한 토막을 이렇게 들려주었다.

"언니, 그래두 오빠 같은 사람 잘 없수. 일이 꼬이다 보면 사람두 꼬이는 법이라구요. 한동안 해보다 안 되면 핑계가 많아지구. 나중에는 제풀에 지쳐 나가떨어지게 마련이구요. 일은 안 나가구 술이나 퍼마시면서 안 되는 건 전부 세상 핑계 팔자타령으로 때우는 사람들, 이 동네만 해도 좀 많아요? 사실은 세상이 아무리 달라져도 지금 같은 그 정신으로는 또 이 모양 이 꼴로 살 수밖에 없는 치들이 그저 입만 살아가지구선 구조다, 정책 부재다 하구 떠들면서 횡재나 바라는 거지. 하지만 우리 오빤 달라요. 그 좋아하는 술, 담배까지 참아가며 알뜰살뜰이잖아요? 그러니까 그 나이에 착실한 직장까지 얻게 되잖았어요?"

강만석 씨의 어제와 오늘을 짐작게 하는 것 중에는 이웃의 부러움도 있다.

"그래두 종태 아버지는 서울 와 성공하셨어요. 비록 여덟 평짜리 무허가이지만 내 집 있겠다, 남 보기는 뭣해도 꼬박꼬박 월급 나오는 직장 있겠다……. 어디 그뿐이겠어요? 아들 일류 대학 나왔겠다, 좋은 회사 취직한 딸 있겠다……. 말이 났으니까 하는 소리이지만, 그때 처음 올라오실 때 어디 그게 사람 사는 꼴이었어요? 우린 그때 종태 아버지네 식구들이 그 좁은 방에 다 들어앉는 것조차가 신기하더라구요. 우리 애아버지는 이 집식구들이 포개도 삼층으로 포개야 잠잘 수 있을 거라구 농담하더라니까요."

이십 년 전 왕십리 꼬방동네에서 이웃해 살다가 근년에 다시 강남 달동네에서 이웃해 살게 된 이 기사댁은 그렇게 강 씨네를 부러워했다. 그런데 여기서 주목해야 될 것은 '일류 대학 나온' 아들 부분이다. 그 사실이 내가 잠시나마 강만석 씨의 삶에 영향을 끼치는 계기가 되기 때문이다.

내가 강만석 호(號)로 새로이 옮겨 탄 그날 오후의 일이었다. 그날따라 일찍 일을 마쳐 2시가 되기도 전에 강만석 씨와 그의 동료들은 '회사'로 돌아갔다. 용역업체의 쓰레기 수거차 주차장이 있는 곳으로, 거기에는 작은 사무실 외에도 간단한 분류작업장에 미화원 갱의실과 샤워시설까지 있었다.

작업복을 벗고 샤워를 마친 뒤 말쑥한 출퇴근 차림으로 돌아갈 때까지만 해도 강만석 씨는 동료 미화원들과 큰 차이 없이 행동했다. 그러나 갱의실을 나설 무렵 해서 나는 다시 한번 사소하지만 얼른 이해가 안 되는 그의 변화를 엿볼 수 있었다. 그때껏 비밀로 하던 내 존재를 갑자기 과시적으로 드러낸 것이었다. 남의 눈에 가장 잘 띄는 점퍼 주머니에다 나를 비스듬히 꽂고 한 손을 주머니에 넣고 만지작거리면서 갱의실을 나서는 게 마치 일부러 동료들의 시선을 내게로 끌어들이려는 것 같았다.

하지만 동료들은 기대만큼 그에게 주의를 기울여주지 않았다. 3시 가까이 되어 늦은 점심을 먹으려고 근처 단골식당으로 몰려갔지만 한동안은 이런저런 세상 이야기에 열을 올릴 뿐이었다.

정치는 그곳에서도 가장 인기 있고 진진한 화젯거리인 듯싶었다. 그날의 메뉴는 무슨 군부대 땅을 불하한다는 미끼로 벌어진 엄청난 사기극이었다. 그 전날 밤 느닷없이 터져 나온 텔레비전 뉴스에다 그날 한나절 거리바닥을 쓸며 주워들은 이야기를 보태 저마다 한마디씩 했다. 물론 시작은 정치적이 아니었다.

"우리 같은 건 죽어야 돼. 갑자기 내가 쓰레기더미나 파먹는 버러지 같다니까. 어휴! 2백 40억 원, 도대체 그게 얼마만 한 돈이야? 내 평생 그만한 돈 구경이라도 하고 죽었으면 원이 없겠다. 차암, 이누무 세상……."

"모르는 소리 마, 그건 은행에 집어넣었던 것이구, 어음으루 준 건 그 배가 넘는대, 오늘 조간에 터졌다더군. 사기꾼들이 아직도 어음 쪼가리 들구 있을 것 같애? 돌려도 벌써 열 번은 돌렸을 거라구. 합치면 근 7백억이야, 7백억……."

얘기는 처음 그렇게 별 정치색 없이 시작되었다. 이 땅의 고학력(高學歷)이 미화원 세계에도 미친 것인지, 아니면 시사에 유난히 밝은 이 땅 사람들의 특성 때문인지 모르지만, 내게는 그때부터 벌써 그들을 감탄스러운 눈길로 바라보지 않을 수 없었다. 이들이 바로 조금 전까지도 꾀죄죄한 차림으로 거리 바닥을 쓸고 오물이나 다름없는 쓰레기봉지들을 주무르던 사람들인가.

그때, 맞은편에 앉아 있던 험상궂은 얼굴의 중년이 손으로 탁자를 탕 치며 소리를 높였다.

"죽일 놈의 새끼들, 이제 슬슬 시작하는군. 내 그럴 줄 알았지."

탁자에 마주 앉았던 대여섯의 눈길이 일제히 그에게로 쏠렸다. 성가셔하는 눈빛과 호기심을 보이는 눈빛이 반반이었다. 그중에서 호기심 쪽이 물었다.

"무슨 소리야, 아무리 박사이지만 다 알고 있었다니……? 그럼 그 사기꾼들을 안단 말이야?"

그걸로 미루어 그 중년은 동료들 사이에 박사로 통하는 모양이었다.

"내가 말하는 건 그런 피래미 새끼들이 아냐! 그 뒤에 숨어 있는 굵직한 놈들이라구."

"그럼 진짜 사기꾼은 따루 있단 말이야? 그게 누구야?"

그중에 딱 한 사람을 제외하고는 모두가 호기심 쪽으로 바뀌어 두 눈을 빛냈다. 나 때문인지 그들의 대화를 심드렁히 듣고 있던 강만석 씨도 호기심 쪽으로 가담했다. 박사가 자신 있게 말했다.

"생각들 해보라구. 사기당한 곳이 어디야? 그리구 돈이 얼마야? 구멍가게에서 몇만 원어치 물건을 받아도 알아볼 만한 건 알아보고 받지 않아? 그런데 재벌그룹의 주력 기업이 몇백억짜리 땅을 사는데 그리 허술했겠어? 비리비리한 사기꾼 밑에 예편대령 하나루 속여넘길 수 있을 것 같애?"

"그것 또 이바구가 요상하게 돌아가네. 그럼 사기꾼들 뒤에 뭣

이 숨어 있단 말고?"

그 자리에서 유일하게 박사의 얘기를 호기심보다는 고까움으로 듣고 있던 사람이 비로소 입을 열었다. 그러고 보니 경상도 사투리도 유일한 셈이었다.

박사의 눈길이 까닭 모르게 실쭉해지더니 물은 사람보다는 나머지 다른 사람들을 향해 이죽거리듯 말했다.

"정보라면, 특히 경제 방면 정보라면 정부보다 더 밝은 게 기업 아녀? 그런데 그 기업이 몇백억을 선뜻 내놓게 만들 수 있는 게 누구겄어? 사기꾼들을 믿을 수 있게 만든 게 누구겄는가 말여……."

"글쎄, 그게 누구겠노오……."

경상도 사투리가 짐짓 알 수 없다는 표정으로 말꼬리를 길게 늘였다.

"뻔한 일 아니겄어? 이게 바루 정권 말기 아녀? 평생 잘 먹고 잘 살 것도 챙겨야 하고, 다음 타자 뒷돈도 대줘야 하구…… 지금은 돈이 가장 필요한 게 어디겄어?"

듣고 보니 박사의 어투에 남아 있는 강한 사투리는 호남 쪽이었다. 알 만했다. 요란했던 80년대를 통해 이 나라에도 계급의식이 자리 잡기 시작했다지만, 내 보기엔 많은 경우 그 계급의식은 허구 같았다. 소유나 사회적 신분과 유리된 계급의식도 계급의식일 수 있는가. 더 나아가 지연(地緣)이 결정한 의식도 의식일 수 있는가. 그런데 그 같은 허구의 의식은 이 사회의 상층부뿐만 아니라 밑바닥에까지도 골고루 널려 있었다.

앞으로 전개될 것은 시사 토론이 아니라 변형된 지역감정이다, 싶자 나는 갑자기 그들의 대화에 흥미가 없어졌다.

그들의 대화는 정말로 내가 짐작한 순서를 밟아갔다. 경상도가 기왕 이리되었으니, 하는 듯 터놓고 나왔다.

"정부 여당이란 말이제, TK 경상도 정권이 한 짓이란 말이제…… 하기사 얼매든지 그럴 수도 있을 기라. 글치만 우예 생각하믄 너무 이상 안 하나? 그것들이 닭대가리 쇠대가리가 아인 담에야……."

"이상할 게 뭐 있어? 어디 한두 번이여? 수서비리 한번 생각해 보더라고……."

"수서하고는 다르제. 내가 닭대가리 쇠대가리 찾는 게 바로 그 때문이라꼬. 뭐라 캐싸도 아직 칼자루를 쥐고 있는 마당에 뭣 때메 말썽 많은 사기까지 쳐가미 돈 끌거모을라 카겠노, 이 말이라. 맞쇼부쳐서 현찰박치기로 돈 받고 땅 넘가주믄 그만일 긴데……. 홍콩으로 달라빼 놈은 와 끼아였고, 정 가니 박 가니 하는 사기꾼들은 또 와 달가드노? 참말로 힘 있는 사람이 뒤에 있다 카믄……."

"막판에 이것저것 마구잡이로 챙기다가 삐걱한 거지."

"말하자믄 6공 비리다, 이 말인 모양이네……."

경상도가 그렇게 말꼬리를 끌다가 갑자기 악의 섞인 웃음을 띠며 빈정거렸다.

"그라믄 검찰이고 수사하고 자실 것도 없네. 이리 모도 환하게

다 아는데 밤새와가미 수사 뭘라꼬 하노? 딴 데 갈 것도 없이 청와대 민자당 쫓아가서 웃대가리 몽지리 잡아 여믄 끝 아이가?"

"그거 못 하니 저리 끙끙대는 거 아냐? 보나 마나 송사리 몇 마리 옭아놓고 단순사기 어쩌구 하며 오리발 내밀겠지."

"그럼 하마 일은 다 끝났네. 여기서 하마 척하니 다 꿰고 있는데 헛일 하느라 쎄(혀) 빠지고 있네."

듣기에 따라서는 그 사건에 대해 영남사투리도 호남사투리에 동조하는 것 같았다. 그러나 실은 그게 아니고, 여전히 빈정거리고 있을 뿐이었다. 영남사투리가 이내 입까지 비뚜름해져 이었다.

"이누무 나라, 이거 어찌 될라는지 참말로 걱정되네. 뭐든지 일만 터지믄 답은 뻔하다카이. 정부 여당 무능 아이믄 경상도 정권 부정부패라. 만만한 기 원산 돼지라꼬 뭐든지 TK 정부 탓이라카이. 막말로 기집하고 자다 밤일이 제대로 안 돼도 이 누묵 새끼들, 정치를 더덤하게 하이! 캐싸며 정부 여당한테 덮어씌울 판이라꼬……."

호남사투리도 그제서야 알아듣고 가시 돋친 말투로 받았다.

"가재는 게 편이라더니 할 수 없당개. 서씨 뭐 그 동네 출신이라구 동전 한 푼 공으로 얻어먹은 적 있어? 그래두 그 동네 흉만 나오면 쌍지팡이 들고 설친다니까."

적어도 그 자리에서는 영남사투리가 소수파인 것 같았다. 사투리는 각각이지만 대개 생각들은 호남 쪽과 비슷해 그 화제는 호남사투리의 우세승으로 굳어지고 있었다. 그러나 아무래도 그런 시비는 길게 끌면 서로 간 고약해진다는 걸 잘 아는지 사람들은 곧 다른 화제를 찾았다.

"어, 강씨 그거 웬 거유? 상당히 괜찮아 뵈는데, 오늘 수입 잡은 거유?"

새로운 얘깃거리를 찾다 보니 그제서야 내가 눈에 띄었다는 듯 강만석 씨 맞은편에 앉았던 젊은 미화원이 내게로 손을 뻗으며 말했다. 강만석 씨가 못 이기는 체 두고 보아 나는 곧 그 젊은 미화원의 손에 의해 좌중에 공개되었다. 다른 사람들 눈에도 내가 예사롭게 보이지는 않는 것 같았다.

"쓰레기통에서 주울 수 있는 물건은 아닌 듯한데, 그거 어디서 났어?"

그러자 강만석 씨가 짐짓 수줍음을 타는 얼굴로 띄엄띄엄 말했다.

"그거 그래 봬두 대단한 물건인 모양이라구. 몽블랑이라구 불란서젠데, 만년필은 세계서 젤이라든가……."

"그러니까 어디서 났냐고 묻는 거 아녀? 쓰레기 주무르며 사는 우리에게 하두 당찮아 뵈는 물건잉께……."

"우리라고 치부책도 적지 말란 법이 있나. 몽당연필보다야 낫겠지."

강만석 씨가 그러면서 정작 나의 출처에 대해서는 대답을 미루다가 여럿에게서 추궁에 가까운 물음을 되풀이 받고서야 큰 비밀을 털어놓듯이 말했다.

"실은 아들놈이 보낸 거야. 여기 있을 때 내가 윗주머니에 몽당연필 꽂고 다니는 걸 보았던 터라 큰맘 먹고 사 보냈다나……."

"아니 그럼 유학 갔다던 그 아들 말야? 그 아들이 불란서에 있었어?"

그들 중에서 비교적 강만석 씨와 가까이 지내는 듯한 중년이 그렇게 아는 체를 했고, 다른 몇 사람도 감탄의 소리를 보냈다.

"아니, 그럼 강씨 큰아들 유학 갔다는 말이 참말인 모양이네. 나는 술 먹은 김에 치는 허풍인 줄 알았는데……."

그렇지만 나는 어리둥절했다. 해장국집에서 젊은이가 잘못 알고 가르쳐준 내 국적을 듣는 순간부터 보인 강만석 씨의 알지 못할 변화는 결국 그 같은 거짓말을 하기 위한 준비였던 셈이다. 그러나 강만석 씨가 왜 그런 엉뚱한 거짓말을 지어대야 하는지는 영 까닭을 알 수 없었다.

그 놀랍고도 새로운 화제는 쉽게 그 자리를 압도해 버렸다. 사람들은 자신 없는 정치적인 화제 때보다 훨씬 신선한 흥미로 그 화제에 끼어들었다. 이 얘기 저 얘기로 맞춰보니 강만석 씨에게는 일류 대학을 장학생으로 나온 아들이 있었는데, 역시 장학생 시험(정확한 명칭은 뭔지 모르겠다)에 되어 프랑스로 유학을 간 것 같았다. 그러나 장학금을 받아 갔다고는 하지만, 고학과 다름없는 유학이라 이태 동안이나 소식조차 변변히 보내지 못하다가 이번에 조금 살이가 풀려 편지와 약간의 선물을 보내왔다는 설명이었다.

어딘가 앞뒤가 잘 안 맞고, 더구나 나에 관한 부분은 생판 거짓말이라지만, 듣는 사람들에게는 꼭 그렇지도 않은 듯했다. 그들도 전에는 긴가민가했으나, 내가 움직일 수 없는 증거로 제시되자, 이제는 믿을 수밖에 없다는 투였다.

더욱 알 수 없는 것은 갈수록 자리를 잡아가는 강만석 씨의 거짓말이었다.

“아 글쎄, 할망구한테는 불란서 화장품을 한 보따리 보냈는데, 그게 당키나 해? 마침 영숙이 년이 있었으니 망정이지…… 하마터면 비싼 화장품을 옆방 색씨들한테 공으로 줄 뻔했다니까…….”

그렇게 내게는 뻔히 드러나는 거짓말을 보태기도 하고, 정확히는 모르지만, 아마 거짓말일 것 같은 허풍도 덧붙였다.

“거 뭐라던가, 곧 박사를 따게 된대여. 우리나라에는 귀한 전공인데 돌아오기만 하면 대기업에서 다퉈가며 모셔갈 거라더군. 좋은 대학교에서 선생님을 해두 되고……. 저는 하루라도 빨리 박사를 따 돌아오겠다구 했지만, 나는 그곳에 지그시 공부 좀 더 하구 오라 했어……. 우리 식구야 그럭저럭 사는 거구, 저 하는 공부 제대루 하고 와야 하는 거 아니겄어?”

그러다가 나중에는 맥주까지 여섯 병 냈다. 동료들이 부추긴 탓도 있지만, 내가 보기에는 그러지 않았더라도 자진해서 술을 냈을 것 같았다. 그렇게 되니 비록 나에 관한 부분은 거짓말이라 쳐도 다른 부분은 정말일지도 모른다는 생각이 들었다.

그게 강만석 씨에 대한 흥미를 몇 곱절로 늘려 나는 거의 조마조마한 기분으로 그 술자리가 끝나기만을 기다렸다. 그의 집으로 돌아가면 어떻게든 그 이해 안 되는 사태의 진상을 얼마간이라도 캐어볼 수 있을 것 같았다.

그날 강만석 씨가 집으로 돌아간 것은 오후 다섯 시가 가까울 무렵이었다. 보통 직장에서의 퇴근으로는 이른 편인데도 그를 맞는 무주댁의 눈초리가 곱지 않은 걸로 보아 평소보다는 좀 늦은 모양이었다.

"당신 왜 이리 늦었어요? 둘째 카세트 월부 장사가 한나절이나 기다리다 갔다구요."

"둘째 카세트 월부 장사라니? 그게 누군데, 왜?"

더운 날에 낮술을 걸친데다 가파른 언덕길을 오르느라 숨이 찼던지 방문턱에 걸터앉아서도 한참을 헉헉거리던 강만석 씨가 겨우 그렇게 반문했다. 무주댁이 기다렸다는 듯이 몰아세웠다.

"이 냥반이……. 당신 정말 그렇게 나 몰라라 할 거예요? 둘째 영어 공부한다고 카세트 월부로 산 거 당신 몰라서 물어요? 오늘이 바로 월부날이라구요."

"영어 공부를 하는지 유행가를 듣는지 알 게 뭐야? 공연히 없는 살림에 덜컥 카세트나 사 …… 애 간만 키우고."

"그딴 소리 말라구요. 남들은 한 달에 몇백만 원씩 들여 과외도 한다는데 애 공부에 필요하다구 카세트 하나 사달라는 걸 안 사줘요? 참고서두 변변히 사주지 못한 주제에……."

"우리 종태 언제 녹음기 있어 일 등 했나? 과외해서 일류대 갔나구. 원래가 일 못하는 대목이 연장 나무란다고 공부 못하는 것들이 과외 타령, 참고서 타령하는 법이야. 아, 가방 크다구 공부 잘하는 거 봤어?"

술기운이 남아서 그런지 강만석 씨가 제법 그렇게 훈계조로 나왔다. 그렇지만 이미 부부싸움에서의 주도권이 무주댁으로 넘어간 지는 오래인 듯했다. 도대체 강만석 씨가 맞대거리를 하고 나서는 것 자체가 아니꼽다는 듯 무주댁이 당장 전투태세를 갖추고 나섰다. 그러고 보니 그녀도 어디 일 갔다 오는지 작업복 차림에 술기운까지 있어 보였다.

"이 영감쟁이가 힘이 전부 입으로 올랐나? 밤에는 쪽도 못 쓰는 주제에 어따 대구 큰소리는 큰소리야? 이젠 아주 훈계를 하려구 들어?"

그녀는 아마도 자신이 가진 무기 중에는 가장 유력한 걸 꺼내든 듯했다. 강만석 씨도 만만치는 않아 곧 한판 부부싸움이 제대로 어우러져 갔다.

나는 내가 하룻밤의 위험스럽기 그지없는 표류 끝에 겨우 이르게 된 새로운 섬을 제대로 관찰할 틈도 없이 간을 졸이며 그들의 싸움을 주시했다. 자칫 육탄전으로 번져 건장한 무주댁이 사생결단하고 강만석 씨에게 덤비기라도 하게 되면 내 존재 자체가 다시 위협을 받게 될 것 같아서였다. 앞서 말했듯 간밤에 이미 반 골병이 든 몸이라 대수롭지 않은 타격도 치명적이 될 가능성은 얼마든지 있었다.

다행히도 강만석 씨 내외의 싸움은 육탄전으로까지 확대되진 않았다. 무주댁이 거세게 나오자 강만석 씨가 조금씩 수그러든 까닭도 있지만 그보다는 갑자기 방향을 바꾼 무주댁의 공격이 주효한 듯했다.

"좋아, 그럼 우리 한번 쫀쫀하게 따져보더라고. 하지만 남의 돈은 갚고 시작해야지. 제일식품 여편네 외상부터 갚고, 당신 우선 돈부터 내놔요."

무주댁이 몇 마디 거칠게 퍼부은 뒤 문득 생각난 듯 그렇게 목소리를 낮추면서 손을 내밀었다. 강만석 씨의 약점이 그쪽에 있는 걸 알고 공격 방향을 바꾸었다기보다는 올라오는 길에 구멍가게 여자에게 창피를 당한 끝이라 그것부터 해결하기 위해서였는지도 모를 일이었다. 그런데 그 말에 강만석 씨가 눈에 띄게 허둥댔다.

"돈? 무슨 돈."

그렇게 되묻고는 있어도 무주댁이 말하는 돈이 무슨 돈인지는 알고 있는 눈치였다. 잠깐 풀렸던 무주댁의 눈길이 금세 사나워졌다.

"그걸 몰라서 물어? 어제 못다 한 수금 말이야…… 무슨 무슨 식당하고 인쇄소에서 이달 치 못 받았잖아?"

그 말을 듣자, 나도 알 것 같았다. 오전에 강만석 씨는 몇 군데 궂은 쓰레기를 많이 내는 영업집에서 만 원씩을 거두었는데, 주는 쪽이나 받는 쪽이나 어느 정도 공식화가 이루어진 거래로 보였다. 짐작으로 미화원들 나름의 부수입 같았다.

"아 그거, 그게 어디 달라고 조를 수 있는 돈이야? 영업하는 사람들 미안하니까 이따금씩 몇 푼 내놓는 건데."

"저 영감태기 저거 말하는 것 좀 봐. 우리가 언제 그 쥐꼬리만 한 월급만 쳐다보고 살았어? 내가 조금씩 보탠다지만 요새 물가에 육십만 원 가지구 다섯 식구가 어떻게 살아? 그래두 몇 푼씩 생기는 가욋돈으루 급한 불은 꺼오지 않았는가 말이야?"

어느새 무주댁은 숫제 반말이었다. 그러다가 그제서야 겨우 남편의 얼굴에 떠올라 있는 술기운을 알아보고 목소리를 높였다.

"아쭈, 이젠 대낮부터 술까지 마시구……. 마누라는 몇천 원 벌자고 뙤약볕 아래 나가 온종일 곤죽이 되는데……. 잘한다. 돈 몇 푼 생겼다구 술이나 퍼마시구 자빠졌어?"

"다 마신 건 아냐. 실은 석 집 거뒀는데 회사 사람들하고 점심 먹다 한턱 쓰고 이거."

아무래도 뒷감당이 자신이 없는지 강만석 씨가 그쯤에서 백기를 들고나왔다. 그가 내민 것은 만 원짜리 한 장에 천 원짜리 대여섯 장이었다. 짐작으로는 낮에 동료들에게 낸 점심값 맥줏값이 그날 거둔 돈을 그렇게 줄여놓은 것 같았다.

"뭐야? 한턱을 써? 얼씨구, 여기 호걸 났구나. 계집 자식 앞가림도 못하는 주제에 인심이나 펑펑 쓰고 다녀?"

그런데 알 수 없는 것은 강만석 씨였다. 식당에서는 그토록 호기롭게 한턱을 써놓고도 아내에게는 그 까닭을 밝히려 들지 않았다.

"전에 얻어먹은 것이 많아 놔서……."

그렇게 기어드는 목소리로 어물거릴 뿐이었다. 나는 비로소 나에 관한 것뿐만 아니라 그의 잘난 아들에 관한 얘기 전체가 거짓이었을지도 모른다는 의심이 들었다. 당연히 무주댁의 기세는 오를 수밖에 없었다. 이제는 뚜렷한 증거를 잡은 수사관의 말투가 되어 다그쳤다.

"자식놈은 먹는지 자는지도 모르게 쫓겨 다니는데 술밥 간에 잘두 목구멍에 넘어가겠다! 그래, 얼마를 받아서 얼마를 썼어?"

'먹는지 자는지도 모르고 쫓겨 다니는 자식'이란 말이 듣던 중 새로웠으나, 나는 그 말에 신경 쓸 겨를이 없었다. 그러면서 슬며시 다가드는 무주댁의 기세가 심상치 않았기 때문이었다. 이미 여러 번 당한 적이 있는지 강만석 씨도 긴장하며 몸을 움츠렸다. 이제는 별수 없이 한판 악전고투를 각오해야 되는구나 싶어 마음을 다 잡아 먹고 있는데, 뜻밖의 방향에서 구원이 왔다.

하늘에서 가장 가까운 동네

"뭐야? 챙피하게."

누가 그렇게 쏘아붙이며 손바닥만 한 마당으로 걸어 들어왔다. 강만석 씨의 발치에 책가방을 내려놓는 걸 보니 어디 귀공자가 왔는가 싶을 만큼 환하게 차려입은 열 일고여덟의 소년이었다. 고등학교에 다닌다는 둘째 아들인 모양인데, 학생으로는 차림이 영 아니었다.

그 소년이 들어서자, 강만석 씨의 얼굴에 언뜻 안도의 빛이 스쳤다. 그와는 달리 무주댁은 아쉽지만, 이쯤에서 참을 수밖에 없다는 체념의 표정을 내비쳤다. 짐작으로 미루어 무주댁에게는 벌써부터 남편을 들볶는 게 한 은밀한 도락으로 되어가고 있는 듯했다.

"으응, 어, 종구 왔구나……."

무주댁이 얼른 수습이 안 되는 어색한 표정으로 막내를 맞더니 갑자기 동정을 구하는 목소리가 되어 하소연을 했다.

"글쎄 늬 아버지 좀 봐라. 오늘 회사에서 한턱 크게 쓰고 왔다는구나. 에미는 한 푼이라두 보탤라구 땡볕에서 하루종일 새마을 일 하고 돌아왔는데……. 게다가 이유도 없어. 보나 마나 속없는 사람이 또 쓸데없는 호기 부린 거야."

그제서야 내게도 퍼뜩 의문이 들었다. 아까는 싸움이 긴박해 거기까지 생각이 미치지 못했지만, 동료들에는 그토록 호기 있게 밝히던 이유를 아내에게는 굳이 숨기는 게 새삼 이상했다. 나에 관한 부분은 진작부터 거짓말이라는 걸 알고 있어도, '불란서 유학'을 간 아들 이야기가 송두리째 지어낸 것이라고는 짐작조차 가지 않았다.

하지만 막내는 부모의 시비에 그리 관심이 없었다. 아니, 오히려 그 시비 자체에 이미 진력이 나 있는 듯 자신에 대한 어머니의 애정을 권리 삼아 쏘아붙였다.

"시끄러워요! 할 얘기가 있으면 방 안에 들어가 조용히 얘기하라구요. 조용히! 챙피하게시리……."

그 바람에 강만석 씨와 무주댁은 방 안으로 자리를 옮겼다. 하지만 무주댁은 아무래도 남편과의 시비에 미련이 남는 듯 방 안으로 옮겨 앉고도 막내에게 하소연을 계속했다.

"세상에 늬 형은 쫓겨 다니는지 잽혀갔는지두 알지 못하는데,

어쩌면 벌써 박종철의 꼴이 났는지도 모르는데, 애비란 것이 대낮부터 홍청망청 한턱을 썼다는 거야. 그게 말이 되는 소리니?"

그 말을 듣자, 비로소 나는 어렴풋하게나마 진상을 알 수 있었다. 그 집 맏아들은 불란서로 유학 간 게 아니라 무언가로 쫓기고 있음에 분명했다. 그런데도 굳이 유학을 갔다고 자랑하며 한턱까지 쓴 이유는 무얼까. 제법 치밀하게 각본까지 짜서……. 거기까지 생각이 미친 나는 수수께끼를 푸는 기분으로 강만석 씨를 살펴보았다.

그때 강만석 씨는 이미 시비를 떠난 사람처럼 두 무릎 사이에 얼굴을 깊이 묻고 있었다. 어찌 보면 갑작스레 오르는 술로 졸고 있는 듯도 했지만, 깍지 낀 손이 조금씩 움찔거리는 걸로 보아 꼭 그렇지도 않은 듯했다. 막내는 싸움만 뜯어말려 놓고 옆방으로 건너갔다. 공부방으로 쓰고 또 공부하는 체하며 들어앉아 있어도 오래잖아 그 방에서 들려오는 것은 볼륨을 한껏 줄인 팝송 가락이었다.

무주댁은 꽤나 집요했다. 이제는 목소리도 마음대로 높이지 못하면서도 강만석 씨를 몰아대는 일은 그만두지 않았다.

"당신 알아요? 접때 걔 연락 와 만나러 갔을 때, 얼굴이 반쪽이더라구요. 게다가 차림은 또 어땠는지 알아요? 저는 위장이라 우겨도 거지 중에 상거지더라구요. 윗도리란 게 일부러 기름때를 묻혀도 그리 만들지는 못할 거라……."

그러다가는 다시,

"갑자기 받은 연락이라 손에 쥔 게 있어야지. 삼이웃 사이웃 뒤져 모은 게 3만 원두 안 돼 어디 번듯한 가든에서 고기 한 근 제대로 구워주지 못 하구 돌아섰다구요. 쫓겨 다니자면 돈도 필요할 텐데 한 푼 쥐어주지 못하고 돌아선 게 지금도 가슴의 못이라구요……."

하며 울먹이더니,

"거 뭐야, 저쪽 비탈 끝 상수네, 그 집 맏아들은 개보다 못한 대학을 나와서도 대기업에 취직해 어제 첫 월급 타왔더래요. 이제부턴 모아 제대로 된 집을 산다며 그걸 몽땅 적금에 부었다는데. 그 집 아줌씨 나하고 같이 일해도 어깨 끝이 절로 덩실거리더라구요. 나 열불 나 한잔했어요. 그런데 집이라구 찾아드니 골목부터 빚쟁이에 월부 장수까지……, 게다가 남편이란 작자는 대낮부터 벌겋게 돼 몇만 원씩 호기를 부리구, 아이 정말 열불나네."

그녀의 넋두리를 통해 그 집 맏아들의 현재 빠져 있는 상태가 구체적으로 짐작이 가면서 나는 차츰 무주댁을 이해할 수 있을 것 같아졌다.

그녀의 호전성은 바로 그 아들 때문에 받은 한(恨)과도 같은 상처에서 비롯된 것임에 틀림없었다.

표현하는 형태는 달라도 강만석 씨의 정서를 지배하는 것 또한 무주댁과 다르지 않은 듯했다. 두 무릎에 머리를 박고 있던 그가 갑자기 고개를 들고 빽 소리를 질렀다.

"그만하지 못해?"

그 갑작스러운 반발에 무주댁의 눈에서 번쩍하고 다시 전의가 불타올랐다. 그러나 남편의 얼굴에서 무엇을 보았는지 그때껏 보인 호전성에 걸맞지 않게 슬며시 외면을 하고 입을 다물었다. 강만석 씨를 쳐다보니 어느새 그의 뺨으로 굵은 눈물이 한줄기 흘러내리고 있었다.

그 눈물을 보고 나는 드디어 그가 왜 그런 터무니없는 거짓말을 하고 엉뚱한 호기까지 부렸는지를 짐작할 수 있었다. 뒤틀리고 일그러진 것이긴 했지만 그것은 쫓기는 아들에 대한 그리움이고 사랑인 동시에 일찍이 그 아들에게 걸었던 꿈의 복원작업이었는지도 모를 일이었다.

"내 앞에선 그놈 얘기 꺼내지두 말아. 천지를 모르고 날뛰는 자식, 뭐 지가 우리 같은 것들을 모두 구하겠다구? 모두가 아니라 우선 제 애비 에미라두 구해보라 그래. 건방진 자식. 동냥은 못 줘도 쪽박은 깨지 말아야 할 거 아냐? 우리가 어때서? 선생 시키는 대루 공부나 꼬박꼬박해 좋은 직장에나 들어갔다면 우리가 가진 눔들 따로 부러워할 거 뭐 있어? 몇 해 안 돼 우리두 그것들 못지않을 텐데. 그런데 뭐야? 날더러 노예근성에 빠졌다구? 가진 눔들 힘 있는 눔들한테 길들여진 거라구? 계급적인 단결과 투쟁 없이는 영원히 이 동네에서 벗어나지 못한다구? 얼빠진 자식. 그게 언제 적 소린데……."

무주댁의 기분을 알았다기보다는 제 감정에 복받친 강만석 씨가 그렇게 내뱉었다. 무주댁이 무어라 타박을 주려다가 다시 입을 다물었다. 잠깐 사이에 그들 내외의 정조는 대립과 부정에서 벗어나 깊이 모를 슬픔으로 공명하고 있었다.

그들 내외의 싸움이 그 같은 과정을 거쳐 소강상태로 접어들면서 나는 비로소 주위를 돌아볼 여유를 되찾았다. 우선 나를 답답하게 한 것은 그 방이었다. 한 세 평쯤 될까. 그러나 김왕홍 씨네의 크고 번듯한 방에 익숙해 있는 내게는 숨이 막힐 듯 좁아 보였다. 게다가 천장은 또 왜 그리 낮아 보이는지. 좀 키 큰 사람이 들어서면 그대로 머리가 천장을 뚫을 것 같았다.

그게 얼마나 될지는 모르지만, 어쨌든 당분간은 그 방에서 밤낮을 나야 하리라 생각하니 나는 왠지 암담한 느낌이 들었다. 기실 내게 필요한 공간은 그 몇천분의 일만 돼도 넉넉할 것이다. 하지만 누구에게든 품위라는 게 있다. 내게도 주어진 품위가 있을 것인데, 아무리 너그럽게 보려 해도 그 공간과는 어울리지 않는 듯했다. 나와 함께 세상에 나온 여러 동기들이 보편적으로 처해 있을 공간과 견준다면 내 운명에 기구하다는 수식어를 붙여도 지나친 일은 아닐 것이다.

그렇지만 어쩌랴. 나는 이미 던져지고 만 것을……. 나는 그런 기분으로 다시 방 안을 찬찬히 살펴보았다. 이런저런 가구들이 세 벽면을 가득 메우다시피 해 그러잖아도 좁은 방을 더욱 좁게 만들고 있었다. 옷장이 둘, 전축, 텔레비전, 문갑 한 짝, 경대…… 그런 것들을 하나하나 살피던 나는 곧 묘한 불균형 내지 부조화를 느꼈다.

얼핏 보면 그 가구들은 안방에 마땅히 있어야 할 것들이고, 서로 간에도 어울려 보였다. 그러나 조금만 자세히 살피면 쓴웃음이 나올 만큼 서로 맞지가 않았다. 예를 들면 옷장만 해도 그랬다. 이불장이 있는 큰 것은 이제 이 나라에서는 거의 보기 힘들 만큼 구식인 호마이카 옷장이었고, 그 곁에 있는 작은 것은 쇠와 플라스틱을 써서 한껏 현대감각을 살린 최신 제품이었다. 텔레비전은 컬러에 리모컨까지 갖춘 것인데 비해, 전축은 진공관을 쓰는 60년대 제품이었고, 책상은 니스칠도 안 된 구닥다리인데, 문갑은 제법 귀티가 나는 자개문갑이었다.

그런 불균형은 열린 문으로 보이는 부엌에도 있었다. 언제 적 것인지 그을고 녹슨 석유스토브 곁에 어떤 전자회사의 최신 상품인 전자동 세탁기가 서 있는 식이었다. 그러고 보니 벽에 걸려 있는 옷도 몸빼와 청바지가 나란히 걸려 있고, 책상 위 책꽂이에 꽂힌 책도 철학적인 에세이와 야한 표지의 성인만화가 뒤섞인 채였다.

"밥 안 해? 나 학원 가야 한단 말이야……."

내가 그런 불균형의 원인을 추측하고 있을 때 윗방에서 막내 종구가 그렇게 소리쳤다. 이제는 완연히 넋두리 조가 되어 코까지 훌쩍거리던 무주댁이 퍼뜩 정신이 든 듯 몸을 일으켰다. 강만석 씨는 그새 길게 드러누워 있었다.

집을 나가 떠도는 큰아들에게 걸었던 기대를 이제 막내에게 옮겨가고 있는지 종구에게 바치는 무주댁의 정성은 보기에 처연한 데가 있을 정도였다. 남편과 금방 멱살잡이를 할 듯 격해져 있던 감정도 종구의 한마디로 억눌렀던 것과 마찬가지로 이번에도 무주댁은 믿을 수 없을 만큼 짧은 시간에 자신을 추스르고 저녁 준비로 들어갔다.

그렇지만 내 보기에 그 집 막내는 그런 그녀의 비원을 풀어주기에는 싹수가 노래 보였다. 무주댁이 눈물 콧물 닦을 새도 없이 한 평도 안 되는 좁은 부엌에서 바쁘게 저녁 준비를 하고 있는데, 종구가 거칠게 제 방문을 열고 나오더니 짜증 섞어 말했다.

"안 되겠어. 늦었단 말야. 돈이나 줘."

그런 녀석의 차림은 아무리 좋게 보아도 학원으로 공부하러 가는 학생과는 멀어 보였다. 몸에 착 붙는 청바지에 울긋불긋한 티셔츠도 그렇지만 무스로 세운 머리칼이나 금빛 나는 사슬 같은 목걸이는 영락없이 못된 학생잡지의 연예란에 나오는 모델이었다.

"돈? 얼마나?"

시간 한번 따져보는 법 없이 그저 저녁밥 늦은 것만 미안해 쩔쩔매던 무주댁이 바지 주머니에 손을 찔러넣으며 물었다.

"만 원만 줘."

종구가 작은 폭군처럼 명령조로 말했다.

"뭐? 만 원씩이나……."

"교재대 5천 원하구 차비하구 저녁값……."

"교재대는 그저께도 가져가지 않았어?"

"또 나왔다구. 이번에는 수학 교재대야."

그때 아무래도 못 참겠다는 듯 강만석 씨가 못마땅한 소리로 끼어들었다.

"차비야 토큰 두 개면 되는 거구……. 저녁은 먹구 가면 되잖아? 사먹어도 먹는 시간은 같이 걸릴 거 아냐?"

"모르시는 말씀 마세요. 버스 전철 갈아타는 것만두 천 원이 넘는다구요. 먹는 건 햄버거하구 콜라 사 들고 전철에 타면 따루 시간 안 들구……."

"웬 놈의 학원은 그리 멀리…… 이 동네에는 학원두 없어?

"아이구, 그 후진 학원? 그게 어디 대강사들이 있는 강남의 일류 학원과 비교나 돼요? 그런 덴 가나마나 라구요……."

"네 형은 학원 안 나가도 일류 대학만 가더라."

"케케묵은 옛날 소리 마세요. 지금은 어떤지 아세요? 우리 반에두 과목당 백만 원씩 하는 과외를 받는 애들이 수두룩하다구요. 그러구두 서울 시내에 남느냐 마느냐예요, 아버진 잘 알지도 못하면서 괜히……."

강만석 씨도 들은 게 있어서인지 얼른 아들의 말을 공박하지는 못했다. 그러나 표정은 여전히 불만과 의심이 가득했다. 무주댁이 더 이상 분위기가 악화되는 게 겁난다는 듯 얼마 전 강만석 씨에게 받은 만 원짜리를 꺼내주며 막내의 등을 밀었다.

"알았어, 어서 갔다 와."

그러나 그녀에게도 만 원은 아무래도 좀 지나치다고 느껴진 듯했다. 그냥 보낼 수는 없다는 듯 잰걸음으로 나가는 막내의 등 뒤에 대고 한마디 덧붙였다.

"아껴 써라. 요즘은 식구 모두가 쓰는 것보다 너 하나 밑에 들어가는 돈이 더 많다."

그때 강만석 씨가 담배 연기를 후욱 내뿜으며 탄식처럼 말했다.

"틀렸어. 하는 게 벌써 아니야. 누울 자리 보구 다리 뻗으랬다구, 당신두 헛꿈 깨는 게 좋을걸……."

"그건 또 무슨 소리예요?"

무주댁이 다시 반짝하고 전의를 되살리며 따지듯 물었다.

"종태를 생각해보라구. 걔 차림이 어땠구, 공부하는 방식이 어땠어? 또 우리한테 대하는 건 어땠구. 우리 힘 덜어준다구 세 정거장씩이나 걸어 다니며 고등학교 마친 애 아냐? 참고서 한 권 사는 것두 큰 죄나 진 사람처럼 손을 내밀었구……. 저런 식은 아니야. 저건 틀렸다구. 좋은 꿈은 두 번씩 꾸어지지 않아."

"그리는 못 해요!"

무주댁이 세차게 머리를 저으며 잘라 말했다.

"종태가 저리됐으면 종구예요. 난 종구도 꼭 그 대학에 보내고 말 거야. 우리 종구 그리 나쁘게만 보지 마세요. 막내라 버릇없이 자라서 그렇지 소견은 훤히 트인 애라구요."

"아, 소견 트인 놈이 그래? 오늘만 두구 말하는 거 아냐. 신발 하나 고르구 바지 하나 사는 것만 봐도 다 알아. 나이킨지 르까픈지 하는 운동화 아니면 어디 발이 삐기라도 한대? 유명 상표가 안 붙어 있으면 엉덩이가 비어져 나오느냐구. 그런데 꼭 그런 것만 골라 신고 입어야 하는 거야? 애비 에미 등골 빠지는 줄도 모르고……."

"그게 없는 동네 사는 아이들의 자격지심이라구요. 이 동네 아이들이 다 그런 걸 어떡해요? 그런데 종구만 상표도 없는 허름한 신발에 막 시장에서 산 싸구려 바지를 걸치고 다니라구요? 그건 내가 못 해요! 등골 빠지는 게 아니라 폭삭 내려앉는다 해도 애 기죽이기는 싫다구요. 차라리 내가 파출부로 나가지."

"또 그눔의 소리. 아, 평생에 안 하는 남의집살이 이제 다 늙어서 새삼 나서겠단 말이야?"

강만석 씨가 들어서는 안 되는 모욕적인 말을 들은 듯 그렇게 무주댁의 입을 막아놓고 다시 한숨과 함께 이었다.

"그리구, 내 말은 돈 때문이 아니야. 공부하는 놈이라면 어떻게 그런 일에 일일이 신경 쓸 겨를이 있느냔 말이야. 종태가 언제 그랬어? 자나 깨나 공부만 신경 썼지, 언제 신발 따지구 바지 따지는 거 봤어? 그런 거 가지구 며칠씩 애비 에미 쥐어짜는 놈 공부는 벌써 물 건너간 거라구."

"그런 소리 마세요. 그래두 담임 만나보니 저희 반에서 상위권이래요. 아직 얼마든지 기회가 있대요."

"상위권이라면 일이 등은 아니란 뜻이잖아? 종태 어땠어? 일학년 때부터 내리 일등을 해도 원서 쓸 때 제 원하는 법과는 위험하다구 말려 과를 낮췄잖아? 그런데 뭐 겨우 십 등 이짝저짝을 오락가락하는 놈이 기회는 무슨 기회야? 것두 변두리 학교에서, 하마 3학년도 반이나 지나갔는데……."

그 논의에서는 아무래도 무주댁이 몰리는 편이었다. 몇 번 더 막내를 변호하다가 갑자기 감정에다 호소하고 나섰다.

"당신 기억 안 나요? 우리 종태 그 대학 붙던 날. 그때 우리 내외 세상에서 부러운 게 뭐 있었어요? 우리만큼 행복한 내외 세상천지에 다시 있을 것 같기나 합디까? 하지만 종태, 걘 이제 종쳤어요. 그렇게 쫓겨 다니고 징역 살다가 국회의원 된 사람도 있기는 있답디다만, 그 요행두 이젠 막차라구요. 우린 다시 아무 희망 없는 가난뱅이 내외로 되돌아왔구…… 안 돼요. 이대로는 살 수 없어요. 종구한테 다시 걸어봐야 해요. 그게 안 되면 차라리 죽지 이대로는 못 살아……."

그렇게 말하면서 제 감정을 못 이겨 울먹이다가 다시 표독스레 다짐하는 것이었다.

"이번 종구 그 대학 들어가면 도시락 싸서 따라다니는 한이 있더라두 지 형이 당한 낭패는 막을 거예요. 우리 종구 쑤석거리는 놈 있으면 물어뜯든지 할퀴든지 그냥 안 둘 거라구요. 사상의 사 자, 운동의 운 자도 들먹이지 못하게 할 거라구요. 이번에는 우리 아들 출세해 높은 자리에 처억하니 앉은 거 꼭 보구 말 거예요……."

무주댁이 그렇게 나오자 강만석 씨도 더는 몰아대지 못했다. 오히려 아내의 가망 없는 소망이 안쓰러운 듯 물기 있는 두 눈을 슴벅거리며 말없이 담배만 빨았다.

그들 내외가 입맛도 당기지 않는 저녁상을 물리고 텔레비전 앞에 자리를 잡았을 때는 여덟 시 가까웠다. 마치 그걸로라도 모든 걸 잊어보겠다는 듯 무주댁은 채널을 이리저리 옮겨가며 봐오던 연속극을 따라다녔다. 진작부터 채널 선택권은 무주댁에게 있었던지 강만석 씨도 군소리 없이 그런 그녀의 선택을 따라 화면에 눈길을 주었다.

감상도 자주 일치하는 편이었다.

"어휴 저 집 좀 봐. 저게 사는 거야. 저렇게 살아야 한다구."

연속극에 나오는 집안을 보다가 무주댁이 그렇게 말할 때는 강만석 씨도 그 방향으로 슬그머니 맞장구를 쳤다.

"그래, 저게 사는 거지. 우리 사는 거 이거 말짱 헛거라구. 버러지나 다름없어. 들은 소리지만 우리 살림 다 팔아도 저기 저 소파 한 세트 못 살걸."

그러다가 무주댁이 갑작스레,

"이눔의 테레비를 때려 부수든가 해야지. 정말 열불 나 못 보겠네. 어째 연속극에 나오기만 하면 집마다 저리 으리번쩍하고 사람마다 저리 잘생겼어? 이눔의 나라에는 있는 눔, 잘난 눔들만 산다 이거야 뭐야?"

하며 적의를 드러내면 강만석 씨도 비슷하게 받았다.

"어디 이북에다 선전영화로 틀 일이 있나? 얘기라는 게 맨 있는 놈들 히히 호호가 아니면 되잖은 삼각관계 억지로 울고 짜는 것뿐이니……."

아홉 시가 되어 뉴스를 볼 때도 비슷했다.

"배후, 배후, 하더니 그 얘기는 점점 적어지네. 정말루 단순 사

긴가?"

머리 뉴스로 나오는 땅 사기 사건을 두고 무주댁이 그렇게 중얼거리자 강만석 씨 또한 못마땅하게 받았다.

"뻔한 수작이지 뭐. 언제 저런 사건 속 시원히 밝혀지는 거 봤어? 수사라는 게 그저 덮을 공사뿐이니……."

그 바람에 한동안은 얼핏 보기에는 제법 평화로운 저녁 한때의 정경이 연출되기도 했다. 하지만 그리 오래는 못 갈 평화였다.

아홉 시 뉴스가 끝나갈 무렵이었다. 또각거리는 구두 발자국 소리에 갑자기 방문이 열리고 어떤 젊은 아가씨가 숨을 할딱이며 뛰어 들어왔다.

"엄마, 종구 왔어? 종구 어딨어?"

"갠 학원 갔잖아? 그런데 무슨 일이야? 무슨 일인데 애비 에미한테 인사두 않구 개부터 찾아?"

무주댁이 그렇게 핀잔을 주었으나 얼굴에는 까닭 없이 불안해하는 빛이 뚜렷했다. 나는 그 젊은 아가씨를 찬찬히 살펴보았다.

그녀가 무주댁을 엄마라 부르지 않았더라도 금세 모녀간임을 알아차릴 만큼 무주댁과 닮은 얼굴이었다. 그러나 젊음과 가꿈 덕분에 꽤나 예뻐 보였다.

"명희냐? 종구는 왜?"

강만석 씨도 딸의 태도가 심상찮은지 텔레비전을 끄며 그렇게 물었다.

"엄마, 낼부터 그 자식 학원에 보내지 말아요. 독서실 같은 데

두요.”

딸이 가볍게 입술까지 물며 단숨에 그렇게 말했다. 무주댁이 놀란 얼굴로 그런 딸을 쳐다보았다.

“그게 무슨 소리냐? 뭣 때메 그래?”

강만석 씨가 무주댁을 대신해 물었다. 딸이 내뱉듯이 대답했다.

“글쎄, 그 자식을 압구정동에서 봤단 말이에요. 카페 골목에서…….”

“학원이 그 근처겠지…….”

그제서야 무주댁이 방어 자세가 되어 그렇게 종구를 감싸려 들었다. 딸이 더욱 강경하게 말했다.

“학원 좋아하네! 그 동넨 입시학원하군 멀다구요. 아냐, 그 자식 그거 아예 학원 따위는 나가지 않을지두 몰라. 아빠, 걔 학원 수강증 봤어요?”

“글쎄 …….”

그때 다시 무주댁이 다분히 적의를 품은 목소리로 명희에게 따졌다.

“얘, 너 도대체 왜 그래? 뭘 보았니? 다 큰 애보구 이 자식 저 자식 해가면서……. 게다가 아무리 남매 간이라두 아무 소리나 함부로 하는 거 아니다. 너 지금 무슨 소리 하고 있는지 알기나 하니?”

“무슨 소리긴……. 틀림없어요. 그 자식 학원 핑계대구 잘 놀아나구 있다구요!”

“증거 있니? 증거 있어?”

"걔가 카페에 앉아 있는 걸 봤어요. 그것두 어른들이 주로 드나드는 카페에……. 터억 제끼고 앉은 게 이미 그런 곳엔 이력이 붙은 것 같더라구요."

그때 강만석 씨가 지나가는 말투로 딸에게 물었다.

"카페라면 술집이냐?"

"네에……."

"술집이라면 넌 왜 갔니? 걔야 머슴애니까 호기심에 한 번 가볼 수도 있지만, 넌 다 큰 기집애가 술집엔 왜 갔어?"

무주댁이 드디어 딸의 약점을 찾았다는 듯 그렇게 물고 늘어졌다. 딸이 그 뜻밖의 공격에 움찔했으나, 이내 거세게 항의했다.

"엄마, 지금 그 문제가 아니잖아요? 그렇게 무턱 대구 걔만 싸고 돌 일이 아니라니까요. 까딱하면 정말 큰일 나요! 종구 걜 완전히 버리구 싶으세요?"

그래도 무주댁은 산악같이 버텼다.

"큰일은 뭐가 큰일……."

강만석 씨의 표정이 심하게 일그러졌다가 이내 체념한 표정으로 바뀌었다. 그는 그때 이미 사태의 진상을 알아들은 것 같았다. 하지만 낮부터 이어온 아내와의 다툼이 지겨워서인지 한숨만 내쉴 뿐, 더는 모녀간의 입씨름에 끼어들지 않았다.

무주댁은 남편이 한편으로 비켜서는 데 힘을 얻었는지 딸을 더 심하게 역공했다.

"그리구, 아무리 딸이래두 그러면 에민 정말 섭섭하다. 너 직장

나간다지만 집에 보태는 게 뭐 있니? 안된 말루 종구 공책 한 권 사 줘봤어? 그러면서 걔 하는 일엔 왜 눈에 쌍심지를 달구 나서는 거야?"

"또 그 적금 말하는 거예요? 엄마두 그러라 하셨잖아요? 그거 타서 전문대학이라두 나오는 거 찬성하지 않으셨어요?"

"네가 번 건 너 하고 싶은 대루 하겠다는데 어떻게 해! 부모 돼서 대학 못 보내준 것만도 한인데……. 하지만 꼭 적금만 말하는 거 아니다. 너 지난달에도 집에서 얻어갔으면 얻어갔지 보탠 건 없다. 결국 직장 나가도 네 몸 하나 건사도 못하는 형국이라고……."

그렇게 되자, 그 입씨름은 모녀간 감정 다툼으로 변했다. 명희가 눈물까지 잘금거리며 무주댁을 맞받아쳤다.

"엄마, 엄만 내가 누군지 알아요? 말이 좋아 회사 경리이지 실은 공순이라구요, 공순이……. 좀 점잖게 불러주면 근로자구. 진짜 경린 대학 나온 언니 따루 있구, 전 사무실에서 잔심부름이나 하다가 일손 달리면 바로 공장으로 밀려난다구요. 그것도 진짜 공순이 시다 아니면 제품 포장이니 재고파악이나 하는 허드렛일루……. 물론 공순이들도 요샌 많이 좋아졌죠. 그런데 가장 좋아진 게 뭔지 아세요? 그건 공순이를 근로자라구 점잖게 불러주는 거예요. 하지만 말짱 도루묵이라구요. 공순이를 근로자라 불러준다구 해서 뭐가 많이 달라지는 줄 아세요? 공순이는 무어라 불리든 공순이일 뿐이라구요. 그래서 대학을 가려는 거예요. 아무 대학이라두 나와 공순이 신세 면하구 싶다 이거예요."

"잘한다. 테레비에서 더런 일, 힘든 일 기피현상 어쩌구 하는 게 무슨 소린가 했더니 멀리 갈 것두 읎네 그랴. 아 이것아, 모두 그래 마뜩하게 차려입구 사무실에만 붙어 앉았으면 공장은 누가 돌려?"

뭣 때문에 감정이 격해졌는지 무주댁이 좀처럼 안 쓰는 사투리까지 섞어 딸을 핀잔주었다. 그러나 명희도 만만치 않았다.

"그럼 종태는 왜 그리 기를 쓰고 대학 보내셨어요? 그 잘난 운동가 만들려구? 아무리 아들딸이 다르다지만 그러는 거 아녜요. 제가 고등학교 다닐 때 헛말이라두 언제 진학 걱정 한번 해보셨어요?"

그렇게 어머니의 속을 긁어댔다. 화가 난 무주댁도 마구잡이로 나왔다.

"음마, 저년 저거 말하는 싸가지 좀 봐. 너 참말로 우리 집 형편 몰라서 그러는 겨? 아, 우리 형편에 무슨 놈의 수로 둘씩이나 대학을 시켜? 그라고 잉, 너 고등학교 때 워쨌냐? 겨우 낙제나 면한 주제에 누굴 원망혀?"

그렇게 불이 붙어가는데, 기름이라두 끼얹듯 종구가 문을 열었다.

"왜들 이래, 챙피하게! 우리 집은 어째 조용할 때가 없어."

방 안으로 들어선 종구가 오히려 불퉁한 목소리로 모녀를 나무랐다.

"너 잘 왔다."

모녀가 그렇게 한목소리로 그를 맞고, 이어 무주댁이 재빨리 물었다.

"너 어떻게 된 거냐? 너 압구정동 술집에 갔더라면서, 카펜지 뭔지에……."

그러는 무주댁에게는 사실의 확인보다는 종구에게 그 전에 있었던 상황을 넌지시 일러주려는 목적이 더 앞서는 것 같았다. 종구가 눈치 빠르게 알아듣고 대수롭지 않게 받아넘겼다.

"아, 그거? 학원 마치구 친구들이 구경 한번 가자기에……. 그럼 누나두 아까 날 본 거야?"

"그래. 헌대 학원 마치구라고? 니네 학원 몇 시에 마치는데? 그리고 그 학원 어딨는데? 학원 강의는 30분짜리구 학원은 압구정동에 있니?"

명희가 뾰족한 목소리로 그렇게 캐물었다. 그러자 종구의 얼굴에 당황해하는 기색이 내비쳤다.

"응, 그거! 실은 오늘 한 시간 땡땡이쳤지, 친구 녀석 생일이라 하두 꼬시는 바람에……."

"그래애? 그러면 여덟 시에 카페에 나가 앉을 수 있어? 것두 벌써 한 잔씩 걸친 것 같던데, 너 바루 말해! 집에서 일곱 시 다 돼 나갔다며? 곧바루 그리루 간 거지? 너 정말 수강증이라두 끊은 거야?"

명희가 단숨에 항복을 받아내겠다는 듯 날카롭게 파고들었다. 하지만 내가 보기에는 그런 서두름이 오히려 역효과를 냈다. 위기감을 느낀 종구가 갑자기 수세에서 공세로 전환했다. 어머니 무주댁에게서 물려받은 재주인지도 모를 일이었다.

"그러는 누나는 그 남자 누구야? 아버지만큼은 안 돼도 제법 나이 지긋한 신사분이던데. 그래두 둘이 이마를 맞대구 있으니 그림이 그럴 듯하데."

"내가 언제 이마를 맞대구 있었어? 그리구 그분은 우리 과장님이셔. 경리부 일루 물어볼 게 있으시다기에 밖에서 잠깐 만난 것뿐이야. 그런 식으루 칙칙하게 말하지 마."

뜻밖의 역습에 명희가 입술까지 파르르 떨며 쏘아붙였다. 종구는 그런 누나의 반응에 오히려 여유까지 보이며 이죽거렸다.

"아, 직장일루? 직장일루 상사와 만나면 그러는 거야? 핑크레이디, 카리비안선셋에 호호 깔깔, 누나 꽤나 즐거워 뵈더라구."

"얘 봐. 정말 갈 데까지 다 갔네. 칵테일 이름을 줄줄이 꿰고 있어. 하기야 맥주 마시는 폼이 그런 데 처음 가보는 거 같지는 않더라만. 담배 피우는 것두 아주 분위기 있어 보이데."

명희가 강만석 씨를 할금거리며 그렇게 앙칼지게 받았다. 원래 담배 피운 것까지는 아버지에게 일러바치지 않을 생각이었으나 네가 그렇게 나오면 나도 어쩔 수 없다는 투였다. 그러자 남매의 말다툼은 폭로전의 양상을 띠어갔다.

"누나 직장에서 일솜씨가 대단한가 봐. 그 과장님 정말루 부하직원을 사랑하는 눈치더라구. 남이 안 보면 안아주겠던데."

"니네 친구들 진짜 학생은 학생이니? 쪽발이 새끼 빼다 놓은 것 같은 치장에 머리는 또 그게 뭐야? 지가 무슨 '서태지와 아이들'이라구."

그렇게 주고받는데 틈을 본 무주댁이 드디어 딸을 타박 주고 나섰다.

"지도 뭐 잘한 거 없으면서 애맨 종구만 가지구. 들으니까 요샌 고등학생들도 그런 술집에 가는 수가 있다더라. 테레비에 보니 그런 거 나오더라구. 뭐 스트레이튼가 스트레쓴가 푼다고……. 그게 바루 현대니깐 기성세대도 무턱 대구 나쁘게만 보지 말라구 하더라. 그런데 다 알 만한 젊은 게 왜 애 하나 아주 버린 것처럼 호들갑이냐? 하나뿐인 동생을……."

얼핏 보아서는 무주댁의 그 같은 덮을 공사가 성공할 듯도 했으나 그게 아니었다. 그때까지 방 안의 소동을 모르는 척하고 있던 강만석 씨가 벌떡 몸을 일으키더니 제 방으로 가려는 종구의 빰을 다짜고짜로 후려쳤다.

"요 못된 자식, 거기 서!"

일이 잘 풀려가는 줄로만 알고 마음 놓고 있던 종구가 빰을 싸쥔 채 흠칫했다. 아픔보다는 놀라움 탓인 듯했다. 그러나 항의는 종구보다 무주댁이 먼저였다.

"아니 저 냥반이 안 하던 짓을. 왜 애는 때리구 그래요?"

마치 자신이 얻어맞은 것처럼 그러는 그녀의 눈에는 새파란 불길 같은 게 일었다. 하지만 강만석 씨는 그녀를 거들떠보지도 않고 종구만을 다그쳤다.

"너 수강증 내놔 봐. 어서."

종구가 그런 아버지를 한동안 빤히 쳐다보다가 뒷주머니를 뒤져 지갑을 꺼냈다. 아버지의 기세가 평소 같지 않아 맞서기를 포기한 것 같았다.

"여기 있잖아요?"

"왜 한 장이야? 영어 수학 두 과목 끊었잖아!"

강만석 씨가 아들이 꺼내 보인 수강증을 힐끗 건너보고 다시 닦달했다.

"수학은…… 아직 새 수강증이 안 나왔어요."

종구가 그렇게 대답했으나 어딘가 둘러대고 있는 듯한 인상이었다. 강만석 씨는 그런 막내의 잔꾀에 넘어가지 않았다.

"너 내일부터 학원 나가지 말아! 학교서 가르치는 것두 다 소화해내지 못하는 주제에 게다가 학원비 삥땅까지 쳐? 못된 자식. 애비 에미는 등골 빠지는 줄도 모르고."

강만석 씨는 그렇게 야단쳐놓고 다시 아내를 향했다.

"당신두 그래. 덮어놓구 싸고돈다고 자식을 사랑하는 게 아냐. 저놈은 틀렸어. 틀린 놈은 틀린 대루 제 갈 길을 바루 찾아줘야 한다구."

하지만 무주댁은 어림없었다. 오히려 더욱 단단히 자신이 품고 있는 비원에 매달리며 막내를 싸안았다.

"이젠 애를 아주 몹쓸 놈으로 모는구먼. 그럴 것 없이 애를 아예 집에서 내쫓아버리지 그래. 그 덕에 나두 이놈의 지겨운 집구석에서 좀 빠져나가게."

그러고는 이어 앞뒤 없는 악다구니로 들어갔다. 게다가 어머니의 지원에 힘입어 종구가 슬슬 반항을 시작하고, 명희는 또 강만석 씨를 편들어 그들의 부부싸움은 차츰 패싸움의 양상까지 보였다.

그렇지만 이제까지의 묘사만으로도 그 집안의 구성원과 문화는 어느 정도 밝혀졌을 것이므로 더 이상 그날 밤의 일을 시시콜콜하게 전하는 일은 그만두는 편이 낫겠다. 한과 슬픔과 절망감이, 그러나 한편으로는 희망과 야심과 성취욕이 착잡하게 얽혀 빚어지는 그런 희비극이 하필이면 강만석 씨 집안에서뿐이겠는가.

뒷일을 몇 마디로 간추리면 그 밤 그 집안의 평온이 회복된 것은 새벽 한 시가 가까워서였고, 화해의 형식은 타협이었다. 그들 내외가 타협을 해야 할 이유는 양쪽 모두에게 있었다. 무주댁이 그 소모적인 싸움이 지나치게 길어지지 않도록 해야 하는 까닭은 어쨌든 남편이 새벽 네 시면 일을 나가야 한다는 사실이었다. 거기 비해 강만석 씨를 적당한 선에서 물러서게 한 것은 이미 아내를 이기기는 틀렸다는 자각이었다.

그 현명한 타협 덕분으로 강만석 씨는 다음날 새벽 네 시에 별 탈 없이 일어날 수 있었다. 그도 나이가 들어 새벽잠이 준 탓인지 아니면 여러 해에 걸친 단련 덕분인지, 평소보다는 잠이 많이 모자랄 텐데 특별히 누가 깨워주지 않아도 잘 일어났다. 그는 가만가만 더듬어 방을 나가 부엌으로 가더니 역시 소리 죽여 세수를 했다. 그리고 전날 걸어둔 출근복을 내려 입었다. 식구들을 깨우지 않으려고 가만가만 구두를 찾아 신은 그가 막 집을 나서려는데 무주댁이 잠에서 덜 깬 목소리로 웅얼거렸다.

"당신 가는 거예요?"

간밤에 품었던 감정의 찌꺼기는 거의 느껴지지 않는 목소리였다. 마음속에야 아직 응어리가 남았을 수도 있지만 그래도 새벽같이 일 나가는 가장을 새삼 언짢게 만들어 보낼 만큼 막돼먹은 여자는 아니었다.

"음, 갔다 올게."

그렇게 받는 강만석 씨의 목소리도 간밤 새벽 한 시가 가깝도록 그녀와 목청 높여 싸우던 그 한 많고 심사 틀어진 가장의 것은 아니었다.

나는 여전히 그의 출근복인 점퍼 주머니에 꽂힌 채여서 그와 함께 출근하지 않을 수 없었다. 비탈진 골목길을 떼밀리듯 내려가면서 나는 전날과는 달리 세밀한 관찰의 눈길로 내 새로운 기항지를 살펴보았다.

전날은 서울이란 대도시에 화려하게 편입된 아랫동네에서부터 올라가는 바람에 그 느낌이 제대로 오지 않았지만, 꼭대기에서 내려오며 보니 강만석 씨가 사는 동네는 그동안 말로만 듣던 이른바 그 달동네였다.

그 동네가 자리 잡은 곳은 옛날 서울이 거기까지 팽창하기 전의 평지 마을에서 본다면 상당히 높은 산의 등성이 부분에 해당되었을 것이다. 그것을 간접적으로 확인시켜주는 게 근천동(近天洞)이란 동네 이름이다. 하늘에 가까운 동네라면 높은 곳에 있었다는 뜻이 아니고 뭐겠는가.

그러나 서울의 팽창은 산 아래 옛 마을들을 변두리 도심(都心)으로 만들고 산허리로는 4차선 도로를 끌어 올려 산 중턱까지도 특별히 고지대란 것을 느끼지 못하게 만들었다. 옛날로 치면 큰 산 중턱이었건 어쨌건, 시내버스가 올라오는 이상 자신들이 걷기 시작하는 곳을 기준으로 삼는 사람들에게는 그곳이 평지나 다름없었다. 따라서 강만석 씨의 집이 있는 산꼭대기도 이제는 그리 높은 곳이 아니었고 나도 그 같은 사람들의 착각에 넘어가 전날은 그곳이 유명한 달동네라는 것조차 깨닫지 못한 것이었다.

거기다가 서울의 맹렬하고도 급속한 진군 또한 내가 한눈에 강만석 씨네 동네를 알아볼 수 없게 한 원인이 되었다. 근년의 재개발 열풍으로 이미 그 곁의 다른 동네들은 산꼭대기까지 번듯한 아파트가 들어섰고, 그 동네도 산 중턱 훨씬 위까지 '우리의 서울'이 진군해 있었다. 산꼭대기 쪽 가파른 비탈에 엷은 띠를 두른 듯 달동네가 남아 있을 뿐 그 아래 조금이라도 반듯한 곳은 벌써 이층 삼층의 건물이 들어서 탐욕스럽고 허세에 찬 도심을 흉내 내고 있었기 때문이었다.

그런데 올라올 때와는 달리 꼭대기 쪽에서 차근차근 내려가며 살피니 모든 게 보였다. 비탈에 다닥다닥 얽은 까치둥지 같은 집들이며 두 사람만 마주쳐도 어깨가 맞부딪게 될 만큼 좁은 골목, 터진 하수구로 흘러내리는 오수 — 그런 것들은 풍요한 동네에도 있게 마련인 예외적인 빈곤의 사례가 아니고 집단화하고 정형화

된 빈곤을 보여주고 있다는 느낌을 주었다.

집들은 그 형태의 차이에도 불구하고 어떤 규모와 양식을 느끼게 했다. 그 규모를 일차적으로 규정하고 있는 것은 물론 시(市)가 강북의 철거민들을 그리로 내몰 때 나누어준 여덟 평 혹은 여섯 평의 기본 평수였다. 그걸 바탕삼아 출발한 그들은 그 뒤 기회 나는 대로 힘 있는 대로 주위의 국유지를 잠식해 건평을 늘려갔지만 결국은 공통될 수밖에 없는 한계 때문에 그 뒤의 규모도 비슷할 수밖에 없었다.

그 집들이 일관적으로 유지하고 있는 양식도 마찬가지였다. 그들은 자기만의 공간으로 확보할 수 있으면 최선을 다해 확보했다. 처마들은 늘릴 수 있는 대로 늘려 가작을 달았고, 붙어 있는 자투리 땅은 단 한 뼘이라도 건물 안으로 끌어들이려 애썼다. 그 방식이 어떠하고 거기 사용된 자재가 무엇이건 그 동네의 집들에게 일관된 양식은 '공간을 향한 갈망'이란 것으로 요약될 수 있었다.

내 짐작으로는 그 집들 안에서 영위되는 삶의 양식도 어떤 일관성을 가지고 있을 것 같았다. 그 짐작으로 뒷받침해주는 게 그 동네에는 강만석 씨와 마찬가지로 새벽일을 나가는 사람이 뜻밖이다 싶을 만큼 많다는 점이었다.

강만석 씨가 서울의 첨병처럼 산꼭대기로 바짝 다가온 시장을 지나 버스정류장에 이르니 거기에는 벌써 수십 명이 나와 첫 버스를 기다리고 있었다. 예외가 없는 것은 아니었지만 대개는 나이가 지긋한 남녀였다. 개중에는 서로 인사를 나누기도 하는 걸로 보아 한동네 사람들인 것 같았다. 강만석 씨도 너덧 사람과 인사를 나누었는데 그때 주고받는 몇 마디로 상대가 하는 일을 대강 짐작할 수 있었다.

"요즘 건축 경기가 전만 못하다죠? 과열이니 뭐니 해도 여기저기 막 지어댈 때가 없는 사람 벌어먹기는 좋았는데."

강만석 씨가 그런 말을 건넨 상대는 아마도 건축 공사장 같은 데서 막일을 하는 사람 같았다. 그러나 고정된 패거리를 갖지 못해 인력시장에 나가 일거리를 얻어야 하는 바람에 새벽같이 나서야 되는 듯했다.

"보람이 할머니 대단하십니다. 손주들 돌보시면서 또 이렇게 새벽같이……."

라는 말을 들은 예순 이쪽저쪽의 할머니는 파출부였다. 며느리가 달아나 어린 손자를 돌봐야 하기 때문에 입주를 못하고 파출부로 나가는데 입시생 있는 집의 아침밥을 맡아 그렇게 일찍 나서야 된다는 것 같았다.

"그래도 수산시장을 강남으로 옮겨 물건 떼러 가기 좀 나은가요?"

그렇게 물은 쪽은 허름한 횟집을 하는 아주머니였고, 그 아주머니와 같은 방향의 버스를 기다리는 중년은 청과물 종합시장에서 잡일을 하는 것 같았다. 나이에 비해서는 하나같이 고달픈 일거리를 가진 사람들이었다.

강만석 씨가 기다리는 버스는 네 시 반을 넘겨서 왔다. 그러나 새벽 거리가 원체 한산해서인지 그가 일하는 구역의 청소차 주차장까지 가는 데는 이십 분이 채 안 걸렸다.

평소보다는 다소 늦었는지 주차장 한구석 갱의실에서 바쁘게 작업복으로 갈아입고 나오는 강만석 씨에게 리어카를 끌고 주차장을 나서던 동료 하나가 농을 걸었다.

"강 씨 어제 과음한개벼. 듣자니 좋은 일 있었던가 본데……."

그런데 다시 알 수 없는 일이 벌어졌다. 그때까지도 축 처져 있던 강만석 씨가 갑자기 생기를 찾은 사람처럼 기분 좋게 그 말을 받았다.

"실은 속이 내 속이 아녀. 식구들하구 그냥 조용히 한잔한다는 게……."

강만석 씨가 그런 식으로 말끝을 흐리니 궁금해진 상대가 자연 걸음을 늦추고 묻지 않을 수 없었다.

"그럼 동네잔치 한 겨? 돼지라두 한 마리 잡았어?"

"그렇게까지는 아니지만 제법 동네가 어수선했소. 식구들하고 서울 있는 고향 친구 몇만 모아 옛날얘기나 나눌까 했는데 동네 사람들이 어찌 알고 몰려들어……."

간밤 그의 집에서 있었던 일을 속속들이 알고 있는 나로서는 그저 어안이 벙벙할 뿐이었다. 그런데 강만석 씨는 거기서도 그치지 않았다.

"돼지를 잡지는 않았지만 고깃관깨나 볶고 닭마리는 삶았지. 술도 맥주는 집 앞 슈퍼를 싹쓸이 해 나중에는 쐬주로 돌렸다니까."

우정 그에게 다가가 그렇게 허풍을 떠는데 나로서는 정말 알다가도 모를 일이었다. 그쯤 되면 상대도 가만있을 수가 없었다.

"동네 사람들에게만 그렇게 인심 쓰지 말고 한솥밥 먹는 우리한테두 한턱 쓰슈. 좋은 일은 혼자서만 알고 있으면 동티 나는 법이라고."

반은 장난삼아 그렇게 졸랐는데 강만석 씨는 한번 망설이는 법도 없이 대뜸 약속했다.

"암 그래야지. 내 언제 날받아 쓴 술이라두 한잔 사리다. 하긴 일차루다 어제 몇 병 사기는 했지만서두."

맥주 여섯 병에 싸구려 백반값 여섯 그릇 물고도 무주댁에게 그 닦달을 당해놓고 하루도 안 돼 또 그런 허세를 부리고 있었다.

정말 알다가도 모를 강만석 씨의 거짓말과 허세는 그가 리어카를 끌고 자신의 담당구역에 간 뒤에도 계속되었다. 그날은 아예 나를 작업복 윗주머니에까지 옮겨 꽂고 틈 있을 때마다 나를 증거 삼아 '불란서 유학' 간 맏아들을 자랑하는 것이었다.

듣는 상대 가운데는 더러 내 국적을 바로 아는 이가 있어 그러는 그를 내심 당혹하게 만들기도 했다. 하지만 그것도 간지(奸智)라고 불러도 좋을 만한 정신적인 순발력에 의해 이내 극복되었다. 사실 오늘날과 같은 국제화 시대에 독일제라구 해서 불란서로 유학 간 아들이 선물로 사 보내지 못한다는 법은 없지 않은가.

강만석 씨의 일과는 전날과 크게 다르지 않았다. 강남에서도 이름난 먹자골목의 끄트머리와 그 이면도로를 맡고 있는 그는 이미 여러 달 반복돼 나름대로는 정형화된 순서를 따라 그 골목이 밤새 쏟아놓은 쓰레기들을 손수레에 옮겨 담기 시작했다. 큰길은 먼저 골목길은 다음, 번화한 곳이 먼저 한적한 곳이 다음 하는 식인데 그것은 잠에서 깨어난 도시의 방해를 염두에 두고 정해진 순서 같았다.

도시미화원들의 일과는 한마디로 말해 쓰레기와의 싸움이지만, 산업화 시대의 쓰레기란 게 그리 단순하지는 않다. 크게는 산업폐기물과 각 가정이 배출한 일상적인 쓰레기로 나눠지고, 다시 산업폐기물은 직종에 따라, 일상적인 쓰레기는 그 전의 용도에 따라 수없이 세분될 수 있다.

하지만 강만석 씨처럼 도심의 유흥가 뒷골목을 맡고 있는 경우, 엄격한 의미의 산업폐기물은 큰 문제가 되지 않는다. 구역 안에 피부비뇨기과와 치과가 각기 하나씩 있어 의료쓰레기가 나오고, 작은 인쇄소와 세차장이 있어 거기서도 산업폐기물에 해당되는 게 조금씩 나오기는 해도 강만석 씨의 주된 적은 어디까지나 일상적인 쓰레기였다.

일상적인 쓰레기는 대개 재활용이 포기된 광고 선전지와 신문 잡지 같은 종이류에다 각종 일회용품의 용기들과 음식물 찌꺼기로 이루어진다. 그 구성 비율이나 양이 다를 뿐 내용에서는 가정과 업소가 크게 차이 없는 쓰레기들이다.

어떻게 보면 2차, 3차 산업을 위주로 하는 오늘날의 문명은 '쓰레기 문명'이라고 이름해도 좋을 듯하다. 1차 산업도 틀림없이 쓰레기나 폐기물을 생산하지만, 그게 그대로 남아 자연을 오염시키거나 나아가 파괴하는 일은 거의 없다. 이를테면 곡식의 그루터기나 가축의 배설물 같은 것은 1차 산업의 폐기물로 들 수 있어도 그것들은 거름이나 연료로 쉽게 재활용된다.

그런데 공산품이나 서비스산업의 폐기물과 쓰레기는 다르다. 그것들이 재활용의 길을 가기 위해서는 특별한 수집의 노력과 또 다른 생산이나 다름없는 복잡한 공정을 거쳐야 하거나 때로는 아예 불가능하다. 거기다가 효율성이니, 부가가치니 하는 게 끼어들면 재활용의 범위는 더욱 줄어든다. 그리하여 오히려 그 폐기물과 쓰레기는 투쟁과도 같은 처분의 대상이 되고 마는데, 강만석 씨는 바로 그 전사(戰士)의 역할을 맡고 있는 셈이다.

강만석 씨가 가장 힘들어하는 것은 수거 작업 그 자체가 아니라 그러한 쓰레기의 발생에 생계를 의지해야 하는 자신의 처지를 용인하는 일 같았다. 몸은 이미 오래전에 떠났어도 그의 정신은 아직도 1차 산업시대에 깊이 뿌리박고 있었다.

"이건 고뿌(컵)로 두고 써도 일 년은 쓰겠다. 조롱박보다야 열 배 낫지."

"뒤지로 못 쓰면 습자(習字)라도 할 것이지. 따로 모아 수집상에게 넘기든지."

"뭘로 만드는지 몰라도 이리 보기 좋고 튼실한 걸 한 번 쓰고 버려도 되는감."

그날도 나는 강만석 씨가 몇 번이고 그렇게 중얼거리는 소리를 들었다. 두껍고 맑은 일회용 플라스틱 컵과 물에 젖어 떡이 된 신문지 뭉치와 최근에 시판된 즉석라면의 용기를 리어카에 쓸어 담으면서 하는 소리였다.

이왕 말이 난 김이니까 하는 소리지만 내게도 강만석 씨와 비슷한 느낌은 있었다. 이 나라에서 얼른 이해 안 되는 일들 중에서도 가장 터무니없는 것 중의 하나가 일회용품의 범람이었기 때문이다.

틀림없이 일회용품은 산업사회의 발달과 연관을 가지고 있으며 나아가서는 후기 자본주의 시대의 특징적인 산물로 규정될 수도 있을 것이다. 산업이 발달하면 기계화와 대량생산으로 얼핏 보아 사람의 노동력은 가치가 떨어질 것으로 보인다. 그러나 궁극적으로 기계를 생산하는 사람과 그 노동력만은 기계가 생산할 수 없고 따라서 다른 생산비용의 절감에도 불구하고 사람의 노동력을 구매하는 비용만은 줄어들지 않는다. 오히려 사회주의의 대두와 노동조합의 발달은 초기 산업사회와는 비교하기 어려울 만큼 생산에 있어서의 임금 코스트를 높여놓았다.

그런데 여기서 한 가지 재미있는 것은 사회주의 그 자체를 체제로 삼고 있는 나라들에 있어서의 임금 코스트이다. 그들이 채택한 노동 가치설에 따르면 마땅히 가장 높아야 할 임금 코스트가 거기서는 별문제가 되지 않는다. 임금이 시장경제의 원칙에 따라 결정되는 것이 아니라 체제의 필요에 따라 결정되는 까닭이다.

따라서 임금이 다른 생산비용보다 부담이 되는 경우는 자본주의 체제에서 훨씬 더 빈번하게 발생하고, 여기서 출현하게 되는 게 일회용품이다. 곧 자원의 재활용에 필요한 노동력의 가격보다 원자재를 구입하는 비용이 싸게 먹혀 그 재활용을 포기한 것이 일회용품의 생산원리가 된다.

효율성 내지 이윤 추구의 극대화란 점에서 그러한 생산원리는 얼마든지 승인될 수 있고, 그에 따라 일회용품은 후기 자본주의 시대 생산의 총아가 되었다. 그러나 내구적일 수 있는 상품을 일회적인 소모품으로 만듦으로써 초래되는 자원의 낭비와 부산물인 쓰레기 문제로 그 원조 격인 나라들에게조차 일회용품은 적잖은 논란의 대상이 되어왔다.

그런데 이 나라에서의 일회용품은 그 출현부터가 억지스럽기 그지없다. 낭비할 자원은커녕 필요한 최소한의 자원도 제대로 갖추지 못한 게 이 나라이다. 거기다가 비싸진 임금도 시장경제의 원칙에 따라 자연스레 상승한 것이라기보다는 최근 몇 년의 정치적 격변과 사회운동에 의해 다분히 인위적으로 끌어올려 진 것에 가깝다. 그런 바탕 위에서 오히려 본바닥보다 더욱 일회용품이 더 범람하고 있으니 이게 억지라도 이만저만한 억지인가.

거기다가 더욱 한심한 것은 그 같은 일회용품이 범람하는 곳일수록 직접적인 생산과는 거리가 멀다는 점이다. 이를테면 유흥업소에서는 허드렛일 거들 사람을 쓰는 것보다 싸게 먹힌다 해서 원료가 전량 수입된 석유화학제품의 일회용 사발과 접시에다, 역시 수입한 일회용 나무젓가락과 물수건을 내놓는다. 당장의 셈판이야 맞아떨어질는지 모르지만, 밑천이란 게 사람밖에 없는 나라에서 정말 이래도 되는 건지.

강만석 씨가 짜증 내고 있는 폐지 문제도 그렇다. 오늘날과 같은 정보 문화 시대에 신문이나 잡지 선전광고지 같은 일종의 일회용품 출판물이 느는 것은 어쩔 수 없지만, 이 나라는 아무래도 지나친 데가 있다. 광고료 책정의 기준이 된다는 이유로 엉터리 부수만 늘려 한번 독자에게 전달되지도 못하고 폐기되는 신문과 잡지의 양이 엄청나다는 것은 알 만한 사람이면 다 안다. 수입한 종이에다 수입한 잉크 묻히고 비싼 인건비 보태 그렇게 엄청난 쓰레기를 만들어내도 되는 건지…….

그 밖의 종이 소비 문제에 이르면 이 나라는 한층 심각하다. 어휴, 도시를 넘쳐흐르는 저 선전광고물들. 신문을 받아들면 그 갈피갈피에 끼어 있다가 낙엽처럼 우수수 쏟아지는, 그것도 태반은 전량 수입되는 값비싼 아트지에 코팅까지 한 유명 백화점과 업소의 광고지들이며, 거리 구석구석에서 시도 때도 없이 내미는 이런 저런 선전지들. 거기다 더욱 나쁜 것은 그 재활용이 거의 포기되고 있는 점이다.

듣기로 스웨덴처럼 산림자원이 넉넉한 나라에서도 폐지 수집은 주부들의 사회 봉사활동 가운데 중요한 항목이 된다고 한다. 그런데 펄프 원료를 거의 전량 수입해야 되는 이 나라에서는 폐지의 재활용 비율이 낮다 못해 심지어는 수입까지 해다 쓴다니 아마도 저쪽 사람들이 들으면 놀라 입이 벌어질 것이다.

그렇지만 정작 우리의 강만석 씨를 괴롭히는 것은 그런 일회용품의 용기나 종이 쓰레기가 아니라 음식물 찌꺼기 같았다.

"아마도 이눔의 나라, 한번은 죄받을 거라. 곡식 타는 냄새가 삼 이웃에 나면 옥황상제가 성낸다는데, 멀쩡한 음식을 이렇게 내버리니. 겨우 밥 안 굶게 된 게 얼마 된다고……."

"요새는 돼지도 안 치고 개도 안 키우나? 예전에는 푼돈까지 줘 가며 음식찌꺼기에 게숫물까지 걷어가더니 이제는 멀쩡한 밥에 고기토막까지 쓰레기로 도는 판이니. 잘하는 짓이다. 짐승은 수입한 사료로 키우고 남는 음식은 돈 들여 쓰레기로 치우고……."

그렇게 중얼거리는 강만석 씨의 눈길에는 은은한 불길 같은 것까지 내비쳤다. 궂은 쓰레기를 쳐야 하는 거리미화원으로서의 분노를 뛰어넘는 그 무엇에 격양되어 있음에 분명했다.

이 나라에서 음식물 과소비로 내버리는 총액이 일 년에 몇 조(兆)가 넘는다던가, 지구 위에서 굶주림으로 죽어가는 사람이 인구의 몇 퍼센트에 이른다던가 하는 따위 통계는 차라리 제쳐놓자. 생명을 영위하는 기초수단으로서의 의미만으로도 음식물을 소중히 여기고 아껴야 할 이유는 충분하지 않겠는가.

강만석 씨의 외롭고 힘든 전사로서의 싸움은 그날도 오후 두 시 가깝게 이어졌고 그동안에는 개인적인 고뇌도 그 싸움에 묻혀 거의 모습을 드러내지 못했다. 이따금 일손을 멈추고 담배를 태울 때 문득 생각난 듯 나를 뽑아 들고 물끄러미 바라보는 정도가 고작이었다.

그러다가 나의 기항(寄港)과 함께 시작된 그의 기묘한 고뇌가 다시 외부로 고개를 내민 것은 담당구역에서의 일을 끝낸 그가 동료들 사이로 돌아간 뒤였다. 하루 사이 그의 '잘난 아들'에 대한 소문은 주차장에 널리 퍼져 구역을 달리하는 동료들은 물론 몇 안 되는 사무직의 귀에도 들어간 모양이었다. 여기저기서 축하의 말을 걸어왔고 더러는 의심쩍은 물음을 던져오기도 했다.

전날처럼 강만석 씨는 태연하게 축하를 받아들였고 의심에 대해서는 전날보다 몇 배나 되는 수다로 그 의심을 풀어주었다.

"요새 흔해 빠진 게 유학 아냐? 결과가 어떨란강 잘 모르면서 유학 간 것만 가지고 요란 떨기 싫어서 그래서 국으로 있었던 거여."

왜 이제서야 아들 유학 간 얘기를 하느냐는 동향의 동료에게는 좀체 안 드러내는 사투리까지 섞어 그렇게 해명했고, 아들 재학시절에 대해 약간 아는 동료에게는 눈부시게 둘러댔다.

"나두 걱정했지. 그런데 고학년으로 올라가면서 철이 들더라구. 그리고는 제힘으로 해볼 테니 허락만 해달라더만. 데모 전력 때문에 당장은 취직두 어려울 것 같다며 그 바람에 마지못해 들어줬는데 역시 해내드만……."

그렇게 되다 보니 그날의 한턱은 전날보다 훨씬 규모가 커졌다. 일과를 마치고 단골식당에서 늦은 점심을 먹을 때는 전날보다 많은 동료들이 몰려들어 그날 거둔 가외 수입을 다 털어 넣고도 3만 몇천 원을 더 외상으로 긋게 되고 말았다. 일은 거기서 그치지 않았다. 이웃 동네에 사는 미화원 박 씨와는 버스에서 내려 한잔 더 걸치는 바람에 집에 돌아간 시간도 해거름이 되어서였다.

무주댁이 그런 강만석 씨를 보고만 있을 리가 없어 그날 저녁도 그 집에는 한바탕 분란이 일었다. 그러나 어찌 된 셈인지 강만석 씨는 날이 갈수록 자신이 지어낸 거짓말에 깊숙이 빠져갔다. 서로 뻔히 아는 처지에 공술을 얻어먹기도 미안해진 동료들이 스스로 사양할 때까지 기회만 있으면 '불란서에 유학 간' '곧 박사 따서 돌아올' 잘난 아들을 자랑해대는 것이었다.

불란서란 나라도, 박사란 학위도 원래가 강만석 씨의 지식 안에 있지 못한 것들이라 줄거리는 대강 지어내도 실감 나는 세부묘사는 덧붙일 길이 없었다. 그 바람에 마냥 같은 줄거리만 되풀이하게 되니 듣는 이들도 차차 흥미를 잃어갔다. 거기다가 올림픽이 가까워 오면서 동료들의 화제와 관심도 자연 그리로 쏠리게 되었다.

"까짓 놈의 운동 잘한다고 밥이 생기나, 옷이 생기나? 정치하는 놈들이 공연히 그걸루다 사람 얼을 빼놓구 뒷구녕으로 못된 짓 할려구 떠드는 수작들이라구!"

강만석 씨는 올림픽에 대한 동료들의 흥미에 그렇게 찬물을 끼얹어 보기도 하고, 종합 4위니, 금메달 열다섯이니 하는 예측 기사로 서서히 사람들의 관심을 올림픽으로 모아들이는 매스컴을 노골적으로 비웃기도 했다.

"제발 그눔의 도리방정 좀 덜 떨었으면 좋겠다. 종합 4위라니, 뭐 엿장수 맘대루야? 금메달을 몇 개 딴다구? 어디 맡겨두었다

찾아오는 거야? 개수까지 헤아리게? 조선놈들은 이래서 탈이라니까. 흑자 몇 푼 났다구 신문마다 시커멓게 떡칠해 대고 선진국 진입, 어쩌구 떠들더니 어찌 됐어? 그저 촐싹거리는……. 아무개는 금메달 확실시라구? 혼자 하는 거야? 우리 혼자만 하는 종목도 올림픽에 있느냐구."

하지만 소용없었다. 올림픽이 시작되고 여(呂) 아무개란 여고생이 초반에 금메달을 건져 올리자, 전국은 금세 올림픽 열기로 후끈 달아올랐다. 그리고 그 열기는 미화원들에게도 옮겨져 평소에는 그런 일을 나 몰라라 하는 나이 든 축까지도 리어카를 끌다 말고 전파사의 라디오 속보에 귀를 기울이는 판이었다.

동료들의 관심이 자신과 자신의 '잘난 아들'에게서 멀어져갈수록 강만석 씨는 더욱 안달이었다. 하지만 그 알 수 없는, 그러나 왠지 애처롭게 느껴지는 노력도 끝장을 볼 날이 오고 말았다. 그새 월급날이 된 것이었다.

무엇에 홀린 것처럼 강만석 씨가 한 보름 실속 없이 쓴 인심이 월급날이 되자 당장 막아야 할 적자로 나타났다. 외상을 그은 단골식당이건 푼돈을 빌려 쓴 동료이건 어느 쪽도 다음 달로 미룰 만큼 여유 있는 형편들이 아니었다. 따라서 강만석 씨는 아침부터 가욋돈 수금에 전에 없이 열심이었지만, 결국은 회사에서 나오는 월급봉투도 제대로 보전해 집에 들일 수 없는 형편이 되고 말았다. 내 어림으로는 터무니없는 거짓말 때문에 한 삼십만 원은 좋게 날린 것 같았다. 그의 형편으로 봐서는 너무도 따가운 허영의 대가였다.

도살장에 끌려들어 가는 소처럼 집으로 돌아간 강만석 씨가 겨우겨우 꿰맞춘 월급봉투만 달랑 내밀자 무주댁은 금세 사나운 눈길이 되어 추궁했다.

"어째서 이것뿐이에요? 업소들에선 이달 치 한 푼도 안 나왔어요?"

"응, 그거, 그거 말이야……."

강만석 씨가 풀죽은 목소리로 더듬거렸다. 아무래도 빈 곳을 메울 수 없게 된 그는 낮부터 이리저리 핑계를 궁리하는 눈치였으나 아내의 닦달을 받고 나니 미리 마련해둔 핑계도 별 소용이 없는 듯했다.

"이달엔 그렇게 됐어. 그동안 이것저것 조금씩 뭉쳐온 빚이 있는데다가 직원들 길흉사에 부조도 좀 들어갔구, 몇 군데 업소에서는 수금도 제대로 안 됐어. 아무래도 후하기는 물장사 하는 사람들인데 그 사람들이 워낙 불경기라…… 말두 마. 이달에 내 담당 구역에서 문 닫은 집만두 다섯이나 된다구. 룸살롱이니 카페니 하는 데가 세 군데구. 해장국집 하나에 분식집두 하나 문 닫았지. 그러잖아도 손님이 없는 데다 영업마저 열두 시밖에 못 하니 술집이 되겠어? 그거 쳐다보구 장사하던 해장국집이 되겠어?"

그렇게 주워섬겼지만 내가 듣기에도 영 믿음이 안 가는 목소리에 말투였다.

무주댁이 눈에 쌍심지를 달고 받아쳤다.

"뭐야? 아니, 그럼 사십만 원 가까운 돈이 아예 들어오지 않게 됐단 말예요? 이것저것 뭉친 빚이라니? 당신이 무슨 빚질 일이 있어? 매일 이, 삼천 원씩 꼬박꼬박 잡비 타 가구 점심값은 또 따루 단골식당에서 오만 원 제했잖아? 그리구 불경기, 불경기 하지만 아, 그래 떼먹을 게 없어 궂은 쓰레기 치워주는 청소부한테 줘어주는 일, 이만 원 떼먹는 업소두 있어?"

"글쎄, 그럴 일이 있었대두."

이미 아내를 설득하기를 포기한 강만석 씨가 수난을 각오한 성자처럼 눈까지 지그시 감으며 그렇게 말하고는 아예 입을 다물었다. 그게 오히려 취조형사가 확신범(確信犯)에게 일쑤 느끼게 된다는 적개심 같은 걸 일으켰는지 무주댁이 드디어 추궁의 정도를 넘는 악다구니로 나왔다.

"그럴 일? 흥, 잘도 그럴 일이 있었겠다. 당신 바른 대루 대. 그러잖아두 내 근간에 수상하게 보던 중이야. 당신, 요새 왜 그리 멋쟁이가 되셨어? 출근 때마다 와이샤쓰 타박에 넥타이 타령을 않나? 파리가 미끄러지게 구두를 닦구 나서질 않나? 양담배는 또 뭐야? 당신 언제부터 양담배 물고 다니게 되었냐구? 게다가 사흘돌이 술타령에……."

나도 그가 거리미화원의 출근길치고는 지나치게 모양새에 신경을 쓴다고 느낀 적은 있지만 그게 근래에 새로 생긴 버릇이라고는 생각하지 못했다. 그가 이따금 담배 가게에 들러 입생로랑이나 까르띠에 같은 불란서 담배를 사는 것도 본 적은 있었으나 집으로 가져간 일은 드문 것 같은데, 무주댁은 그 하나하나를 다 챙겨 무언가를 종합하고 있었다.

"바로 대라구. 피바다가 나기 전에. 어느 년이야? 눈이 삐지 않은 담에야 당신 주제 보구 붙는 젊은 년은 없을 게구, 어디 허름한 과부라두 봐둔 게 있어? 아니, 당신 단골식당 주인이 과부랬지? 그년이 꼬리라두 치는 거야? 아이구, 열통 터져. 제 계집 잠자리두 하나 제대루 간수 못하는 게, 그래두 수컷이라구……."

그렇게 거품을 물며 그 방향으로만 몰아갔다. 내가 보기에는 좀 어이가 없었으나 더욱 알 수 없는 것은 강만석 씨였다.

그럴 때 여자가 쏟아내는 가장 표독한 악다구니를 다 견뎌내면서도 맏아들 종태의 '종' 자 한 번 입 밖에 내는 법이 없었다. 순교자들이 종종 빠지게 된다는 그 피학(被虐)의 열정에 휘몰린 사람처럼 굳게 다물고 온갖 수모를 견뎌내는 것이었다.

강만석 씨가 참고 견디는 바람에 싸움은 좀체 열전으로 번지지는 않았다.

"말해봐. 말해보라니까. 소죽은 귀신을 덮어썼나? 왜 말 못해?"

무주댁은 그렇게 몰아세우며 여차하면 멱살이라도 잡고 나뒹굴 자세였으나 강만석 씨는 잡아 잡수 하는 표정으로 최초의 주장을 되풀이할 뿐이었다.

"글쎄, 그럴 일이 있었다니까."

그러나 그런 그의 표정에는 어딘가 그래도 후회는 없다는 식의 자신만만함이 엿보였다. 그게 어떤 암시를 주었던지 무주댁도 마침내 우격다짐으로 남편의 자백을 받아낼 생각을 버렸다.

"입 다문다고 내가 모를 줄 알고? 좋아 내게도 다 생각이 있다구."

그러고는 휑하니 밖으로 나가버렸다. 강만석 씨는 그게 아내가 그저 해보는 위협 정도로 여기는 것 같았다. 아직 수난이 끝나지 않았음을 암담해 하기는 해도 급박한 위험을 느끼는 눈치는 없었다.

밖으로 나간 무주댁은 꽤나 시간이 걸렸다. 학원 나갈 것도 잊고 텔레비전의 올림픽 중계에 빠져 있는 종구 곁에서 멀거니 함께 보고 있던 강만석 씨가 팔베개를 하고 끄덕끄덕 졸고 있을 무렵에야 돌아온 그녀는 다짜고짜 벽에 걸린 강만석 씨의 출근복에 달라붙었다.

"이거야? 그게."

잽싸게 윗옷을 뒤져 속주머니 깊숙이 꽂혀 있는 나를 빼든 무주댁이 강만석 씨의 눈을 찌를 듯 내밀며 물었다. 아슴아슴 잠이 들다가 기습적으로 나를 뺏긴 강만석 씨가 화들짝 놀라 일어났다. 처음 그는 본능적으로 나를 되빼앗을 자세를 취했다. 그러나 아내의 얼굴에 떠 있는 표정이 단순한 분노 이상의 것을 나타내고 있는 걸 보자 이내 단념한 듯 그녀를 덮치려던 자세를 풀고 애써 덤덤한 표정을 지으며 되물었다.

"뭘?"

"이게 우리 종태가 불란서에서 보낸 만년필이냐구. 우리 종태 정말 불란서 유학 갔어?"

그렇게 묻는 무주댁의 표정에도 그럴 리는 없지만 혹시라도 그랬으면 하는 간절한 바람이 떠올라 있었다. 그녀는 아마도 누군가 강만석 씨의 동료를 찾아가 근간의 행적을 캐다가 나에 관한 얘기를 듣고 달려온 것 같았다. 그러나 방으로 들어설 때의 심경은 사실의 확인보다 자신도 그걸 믿고 싶은 충동에 빠져 있었던 듯한데 조금 전 강만석 씨가 읽은 것은 바로 그 애처로운 충동이었음에 틀림없었다.

"음, 그건 그게 말이야……."

대답이 궁해진 강만석 씨가 그렇게 우물거리자 무주댁이 한층 더 간절한 눈빛으로 쳐다보며 재빠른 말소리로 되풀이했다.

"걔 만난 지 그러구 보니 벌써 석 달이 가깝네요. 그사이 마음을 고쳐먹고 유학을 갔을 수도 있잖아요? 걔 머리로 못할 게 뭐 있어요? 그런데, 그 연락을 어디서 받았죠? 누가 그걸 전해 줬어요?"

그러자 강만석 씨는 아내에게마저 거짓말을 하고 싶은 충동이 이는지 동료들에게 떠버릴 때와 같은 번쩍임이 잠시 그의 눈길에 내비쳤다. 그러나 거짓말할 곳이 따로 있고 속일 사람이 따로 있는 법이다.

이내 그의 눈에는 그 야릇한 번쩍임이 사라지고 대신 아뜩한 곤혹스러움이 번졌다.

"그게 아녀. 실은……."

한참을 망설이던 강만석 씨가 마침내 마음을 정한 듯 고백 조가 되었다. 그러나 무주댁은 조금이라도 더 오래 자신의 애절한 희망에 매달려 있고 싶어 했다.

"그게 아니라면 걔가 우편으로 보냈어요? 항공우편으루다가, 당신 회사루 직접, 아니면……."

그러자 강만석 씨가 더는 참지 못하고 그녀의 말허리를 잘랐다.

"그만해. 종태에게는 아무것도 온 게 없어. 이 볼펜은 쓰레기 치우러 갔다가 주운 거야. 누가 보고 불란서제라기에……."

"네에? 그런데 왜……."

뜻밖에도 무주댁은 성내는 기색 없이 물었다. 묻고는 있어도 남편이 왜 그랬는지 짐작 가는 데가 있다는 눈치였다. 강만석 씨가 더는 숨기고 자시고 할 게 없다는 듯 축축한 목소리로 털어놓았다.

"그게 불란서제란 말을 듣자 나도 모르게 그런 거짓말이 떠오르데. 사실 종태가 집을 나간 뒤로 나는 가끔씩 걔가 경찰에 쫓겨 도망 다니는 게 아니라 외국 유학 떠난 것이었으면 좋겠다구 생각했지. 그래서 집에 없고 버젓한 직장도 가질 수 없는 거라고."

"……."

"생각해보라구. 재작년까지만 해도 우리가 어땠어? 비록 쓰레기 치우는 일을 해도 세상에 부러울 게 없는 나였어. 종태 녀석만 졸업하면 바로 새 하늘이 열리는 줄 알았다구. 나뿐이 아니야. 같이 일하는 사람들도 얼마나 나를 부러워했다구. 사무 보는 넥타이치들도 나만은 다르게 보아주었다니까. 그런데 졸업 때가 되어도 그놈은 온데간데없고, 사람들은 자꾸 물어대고…… 공부를 더

할 생각인 모양이더라구 둘러대긴 해도 당최 말이 먹혀들어야지. 그렇다고 죄짓고 쫓겨 다닌다고 바로 댈 수도 없고, 정말 막막하더라고. 그런 차에 그걸 주우니까……."

그때쯤은 강만석 씨의 목소리뿐만 아니라 눈가까지도 축축하였다. 거센 무주댁도 그 일에 대해서만은 신기하다 싶을 만큼 참을성과 이해를 보였다. 어쩌면 그게 바로 삼십 년 가까이 몸을 섞고 산 부부의 정에서 비롯된 것인지도 모를 일이었다.

그 바람에 그들 부부의 화해는 어렵잖게 이루어졌다. 그저 화해가 이루어졌을 뿐만 아니라 나중에는 제법 단합대회 성격으로 발전해 그들 부부는 술잔까지 주고받으며 훌쩍거렸다. 그러나 어쨌든 무주댁은 오래 어려운 살림살이를 꾸려온 주부였다. 나 때문에 그들 가계가 그동안 치러야 했던 출혈은 감수한다 해도 더 이상은 용납할 수 없다는 듯 옷장 서랍 깊숙이 챙겨 넣으며 말했다.

"이건 내가 맡아둬야겠어요. 이제 그만하면 됐으니까 당신도 더는 실속 없는 허풍 떨 생각은 말아요."

그래서 나는 그 집을 떠날 때까지 두 번 다시 새벽 거리와 퀴퀴한 쓰레기 냄새 속으로 돌아가지 못했다. 대신 하늘에서 가장 가까운 그 동네에 자리 잡고 가난한 이웃들과 몇 달을 보내야 했다.

그날 저녁 강만석 씨네 옷장 서랍 깊숙이 처박힐 때만 해도 나는 꼼짝없이 유폐가 시작된 줄 알고 꽤나 마음을 졸였다. 저 씩씩한 희랍 사내가 키르케의 섬에서 당한 것처럼, 그러나 미녀도 환락도 없이. 하지만 그것은 기우였다. 무슨 생각에서였는지 무주댁은 다음날로 나를 다시 꺼내 앉은뱅이책상 위의 필통에다 꽂았다.

"느이들 말이다. 이거 들고 다닐 생각은 말어. 아버지가 얻으신 건데 몇십만 원 하는 외제래니까. 종태나 돌아오면 쓸까 우리 집엔 이런 거 쓸 자격 있는 사람 없어."

무주댁은 강만석 씨뿐만 아니라 딸과 막내아들에게도 그렇게 말해 나를 가지고 나가는 걸 엄하게 막았다. 덕분에 나는 한동안 바깥 구경은 할 수 없게 되었지만 세상과 온전히 격리되는 불행은 면할 수 있었다.

강만석 씨네 집은 산비탈에 생긴 스무 남은 평 가량의 구릉에 자리 잡고 있었다. 그러나 그 집 하나만 있는 게 아니라 네 집이 두 집씩 마주 보며 처마를 맞대고 있었는데, 그 처마 위에 천막을 덮어 한발 남짓한 집과 집 사이의 공간은 실내로 쓰고 있었다. 따라서 그 네 집은 독립된 가옥이라기보다는 한 커다란 공간을 네 부분으로 쪼개 쓰고 있는 것 같은 형국이었다. 거기다가 방음설비는 부실하고 계절은 여름이라 문을 열고들 지내는 바람에 조금만 귀 기울이면 그 공간 안에서 일어나는 일은 모두 알 수 있었다.

하지만 보고 들어서 아는 것과 듣기만 해서 아는 것은 다르다. 보고 들을 수 있을 때는 그대로 서술하는 것만으로도 사물이나 상황을 묘사할 수 있지만, 듣기만 할 때는 종합이라는 과정이 필요하고 서술도 총체적이지 않으면 안 된다. 앞으로 나의 서술방식이 달라지더라도 그것은 내가 놓여진 환경 — 모든 게 들은 것만을 종합해서 판단해야 하는 데서 온 변화임을 이해해주기 바란다.

며칠 걸린 종합인지 정확히 말할 수는 없지만 그들 공간을 거의 같이하고 있는 네 집 중에서 강만석 씨네를 뺀 세 집의 구성은 대강 이러했다.

강만석 씨네 옆집은 방을 셋이나 집어넣어 부엌은 처마 밑으로 나가 있었는데 두 집이 세 들어 있었다. 안방에 해당되는 좀 넓은 방과 원래의 부엌을 개조한 작은 방은 사십 대 초반의 부부와 그들의 두 자녀가 살고 있었다. 집주인인 역시 사십 대 여자가 매달 집세를 받으러 오는 걸로 봐서 전세는 아니고 사글세인 듯했다. 그리고 나머지 한 칸은 이십 대의 젊은 남녀가 역시 보증금 얼마에 월 얼마, 하는 식의 세를 살고 있었는데 그들이 정식의 부부관계인지 그냥 동거 중인 도회의 젊은이들인지 얼른 분간이 안 되었다.

강만석 씨네 맞은편 집은 한 가구만 살았는데 인구밀도로는 네 집 중 가장 조밀했다. 아래로 국민학생부터 위로 서른 가까운 딸까지 여섯 남매의 강만석 씨 또래의 부부와 늘상 자리보전을 하고 있는 할머니가 방 둘에 들어 있어 도대체 밤에는 그들 모두에게 누울 자리나 있을까가 걱정될 정도였다.

그다음 강만석 씨네와 대각선으로 마주 보고 있는 집은 나의 가청(可聽) 범위에서 가장 먼 탓인지 그 구성원도 파악이 가장 힘들었다. 그러나 여러 가지로 미루어 아는 바로는 역시 두 집이 살았는데 한쪽은 식구 수가 분명치 않은 대로 가구를 이루고 있었고, 다른 한쪽은 어딘가 수상쩍은 삼십 대가 빌려 잠만 자는 듯했다.

하지만 내가 그들 삶의 단면에 처음 접하게 된 것은 이웃해 있는 그 셋집의 구성원을 통해서가 아니라 행운을 얻어 그곳을 벗어났던 어떤 아줌마를 통해서였다.

그 아줌마는 내가 강만석 씨네 아랫목을 차지한 그다음 날 무주댁을 찾아왔는데 서로가 몹시 반기는 게 여간 자별한 사이가 아닌 것 같았다.

"음마, 이전 높은 곳에 번지르 차려놓고 사는 양반이 이 누추한 동네엔 워쩐 일이디야?"

방 안에 들어서는 그녀를 보고 마늘을 까고 있던 무주댁이 그렇게 맞았으나 말투와는 달리 조금도 빈정거리는 기색은 없었다.

"그냥, 놀러 왔어요. 그새 별일 없으셨어요?"

상대편이 애써 태연한 얼굴로 받았으나 어딘가 맥이 빠져 있는 듯한 말투였다. 그러나 무주댁은 한층 더 부러움을 드러내며 그녀의 말을 받았다.

"우리야 뭐, 그저 그렇지. 사니 상투가 있나 죽으니 뫼가 있나…… 그렇지만 우리 순영이네는 깨가 쏟아질걸."

"그렇지두 못해요. 오히려 여기 살 때가 그립기까지 한 걸요."

순영이네라 불린 그 여자가 가벼운 한숨까지 섞어 그렇게 대답했다. 그제서야 무주댁도 살피는 눈초리가 되어 그녀를 바라보았다. 그러나 아무래도 잘 이해가 되지 않는다는 듯 물었다.

"아니, 그게 무슨 소리야? 코딱지만 한 브로크집에 오글거리며 사는 우릴 놀리려 드는 건 아니겠지. 열세 평 아파트에 세 식구만 달랑 살면 집안이 태평양 같겠다. 게다가 집세 같지도 않는 집세 몇 년 물고 있다 보면 절로 분양되겠다 — 혹시 복에 겨워 해보는 소리 아냐?"

그런 무주댁의 말로 미루어 순영이네는 그 이웃에 살다가 임대 아파트라도 얻어나간 사람들 같았다. 아마도 당시 그 동네에서는 흔치 않은 행운으로 보였는데 실은 그게 그렇지 못한 듯했다. 순영이네가 이제는 완연히 알아듣게 한숨을 내쉬며 받았다.

"속 모르는 소리 마세요. 그게 빛 좋은 개살구라구요. 우린 그 눔의 아파트 때메 쫄딱 망한 거나 다름없어요."

"건 또 무슨 소리야? 어디 그 속 한번 알아보자구."

"부끄러운 얘기지만 종태 어머니니까 들려드리는 거예요. 혹시라두 알아두시는 게 좋을지두 모르구…… 동네 다른 분들에게는 얘기하지 마세요."

순영이네는 먼저 그렇게 다짐을 받아놓고 다시 한번 한숨을 내쉰 뒤 길게 늘어놓았다.

"처음에는 저희들도 꿈 같데요. 반평생 집 설움 받고 살다가 비록 당장은 임대라두 언젠가는 내 집이 될 아파트에 들게 되니까. 게다가 여기 살 때 우리 전세만 해두 얼마였어요? 코딱지만 한 방 두 칸이 천만 원이었잖아요? 그런데 거기선 임대보증금 물구두 8백만 원이 남으니 당장은 벼락부자가 된 기분이더라구요. 그런데 망쪼는 바루 거기서부터 든 거예요. 새 아파트에 여기서 살던 구닥다리 살림살이들을 끌고 들어갈 기분이 아니데요. 게다가 당장 급하지도 않은 돈두 8백씩이나 있고. 그래서 처음에는 조심스레 농짝이나 갈구 말려구 했어요. 발이 아프도록 가구점을 돌다 큰맘 먹고 백이십만 원에 장롱 하나 넣었어요. 메이커는 알려지지 않은 거라두 보기에는 그럴듯한 걸루다가. 평생에 처음 사보는 거라 저희 형편에는 좀 무리를 한 셈이죠. 그런데 그게 아니더라구요. 안방에 그 농짝을 처억 들여놓을 때는 하늘로 솟는 기분이었지만 이튿날 집안을 다 정리하구 보니 그게 아니더라구요. 그 농짝 때문에 그동안에 소중하게 쓸고 닦고 해오던 살림살이들이 모조리 궁상스럽고 불편하기 짝이 없는 걸루 돼가지 않겠어요? 누가 와서 뭐라는 것두 아닌데 공연히 부끄럽고 불만스럽고, 그래서 경대 새로 갈구 테레비두 칼라 널찍한 걸루 바꿨죠. 사람 들락거리는 화장실에 놓이는 거라 구닥다리 세탁기도 대우 공기방울로 바꿔 앉히고. 게다가 집 구조가 달라진 바람에 새로 들여야 하는 가구들도 적잖더라구요. 아파트 살면서 밥상에 밥 다 먹을 수 없어 식탁 하나 넣구 손바닥만 해도 명색 거실이라는 게 있어 소파 한 세트 넣구, 창문도 몇 군데 남의 눈에 띄는 곳은 커텐으로 대강 가리구…… 그러다 보니 이사비용 합쳐 다시 한 2백 후딱 줄더라구요."

순영이네가 거기까지 얘기했을 때 그때껏 듣고만 있던 무주댁이 아무래도 못 참겠다는 듯 불쑥 끼어들었다.

"뭐, 꼭 못 할 짓 한 거두 없구마는! 사람 사는 게 몇백 년이라구. 힘 되면 그 정도는 갖추구 살아야지."

"그런데 그게 아니란 말이에요. 집안이 그렇게 달라지니까 사람두 달라지기 시작하더라구요. 어디서 나온 말인지 중산층이란 말이 사람을 슬슬 돌게 해 집안을 요상하게 끌구 가는데 참 알 수 없데요. 순영이 아빠는 그때껏 잘나가던 막일 나가기를 갑자기 꺼리고, 저두 파출부 나가기가 공연히 부끄러워지는 거예요. 순영이 아빠는 어디 수위라두 마뜩한 일자리 알아보겠다며 밖으로 나가 돌구, 저는 저대로 빚을 얻더라두 작은 가게나 내볼까 해서 한동안 싸다녀 보았죠. 미친 짓이지. 아, 고등학교두 제대루 못 나온 사람이 마흔 넘어 취직은 무슨 취직. 그리구 가진 거라고는 5백두 채 못 되는 돈으로 가게는 또 무슨…… 그래두 중산층이라는 말에 홀려 한동안은 안팎으로 제법 신바람까지 내며 돌아쳤죠. 그렇게 한 두어 달 됐나? 어느 날 통장을 보니, 글쎄 남은 게 이백두 안 되잖아요? 그럴 수밖에 없는 게 내외 한 푼도 버는 거 없이 까먹은 데다, 취직을 위한 교제다 뭐다 하며 술값까지 적잖이 나갔으니 화수분이 아닌 담에야 견디겠어요? 애도 거기 가니 달라지더라구요. 라면을 찾아두 삼백 원짜리, 사백 원짜리 아니면 거들떠보지도 않고, 남 따라 보내다 보니 미술학원이다, 속셈학원이다 해서 두엇은 나가야 하구……."

"그게 그런가……."

그제서야 무주댁도 조금은 알아듣겠다는 듯 고개를 끄덕이며 혼잣말로 중얼거렸다. 상대편이 이해해주자 자신이 비참하게 보이는 게 오히려 싫어지는지 순영이네가 한탄 조를 버리고 말했다.

"그래두 우리는 나은 편이에요. 아, 글쎄 그때 함께 입주한 사람들 중에는 임대보증금 내고 조금 남는 그 돈으루 자가용까지 산 사람도 있다구요. 정말루 엄청난 짓두 했지. 자동차라는 게 어디 사는 값뿐이에요? 보험, 세금, 기름값두 또 그렇다 쳐요. 더 큰 문제는 그 분위기죠. 우리 순영 아빠는 그래도 수위는 서겠다고 나섰지만 자가용 산 사람들은 쳐다보는 게 아주 다르더라구요. 회사 취직도 계장 과장은 넘어야 된다는 식이죠. 아니면 부웅 떠서 사업이니 뭐니 하며 바람 먹고 구름 똥 싸는 소리나 하고 다니구. 어디 그뿐인 줄 아세요? 자가용을 처음 사서 그런지 휴일마다 식구대로 신구 나가 좋은 곳은 다 찾아다니는데, 그게 다 돈 아녜요? 그러다가 그 일이 신문 방송에 터져 임대아파트서 쫓겨난 사람들도 있다구요. 개중에는 첨부터 자격 없는 사람들도 있긴 하지만 내 보기엔 그 아파트 때문에 돌아 그리된 사람들이 더 많을 거예요."

"쫓겨날 땐 쫓겨나더라두 나도 그렇게 한번 살아봤으면 좋겠다. 그 사람들 그만하면 할 거 다 해봤네, 뭐."

무주댁이 무슨 심사에선지 그렇게 어깃장을 놓았다. 하지만 순영이네는 그런 섬세한 감정까지 상대할 여유가 없는 것 같았다.

"해보는 소리지 당할 일은 아닐 거예요."

그렇게 무주댁의 말허리를 끊고는 머뭇거리다가 물었다.

"그런데 용기 어머니 요즘도 파출부 일 나가세요?"

"거긴 파출부라도 늘어진 파출부더구만. 열 시에 느직하게 나가 네 시면 돌아오는데, 그럭저럭 달에 오십만 원은 쥔대지, 아마.

한 집만 도꾸이로 나간대. 일도 수월하구……."

무주댁은 뭣 때문에 다분히 과장의 혐의가 가는 말투로 용기네의 근황을 말해놓고 슬며시 순영이네를 살피며 물었다.

"건 왜 물어? 이제 순영이네는 그런 일 하고는 빠이빠이 한 사람 아냐?"

그러자 순영이네가 입술을 지그시 물다가 힘없이 웃으며 말했다.

"실은 그것두 쬐금은 답답해 왔어요. 급해서 다시 파출부 일이래두 나가보려니 선이 다 끊어져 놔서…… 직업소개소나 여성단체의 부녀 취업 알선 창구를 통해 일자리를 구할 수도 있지만 그게 영 전과는 달라요. 우선 일거리가 생기는 게 임시 임시이고, 한 번 보고 말 사람이라 그런지 쓰는 쪽도 빡빡하게 굴더라구요. 그뿐만이 아네요. 서로 낯이 익잖아 그런지 일당을 주는 데도 형편없이 짜요. 전에는 열심히만 해주면 차비 정도는 더 얹어주었는데 요샌 일당에서 차비를 꺼내야 한다니까요."

"그래서 용기네에게 알아보려구?"

"그건 아네요. 우선은 한동안 힘들겠지만, 저두 곧 도꾸이(단골)가 생기겠죠. 사람 알음이란 게 그런 거 아니겠어요? 실은 용기 아빠에게 볼 일이 좀 있어서……."

"용기 아빠? 아참 순영이네가 여기 있을 때 바깥양반들두 한 구미(組)로 일했지. 하지만 그쪽은 전 같지는 못한 것 같데. 여기저기서 술 받아줘 가며 데려가던 건 옛날 좋을 때 얘기고, 요즘은 이쪽에서 일자리 찾아 나서야 되는 모양이더라구."

"그래두 구미만 있으면 아직 일거리는 흔한 모양이던데요."

순영이네가 그렇게 받아놓고 이 마당에 뭘 더 숨기겠냐는 얼굴이 되어 망설임 없이 털어놓았다.

"이달 들어서야 애 아빠도 겨우 정신이 드는지 예전에 나가던 막일이라두 하겠다구 나섰지만, 그게 여의찮아서요. 외톨이로 공사판에 껴 붙어봐야 힘든 허드렛일이나 험한 데모도(조수)가 고작인 모양이더라구요. 일당은 또 언제나 신마이(신참) 대접이구. 보다 못해 용기네 아빠를 찾아가 다시 한 구미로 일해보라 권했지만 이번에는 애 아빠가 펄펄 뛰는 거예요. 모래땅에 혀를 박고 죽어두 이 동네에 다시 돌아와 빌붙을 수는 없다나요. 그래서 애 아빠 몰래 용기네 아빠 좀 만나 보려구요. 일손이 달리는 척하며 애 아빠 자존심 안 상하게 불러……."

순영이네가 거기까지 털어놓자, 무주댁도 더는 어깃장을 놓지 않았다.

"그 집은 순영이네가 착하고 생각 깊어서 큰 걱정 없겠네. 아무렴 남정네 자존심 상하게 해서는 안 되지……."

그러면서 같이 걱정하는 얼굴이 되었다. 얘기를 들으면서도 나는 한동안 순영이네의 그런 엉뚱한 불행이 이해되지 않았다. 강만석 씨가 나를 두고 지어낸 거짓말이나, 그로 보아서는 엄청난 출혈을 감수하면서도 그 거짓말을 지키려고 애쓰던 것이나, 거기에 대한 무주댁의 턱없는 관용을 볼 때와 다름없는. 그러다가 '자존심'이란 단어가 두 사람의 입에서 되풀이되자 나는 비로소 중요한 암시를 받은 느낌이었다.

사람들은 흔히 가난과 자존심을 양립하기 어려운 것으로 생각한다. 그러나 그 며칠 내가 그 동네에서 보고 들은 바에 따르면, 가난이야말로 가장 예민하게 자존심을 싸안게 만드는 환경인 듯싶다. 물질의 위로를 받지 못하는 사람들에게 그보다 더 힘있는 의지가 어디 있겠는가. 강만석 씨네 막내 종구가 입버릇처럼 되뇌는 '챙피하게' 또한 어쩌면 그 자존심에 바탕하고 있는지도 모를 일이었다.

가난한 사람들

저 씩씩한 희랍 사내가 신들의 저주를 받아 낯선 바다를 떠돌다 어떤 섬에 유폐되었을 때 그는 한동안 고향과 처자며 친구들은 물론, 자신과 세월까지도 잊고 지냈다. 그에게는 밤마다 타오르는 불꽃 같은 관능의 환락이 있었고, 요정의 아름다운 노래와 황홀한 춤과 달콤한 술이 있었다.

강만석 씨네 집에서의 내 날들은 비록 몸은 개방된 공간으로 나와 있어도 유폐나 다름없었다. 그들 일가는 하루하루 삶과의 싸움을 다양하고 숨 가쁘게 벌여나가고 있었지만, 거기에 익숙해진 내게는 그 집안이 단조롭고 지루한 공간에 지나지 않았다. 게다가 내게는 나를 매혹시키는 요정도 없고, 그녀가 주는 환락도 미망도 없었다.

따라서 나는 오히려 자유롭게 세상을 나다닐 때보다 더욱 치열한 의식으로 세계를 바라보고 느꼈다. 그러나 내 몸은 어쩔 수 없이 제한된 공간에 묶여 있어 그 통로는 다만 청각뿐이었다.

사람들은 감각이 어느 한 가지로 제한되어 있을 때 아무런 검증 없이 그 감각의 불완전함을 단정한다. 하지만 감각에는 보완의 기능이 있어 한 감각이 작동하지 않는다 해도 다른 감각이 발달해 그 결함을 메우려고 애쓴다.

좀 억지스레 말한다면 장님은 보통 사람보다 예민해진 청각으로 색깔을 들을 수 있고, 귀머거리는 더 밝아진 눈으로 소리를 볼 수도 있을 것이다. 그러한 감각의 보완기능에다 내가 애초부터 확보해둔 픽션에서의 특권을 보태면 강만석 씨네의 이웃들을 살피기는 그리 어려울 것도 없다.

강만석 씨네 이웃들은 하나같이 개성이 뚜렷해 어느 집부터 살펴도 상관없지만 아무래도 옆집부터 보는 게 좋겠다. 이미 말했듯이 강만석 씨네와 얇은 블록 벽 하나로 이웃해 있는 그 집에는 두 가구가 살았는데, 먼저 내 흥미를 끈 것은 방 한 칸을 빌려 사는 젊은 남녀 한 쌍이었다.

처음 나는 그들이 결혼한 부부인 줄 알았으나 며칠 지나 보면서 보니 그게 아니었다. 내가 강만석 씨네 안방에 들어앉은 지 며칠 안 돼 들은 그들의 대화는 이랬다.

"자기, 우리 식은 언제 올릴 거야?"

"좀 두고 보자구. 나 이제 겨우 스물넷이야. 이 나이 가지구 어디 가서 결혼 얘기 꺼낼 수 있겠어? 챙피하게…….”

“내 나이 스물넷은 곧 어린 것두 아니라구. 시골집에선 올가을 넘겨선 안 된다구 성환데 어쩌지?”

“그럼 가을쯤 가서 약혼이나 해두고 다시 한 몇 년 버텨보는 거지 뭐.”

그걸루 미루어 둘은 동갑내기로 결혼을 약속하고 동거 중인 듯했다. 둘이 만난 경위에 대해서도 들은 게 있다.

“자기 공연히 직장 바꾼 것 같애. 이달은 수입이 나하고 같이 있을 때 절반두 안 되잖아. 너무 기분대루 하는 게 아녔어.”

“아, 그렇다고 한 직장에서 손가락질받으며 같이 있을 수 있어? 서로 드런 꼴 봐가며……. 그리는 못 해!”

“그렇더래두 같은 계통으루 일자릴 잡는 건데. 생판 낯선 영업직 이제 다시 시작해 잘 될까?”

“아냐, 기능직보단 열 배 나아. 솔직히 말해 기능직이란 말 그거 실은 묵은 공돌이에 지나지 않는다구. 몸에 기름때 안 묻히는 것만두 어딘데.”

그런 그들의 대화로 미루어 둘은 같은 직장에서 일하던 근로자였던 모양이지만 남자 쪽은 이미 변해도 한참 변해 있었다. 이 사회에 널리 퍼지고 있다는 이른바 3D 기피현상에 빠져, 말이 영업직이지 속내로는 정체불명의 수입식품을 만병통치약으로 속여 파는 외판원에 지나지 않는 듯했다.

이제는 여기저기서 떠들기 시작해 군더더기가 될지 모르나 기왕 말이 나왔으니 3D 기피현상 얘기를 좀 해야겠다. 누군들 힘들고 더럽고 위험한 일을 좋아하겠는가만 요즘 이 나라에 널리 퍼지고 있는 그 현상은 의식에 바탕한 선택이 아니라, 유행이나 무의식적인 모방인 것 같아 걱정스럽기 짝이 없다.

내가 이 나라에서 가장 이해하기 힘든 것 중의 하나는 유행, 특히 그릇된 풍조에 대한 턱없는 민감성이다. 근대화, 산업화가 진행되면 사람들의 의식도 전통 지향에서 타인 지향 내지 외부지향성을 띠게 마련이지만 이 나라 사람들처럼 '타자(他者)로부터의 신호'에 자신을 통째로 내던져버리는 사람들도 드물 것이다. 그것은 문화적인 유행이든, 사회적인 유행이든 한번 그것이 자리만 잡으면 일단 따라 해놓고 그다음에 그 시비나 득실을 따지는 게 이 땅 사람들인 것 같다. 그런데 3D 기피 현상에서도 다분히 그런 혐의가 간다.

그날 두 사람의 나머지 대화에서도 그런 점은 쉽게 알아차릴 수 있었다.

"그런데 자기 말이야, 증말 하고 있는 일 그거 전망 있어? 내 보기엔 왠지 야바위 같더라. 비만이란 거 세계적으루 고민들 하고 있는 고질 같은 건데, 무슨 장미꽃인지 달맞이꽃 기름 가지구 뺄 수 있어? 뱀장어 기름인지 상어 기름인지 하는 것두 그래. 무슨 약이 그리 만병통치가 있어? 심장병 간장병에 노화방지 피부 미용에까지 좋다니 어째 꼭 어릴 때 천막 치고 노래 부르던 가짜 약장수 다시 보는 것 같애."

여자가 제법 걱정스레 남자가 하는 일에 참견했지만 3D 기피에는 당연하게 동의하고 있는 말투였고,

"난들 어떻게 알아? 그래두 한 통에 몇만 원씩 하는 거 처억처억 사들이는 것들이 있는 걸 보니 순 쌩은 아니겠지. 하지만 내가 지금 살피고 있는 건 그게 아니야. 장사 그 자체라구. 수입상이니 오파상이니 하는 그거 별거 아니더만. 아이템만 그럴듯한 거 잡으면 나라구 못할 것두 없지. 뭐 큰돈 드는 것두 아니구……. 한 병에 8만 원씩 내는 그 장미 기름 수입 원가가 얼만지 알아? 놀라지 마. 겨우 6천 원이라구. 한꺼번에 수만 병씩 수입 않는 담에야 우리라구 밑천 없어 못 하지는 않을 것 같더란 말이야."

그렇게 받는 남자 쪽도 자신이 얼마나 턱없는 망상에 빠져 있는가는 잘 느끼지 못하고 있는 듯했다. 3D 기피 과정에서 비롯된 망상인데 며칠 후 그것은 또 다른 형태로 나타났다.

"이봐, 나 아무래두 자동차 한 대 있어야겠어. 요샌 그눔의 차가 없으면 영업두 안 돼."

그날따라 일찍 돌아온 남자가 비번인지 일을 나가지 않고 있던 여자에게 그렇게 허두를 꺼냈다. 처음 듣는 소리가 아닌지 여자가 가벼운 짜증까지 섞어 받았다.

"또 그 소리에요? 제발 그 소린 좀 됐다 하세요. 남 들으면 웃겠어요. 달동네에 셋방 살면서 자가용은 무슨……."

"이거 폼 잡으려구 이러는 게 아니라니까. 내 직업에 꼭 필요한 연장이라구. 하루 출장비를 2만 원 받아두 택시비 물고 나면 점심

값두 잘 안 남는 게 내 형편이야. 그 돈만 해두 시시한 중형차 한 대 유지비는 넉넉하다구."

"그렇지만 차 살 돈이 어딨어요? 차 살 돈이……."

여자가 그것만은 양보할 수 없다는 듯 차갑게 받았다. 그런 면에서 여자 쪽이 이 나라고 앓고 있는 사회적인 질병에 덜 감염된 듯했다. 남자가 아직은 참을성을 가지고 여자를 설득하려고 애썼다.

"우리 적금에서 더두 말구 딱 2백만 헐면 안 될까? 우선 월부로 빼구 나머지는 내가 어떻게 해볼게. 요새 자동차 회사들 모두 이자 없이 할부 준대. 어쩌면 이것도 때라구. 승호 알지? 내 동창. 걔 회사에서 할당받은 것 못 팔아 안달이던데 이 기회에 동창두 한번 도와주구…… 또 자동차로 내 실적 오르면 까짓 2백두 금세 채워 넣을 수 있을 거야."

"안 돼요, 그건. 그 돈은 내 집 마련할 때까지 건드리지 않기로 약속한 거잖아요? 게다가 정기적금 해둔 거라 지금 해약하면 이자는 그냥 날아 가구 만다구요."

"내 집 마련? 꿈도 야무지다. 자기 정말 아직두 그런 거 믿는 거야?"

남자가 그렇게 삐딱하게 받았다. 자신에 찬 비웃음을 풀풀 날리는 게 반드시 시비거리를 찾는 사람 같지는 않았다. 왠지 기가 죽는 듯한 인상이 되는 것은 오히려 여자 쪽이었다.

"민잖구요."

그렇게 받아도 목소리는 전보다 힘이 없었다.

"너 혹시 아파트값 떨어진다니까 한 채 몇백만 원으로 떨어질 줄 믿는 건 아니겠지? 꿈 깨라구. 떨어졌다 해두 아직은 억, 억이야. 그것두 언제 다시 뛰어올라 닭 쫓던 개 지붕 쳐다보는 격이 될지 몰라. 자기, 우리 직장에 위장 취업했던 그 학생들에게 듣지두 않았어? 구조적이야. 모든 게 구조적이라구. 구조적으로 이눔의 사회는 한탕 하지 않는 한 없는 놈은 언제나 없게 되어 있단 말이야. 개인의 노력으로는 아무것도 안 되게 되어 있어."

"그래두……."

"그래두는 뭐가 그래두야? 계산이 뻔하잖아? 우리 한 달에 20만 원씩 넣어 2년 만에 겨우 6백 만들었지? 앞으로 좀 나아져서 40만 원씩 넣는다 치자. 그렇게 20년 넣어봤자 일억두 안 돼. 그런데 그때 집값이 얼마일 것 같애? 70년대 얼마짜리가 지금 얼마 해?"

남자는 스스로도 자신의 조리 정연함에 만족한 듯 목소리에는 제법 여유까지 있었다. 이 나라의 또 다른 사회적 유행, 곧 '구조적'이란 말이 가지는 괴력을 한껏 즐기는 것 같았다.

거기까지 듣고 난 나는 공연히 답답해졌다. 이 남자는 정말 '구조적'이 아니면 영원히 구원받지 못할 인간으로 스스로를 밀어 넣고 있구나. 하지만 구조적인 구원이란 게 장마다 나는 꼴뚜기가 아닌데. 혁명이란 이름의 역사적 이변이거나 개량이란 이름의 개인으로서는 기다리기 힘들 만큼 지루한 세월의 낭비 뒤에야 오는 것인데 — 대강 그런 생각에서였을 것이다.

무엇이든 자기에게 오는 것은 움켜잡고 키워가는 본성에서 비롯된 것인지, 아니면 일찍 사회로 밀려 나와 지니게 된 기본 눈썰미 덕분인지 여자는 어느 정도 구조적이란 말에 면역이 되어 있었다. 몰린 듯한 침묵도 잠시, 이내 그녀의 반격이 시작되었다.

"설령 내 집을 못 가지게 되더라도 나는 이 적금을 키우고 싶어요. 자기 말대루 돈 가치가 한껏 떨어진 20년 뒤의 일억이라두 없는 것보단 나을 테니까. 게다가…… 자기 계산두 순 엉터리구……."

"뭐 내 계산이 엉터리라구?"

남자가 뜻밖의 역습을 당한 사람처럼 그렇게 되물었다.

"그래요. 80년대 내내 그만큼 숫자놀음에 당했으면서도 아직도 모르세요? 가장 정확해 보이면서두 가장 엉터리가 그 숫자더라구요. 이제는 그도 저도 시들해졌지만, 내 엉터리 숫자놀음 하나만 예를 들어봐요? 정부가 숫자놀음으로 사람 허파에 바람들게 한 거 말구 자기가 아직도 하늘처럼 믿고 있는 그 학생들 말루다가."

"학생들이? 아니, 학생들이 언제 그랬어? 뭣 때메?"

남자가 듣던 중 또 이상한 소리라는 듯 그렇게 따져 물었다. 여자가 두리뭉실한 겉보기와는 달리 깐깐하게 대답했다.

"당신이 아직도 그 사람들 말을 믿고 들먹이니까 하는 소린데, 그때 그 학생들이 말하던 국민소득 하나만 기억해봐요. 정부 발표는 3천 몇백 불인데 그게 엉터리라는 건 귀에 딱지가 앉도록 들었죠? 그런데 그쪽에서 정확한 거라고 추산한 건 얼마였어요? 우리 노동자들이 착취당하고 있다, 분배가 불공평하다고 주장하고 싶을 땐 그 국민소득이 1만 5천 불까지 올라가는 것두 봤어요. 땅값 오른 거, 이자 받는 거, 시골에서 쌀말 부쳐오거나 돈 많은 부모에게서 음성적으로 받는 도움까지도 다 소득에 넣어야 한다면서 정부 발표 3천 불은 엉터리라 그랬죠? 당시 우리 평균임금이 한 2천 불 찾아 쓰는 폭이 되니 제법 분배가 공평해 보이지만 실제로는 열에 일곱여덟을 빼앗기고 있는 거라구요. 하지만 사회주의 나라들과 국민소득 비교할 때는 또 어땠어요? 그쪽은 몇백 불에 지나지 않지만 주택, 교육, 의료혜택이 주어지니 실제로는 우리보다 낫고, 우리는 껍데기만 3천 불이 넘지 따지고 보면 저쪽 1천 5백 불보다 못하다구 말예요. 국민소득이란 게 뭔지 잘은 모르지만 같은 입에서 꼭 열 배가 차이 나더라구요. 자기두 가만히 생각해보면 기억날걸, 아마."

"그때 걔들이 그랬던가……."

남자가 잘은 기억나지 않지만 부인하기는 어렵다는 듯 그렇게 말꼬리를 흐렸다. 여자가 그런 그를 은근히 빈정거리는 투로 말했다.

"시치미 떼지 마세요. 당신도 그때 그 학생들과 죽이 맞아 돌아쳐놓구선. 까딱했으면 달려갈 뻔하기도 했잖아요? 그게 숫자놀음이에요. 가장 정확하고 가장 변동 없을 것 같으면서두 실은 필요에 따라 부풀리고 비틀기에 가장 쉬운 게 숫자니 통계니 하는 거 같더라구요. 지금 자기 계산두 그래. 왜 우리 적금은 원금만 계산해? 우리 돈은 어디 삶아놨어? 내 알아본 게 있는데 놀라지 말아요. 자긴 자기주장에 편리하게 원금만 합쳐 1억밖에 안 된다구 그랬지만 그 짠 은행 이자라두 월 40만 원씩 20년이면 4억 가까운 돈이 되더라구. 자기 말대루 그땐 집값이 4억이 넘을지 모르지. 하지만 그래두 넣을 수만 있다면 난 넣을 거야. 아무것도 안 하고 있으면 20년 뒤에두 우린 빈손이야. 반대루 어렵더라두 넣을 수만 있다면 적어두 4억은 가질 테니. 설령 그걸로는 쌀 한 가마 받지 못한다 해도 말이에요."

그제서야 비로소 비집고 들어갈 틈이 생겼다는 듯 남자가 기세를 회복해 받았다.

"그런 바보 같은 짓을 뭣 때메 해? 그때그때 버는 대로 인간답게 사는 거지. 하루가 다르게 치솟는 물가에 그때 가서는 어느 정도 될지도 모르는 통장 하나 지키자구 일생을 쥐어짜며 살아야 돼? 난 그리 못 해. 하루를 살아도 인간답게 살고 싶다구."

남자는 '인간답게'란 말을 무슨 깃발처럼 펄럭였다.

"그래, 인간답게 사는 게 겨우 단칸 셋방 살면서 자가용 끄는 거예요?"

"자가용이 아니라 영업용이라구. 그거 끌구 폼이나 잡으려는 게 아니라는 데 이 여자가 왜 이래? 식두 올리기 전에 벌써 바가지야 뭐야?"

드디어 남자가 화를 내기 시작했다. 그러나 여자 쪽도 그 남자에 관해 알 만큼은 안다는 듯 조금도 위축되거나 당황해하지 않았다. 나이들은 많지 않아도 둘의 그 같은 관계는 여러 해 되는지, 여자는 오래된 아내처럼 남자를 지긋하게 달랠 줄도 알았다.

"자기, 또 왜 이래? 하지만 조금만 참아. 사실 나 자기 힘든 거 안다구. 요새 세상에 까짓 자동차 없는 사람 어딨어? 이젠 중국집 짜장면 배달두 자가용으루 할 판인데. 현대인에게 자동차가 사치품이 아니라 필수품이란 것두 나 모르지 않는다구. 그러나 지금 당장 사는 건 너무너무 문제가 많은 것 같애. 누가 그러는데, 아무리 작은 차라두 그걸 사면 그날부터 한 달에 적어도 20만 원 이상의 저축 능력을 감소시킨다던가. 물론 차를 가지면 영업실적이 올라 그 정도는 보충할 수도 있겠지만, 아직은 때가 아니잖아? 언제 그만두게 될지 모른다면서 다음에 얻는 일자리별로 자동차가 필요하지 않은 데라면 어쩔래? 게다가 지금 차를 산다 해두 세워둘 데부터가 문제잖아? 이 좁은 비탈 골목 어디에 세워둘 거야? 그렇다구 주차장 따루 세 낼 수두 없구……."

여자가 그렇게 조목조목 따져가며 말리자 남자도 당장은 우길 수가 없는 모양이었다.

"남들은 잘만 대드라. 사주기만 해봐. 차 댈 데 없겠어? 원 웬 놈의 핑계는……."

그렇게 불퉁거리기는 해도 더는 억지를 대지 않았다.

그날 그들 예비부부의 논의가 대강 그렇게 결말을 맺자 나는 속으로 가만히 한숨을 내쉬었다. 아울러 겉으로는 썩 잘 어울리지도 않고 보수적인 시각으로 볼 때는 불안하기까지 한 그들의 관계에도 믿음과 기대를 가질 수 있었다. 앞으로도 다수의 갈등과 파행을 겪겠지만 결코 비극적으로 전개될 것 같지는 않았다.

내가 보기에 오히려 걱정이 되는 것은 그들과 한 지붕 아래에 사는 박씨 성 쓰는 40대 부부 쪽이었다. 강만석 씨네 얘기 때문에 미뤄져 왔지만, 박 씨네 부부는 내가 그곳에 간 첫날부터 두드러지게 눈에 띄었다. 그날 헉헉거리며 비탈길을 오르던 강만석 씨가 그 더운 날에 정장 차림을 하고 어디론가 바삐 가고 있는 사람과 인사를 나눈 적이 있는데 그게 바로 박 씨였다.

"협회에서 급한 연락이 와서……."

사내는 몹시 중요한 일로 바쁘다는 듯 그렇게 말하고는 잰걸음으로 비탈길을 내려갔다. 그러나 왠지 내 느낌에는 그리 중요한 일을 맡은 것 같지도 않고 그리 바쁜 일이 있는 것 같지도 않은 사람으로 보였다. 소매 긴 와이셔츠에 넥타이까지 단정히 매기는 해도 차림부터가 현실 속에서 어떤 역할을 맡고 있는 사람은 아니었다. 유행과는 먼 재단에다 소매 끝이 빤질거리게 닳은 양복이 턱없이 현대감각을 살린 랜드로바와 함께 어울려 연출해내는 부조화가 그런 인상의 원인이었다.

또 그날 저녁 강만석 씨네의 말다툼이 조금 뜸해졌을 때 나는 이웃집 여자의 느닷없는 악다구니 소리에 놀라 귀를 기울여본 적이 있는데 그게 바로 박 씨의 부인인 상렬 엄마였다.

"이 썩어질 눔. 그것두 째진 아가리라구 밥은 처먹어야겠지!"

"주릴 틀어 죽일 년. 내 오늘 저년 다리 몽뎅일 분질러놓지 않으면 사람이 아냐!"

박 씨댁이 그렇게 악을 써대는 소리를 처음 들었을 때 나는 그녀가 도저히 같은 하늘을 지고 살 수 없는 원수를 만나 그러는 줄 알았다. 하지만 그게 아니었다. 딱 남매뿐인 아들딸을 몰아대는 방식이 그랬다. 제 살과 피를 나누어 낳은 아들딸에게 그럴 지경이니 남에게는 더 말할 나위도 없었다.

대수롭지 않은 일로 이웃과 말다툼하는데도 사정 모르고 멀리서 듣는 사람에게는 모골이 송연할 정도의 악담이었다. 그들과 이웃하고 있는 사람들은 대개가 삶에 쫓기고 부대끼는 동안 성질이 사나워져 나름대로는 어지간히들 거친 편이었지만 그런 박 씨댁에게는 모두 앞 뒷발 다 들었다는 눈치들이었다.

둥지 깨진 새집에 어찌 알이 성하기를 바랄 수 있으랴만, 아버지란 사람이 반 공중에 떠서 밖으로만 나돌고 어머니는 집안에서 패악만 부려대니 아이들도 온전할 리가 없었다. 이제 열일곱과 열다섯인 그 집 남매도 심심찮게 이웃의 입방아에 오르내렸다.

"걔들 아마 제정신들이 아닌 것 같애. 눈길들을 한번 봐. 뭣에 주눅이 들었는지 사람을 똑바로 쳐다보지 못한다니까. 걷는 것도 흔들흔들 혼이 뜬 것 같애."

"그래두 밖에 나가서 할 짓 다 하는 모양이던데. 중학 다니는 머슴애 있지? 걘 학교보다 저 아래 시장 만화 가게에서 나오는 걸 더 자주 본다니까. 딸애두 내 보기엔 벌써 맛이 갔어. 야간 상고에 나간다지만 틀림없이 아냐. 걔 머리 좀 봐. 그게 어디 학생 머리야? 얼굴두 그래. 집안에서 그냥 지내지만 화장을 많이 해본 얼굴이라구."

언젠가 강만석 씨네 안방에서 무주댁과 이웃 아줌마 하나가 그렇게 수군거렸는데, 혹시나 해서 조심을 하느라 그렇지 마음속에 묻어 두고 있는 의심은 그보다 훨씬 더 심한 것 같았다.

그 밖에 박 씨네가 자주 남의 입에 오르내리는 것으로는 그들의 수입에 관한 의심이었다. 밥술깨나 먹고 사는 도심의 아파트와는 달리 그들은 제법 떨어진 이웃이라도 서로의 직업이며 수입 따위를 대강 알고 있었다. 없는 살림에 서로 얽혀 살다 보니 이웃에 대한 지식은 일종의 생활정보가 되기도 하는 듯했다. 그런데 박 씨네에 대해서는 영 감이 잡히지 않는 눈치들이었다.

"박 씨가 무슨 협회에 나간다던데 거기는 생기는 게 있나? 그렇지만 그 사람 여편네 눈치 보는 거 보니 자기가 벌어 식구들 먹여 살리는 당당한 가장은 아닌 거 같던데."

"상렬네 외가가 살림깨나 있는 모양이더만. 박 씨댁 기세가 등등한 것두 그렇고…… 하지만 그것두 많이 요상하네. 아무리 잘 산다 해도 마흔이 넘은 딸네 식구 무한정 먹여 살리는 친정이 있을까?"

"그렇다구 애들이 벌어들이는 것두 아니구, 또 애들이 벌어오는 걸 앉아서 받아먹고 있을 자존심들도 아니고."

그렇게 되자 그 별난 일가에 대한 내 관심도 커졌다. 나는 특히 어느 것 하나 그가 처해 있는 환경과는 어울리지 않는 박 씨의 행동 방식과 그 아내의 앞뒤 안 가리는 호전성을 길러낸 그들의 전력이 궁금하기 짝이 없었다.

다행히도 내가 그 동네에 자리 잡게 되었을 때는 박 씨네도 그리로 이사 온 지가 오래지 않아 그곳 사람들의 관심이 그들 일가에게 쏠려 있을 무렵이었다. 게다가 박 씨네도 구태여 자신들을 감추려 들지는 않아 그들의 전력은 곧 조금씩 밝혀졌다. 그 바람에 나는 강만석 씨네 안방에 틀어박혀서도 오래잖아 제법 상세하게 그들 부부에 대해 알 수 있었는데 그걸 종합해 정리하면 대강 이랬다.

당장은 적당한 전선을 찾지 못해 약간의 혼란에 빠져 있지만 한마디로 요약하면 그들 내외는 도시빈민운동의 불꽃 같은 전사(戰士)들이었다. 그들은 자신의 몸 전체를 던져 그 방면의 이론가들에게 가장 효율적인 무기로 기능했으며, 80년대 말 한때는 찬란한 전과를 얻기도 했다.

하지만 박씨부부는 이른바 태어난 전사는 아니었다. 70년대 말까지만 해도 그들은 서울 가까운 경기도 어떤 군의 평범한 중농이었다. 아직 삶은 곧 '즐기고 누리는 것'이라는 식의 미신이 요즘처럼 널리 퍼져 있지 않고 오히려 '견뎌 나가야 하는 어떤 것'으로 인식되던 때라 생활이래 봤자 겨우 의식주를 걱정하지 않는 수준이었지만 그들은 꽤나 자족해 하며 살았다.

그렇게 출신으로만 따지고 보면 그들도 강만석 씨네와 비슷한 데가 있다. 그러나 그다음은 달라도 많이 달랐다. 강만석 씨네가 수몰(水沒)이라는 외부적 원인에 의해 밀려난 것이라면 박 씨네는 자발적인 선택에 따라 고향을 떠났기 때문이었다.

큰딸아이가 국민학교에 입학할 무렵 박씨부부는 갑작스레 타오르는 교육열로 서울로의 이주를 모색하게 되었는데 그걸 헌신적인 결의로 바꾸게 한 게 박 씨네 처가였다. 이웃 마을에 살던 처가는 이미 그 몇 해 전에 서울로 옮겨 앉아, 그 무렵은 꽤나 쏠쏠한 재미를 보고 있었다. 그들이 사위와 딸을 부추기자 힘을 얻은 박 씨는 때맞춰 나타난 작자에게 가진 땅을 모두 넘기고 서울시민으로 편입되었다.

처음 일 년은 그들 부부에게는 좋은 세월이었다. 처남이 경영하는 작은 의류제조업체에 투자한 박 씨는 이름 없는 농사꾼에서 단번에 공장장님으로 뛰어올라 서른 명 가까운 공원을 부리는 재미에 흠뻑 젖어 지냈다. 손에 흙 안 묻히고 사는 게 원이었던 박 씨댁에게도 공장장 사모님으로서의 그 일 년은 황홀했다.

그런데 곧 80년대 초의 불황이 그들을 덮쳐 처남이 부도를 내고 피신하게 되자 그들도 빈손으로 길바닥에 나앉는 신세가 되고 말았다. 그때 박 씨의 처남이 했던 일은 일종의 보세가공이었던 모양으로, 이미 한물간 그 업체를 인수해 자금난으로 허덕이다가 어리숙한 매형을 끌어넣은 듯한 의심이 가지 않는 것도 아니나, 그 부분은 박씨부부가 모두 한사코 부인하니 그대로 믿어주자.

어쨌든 하루아침에 도시빈민 중에서도 가장 밑바닥으로 굴러 떨어진 그들은 그때부터 서럽고 한 많은 서울 생활을 시작했다. 달동네의 사글셋방을 이리저리 옮겨가면서 부부의 몸뚱어리에만 의지해 살아야 하는 나날이었다.

그래도 처음 몇 년간 박씨부부는 순박하고 부지런한 농부의 심성을 잃지 않고 살았다. 좋은 세월이 짧아 오히려 그러한 심성의 복원이 쉬웠는지도 모를 일이었다. 서울도 그런 그들에게 무작정 비정하지만은 않았다. 몸은 고달파도 그럭저럭 먹고 입는 것에 아이들 교육은 해결됐다. 쌓이는 것이 없어 걱정이었지만 그것도 나중에는 조금씩 희망이 보이기 시작했다. 그런데 갑자기 그들에게 전혀 뜻밖의 전기가 왔다.

아직은 선량한 농부의 품성을 잃지 않고 있던 그들 부부를 도시빈민운동의 전사로 길러낸 것은 다름 아닌 도시 재개발 사업이었다. 87년, 그때 그들 일가는 지금의 동네에서 보면 훨씬 도심에 가까운 강남의 다른 달동네에 살고 있었는데, 거기서 바로 그 도시 재개발 사업과 만나게 되었다. 철거민 문제로 목동에서 한바탕 홍역을 치렀지만 그래도 재미 보는 구석이 있는지 재개발 사업자들이 다시 박 씨네가 사는 산비탈을 허물고 거기다 고층아파트 단지를 짓겠다고 몰려온 게 시작이었다.

원래의 박 씨네 같으면 주민 일정 비율의 동의로 그 계획이 확정되었을 때 군소리 없이 털고 일어났어야 했다. 보상이야 그 동네에 땅이나 집을 가진 사람들과 재개발 사업본부 사이의 일이고, 그들 같은 세입자는 월세 보증금에 이사비용 정도나 얹어걸리면 다행이란 게 그 당시 일반적인 서민들의 권리의식 수준이었다.

그런데 박 씨네에게만 있는 특수한 사정이 먼저 '기한의 이익'이란 개념에 눈뜨게 하였다. 그때 몇 년의 성실한 노동으로 제법 힘을 비축한 그들 부부는 벌써 2년째나 5백만 원짜리 적금을 부어오는 중이었다. 그 동네에서 일 년만 더 고생하면 그 적금을 타 그리 비탈지지 않은 곳에 두 칸짜리 전세방을 얻을 수 있었다. 그런데 예정에 없이 강요된 이사가 그런 그들의 계획에 차질을 가져왔다.

그중에서도 가장 박 씨네를 난감하게 한 것은 그사이 오른 집세였다. 그들은 그때 보증금 50만 원에 월세 3만 원짜리 단칸방에 살고 있었는데, 그 동네 근처에서는 이미 그 돈으로 들 수 있는 셋방이 없었다. 재개발 사업으로 땅값을 들쑤셔놓은 데다 주민들은 또 되도록이면 그 근처에 남고 싶어 해 일시에 몰린 셋방 수요 때문이었다.

하기야 멀리 더 변두리로 옮겨 앉거나 시외로 나간다면 아직 그만한 방은 얻을 데가 있었다. 하지만 박 씨네가 그럴 수 없었던 데는 이유가 둘 있었다. 그 하나는 아이들 교육 문제였다. 비록 그들이 살고 있는 곳은 달동네라 해도 학군은 어디까지나 강남이라, 갓 중학교에 들어간 딸과 국민학교 상급반인 아들을 둔 박 씨네는 그 좋은 학군을 놓치고 싶지 않았다. 그들이 처음 서울로 올라올 마음을 내게 된 게 바로 아이들 교육 문제였음을 상기하면 당연한 일이기도 했다.

박 씨네가 그 근처 어디엔가 살아야 할 또 다른 이유는 일터와의 거리였다. 까짓 막벌이 어디 가면 차이가 나랴 싶겠지만 이미 보았듯 그들에게도 일터의 의미는 중요했다. 그런데 그 몇 년 그 동네에 사는 동안에 그들 부부의 일터는 절로 그 부근이 되어 있었다. 아니, 어쩌면 그들이 그리로 온 까닭이 바로 일터와의 거리 때문이라는 편이 옳았다. 먼저 박 씨가 그 동네 시장에서 주로 비닐부대와 보루(볼)박스 따위 포장용 폐품을 수집하는 고향 친구의 허드렛일을 도와주고 일당을 타게 된 데 이어 박 씨의 아내도 가까운 방배동에 몇 군데 단골을 가지고 파출부를 나가고 있었다.

그래서 박 씨네는 근처에 남아야 했지만 그게 어려웠다. 길은 하나, 아직 기한도 안 찬 적금을 깨는 게 있었으나 그것도 온전한 해결은 못 되었다. 5백만 원짜리라고는 해도 그것은 무사히 36개월을 채웠을 때의 얘기고, 그 무렵 해약하게 되면 삼백만 원이 채 안 차는 원금만 쥘 수 있을 뿐이었다. 그때껏 박 씨에게는 아직 아무런 이론적인 항변이 준비되어 있지는 않았지만, 어쨌든 그 해약으로 입게 되는 손해만으로도 이미 그 재개발 사업은 순순히 받아들일 수 있는 것이 못 되었다.

그 바람에 건드리면 터질 듯한 기분으로 일이 되어가는 꼴을 보고 있는 박 씨에게 반가운 소식이 들어왔다. 다른 세입자들도 저마다 자기와 비슷한 불만이 있어 세입자 대책위원회가 조직된다는 내용이었다. 박 씨는 기꺼이 그 활동에 참여했다.

지켜야 할 이익이 비교적 커서인지 남보다 열성적인데다 전에 공장장까지 지냈다는 경력이 더해져 박 씨는 이내 위원회의 임원이 되었다. 회장이니 부회장이니 총무니 하는 대단한 간부는 아니었지만 중졸의 박 씨를 우쭐하게 만들기에는 넉넉한 자리였다.

하지만 그때까지만 해도 박 씨가 바라는 것은 크지 않았다. 적금을 중도 해약하지 않고 근처 동네의 크기가 비슷한 셋방으로 옮겨 앉을 수만 있다면 그는 만족하고 물러날 작정이었다. 그리고 그것은 실정법의 테두리 안에서도 보호될 수 있는 '기한의 이익'이기도 했다.

그런데 위원회의 분위기는 전혀 달랐다. 이웃에 언제 그렇게 많이 배우고 똑똑한 사람이 많았던지 그들은 처음부터 기한의 이익이란 개념을 꿰고 있었다. 박 씨가 바라는 것은 당연하게 요구할 수 있는 권리에 지나지 않은 데 비해 그들이 싸워 얻으려는 것은 그보다 훨씬 큰 그 무엇이었다.

소박하고 전통적인 소유와 권리의 개념만을 알고 있는 박 씨에게는 처음 그들이 의지하는 논리의 바탕이 미덥지 않았다. 왠지 그들이 집단의 힘을 이용해 억지를 부리는 것 같아 은근히 불안하기까지 했다. 그때 그런 박 씨를 안심시킨 게 재개발 이익의 환원이라는 논리였다.

"박 선생, 모르는 소리 마슈. 여기다 십오 층 이십 층으로 아파트를 올린다고 생각해봐요. 학군 좋구 교통 편리하구 — 줄잡아 두 곱 장사는 될 거요. 두 곱 장사만 돼도 그게 얼만지 아슈? 몇천억이요, 몇천억. 엉뚱한 놈 몇천억씩 먹이자구 우리가 왜 불이익을 감수해야 되오? 게다가 재개발 사업은 일종의 공공사업이오. 이익이 남으면 당연히 사회로 환원해야 되는 거 아니겠소? 더럽고 말썽 많은 달동네 하나 없애 도시미화와 체제홍보에 덕을 봤으면 됐지, 거기서 국가가 돈까지 챙겨야 하는 거요? 우리 주장은 그 개발 이익의 일부를 일차적인 이해관계자들 중에 하나인 우리에게 좀 나누어달라는 것이오. 사회복지 차원에서 생돈을 들여서라도 우리의 주택 문제를 해결해야 될 판인데 우리를 내몰고 생긴 개발 이익 일부를 못 내줄 게 뭐 있소? 공연히 그렇게 움츠러들 거 없어요. 허리 쭉 펴고 당당하게 요구하잔 말이오. 우리가 누구의 돈을 빼앗는 것도 아니고 누구를 해치는 것도 아니란 말이오."

박 씨가 예상 이상으로 커져가는 위원회의 요구에 불안을 나타내자 홍본가 뭔가를 맡고 있다는 노조 출신의 위원이 들려준 얘기는 대강 그랬다. 아마도 평소의 박 씨라면 그 정도의 논리도 얼른 이해하기 어려웠을 것이다. 그런데 그날은 어찌 된 셈인지 쉽게 그 말이 이해되었다. 아마도 자신의 이익과 관련돼있어 그의 이해력이 평소보다 몇 배나 커진 듯했다.

이미 여러 번의 경험이 있어서인지 재개발 사업 측도 아무런 대책 없이 세입자들을 내쫓을 생각은 없어 보였다. 세입자 위원회는 거들떠보지도 않고 법과 경찰을 들먹이며 으르렁대던 것도 잠시, 곧 못 이기는 체하며 협상 탁자에 앉았다. 그러나 협상이 시작되어서도 역시 한동안은 강경했다. 민법상의 권리, 기한의 이익 어쩌고 하며 떠들다가 크게 인심 쓴다는 듯 가구당 30만 원의 이사비용을 제의했다. 그들의 타협과 양보에도 어떤 단계가 있는 것 같았다.

말할 것도 없이 위원회는 그 제안을 거부하고 협상은 결렬되었다. 양쪽이 팽팽하게 대치하고 있는 가운데 서로 간의 시위가 벌어졌다. 세입자들은 데모대를 구성하여 여기저기 몰려다니며 자신들의 주장을 관철시키려 했고 재개발 사업 측은 철거반을 동원해 철거에 문제가 없는 집부터 철거를 시작함으로써 무언의 압력을 꾀했다.

그런데 그 대치 과정에서 이상한 사태가 벌어졌다. 처음 세입자 대책위원회가 조직될 무렵에는 7백여 가구밖에 안 되던 세입자가 한 보름 남짓한 사이에 1천 가구 이상 불어난 일이었다. 위원회가 무슨 공식기구도 아니고 또 엄격한 조사기관을 가진 것도 아니어서 등록을 원하는 이들의 요구대로 받아주다 보니 늘어난 것인데, 나중에 그 숫자는 1천 3백을 넘어섰다.

물론 그들 중에는 위원회의 활동을 대수롭지 않게 보고 등록하지 않았다가 뒤늦게 등록한 사람도 있고, 여행 따위로 시기를 늦춘 사람들도 있었다. 그러나 박 씨가 보기에는 그보다 급조된 세입자가 더 많은 것 같았다.

세입자가 급조되는 경우는 크게 두 가지였다.

하나는 그때만 해도 사태를 안이하게 보고 있던 재개발 사업자 측이 방심하고 있는 틈을 타 미처 철거하지 못한 빈집을 무단

점령한 경우였다. 많지는 않지만 집주인만 살고 있다가 보상에 만족하고 일찍 비워준 집을 차지해 들어앉은 것인데 재개발 측이 아직 집이 비자마자 철거할 만큼 민첩하지 못했던 데 그렇게 된 원인이 있었다.

다른 하나는 세입자들 쪽에서 급조한 경우였다. 그때 벌써 세입자라는 게 상당한 권리주체가 될 것임을 예견했던지 전세로 있던 사람은 방마다 이름만의 세입자를 들였고, 어떤 사람은 단칸방에 세 들어 있으면서 손바닥만 한 부엌을 개조해 한 가구를 더 들여놓기도 했다. 그 어떤 판단에 의해서인지 들어오는 사람들도 상당한 비용까지 물어가며 이름만의 세입자가 되려고 애썼다.

그렇게 세입자가 늘어나면서 대책위원회의 성격도 변해갔다. 전에는 별로 본 적이 없는 젊고 반듯한 친구들이 실무 일선으로 파고들어 목소리를 높였고, 어딘지 전문가 냄새를 풍기며 임원진에 끼어든 낯선 사람들은 이런저런 이름의 사회단체들을 끌어들였다.

그 사회단체들의 구성원과 성격은 참으로 다양했다. 재야단체, 야당의 외곽단체, 학생운동단체며 기독교계통 천주교계통 불교계통의 단체들이 다 있다 보니 차림도 각양각색이었다. 저쪽에서는 목사님과 전도사님을 모신 기독교단체가 할렐루야를 부르다가 아멘을 외쳐댔고, 이쪽에서는 스님이 염주를 굴리며 무언가를 웅얼거리다가 목탁을 두드려댔다. 머리에 붉은 띠를 동여맨 학생들이 늙도 젊도 않은 재야단체 사람들과 한 덩이가 되어 민중해방, 군부파쇼 타도를 외쳐대고 있는가 하면, 다른 한쪽에서는 몇 날 앞둔 대통령선거로 눈에 핏발이 선 야당의 뻔한 외곽단체들이 세입자들 편드는 틈틈이 자기네 후보 이름을 주워섬겼다. 로만칼라를 단 신부님이 있었고, 한구석에서 가만히 성호를 긋고 있는 수녀님도 보였으며, 그 무렵 스스로를 민주투사로 내세우지 못해 안달인 국회의원들도 빠질세라 달려왔다.

그렇게 되자 그때까지도 마음 한구석으로 긴가민가하던 세입자 대책위원회는 전에 없는 활기를 띠었다. 세력이 뜻밖으로 불어난데다, 평소 같으면 아득하게 우러러보던 사람들이 스스로 달려와 한편이 되어주니 힘이 나지 않을 수가 없었다. 따라서 세입자들은 갑작스러운 신분 상승의 착각까지 느끼며 자신들의 목표를 향해 물불 가리지 않고 내달을 각오를 굳혔다.

그 사회단체들이 보내주는 각종의 지원도 감동할 만한 것이었다. 라면과 빵이 박스 박스 부려지고 종이팩 유리병 가릴 것 없이 우유와 청량음료가 줄을 이어 들어왔다. 어떤 곳에서는 농성에 필요한 모포를 보내주기도 하고 이런저런 이름으로 운영비에 쓸 금품도 심심찮게 답지했다.

그러나 무엇보다 반가운 것은 그들의 멋지고도 막힘 없는 이념 제공이었다. 처음 한동안 세입자들은 자기들이 스스로의 집단이익을 위해 싸우고 있다는 소박한 인식 때문에 대(對)사회적으로는 그리 떳떳하지 못했다. 그러나 그런 사회단체들의 이념적인 지원이 시작된 지 열흘도 안 돼 그들은 하나같이 자랑스럽고도 당당한 전사임을 내세우게 되었다.

그들은 도시빈민이라는 것 외에도 더 많은 자신들의 이름이 있음을 알았다. 민중이란 애매한 것에서 무산자, 기층민이란 게 있었으며 그것은 또한 이 시대가 자랑과 영광의 주인으로 선택한 이름이라는 것도 들었다. 그들의 싸움은 단순한 개인의 주거권 문제가 아니라 사회정의를 위한 투쟁이라는 데 한껏 고취되었고, 더러는 그 이상 고귀한 그 대의를 위해 순교할 결의까지 서슴지 않았다.

그렇게 되자 대책위원회의 투쟁목표도 수정되지 않을 수 없었다. 첫 번째 회담이 결렬됐을 때 그들이 내부적으로 세운 목표는 타 지역으로 이주할 때의 전세금 정도였다. 박 씨네로 보면 방 하나 전세금으로 그때의 시세는 4백만 원이었다. 하지만 재개발 측에서 보면 백억이 넘는 돈을 생짜로 무는 셈이라 결국은 한 3백 선에서 타협을 보기도 어려울 것이라 예측했는데 갑자기 사정이 달라졌다. 그들은 이제 몇 푼의 돈이 아니라 주거권 그 자체를 요구하기로 결정을 바꾸었다.

타협에서의 유리한 고지를 위해 짐짓 한번 뻗대보았던 재개발 측은 사태의 그 같은 발전에 당황해했다. 시간을 끌면 다소간 수그러들리라 믿었던 세입자의 세력이 오히려 눈덩이처럼 불어났을 뿐만 아니라 구호까지 격렬하고 다양해졌으니 그야말로 혹을 떼려다가 혹을 붙인 격이었다. 경찰의 도움을 받기는커녕 정부와 여당의 은근한 양보 압력까지 받게 되자 급하지 않을 수 없었다.

그래서 이번에는 재개발 측의 제의에 의해 두 번째 협상이 벌어졌다. 거기서 재개발 측은 세입자들 틈에 몰래 사람을 넣어 알아두었던 협상가능액 가구당 3백만 원을 바로 내밀어 일을 단칼에 매듭지으려 했다. 하지만 그들의 상대는 이미 지난 협상 때의 그 세입자대표가 아니었다. 자신에 넘쳐흐르고 고무될 대로 고무된 투사들이 그들 사업자들로서는 생전 듣지도 보지도 못한 논리로 몇 푼의 돈이 아니라 새로 지을 아파트의 입주권을 요구하고 나왔다.

아무리 정부와 여당의 압력이 무섭고 세입자들의 세력이 크다 해도 들어줄 수 있는 요구가 있고 들어줄 수 없는 게 있는 법이다. 뚜렷한 실정법적 근거도 없는 억지에 몇백억을 물 각오를 한 것만도 억울하기 짝이 없는데 거기에 한술 더 떠 아파트 1천3백 채를 내놓으라니 견딜 수가 없었다. 하루가 다르게 뛰고 있는 부동산값을 보아 지어놓으면 작은 평형(坪型)도 1억은 갈 아파트들이었다.

그렇게 되자 재개발 측도 협상을 포기하고 힘으로 해결하는 쪽으로 방향을 바꾸었다. 경찰이 거들어주지 않으면 우리 노랑바가지 철거부대로 밀어붙인다. 저것들이 오백 명이면 천 명을 쓰고 천 명이 오면 이천 명을 쓰면 될 거 아냐 — 그들의 계산은 대강 그랬다.

승리를 확신하는 세력과 더 물러설 곳이 없는 세력이 만나면 격돌은 불가피하다. 이들도 그랬다. 명분을 축적하기 위해 몇 번의 협상을 거친 뒤에 대책위와 재개발 측은 마침내 실력으로 격돌했다.

첫 번째 격돌은 87년 5월에 있었다. 그날 포클레인과 대형 트럭을 기갑부대처럼 앞세운 노랑바가지 군단은 새벽같이 그 달동네로 밀고 들었다. 협상을 진행하는 한편으로 대집행의 요건을 갖춰가고 있던 재개발 측은 이틀 전 법원으로부터 마지막 영장이 떨어지자 그동안 은밀히 진행해온 작전계획을 하루 더 보완한 뒤 기습적으로 밀어붙였다.

하지만 은밀하다는 것은 재개발 측의 주관적인 환상에 지나지 않았고, 따라서 기습적인 효과는 처음부터 기대할 수가 없게 되어 있었다. 정보화시대라는 것은 어느 한쪽에만 해당되는 말이 아니어서 철거민들이라고 손 처매놓고 당하지는 않았다. 대책위는 진작부터 재개발 측의 기도를 알아차리고 거기에 대비해왔을 뿐만 아니라 그 전날은 어느 진보적인 기자로부터 기습날짜와 시간까지 통보받아 놓고 있었다.

하지만 그 격돌은 본격적인 대회전이라기보다는 오히려 탐색전의 성격을 띤 것으로 예상보다는 간단하게 끝났다. 먼저 기갑사단처럼 앞서 진군하던 재개발 측의 덤프트럭과 포클레인은 철거민들의 팔매질에 유리란 유리는 모조리 깨어진 채 황급히 퇴각해야 했다. 벌써 몇 미터 앞으로 다가와 터지기 시작하는 화염병 때문이었다.

노랑바가지 사단의 운명도 그들이 은근히 믿었던 기갑부대의 그것과 크게 다르지 않았다. 고함을 지르며 기세 좋게 밀고 들 때까지는 좋았으나 철거민들과 맞닥뜨린 지 10분도 안 돼 그들은 중과부적으로 무참하게 퇴각하지 않을 수 없었다. 재개발 측은 그때까지의 규모로 보아서는 파격적이라 할 만큼 많은 3백 명의 노랑바가지를 동원했지만 그들에게 맞서는 철거민 측은 남자 어른만도 5백에 가까웠다. 거기다가 첫 싸움이라 그런지 일을 나가지 않고 성원하는 부녀자들도 많아 노랑바가지들의 눈에는 맞서야 할 상대가 천 명도 훨씬 넘어 보였다.

경찰이 오기는 왔다. 당시는 그야말로 데모 천지라 진압병력 지원요청으로 경찰국 상황실 전화통에 불이 일 무렵이었다. 경찰은 그 와중에도 용케 일개 중대의 전경을 빼내기는 했으나 감히 현장 가운데로 투입할 엄두를 내지 못했다. 동네 어귀 멀찌감치에다 엉성한 사람 바리케이드를 친 채 제발 큰일 없이 끝나기를 빌고 있을 뿐이었다. 어쩌면 그게 당시 이 나라 실정법의 모습이었는지도 모를 일이었다.

그래놓고도 다음날은 양쪽에서 얻어맞는 게 또 그 가여운 경찰이었다. 재개발 측은 치안유지를 맡아야 할 경찰이 합법적인 법집행을 방해하는 집단이기주의의 폭력을 방관하고 있었다고 비난했다. 대책위도 성명을 내어 국민의 생명과 안전을 지켜야 할 경찰이 가진 자의 편이 되어 그들 주구(走狗)의 살인적인 만행을 묵인했다고 공격했다.

속으로는 양쪽 모두 경찰을 우습게 보면서 홍보전에서는 다 같이 전능의 거인처럼 경찰을 올려세워 놓고 그 의무 불이행을 씹어댔다. 마치 경찰이 직접으로 개입해 어떤 지시를 했다면 어느 쪽도 군말 없이 따랐을 것처럼.

어쨌든 첫 번째 격돌에서 세입자들은 재개발 측의 용병(傭兵)을 가볍게 물리쳤다. 그러나 모든 집단적인 투쟁에서 그렇듯이 그 같은 승패의 개념은 결과를 추수하는 지도부의 것일 뿐이다. 동기야 어떠했던, 그리고 노랑바가지로서 쫓겼건, 철거민으로서 쫓아냈던, 투쟁의 제일선에서 싸운 전사들에게 있어서 그 싸움은 마찬가지로 한바탕의 악전고투일 뿐이었다. 그리고 크고 작고의 차이뿐, 희생도 양쪽 모두에게 공통되게 마련이었다.

그날 어쩔 수 없이 투쟁의 일선에 서야 했던 박 씨는 노랑바가지가 휘두르는 각목에 맞아 등어리에 길다란 타박상을 입었고, 악을 쓰던 여자들 틈에 끼어 있다 저도 모르게 앞으로 밀려난 박 씨 댁은 난생처음으로 외간 남자에게 머리채를 휘어 잡히는 치욕을 경험했다. 그 밖에 그 싸움을 위해 날리지 않을 수 없었던 그 날의 두 사람분 일당도 그들 부부가 바쳐야 했던 희생이었다.

그런데 더 큰 문제는 그다음에 있었다. 재개발 측은 일단 물러났지만, 그렇다고 철거를 포기한 것은 아니었다. 그들은 그저 기회를 엿보며 기다릴 뿐이었다. 게다가 실정법은 그들에게 언제든 철거를 대집행할 수 있는 권한을 주어놓고 있었다. 그 바람에 세입자들은 언제 닥칠지 모르는 적을 경계하며 지루한 수성(守城)에 들어가야 했는데, 그게 문제였다. 세입자 대부분이 하루 벌어 하루 먹는 처지라 언제까지고 수성에 몸이 묶여 있을 수는 없었기 때문이었다.

다른 여러 세입자들과 마찬가지로 거기서 박 씨네는 중요한 선택의 고비를 맞았다. 얼른 보아서는 누구든 까짓 몇 푼 안 되는 벌이보다는 잘 되면 아파트 한 채가 생기는 그 수성에 가담할 것 같았지만, 실은 그렇지가 못했다.

비록 승리로 끝나기는 해도, 한번 싸워본 이들은 남은 싸움의 치열함을 넉넉히 예측할 수 있었다. 상대방은 실정법을 등에 업고 자체의 철거대든 경찰이든 얼마든지 살 수 있는 경제력을 가진 자들이었다. 그들이 엄청난 물리력을 투입해 다시 밀고 들 때, 과연 전처럼 이겨낼 수 있을지가 슬며시 걱정되기 시작했다.

미래의 불확실성도 세입자들의 선택을 망설이게 했다. 요행 싸움에 이겨 아파트를 얻게 된다 하더라도, 그게 얼마만 한 크기일지는 아무도 알 수가 없었다. 또 힘껏 버텨 스무 평 이상 가는 아파트를 얻는다 할지라도, 입주할 능력이 없는 그들이 기대할 수 있는 것은 입주권에 붙을 프리미엄이 고작인데, 그게 과연 자기들의 노력과 희생을 보상할 수 있을지도 마찬가지로 의문이었다.

박 씨네도 한동안 망설였다. 그러나 결국 그들 부부는 끝까지 남아 싸우는 쪽을 택했다. 그 가장 큰 이유는 아마도 그들 부부의 조급함 때문이었을 것이다. 그 무렵 모든 상태는 전보다 조금씩 호전되고 있었지만, 그들 부부를 사로잡고 있는 것은 실패의 예감이었다. 호호 불며 한 푼 두 푼 모아 전세방으로 옮기고, 그럭저럭 굶지는 않고 살 수 있게 된다 해도, 그것은 그들이 처음 서울에 발을 들여놓을 때 꿈꾸었던 성공과는 거리가 멀었다. 그 바람에 그들 부부는 불확실하더라도 지름길로 보이는 길을 가보기로 결심했다.

그걸 의식화라 부를 수 있을는지 모르지만, 그 한 달 대책위원회 주변을 얼씬거리며 여러 통로로 주워들은 이데올로기도 그들의 그 같은 결정에 한몫을 했다. 어차피 개인의 힘으로는 위로 뚫고 치솟을 수 없다면 사회의 구조 전체를 뒤엎어 자신이 속한 계층과 동반 상승할 수밖에 없으리란 게 희미하나마 박 씨가 얻게 된 의식의 주된 내용이었다.

그로부터 석 달, 양쪽 지도부(꼭 명목상의 지도부를 말하는 건 아니다)의 입장에서 보면 용호상박이고, 투쟁의 일선에 선 사람들에게는 악전고투인 싸움이 5차에 나누어 벌어졌다. 그러나 공격하는 쪽으로 보면 다섯 번이지만 지키는 쪽으로 보면 석 달 내내 계속된 싸움이었다.

그 싸움의 승리에다 실패의 예감이 짙은 자신들의 삶을 걸어보기로 결정한 박 씨네는 투쟁의 일선에서 힘을 다해 싸웠다. 그것도 말만의 일선이 아니라 실제로 싸움이 있을 때마다 맨 앞장이었다. 그들이 그렇게 된 데는 까닭이 있었다. 세입자 자체도 많았고, 지원 나온 세력도 컸지만 그들 대부분은 몸으로 부딪치는 싸움에서는 큰 도움이 되지 못했기 때문이었다.

세입자 중에는 승리의 과일은 탐나도 그보다는 제 몸을 아끼는 사람이 많았다. 그들은 대부분 입만의 투사로 싸움이 없을 때는 농성장에 몰려 떠들어대다가도 정작 싸움이 벌어지면 아예 꼬리를 감추거나 맨 뒤쪽에 몰려 밀거나 밀리는 체할 뿐이었다.

그 승패가 그들의 삶에 당장의 절실한 영향을 미치지는 않는 다소 여유 있는 축과 급조된 날라리 세입자들 중에 특히 그런 부류가 흔했다.

지원세력이 몸으로 부딪치는 싸움에 큰 도움이 되지 못하는 이유는 또 달랐다. 그들은 어디까지나 제삼자였고, 따라서 문제가 생겼을 경우 법적인 부담이 컸다. 거기다가 아무래도 바로 자신의 일은 아니라 머리 터져가며 싸울 생각까지는 없었다. 간혹 젊은 학생들이 몸으로 지원해주기도 했지만 그 수가 많지 않을 뿐만 아니라 밤낮으로 같이 농성할 처지가 못 돼 불시의 공격에는 큰 힘이 되지 못했다.

그러다 보니 앞장은 언제나 박씨부부와 같은 백여 명의 열성적인 (이 표현은 같은 철거민끼리도 달라지는 수가 있었다. '어리숙한' 또는 '미욱한'으로) 전사들에게만 맡겨졌다. 그리고 바로 그 뒤를 받치는 이, 삼백 명의 열성파가 그들 철거민 쪽의 주된 전력이었다.

전위 혹은 선봉이란 말은 곧잘 용기와 힘의 상징이 된다. 그러나 그 용기와 힘이란 말은 뒤집으면 고통과 희생이 된다. 그 석 달 박 씨네의 경우가 그랬다. 한차례 피 튀는 싸움이 끝나게 되면 그들은 이웃의 칭송에 파묻혔으나, 그만큼 스스로 입는 상처도 컸다.

박 씨는 첫 싸움에서의 타박상 외에 세 번이나 크게 다쳤다. 한 번은 노랑바가지의 곡괭이에 맞아 어깨에 탈골상을 입었고, 그다음은 전경의 진압봉에 머리가 터져 여섯 바늘을 꿰맸다. 그리고 마지막 싸움에서는 마침내 갈빗대가 두 대나 부러져 병원에 입원

해야 하는 꼴을 당했다. 싸움이 거듭될수록 그 전 상처의 원한이 보태져 더 격렬하게 앞선 것도 남보다 더 큰 상처를 입게 된 원인이었을 것이다. 어쨌든 그 밖의 자질구레한 부상까지 합치면 박 씨는 그 석 달 동안 완전히 골병이 들었다고 보는 편이 옳다.

박 씨와 종류는 다르지만 박 씨댁이 입은 상처도 작지는 않았다. 그것은 주로 신체의 훼손보다는 정신적인 황폐로 나타났다. 따라서 박 씨처럼 눈에 확 뜨이는 건 아니었으나, 어쩌면 그녀가 입은 상처가 더 크고 본질적인 것이라 할 수도 있을 것이다. 거기다가 그 상처는 단계적으로 진행돼 그녀 자신은 잘 느끼지 못하는 사이에 정신적인 황폐라는 최종단계에 이르고 만 것이 특징이었다. 이제 실로 가슴 아픈 일이지만 그 단계를 내면적으로 한번 찬찬히 추적해보자.

이런 용어 자체가 부르주아적인지 모르지만 여성들에게는 그 특유의 미덕이 있는데 그중의 하나가 수치감 특히 성적인 수치감이다. 얼핏 들으면 성적인 수치감이 어떻게 미덕이 될 수 있는가 의문이 일 테지만, 그것은 창녀들의 예를 들면 금세 이해될 수 있다. 일반적인 경우에 성적인 수치감을 상실한 대표적인 부류는 창녀들인데, 사람들은 그녀들의 그러한 특성을 악덕으로 간주한다. 따라서 그 악덕에 반대편, 곧 성적인 수치감의 유지는 미덕이 될 수도 있고, 실제에 있어서도 보통 여성들의 그 같은 특성은 이 사회에 많은 도덕적인 공헌을 하기도 한다.

그런데 박 씨댁의 경우, 그녀가 입은 상처는 바로 그러한 수치감의 상실이었다. 첫 싸움에서 외간 남자에게 머리채를 휘어 잡혔을 때 그녀는 수치감으로 밤새 잠을 이루지 못했다. 두 번째 싸움에서 젖가슴이 억센 남자의 손에 떼밀리고 바지가 뜯어져 허벅지가 드러났을 때도 눈물을 흘려가며 분개하던 그녀였다.

그러나 세 번째 싸움에서 윗도리가 찢어져 너덜거리게 되었을 때는 달랐다. 마침내 그녀 스스로가 찢어진 윗도리를 벗어 던지고 브래지어 바람으로 덤비게 되고 말았다. 물론 그동안에도 그녀의 내면에서는 눈물겹고 애처로운 정서의 진행이 있었을 것이다. 그러나 어쨌든 결과는 수치감의 상실로 나타나고 말았다.

거기다가 수치감의 상실이 가져다준 뜻밖의 효과는 그녀의 상처를 그다음 단계로 진행시켰다. 그녀가 브래지어 바람으로 나서자 신통하게도 갑자기 주위가 훤해지는 것이었다. 성(性)고문 사건이 시끄러울 때라 그런지 그 방면에 잔뜩 겁을 집어먹은 경찰들은 아예 멀찌감치서 그런 그녀를 피했고 악착스러운 노랑바가지들도 함부로 덤벼오지 못했다. 그래서 한번 재미를 본 그녀는 네 번째 싸움에서는 아예 속옷 바람으로 나서고 말았다. 그리고 마지막 싸움에서는 마침내 팬티와 브래지어만 걸친 채 포클레인 앞에 드러눕게 되었다.

투쟁을 삶의 가장 역동적이고 고귀한 형태로 보고, 그 승리에만 최상의 가치를 부여하는 사람들은 틀림없이 박 씨댁의 그러한 변용을, 한 여전사(女戰士)의 탄생으로 칭송할 수도 있을 것이다. 따라서 그러한 관점에서 보면 박 씨댁은 그렇게 도시빈민의 전사로 완성된 셈이었다.

하지만 세상에는 여성이 수치감으로 감추어야 할 성적 특징을 드러내 오히려 그걸 무기로 삼는 것을 정신적인 황폐의 최종단계로 보는 사람도 적지 않다. 좀 박정하게 들리지만, 그들은 자기들의 논리로 다시 창녀의 예를 든다. 만약 삶이 앞서의 주장과 같은 것이라면 창녀들이야말로 삶에서의 훌륭한 여전사가 아닌가. 그들도 자신의 무기로 눈물겹게 싸우고 있다, 라고 하는.

나는 어느 편도 선뜻 손들어줄 자신이 없지만 한 가지는 단언할 수 있다. 곧 사람의 삶에서 실제로는 가엾은 희생자가 적극적인 악덕의 소유자로 오인되는 수가 많고, 또 그 희생자들이 그렇게 전락해가는 과정을 모두가 슬픔으로 이해하고 있다 해도, 결코 그런 상태가 미화되거나 장려되어서는 안 된다는 것이다. 그래서 나는 박 씨댁의 경우도 여전사의 탄생으로 추켜세우기보단 정신적인 황폐란 설명을 감히 채택했는데, 그 과정은 이미 본 대로였다.

하지만 박 씨네가 입은 피해는 그 같은 몸과 마음의 상처에 그치지 않았다. 언제 올지 모르는 노랑바가지 철거부대 때문에 그들 부부는 그 석 달간 하루도 일을 나갈 수 없었다. 그러나 생활비와 아이들 학비는 그대로 필요해 적금통장을 갖다 맡기고 빌려 쓴 돈만도 2백만 원에 가까웠다. 그동안 벌어들였을 수입까지 합치면 적게 잡아도 3백만 원은 손해를 본 셈이었다.

그렇지만 어찌 보면 박 씨네가 그 석 달간에 입은 가장 큰 피해는 아이들 남매에게 나타난 변화일지도 모르겠다.

듣기로 그 일이 있기 전 박 씨네 남매는 요즈음하고는 아주 달랐던 모양이다. 비록 달동네에 살아도 등교할 때 집을 이고 가는 것도 아니고 사는 동네를 명찰에 써 붙이고 다니는 것도 아니어서, 박 씨 내외가 성의를 다해 보살피는 한, 강남의 일류학군에서도 별로 설움받을 일이 없었던 그들 남매였다. 남 낼 때 월사금 또박또박 물고 남 사는 책 다 같이 사보는데 누가 무어라 하겠는가.

그런데 농성전이 시작되면서, 아니 철거소동이 일어나면서부터 그들 남매에게는 급격한 환경의 변화가 왔다. 생활의 근거지가 싸움의 보루로 전환됨으로써 오는 분위기도 그렇지만, 그보다는 박 씨부부의 보살핌이 소홀해진 게 더 큰 문제였다. 그들 부부로서는 거의 이판사판으로 싸우는 형국이라 전처럼 아이들을 자상하게 보살필 겨를이 없었기 때문이었다.

집으로 돌아가봤자 소란하고 살벌한 분위기라 공부도 되지 않고 아버지 어머니도 전처럼 단속을 않자 아이들은 차츰 집 밖을 나돌기 시작했다. 어쩌면 박씨부부도 아이들이 집 안에 있다가 철거부대가 들이닥쳐 궁지에 몰린 짐승처럼 싸워야 하는 자신들의 처참한 꼴을 보이고 싶지 않아 되도록이면 집 밖에 있기를 바랐을지도 모른다.

거기다가 더 나쁜 것은 비록 빌린 것이기는 하지만 돈을 언제나 목돈으로 쌓아놓고 빼 쓰는 형태였다. 일정한 벌이가 있으면 쓰는 것도 거기에 맞춰 규모가 생기지만 목돈을 빼 쓰면 그런 규모가 깨져버린다.

그런데다 박씨부부는 은연중에 자신들의 아이들에 대한 소홀함을 바로 그 돈으로 메우려 해 일을 더욱 악화시켰다. 독서실이다, 학원이다, 참고서다, 아이들이 핑계만 만들어내면 확인하지도 못하면서 있는 목돈에서 척척 헤아려 내주었다.

돈과 시간이 넉넉한데다 보호 감시하는 눈길이 없는 아이들이 가게 되는 코스는 뻔하다. 전자오락실, 만홧가게, 비디오방, 해서 그런 아이들을 노리는 업종이라면 너무 많아 탈인 게 서울거리다. 따라서 남매는 가장 빠르고 깊게 그런 질 나쁜 도락에 빠져들고 말았다.

그렇지만 정말 다행한 것은 결국 박 씨네가 승리한 일이었다. 박 씨의 갈빗대가 부러지고 박 씨댁이 팬티와 브래지어 바람으로 포클레인 앞에 드러누운 그 마지막 싸움에서 패퇴한 재개발 측은 마침내 세입자들에게 항복을 했다. 대통령선거가 두 달 코앞으로 다가와 더는 무리를 할 수 없게 된 탓인지 끝내는 아파트 입주권을 내놓았다.

그렇지만 그 승리가 온전한 것은 못 되었다. 재개발 측이 내민 것은 아파트 온채 입주권이 아니라 방 하나에 거실과 주방을 공동으로 써야 하는 반 쪼가리 입주권에 불과했다. 그 때문에 잠시 논란이 일었으나 이번에는 어렵잖게 타협이 이루어졌다. 세입자들 중에는 기왕 여기까지 온 거 끝까지 밀어붙이자고 주장하는 측도 있었으나, 그 어떤 판단에서인지 지도부와 지원단체들은 한결같이 수락을 권해 이루어진 타협이었다.

내가 보기에도 지도부와 지원단체들의 상황판단은 옳았던 것 같다. 아무리 몰려 있는 형편이라지만 재개발 측도 그 이상을 내놓기에는 현실적인 한계가 있고 또 그들로 보아서는 반 쪼가리든 아니든 '도시빈민을 위한 입주권 쟁취'라는 명분을 확보한 만큼 더 끌어봤자 크게 이로울 게 없는 싸움이었다.

박 씨는 요즈음도 술이라도 한잔 든 날이면 그리움과 감격으로 그 승리의 날을 회상하곤 하는데, 실은 듣기에도 신명 나는 일이었다. 그날, 재개발 측에서 세입자들에게 입주권을 나눠주던 날은 그대로 한마당 승리의 축제였다.

대학에서 나온 사물놀이패는 징 소리 북소리 꽹과리 소리가 산비탈을 가득 메우도록 들이치며, 사이사이 '민중 승리' '무산대중(無産大衆) 만세'를 외쳐대고, 지원단체들도 저마다 그 비슷한 구호가 적힌 플래카드와 깃발을 휘날렸다.

목사님은 두 팔을 벌리고 승리를 내려주신 하나님께 감사의 기도를 올렸으며, 스님은 목탁을 두드려 승리를 점지하신 부처님의 자비를 상기시켰다. 신부님도 수녀님도 천주님의 은혜에 감사하며 수없이 성호를 그었다. 여·야당의 대통령 후보들도 모두 달려와 그 빛나는 승리를 축하해주었다.

세입자들도 승리의 감격에 서로 얼싸안고 환성을 질렀다. 그리고 내 집을 갖게 된 기쁨에 한낮이 넘도록 마시고 춤추었다……. 박 씨의 회상이 거기에 이를 때만 해도 그것은 틀림없이 세입자들의, 한 많은 민중의 찬란한 승리였다. 그런데 회상이 거기서 더 나가면 곧 그 승리는 애매해지고 만다.

그때까지 신이 나 떠들던 박 씨가 갑자기 시무룩해져 있는 그 날의 나머지는 대개 이랬다.

"그런데 이게 웬일이여. 그 사람들(지원단체)이 이겼다고 소리치며 내려가고 한참 있으니까, 다시 웬 사람들이 한 떼 비탈을 기어 올라오더라구. 복덕방들이여……. 우리는 그때까지도 이긴 것만 장해 이것저것 따져보지 않았지만, 그 사람들은 우리보다 더 빤하게 계산을 해 갖구 왔더라 이 말이여. 우리 입주권 그거 반 쪼가리라도 내 집 만들려면 천오백(만 원) 가까이 부어야 하는데, 우리 같은 세입자들에게 그 돈이 어딨어? 그걸 알고 입주권을 사러 온 거여. 그런데 그 사람들이 매겨온 입주권 값이 얼만지 알어? 겨우 4백이여, 4백. 나중에는 6백까지 받은 사람도 있다더만, 건 몇 안 될 거여. 처음에는 허망하데. 참 허망하더라구. 생각해봐. 그동안 싸운다구 우리 내외 서너 달 일 못 나가 빚진 것만 해두 3백이여. 아, 그 백만 원 보자구 박 터지구 갈빗대 부러지며 싸웠나. 마누라 속곳까지 내 뵈가며……. 거기다가 이자하구 골병들어 앞으로 물 약값까지 합치면 남는 거 하나 없어. 비만 오면 욱신거리게 공매만 맞구 마누라 성질만 드러워졌잖여? 참하고 공부 잘하던 아이들까지 버려놓구……. 차라리 재개발 측에서 3백씩 주겠다 했을 때 곱게 떴으면 깨를 볶았잖여. 뭐가 승리고 뭐가 쟁취여 싶더만, 정말이여. 얼핏 보면 이긴 건 그 사람들뿐이잖어? 거기 와서 법석을 떨던 학생들하고, 도시산업 뭔가 하는 예수꾼들, 정의구현 어쩌고 하는 천주쟁이들, 대중구제 어쩌고 하는 중들, 정의니 실천이니 하는 간판 달고 온 먹물들이며, 무슨 협회 무슨 연합 사람들 — 그 사람들만 이긴 것 같더라구. 돈 몇십만 원 주고 쓱싹해 전대(轉貸) 받았느니 어쨌느니 하며 끼어든 날라리 세입자들하고……. 하지만 그게 아니여. 다시 곰곰이 생각해보니 너무 돈만 놓구 그럴 거 아니더라구. 아 생각해봐. 우리가 그렇게 맞서지 않았으면 언제 힘 있구 돈 있는 놈들한테 이겨보나? 언제까지 말새끼 소새끼처럼 밀면 미는 대로 짐 싸 들고 쫓겨 다녀야 돼? 또 그 뒤로 도시재개발 하면 세입자라도 최소한 방 한 칸은 돌아올 수 있게 된 거 다 누구 덕이여? 갈빗대가 아니라 등뼈가 부러져도 해볼 만한 짓이여. 마누라 속곳이 아니라, 살을 열어 보이더라두 국으로 당해서는 안 된단 말이여. 그러니 이게 승리 아니고 뭐여? 그 냥반들, 학생들 목사 신부님 스님 할 것 없이 거기 와서 도와준 분들은 다 고마운 분들이구……. 우린 결국 이겼으니깨, 승리하구 쟁취했으니깨……."

박 씨는 명백히 한쪽을 선택하고 있지만, 내가 보기에 그 결과에 대한 해석은 두 개가 될 수도 있었다. 이긴 사람은 우리가 아니었다, 라는 최초의 느낌도 상당한 진정성을 획득할 수 있을 것 같기 때문이다. 경우에 따라서는 박 씨가 선택한 해석이야말로 억지로 꿰맞춰 진 관념일지도 모른다는 의심을 받을 만했다.

많은 혁명에서 승리는 언제나 민중의 것으로 의제(擬制)된다. 그러나 그 승리의 진정한 과일이 민중의 것으로 돌아오는 경우는 극히 드물다. 승리감에 도취해 잠들었던 민중이 다음 날 아침 깨어나 보게 되는 것은 다만 정체(政體)와 권력 담당자의 이름이 달라진 것뿐인 경우가 대부분이고, 진정한 승리자는 대개 따로 있게 마련이다.

그런데도 민중이 그 의제된 승리를 소중히 안고 가고 싶어 하는 데는 대강 두 가지 이유가 있다. 하나는 그 투쟁에 투입된 자신의 노력과 희생이다. 결국은 자신에게 돌아오지 않은 과일을 획득하려고 그토록 많은 것을 헛되이 바쳤다면, 그것은 실로 견딜 수 없는 노릇이다. 그보다는 자신이 정말 무언가를 얻은 것으로 믿는 쪽이 훨씬 덜 비참해진다.

그다음 또 다른 이유는 개성의 변화이다. 민중적인 승리, 특히 기존의 사회권력과의 싸움에서 집단적인 승리를 맛본 개성은 결코 그 이전의 개별적인 자아로 돌아가지 못한다. 그들이 맛본 것도 일종의 '권력의 미각'이기 때문이다. 거기 도취하면 개성은 집단 속에 매몰되고, 집단이 지도부가 조작한 상징에만 매달리게 되는데, 그 상징 중에 가장 중요한 항목이 바로 의제된 승리가 된다.

박 씨네가 그 승리를 그토록 소중하게 안고 가는 까닭이 그 어느 편에 있는지 모르지만, 어쨌든 한 가지는 확실하다. 이제 그들 부부는 개별적으로는 스스로를 구원하기가 불가능해졌다는 점이다. 그들이 기대할 수 있는 구원은 다만 스스로를 집단에 투영하여 그 집단적인 승리 속에서 자신의 몫을 찾아내는 것뿐이다. 특히 궁극적인 구원은 지금의 체제를 타파하고, 그들과 같은 계층이 번성할 수 있는 체제로 바꾸는 것, 이른바 '구조적 해결'에 의지할 수밖에 없게 된다.

방금 박 씨네가 매달리고 있는 것도 바로 그 구조적 해결이었다. 박 씨는 이전의 생활인(보수적인 시각으로 보면 건전한 생산주체이자 소비주체)으로는 돌아가지 못하고, 그 당시 한창이던 이런저런 단체를 기웃거리며 제2 제3의 승리를 모색했다. 이제 생산주체가 되는 것은 이 사회의 악랄한 착취구조 때문에 '가진 놈들'을 더 살찌우게 되는 이적행위에 지나지 않게 되었다.

찾아 나서니 오라는 데는 없어도 갈 곳은 많았다. 대개 협회 연맹 연합회 같은 이름의 단체들인데 박 씨가 끼어들기는 생각보다 쉬웠다. 전국무주택자협의회 철거민연합회 같은 도시빈민관계의 단체는 절로 회원자격이 있었고, 전국 반민주투쟁부상자 동지회 같은 것도 박 씨 정도면 자격은 넉넉했다. 거기다가 제휴나 연합의 형식으로 오가다 보니 자격에 관계없이 회원과 비슷한 대우를 받을 수 있는 곳도 여럿이었다.

그리하여 이번에는 이해당사자로서뿐만 아니라 지원단체로서 박 씨의 투쟁은 이어질 수 있었었고, 크고 작은 승리의 기억도 계속 쌓여갔다.

박 씨네가 이해당사자로 싸운 것은 그 뒤에 두 번이나 더 겪은 철거에서였는데, 가만히 관찰하면 그때부터 박 씨네의 동네 선택에는 어떤 고의가 있는 듯한 의심이 든다.

왜냐하면 두 동네 모두 박 씨네가 얻어간 지 석 달도 안 돼 재개발 혹은 지주들의 소송에 의해 철거소동이 벌어졌기 때문이었다.

지난 몇 년 박 씨가 지원이나 연합의 형태로 싸운 곳은 참으로 여러 곳이었다. 다른 동네의 철거현장은 말할 것도 없고, 산재(産災) 의문사(疑問死) 부당해고 실종사건 같은, 조금이라도 관권이 개입한 의혹이 있거나 정치적인 의심이 가는 사고의 현장은 대개 구경했고, 심지어는 의료사고나 일반분쟁에도 피해자가 힘없고 가난한 계층이면 힘을 빌려주었다. 차츰 그들의 전력이 밝혀지면서 그 동네 사람들 중에는 그런 박 씨를 그 방면의 전문'꾼'으로 보고 한때는 거기서 적잖은 재미도 본 걸로 의심하는 눈치였지만, 나는 그렇게까지 박 씨를 모욕하고 싶지는 않다.

박 씨댁도 지금은 집에서 악이나 쓰고 있지만, 그때는 그렇지 않았다. 그 뒤에 있었던 두 번의 철거에서는 남편 박 씨보다 더 눈부신 활약을 했고, 어떤 때는 박 씨와 함께 다른 현장에 지원을 나가기도 했다. 그녀 역시 한때는 적잖은 실익을 보기도 한 것 같았다. 그 동네 여자들의 수군거림에서 엿들은 얘기이지만, 두 번짼가 백만 원으로 사 들어간 어떤 부자동네의 비닐하우스에서는 그 몇 곱을 빼냈다는 것이었다. 그러다가 90년대에 접어들면서 슬슬 모습을 드러낸 좌절의 시대를 맞아 잠시 주춤하고 있지만, 불같은 여전사(女戰士)로서의 관록은 여전히 살아 있다.

"잘 논다 이년들, 하지만 기다려봐라. 언젠가는 그 개밥도 못 얻어먹어 눈깔이 새빨개질 날이 올 거야. 벼락 맞을 년들."

어느 날 밤인가 그녀의 표독스러운 목소리가 강만석 씨네 안방까지 들려온 적이 있는데, 그때 텔레비전에서는 이 사회 상류층의 느닷없고 턱없는 애완견 사육 붐을 흘려보내고 있었다. 수입 먹이로 배를 채운 뒤 목욕하고 미용하고 명곡 감상하며 침대에서 자는 수입 애완견들. 주인이 휴가 떠날 때는 하루 3만 원짜리 개 호텔에 맡겨지고…….

또 한 번은 이런 소리도 들었다.

"저런 저 싸가지없는 년들. 모조리 트럭에 실어다가 청량리 갈보골목에 부려놓을 년들. 저것도 연속극이라고……."

그때 강만석 씨네 딸이 열심히 보고 있는 텔레비전 화면을 보니 으리번쩍한 집에 사는 주인공 아가씨가 억지로 만들어진 삼각관계로 울고 짜고 하는 광경이었다.

어쩌면 지금도 그녀는 무언가를 기다리며 힘을 축적하고 있는지도 모를 일이었다. 그리고 내 짐작으로 '그 무엇'은 그 동네의 재개발인 듯했다. 주택 2백만 호 건설인가 하는 공약사업으로 아파트 장사가 전만 못하고, 반드시 따르게 마련인 철거민들과의 분쟁도 골치 아파 지금은 조금 시들해진 감이 있지만, 다시 재개발 사업이 활발해지면 강남에서는 첫 번째 후보지가 그 동네였기 때문이다. 듣기로는 실제로도 작년 그 이웃 동네가 재개발될 때 그 동네도 함께 검토되었다고 한다.

그런데 여기까지 박 씨네를 얘기해놓고 보니 한 가지 정말로 달갑잖은 의심이 걱정된다. 내 얘기에 이 나라 도시빈민운동을 싸잡아 빈정거리려는 저의가 있지 않나 하는 의심이 바로 그것이다. 어떤 면에서는 틀림없이 그 같은 의심이 들게 한 구석도 있겠지만, 적어도 내 감추어진 의도를 묻는 것이라면 나는 단호히 부인하겠다. 여기서 명백히 밝혀두거니와, 박씨부부는 이 나라 빈민들 중에서 백에 하나도 안 되는 예외적 인물들이며, 실은 나 자신도 그들 부부의 그 같은 형태(形態)가 진정으로 이 나라 빈민운동에 도움이 되고 있는지 의심하고 있다. 꼭 내게 어떤 의도가 있다면 그것은 오히려 그래서는 안 되는 잘못된 사례 하나를 살펴보는 일이었다.

내가 한 집 한 집 강만석 씨의 가까운 이웃을 살피는 동안에도 시간은 쉬임 없이 흘러가고 크고 작은 사건은 끊임없이 터졌다. 그 중에서도 이 여름을 가장 뜨겁게 달구었던 것은 아마 바르셀로나 올림픽이었을 것이다.

전통적으로 뛰고 던지고 차고 하는 스포츠는 이 나라 식자(識者)들에게는 그리 친근하지 못한 분야였다. 거기다가 체육진흥이란 것이 주로 군사정권을 배경으로 이루어져 더욱 그 방면에 냉담해진 듯한데, 이번 올림픽은 그렇지 않았다는 점에서 특히 유별났다. 내가 알기로 그 보름 남짓 동안의 올림픽 열기는 지식이나 빈부의 차이를 떠난 보편성을 가진 어떤 것이었다.

하지만 냄비 밑바닥이라고 하는 이 나라 국민 기질도 역시 유감 없이 볼 수 있게 해준 올림픽이었다. 경기가 진행되고 있던 때는 물론이고, 개선한 뒤의 법석도 솔직히 내게는 어리둥절할 지경이었다. 금메달은 틀림없이 귀한 것이고 그걸 딴 사람도 장하지만, 잘해야 스무 살 조금 넘은 운동선수들의 전기적(傳記的)인 기록물이 TV마다 다투어 방영되고, 수십억의 돈들이 아직 덜 여문 영혼 위에 쏟아 부어졌다. 다음 세대를 위한 격려의 측면에서는 효과가 있을지도 모르나, 아직 몇 번은 더 금메달을 딸 수 있는 나이의 그 선수들에게 이제 다시 어떤 동기부여의 수단이 마련될 수 있을지.

그다음은 집권여당이 연출한 권력 승계의 드라마였다. 이제는 어느 정도 수습이 되고 눈알이 빠져도 그만하기 다행, 이라는 속된 말이 나올 법도 하지만, 한때는 보기에도 요란 빽적지근했다. 정강 정책보다는 이해관계나 권력 메커니즘에 따라 덩치만 커진 아이를 보는 것 같은 불안감도 스릴일까.

당연하게도 야당 성향을 띤 그 동네 사람들에게도 그런 느낌은 전달되는 모양이었다.

"저눔의 당 저거 보구 있으면 너무 불어 곧 터질 풍선 같다니께."

"하마 터졌어야. 종찬이는 벌써 떠났잖여? 그래서 종을 찰지 종을 칠지는 두구 봐야겠지만……."

"그래두 공삼(영삼)거사는 벌써 반은 대통령 폼이던데. 사람들도 개떼같이 몰려든담서?"

"내비둬. 그게 그 사람 장기잖여? 잘 나가다가 막판에 죽 쑤는 거……. 언제나 보면 들고 있는 떡은 젤 크제. 하지만 그눔의 떡은 또 언제나 다른 사람 떡하고 붙어 있다니깨. 저번 선거에서는 어디 들고 있는 떡이 작아 떨어졌나? 손의 떡이 이눔하고두 붙어 있구, 저눔하구두 붙어 있어, 이눔 저눔 아귀 차게 뜯어가 버리면 제 손에 남는 건 2등밖에 안 되지."

그게 언젠가 강만석 씨네 앞뜰에서 소주를 나누던 앞집 사람들이 꽤나 누굴 생각해주는 척하며 하는 소리였다.

야당의 행보도 눈요깃감으로는 괜찮았다. 똑 부러진 쟁점이 없는 탓인지 모르지만 지자제(地自制) 문제 하나에만 매달려 아둥바둥하는 인상이라 민망스럽기도 하거니와 그런 작전이 과연 코앞에 닥친 대통령선거에 얼마나 도움이 될까 진심으로 걱정스러웠다. 단체장 선거를 언제 하느냐가 지금 이 나라가 당면하고 있는 문제들 중에서도 가장 중요하고 본질적인 문제라고 보는 유권자가 과연 얼마나 될지.

출신 지역 때문에 비교적 열렬한 야당 지지자인 강만석 씨 내외만 해도 그랬다. 언젠가 아홉 시 뉴스에서 국회 관련 보도를 듣던 무주댁이 알 수 없다는 듯 강만석 씨를 보고 물었다.

"지자제 뭐가 문제래요? 저거만 되면 만사가 해결된대요? 수출도 잘 되고 물가도 잡히고 그 뭣이냐, 민생치안도 잘 되고……."

"사람이 무식하긴…… 지자제 얘기하는데 수출은 왜 나오고 민생치안은 또 무슨 소리야? 대통령선거 전에 단체장 우리 손으로 뽑자는 얘기라구. 읍장 군수 시장 같은 양반들 말이야……."

그래도 바깥을 나돌면서 들은 게 많은 강만석 씨가 그렇게 퉁을 놓았다. 하지만 무주댁도 생판 모르고 해보는 소리는 아닌 듯했다.

"아님, 왜 밤낮 그것만 가지구 아웅다웅한대요? 국회 문까지 닫구 죽기 살기루 싸우니 나는 또 그것만 잘 되면 이 나라는 그냥 돌아가게 되어 있는 줄 알았지."

"싸울 만두 하지. 지금처럼 중앙에서 내려보낸 읍장 시장은 관권선거로 부정을 할 거라잖아? 방금두 거 어디 연기인지 구름인지 하는 곳에서 군수하던 양반이 양심선언 하지 않았어? 지난 국회의원선거 때 관권선거 했다구……."

"그래서 여당후보 당선시켰대요?"

"그건 아니지만, 딴 데서는 그 덕에 국회의원 된 치들도 있겠지."

"그럼 접때 선거에서 전라도에는 시장 군수 읍장 하나두 없었던가 보네, 맨 야당만 국회의원 됐게…."

"이 여자가 못 먹을 걸 먹었나? 웬 어깃장은 놓구 이래?"

비로소 무주댁이 정말 아무것도 몰라서 묻는 게 아니라는 걸 알아차린 강만석 씨가 목청을 높였다. 그제서야 무주댁이 속을 털어놓았다.

"어깃장이 아니라 답답해서 해보는 소리라구요. 솔직히 말해서 요새 세상에 공무원 찍으라 한다구 거기다 표 찍을 사람 얼마나 돼요? 게다가 지나가는 사람 다 잡아놓구 물어봐요. 지금 우리한테 젤루 급한 게 뭔지. 나야 당신 말마따나 무식하지만, 선거 그거 표 많이 모으면 이기는 거 아녜요? 딴 걸루 치고 들면 표 훨씬 많이 모을 수도 있을 텐데 봄부터 내리 그것만 물고 늘어지니 옳고 그르고를 떠나 이젠 지친다구요. 더구나 무주 토박이인 내가 이런데 딴 지방 사람들은 어떻겠어요!"

"이 여자 정말 민자당 독약을 먹어도 한 봉지 큼직하게 얻어먹은 모양인데. 모르면 국으로 입 닥치구 있어, 예편네가 뭘 안다구……."

평소의 그답지 않은 기세로 무주댁의 입을 막기는 했지만, 강만석 씨도 논리적인 설득은 영 자신이 없는 눈치였다. 말하자면 적극적인 지지계층의 이해 수준이 그 정도였다.

그런데 구경하기에 은근히 재미나기로는 아무래도 이번에 새로 원내 제3당이 된 정당 총재의 감정싸움이 으뜸일 듯 싶다. 하기는 내가 보기에도 화가 나게 되어 있기는 했다. 남은 돈들이고 힘들여 어렵게 당을 하나 꾸며놓았는데, 어찌 된 셈인지 초장부터 그 당이 결국은 다른 당과 붙어먹을 거란 풍문이 슬슬 돌았다. 그것도 속내로는 뿌리가 휘청하도록 쥐어박히고 있는 여당의 후보와 붙어먹을 거라 수군거리니(심지어 매스컴조차 그런 풍문을 흘렸다) 등골이 휘어지도록 당을 만든 재벌당 총재 어른께서 어찌 분통이 터지지 않겠는가. 그래서 나온 대응 전략이란 게 좌충우돌, 막무가내의 여당 공격인데 그게 아주 재미있다. 그 같은 풍문을 여당이 퍼뜨린 거라 문제없이 단정하는 모양이지만 실은 전혀 그렇지 않을 수도 있다. 만약 여당 아닌 쪽에서 지어 퍼뜨리고 증폭한 거라면 지금 그들은 얼마나 즐겁게 웃고 있을 것인가. 공격이란 당하는 쪽만 상하는 것이 아니라, 하는 쪽도 얼마간은 반드시 상하게 되어 있기 때문이다.

하지만 대통령선거 얘기는 이쯤서 그만두자. 본판은 아직 벌이지도 않았고, 묘기백출 기상천외 포복절도의 장(場)도 그때 가서야 제대로 열릴 것이므로.

그 밖에 내가 젊은 동거남녀와 박 씨네에 정신이 팔려있던 동안의 사건으로는 중국과의 수교가 있는데, 그것도 길게 얘기할 성질은 아닌 듯싶다. 이 나라 지도자들이 국제 도박에 손이 커진 지는 어제오늘의 일이 아니다. 근년에는 올림픽 유치로 한판 제대로 긁었는데, 북방외교에 겁 없이 지른 뒷돈도 제발 그리되길 빌어주고 그냥 넘어가자.

그런데 강만석 씨네 또 다른 이웃 얘기로 넘어가기 전에 잠시 양해를 구할 일이 하나 있다. 그것은 여러분에게 러시아 작가 고골의 「외투」란 단편소설과 그 주인공을 소개하는 일이다. 볼펜 주제에 이제는 세계문학까지 논하려 드느냐고 눈살 찌푸리실 분도 계실지 모르지만, 다행히 내 소개는 그 정도로까지 거창하지는 않다. 나는 그 소설에서 아까끼란 이름과 죄없이 가난한, 혹은 죄 없고 가난한 한 중년의 초상만 빌리면 된다.

내가 여러분의 양해까지 구해가며 난데없는 서양 이름을 빌린 것은 강만석 씨네 바로 앞집의 가장(家長)을 위해서이다. 그 집은 말이 앞집이지, 실은 강만석 씨네 안방과 2미터도 떨어지지 않은 곳에 출입문을 마주하고 있는, 같은 실내의 다른 방이라는 편이 옳다. 그러나 거기 사는 사람들이 얼마나 조용한지 그 집식구가 몇

인가를 아는 데도 보름 이상 걸렸을 정도였다.

내가 그 집 가장을 처음 본 것은 강만석 씨네 안방에 처박힌 지 보름쯤 지난 뒤였다. 그날 오후 무주댁은 무슨 바람이 불었는지 대청소를 한답시고 출입문을 활짝 열어놓아 나는 그들 네 집의 복도가 되는 좁은 뜨락을 환히 내다볼 수 있었다. 그런데 오후 2시쯤 되어 얼른 나이를 어림할 수 없는 남자가 그림자처럼 스르르 미끄러져 들어왔다.

그림자처럼! 정말 그랬다. 걷는데도 무릎이 전혀 접히는 법이 없고, 발자국을 옮기는 것 같지도 않았다. 분명 구두를 신었는데도 발자국 소리조차 없어 나는 그가 스르르 미끄러져 들어온 것이란 생각을 하지 않을 수가 없었다. 나는 묘한 기분이 되어 그를 찬찬히 살폈다. 그는 내가 보는 데서 서너 걸음 더 걸었는데, 여전히 걷고 있다기보다는 미끄러져 나간 느낌을 주었다.

이상한 것은 그뿐만이 아니었다. 그는 틀림없이 구두를 신고 있었는데, 내게는 그가 구두를 신고 있는 것이 아니라 구두가 그의 발에 매달려 있는 것 같았다. 깨끗하게 세탁되고 잘 다려진 회색 양복도 그랬다. 어쩐지 그 여윈 몸에 옷을 걸쳐둔 느낌이었다.

나는 그의 얼굴을 쳐다보았다. 그저 무표정하다는 정도가 아니라 질 나쁜 석고 부조(浮彫) 같은 회백색의 얼굴이 보풀이 일어나는 와이셔츠 깃 사이에 솟아 있었다. 밝지도 않고 어둡지도 않고 구겨지지도 않고 펴지지도 않아 어쩐지 살아 있는 사람의 얼굴 같지가 않았다. 그동안 내가 지나치게 생명력이 넘치는 이웃들만 보아와 더욱 그렇게 느꼈는지도 모를 일이었다. 그런데 무주댁이 그런 내 과장된 느낌을 지워주었다.

"선생님, 오늘 벌써 돌아오셨어요?"

무주댁은 왠지 그에게 깍듯이 공경하는 말투로 인사를 건넸다. 그러고 보니 간혹 방 안에서 그런 무주댁의 인사를 들어본 적이 있는 것 같은데 나는 그때 동서기쯤이라도 나온 줄 알았었다. 그가 보일 듯 말 듯하게 입술을 움직여 대답했다.

"아, 네, 요즘은 일이 없어서요."

내가 그로부터 「외투」의 아까끼 아까끼예비치를 떠올리게 된 것은 바로 그 목소리를 들었을 때였다. 가늘면서도 힘이라고는 전혀 느껴지지 않는 그 목소리에서 문득 백여 년 전의 러시아를 살다간 그 고단하고 무력했던 인간이 느껴진 까닭이었다.

그날부터 나는 만사 제쳐놓고 내가 아까끼라 부르기로 한 그 중년과 그의 가족들에게만 주의를 집중시켰다. 그동안 내가 보았던 강만석 씨네 이웃들과는 또 다른 가슴 찡한 내력이 있을 것 같아서였다.

그들이 최소한으로 목소리를 낮추고 동작을 작게 해 살아가도 워낙 손바닥만 한 공간에 서로 빤히 쳐다보며 사는 격이라 한번 주의를 기울이자, 그들에 대한 정보는 조금씩 쌓여갔다. 먼저 그 집의 구성원은 생각보다 많은 여덟 명이었다. 아까끼와 그의 아내, 역시 그림자 같은 그들의 세 자녀에, 언제나 자리에 누워 지내는 아까끼의 노모, 그리고 정체 모를 삼십 대 초반이 두 평 안팎의 방

둘과 한 평 남짓한 골방에 나누어 살고 있었다.

꽤나 힘들여 알게 된 바로 아까끼네 세 자녀의 구성은 이랬다. 꼭 필요할 때가 아니면 좀처럼 밖으로 나오는 법이 없는 아까끼 부인에게 붙어 학교에 나갈 때 외에는 이것저것 잔심부름을 도맡아 하는 여중생이 막내였고, 대입 준비를 하느라 새벽에 나가 자정이 넘어 돌아오는 고등학교 3학년이 그 집 외아들이었다. 그리고 전에는 뭘 했는지 잘 알려지지 않은 서른 안팎의 노처녀가 그 집 맏딸이었다.

골방에 살면서 아까끼네 식구들만큼 이웃과 잘 섞이지 않는 30대는 아마도 세 들어 사는 사람이었다. 그러나 자취를 하지 않고 동네 아래 시장 거리에서 밥을 사 먹는 모양인데, 언젠가 한 번 본 바로는 어딘가 먹물냄새가 나는 얼굴이었다.

내가 보기에 한 울타리 안에 사는 것 같은 그 네 집 중에서 아까끼네만큼 열심히 사는 사람들도 없었다. 아침 일찍 소리 없이 집을 나가는 아까끼는 어떤 법무사 사무실에 나가고 있었는데, 아마도 그 사무실에서는 가장 착실한 사람일 것 같았다. 그보다 앞서 나가는 아들은 열성만큼 성과를 거둬 전교 1등을 지킨다는 소문이었다. 비록 집안에 틀어박혀 있어도, 아까끼 부인 역시 하루 종일 무언가 열심히 일했고, 두 딸도 그녀를 거들어 부득이한 때가 아니면 집 밖을 나오는 법이 없었다.

거기다가 아까끼네는 또 강만석 씨네와 마찬가지로 제 집이었다. 비록 건평 여덟 평의 블록집이지만, 그래도 집세가 부담되는 일은 없고, 오히려 골방 세로 한 달에 10만 원 가까운 돈이 들어오고 있었다.

그런데도 아까끼네는 그 네 집 중에서 가장 가난하게 살았다. 그 동네로 올라오는 시장 골목에 유난히 많은 게 닭집 푸줏간이고, 거기 사는 사람들도 먹는 것에는 궁상을 안 떨어 흔한 게 고기 굽는 냄샌데, 아까끼네 집에서는 싸구려 생선 굽는 냄새조차 나는 법이 없었다. 입성도 그랬다. 요새 이 나라에서는 싼 게 옷가지가 되었지만, 아까끼네 식구들이 걸친 것은 하나같이 단벌에 멋이나 유행과는 먼 옷이었다.

그러나 무엇보다 아까끼네의 가난이 잘 드러나는 것은 이웃 간의 거래에서였다. 없이 살다 보니 푼돈은 서로 제 주머니의 돈처럼 빌려 쓰는 게 그 동네의 관행이 되어 있었으나 아까끼네 집에는 아무도 돈을 빌리러 오는 사람이 없었다.

나는 그런 아까끼네의 가난이 무엇 때문인지 몹시 궁금했다. 제일 넉넉하게 살아야 될 것 같은 사람이 가장 부족하고 고단하게 살다니 그래서 그다음에 내가 주의를 기울인 것은 그러한 가난의 원인이 되었다.

그 원인의 일단은 곧 밝혀졌다. 그것은 무엇보다도 가장인 아까끼네의 벌이가 그의 노력과 성의만큼 되지 않는 데 있었다. 아까끼는 법무사 사무실에 나갔지만 그곳의 정식직원이 아니었다.

펜글씨와 가는 붓글씨에 솜씨가 있는 그는 오늘날 같은 사무기기 자동화 시절에는 별로 쓸모가 없는 인간이었다. 전기타이프라

이터다, 워드프로세서다, 퍼스컴이다 해서 각종 값싸고 간편한 사무기기가 넘쳐나는 판에 어떤 사법서사가 시간 걸리고 품 많이 드는 필경사(筆耕士)를 쓰려하겠는가. 다만 십 년 이상 함께 일하면서 생긴 끈끈한 정 때문에 사무실에 자리 하나는 내어주고 필경 일을 한 건에 얼마씩으로 쳐주고 있을 뿐이었다. 그러나 워낙 가뭄에 콩 나듯 나오는 일이라 수입이란 게 한 달 통틀어 아까끼 자신에게 꼭 필요한 잡비 수준을 크게 넘지 못했다.

하지만 아까끼의 인생이 처음부터 그렇게 고단하고 후미진 길로 시작된 것은 아니었다. 30년 전 착실하게 고등학교를 마치고도 열심히 필경을 익혀 구청 앞 번듯한 대서방(代書房)의 필경사로 출발할 때만 해도 그 시절의 취업난에 비춰보면 그는 오히려 유망한 청년이었다. 당장은 먼 친척뻘인 서사(書士) 밑에 월급쟁이로 있지만 장차 독립해 자리만 잘 잡으면 어정쩡한 취직보다는 낫다는 게 당시 사람들의 관점이었고, 그 덕에 그 무렵으로 봐서는 고학력이 되는 여고 졸업생을 아내로 얻을 수도 있었다.

그런 아까끼의 삶에 처음으로 그림자가 드리우기 시작한 것은 재래식 대서업 일반의 쇠퇴에서 비롯되었다. 한편으로는 민원업무의 간소화와 국민 교육 수준의 향상으로 인해 말 그대로의 대서업무가 줄어들고 다른 한편으로는 자격과 요건을 갖춘 사법서사제도가 생겨 난립해 있던 대서방이 정리되면서 그에게 첫 번째 기로가 왔다. 적극적으로 요건을 갖춰 사법서사로 올라서지 못한 까닭에 먼 친척의 대서방이 문을 닫자 잠시 일자리를 잃은 탓이었다.

하지만 필경 쪽으로는 워낙 솜씨가 뛰어나 아까끼는 곧 새로운 제도에 적응해 살아남은 사법서사 밑에서 일자리를 얻을 수 있었다. 그 뒤 그 지역에서 알아주는 법무사 사무실로 커진 지금의 일터가 바로 거기였다. 그리고 한동안 좋은 시절이 있었다.

70년대가 거의 끝날 때까지도 이 나라의 공사(公私)문서는 대개 재래식 필기구로 작성되었고, 필경은 돈으로 살 필요가 있는 중요한 기능이었다. 이제는 찾아보기 어렵게 되었지만 펜글씨 학원이 거리 곳곳에 있었고, 실제적인 필요에 따라 그걸 배우려는 사람도 많았다. 거기다가 그 시기는 또 그의 청춘기와도 거의 일치했다.

아까끼는 그 사법서사 사무실에서 중요한 일꾼으로 어떤 때는 스카우트의 유혹까지 뿌리치며 열심히 일했다. 거기다가 나이도 한창 일할 때인 3, 40대라 밤에는 펜글씨 학원의 강사로 나가 수입을 늘리기도 했다. 그 덕에 그는 별 부족 모르고 아이들 삼 남매를 기르고 제법 아담한 집까지 장만할 수 있었다. 만약 시집 장가 보내야 할 동생 삼 남매와 젊어서부터 병치레를 지금까지 안고 있는 노모가 아니었더라면 그의 축적은 그보다 훨씬 컸을 것이다.

그러다가……… 앞서 말한 바와 같은 원인으로 소리 소문도 없이 조락(凋落)이 찾아와 정작 아이들 교육비로 씀씀이가 한껏 늘어난 80년대 중반부터는 반실업상태에 떨어지고, 집을 줄여 모자라는 수입을 메우다 보니 그곳까지 밀리고 말았다. 듣기로는 그게 벌써 3년 전이라고 한다.

어떻게 보면 아까끼의 가난에는 그 자신의 책임이 더 커 보인다. 첫째로는 남들이 다 사법서사 자격을 딸 때 그는 왜 필경사로만 그대로 머물렀는가이며, 둘째로는 그랬더라도 자신의 직종이 전망 없음을 알았을 때는 좀 더 적극적으로 대응해야 했던 것이 아닌가, 하는 이유에서 이다. 다시 말해 무슨 수를 써서라도 남들이 무더기로 따낼 때는 그도 자격을 따냈어야 했고, 또 필경으로 살기가 어려워진 뒤의 대응도 집을 조금씩 줄여 버텨나가는 소극적인 방식이 아니라 단번에 팔아 과감하게 장사라도 시작해야 했다는 얘기다.

하지만 '무슨 수를 쓰더라도'나 '적극적으로 과감하게' 따위가 누구에게나 가능한 주문은 아니다. 세상에는 고지식하고 소심한 사람도 있게 마련인데, 아까끼가 바로 그러한 사람이었다. 거기다가 두 번째 적극적인 대응은 아까끼의 삶을 지금보다 낫게 할 수도 있겠지만 더 빨리 더 비참한 처지에 떨어지게 만들 수도 있지 않은가. 따라서 어떤 의미에서는 아까끼야말로 자신에게는 아무 책임 없이 가난해진 사람이라고 할 수도 있을 것이다.

실은 지금도 그렇다. 벌이가 안 되는 필경 일에 매달려 있을 게 아니라 막일이라도 나가면 되지 않는가 싶지만 그것도 말같이 쉽지는 않다. 지난봄 한창 건축경기가 좋을 때 그도 공사판에 나가 본 적이 있었다. 과연 일자리도 흔하고 일당도 틀림없이 필경 일을 할 때와는 비교할 수 없이 높았다.

그러나 사람에게는 어쩔 수 없는 적성이란 게 있는 법이다. 아무리 예전의 노가다와는 달라졌다 해도 이미 오십 년을 육체노동과는 무관하게 살아온 그가 무슨 수로 공사판의 막일을 감당해내겠는가. 한 열흘 이 악물고 버텼으나 병이 나 눕고 말았는데, 병도 흔한 몸살 정도가 아니라 늑막염이었다. 아무리 의료보험이 있다 해도 그가 자리를 털고 일어났을 때는 막일로 번 돈보다는 들어간 치료비가 많았다.

아까끼네 가족이 살고 있는 방식도 그들의 가난에 원인이 될 듯싶다. 하지만 그 역시 그들에게 개별적인 책임을 물을 수 있을 것 같지는 않았다. 빈정거림과 안타까움이 반반인 이웃 아낙들의 말을 빌려 그 내용을 훑어보자.

"저 집 보면 참 답답해서. 그 집 바깥양반은 그렇다 쳐두 큰딸은 뭐 하는 거야? 왜 나가 취직이라두 않고 앉은뱅이마냥 들어앉아만 있는 거야? 지금 같은 세상에 뭘 하면 그래 방 안에 들어앉아 인형 눈알을 달고 양말목에 꽃수 놓는 것보다 못하겠어? 하다못해 공장에라두 나가면 한결 그 집 살이가 펴질 텐데."

"모르는 소리 마. 그 처녀 그래두 한때 일류 여대 뺏지 달고 잘나가던 아가씨였대. 공순이루 나서라니 되기나 하는 소리야?"

"그럼 더 잘됐네, 뭘. 취직하지, 회사 같은 데. 요새는 거 뭐야, 성차별 폐지루 여자라두 취직만 하면 남자보다 못하잖대."

"취직해 직장에 나간 적두 있다지 아마. 그러다가 그 꼴이 난 거야. 말로는 그 처녀가 한사코 마다해서 그렇다지만 실은 취직하러 나선다 해도 받아줄 회사가 드물걸."

"그 꼴이 나다니? 그 처녀가 어때서?"

"아직두 몰라? 걸을 때 가만히 보라구. 무진 애를 써두 잘룸거리잖아?"

"그럼 그 처녀가 병신이란 말야? 난 몰랐는데."

"병신이랄 것까지는 없지만 성한 몸은 아니지. 교통사고를 당했다던가. 게다가 그 때문인지는 모르지만 그 처녀 정신도 온전찮은가 봐."

"그럼 미쳤단 말야?"

"그까진 몰라도 좀 이상하긴 하잖아? 젊은 아가씨가 햇볕을 보면 죽기라도 하는 것처럼 밤낮없이 방 안에 처박혀…… 언젠가는 밤새도록 소리죽여 울기까지 하더라구."

그 집 큰딸을 두고 동네 아줌마들이 수군거리는 소리는 그랬고, 나머지 식구들도 심심찮게 이웃의 입에 오르내렸다.

"그 집 예펜네 그거 참 대단하데. 아, 통장이 생각해준답시고 취로사업을 권해보았는데 한마디로 안 한대. 한나절만 왔다갔다 해도 밤낮없이 눈 빠지게 마늘 까구 도라지 껍질 벗기기보담은 나을 텐데."

"그 집은 씨가 우리하구 다르대여. 그래도 왕년에 고녀(高女)까지 나온 마님보구 막 벗어부치구 취로사업장에 나가라니 말이 되는 소리야? 양반은 물에 빠져도 개헤엄은 치지 않는 법이라구."

"하긴 쌀집 아줌마 얘길 들으니까 대단한 집이데. 어떤 땐 그 식구에 사가는 쌀이 한 달에 소두 닷 말이 안 될 때가 있대요. 여덟 식구에……. 그런데 찍소리 한번 새어 나오는 법 없이 견뎌내는 거야. 이 세상 사람들 같지 않다니까. 어떤 때는 으시시하다구."

"그거야 다른 쌀집에서 사갈 수도 있잖아? 요새 세상에 설마 먹는 쌀 가지고 그럴라구. 벌이가 적다 해도 쌀값은 넉넉할 텐데."

"그게 그렇지 못하니 안됐지. 그 집 벌이로 누워 있는 노친네 병구완에 아이 둘 중고등학교 보내고 나면 남는 게 뭐 있겠어? 그렇게 버티는데두 조금씩 빚을 보태는 모양이던데."

"그래두 그렇지. 사람이 안 먹구 어떻게 살아? 가난하기야 이 동네가 너나없이 똑같지만 식구대로 굶고 지낸다는 얘기는 또 첨이네."

"그 집 아들 한번 봐. 희다 못해 파르스름한 얼굴을 하구선, 그 몸으루두 하루 다섯 시간 이상을 자는 법이 없다니 장하지."

"그게 못 먹어서 그렇담 걔두 그렇네. 그 형편에 대학은 무슨 대학이야? 한 푼이라두 벌어 가족을 도울 생각은 않구선."

"건 모르는 소리야. 걔 얼마나 공부 잘하는지 알아? 전교에서 일등이래요, 전교에서 일등. 게다가 생각해보라구. 걔가 벌어들여야 얼마겠어? 나라두 그건 그 집같이 할 거야. 사람은 희망이 있어야 사는 거 아냐? 당장 먹고살기 급하다구 걔까지 막벌이에 나서면 그 집은 무슨 희망으로 살아?"

"희망 찾다가 숨 넘어 가겠네. 보자, 걔가 지금 고3이니 내년에 일류 대학 간다 쳐도 대학 4년 군대 3년 — 그때까지 그 집식구 몇이나 살아남겠어?"

"걱정두 팔자네. 그래두 그 사람들은 제 집이야. 셋방살이하는 자기나 걱정하라구. 사람은 제각기 사는 방법이 다르니까."

그게 아까끼네 식구였고, 가난의 또 다른 원인들이었다. 생각만 해도 공연히 암담해지는 일가였다.

그 밖에 내가 한 울타리라고 부르는 주거범위 안에 사는 사람들로는 아까끼네 바로 옆집에 세 들어 사는 한 가족이 더 있었다. 내외가 모두 시장바닥에 나가 장사를 하는 집인데, 내가 소개를 제일 뒤로 미룬 것은 아마도 이렇다 할 특징 없는 그들의 삶 때문이었을 것이다.

하지만 그들의 삶에 이렇다 할 특징이 없다는 것은 나만의 관점일 뿐, 보기에 따라서는 그들이야말로 가장 특징 있게 살아가고 있을지도 모르겠다. 따라서 좀 지루하더라도 말 난 김에 간단히나마 그들을 살펴보고 넘어가야겠다.

강만석 씨네와 한 울타리 안이라고 할 수 있는 범위 내에 사는 마지막 한 가구인 시장집은 다른 네 가구와 여러 가지로 달랐다. 우선 그들은 출신이 그 동네에서는 소수인 영남이었다. 부산갈매기는 아니라도 경남의 바닷가가 고향이라 지역이 인식까지도 결정하는 이 나라에서는 그들이 세상을 보고 이해하는 눈도 영남적이 아닐 수가 없었다.

또 그들은 동네 사람들이 그들을 부르는 명칭에서 알 수 있듯이 내외가 시장에 나가 장사를 하고 있어서 그 점에서도 대개 노임으로 살아가는 다른 집들과 달랐다. 아내인 마산댁은 시장 바닥에서 한 평도 안 되는 좌판을 벌이고, 남편 황 씨는 리어카 위에서 싸구려를 외치고 있지만, 그들은 어엿한 자영(自營) 상인인 셈이었다.

재력 면에서도 그들은 다른 집과 달랐다. 그들이 그 동네에 세 들어 살고 있는 것은 집이 없고 형편이 그리밖에는 안 돼서가 아니라, 자기들의 일터인 시장과 가깝기 때문이었다. 듣기로 그들은 다른 동네에 제법 평수 넓은 아파트를 가지고 있었고, 저축도 꽤나 있다는 소문이었다. 그러나 그 동네 시장 어귀에 상가주택을 마련할 때까지란 목표로 허리끈을 죄고 있는 중이라 여전히 그 여덟 평 전셋집에 살고 있을 뿐이었다.

이렇게 여러 가지로 이웃과 다른 집을 내가 별 특징 없다고 한 데는 까닭이 있다. 그 울타리 안으로 봐서는 좀 별난 집이지만, 그들이야말로 재산 형성과 신분 상승의 욕구를 가장 보편적인 방식으로 실현시켜 가고 있는 사람들이기 때문이다. 그리고 그들이 무사히 중산층에 편입된다면 또한 가장 흔한 중산층의 의식과 형태를 보일 것이기 때문이다.

그들이 그 마을에 들어설 때를 기억하고 있는 사람들에 따르면, 처음부터 그들 내외에게는 별난 억척스러움이 있었다고 한다. 아이들 형제와 그들 부부 네 식구가 한 평 남짓한 '개 집'에서 시작했는데, 나중에 알고 보니 놀랍게도 그들 수중에는 그 집을 사도 될 만한 돈이 있었다. 서울 올라올 때 마련해온 자금이었다.

다시 훨씬 뒤에 알려진 바지만, 그들은 마산 근처의 조그만 포구에 살았어도 명색 선주(船主)였다고 한다. 조그만 고깃배를 형제가 물려받아 함께 고기잡이를 나가는 식이었는데, 그대로 고향에 눌러앉아 있어도 당장 먹고사는 일은 걱정이 없는 사람들이었다는 것이다.

하지만 근년 들어 농업과 마찬가지로 연안(沿岸)어업이 시들기 시작하자 일찍이 서울 바람을 쐰 적이 있는 김 씨가 눈길을 딴 데로 돌렸다. 배는 형에게 넘기고 얼마의 장사밑천을 얻어 도시에서 기회를 찾아본다는 계획이었다. 그리고 김 씨가 그런 계획을 세운 데는 진작부터 포구에서 고기를 떼어 함지박에 이고 가까운 마산에 나가 거리장사를 하고 있던 그의 아내 마산댁의 충동도 한몫을 했다고 한다.

헐값으로 배 한 척을 온전히 갖게 되는 것이 반가워 형은 아우의 그 같은 계획에 찬동하고 힘껏 밑천을 마련해주었다. 그 돈을 받아 고향을 떠난 그들 부부가 처음 마음먹었던 것은 서울이 아니라 가까운 마산이나 부산 정도였다. 그런데 거기서 또 억척스러운 마산댁이 욕심을 부렸다.

"덤불이 커야 토깨비(도깨비)도 크다꼬, 마 서울로 가입시다. 새로 시작하는 거 어디믄 어떻겠어예? 말은 나면 제주도로 가야 하고 사람은 나면 서울로 가야 된다는 말도 있잖는교?"

그게 마산댁의 주장이었다고 한다.

하지만 서울 생활이 곧 쉽지는 않았다. 고향을 떠날 때는 상당한 돈이다 싶었는데 막상 서울로 와보니 모든 게 예상과는 달랐다. 처음부터 시장바닥에 나앉는다는 각오들은 되어 있어도 그게 말같이 쉽지 않은 게, 웬만한 시장은 우선 자릿값부터가 엄청났다. 그 바람에 밀리고 밀리다가 그 무렵 들어 겨우 시장 모형을 갖춰가고 있던 그 동네 시장 모퉁이에 좌판 하나를 펼 수 있게 되었다.

장사는 마산댁이 몸에 익은 대로 생선부터 시작했다. 갯가에서 자라 생선을 가려볼 줄 아는 눈이 있는 데다 그녀 특유의 억척스러움은 이내 한 평도 안 되는 좌판으로도 그들 식구의 생계를 해결해주었을 뿐만 아니라 비축의 여유까지 주었다. 워낙 단칸방에 네 식구를 쓸어 넣고 아이들 교육도 정부가 의무적으로 시행하는 것 외에는 더 욕심을 부리지 않을 정도로 지출의 규모를 줄인 덕분이었다.

그들이 비록 여덟 평밖에 안 되지만 집 전체를 전세 얻어 사람 같은 꼴을 하고 살게 된 것은 큰아이가 중학교에 들어간 재작년부터였다. 그러나 계기는 아이의 중학 진학이라는 교육과 관계된 동기가 아니라 순전히 경제적인 계산에 따른 것이었다. 오랫동안 반실업 상태에 있다가 덤핑 의류 싸구려 장사를 시작한 김 씨의 수입이 그때서야 비로소 마산댁의 좌판을 넘어선 덕분이었다.

이제 그들 재력은 중산층에 편입되기 위한 마지막 고비를 넘어가고 있었다. 아니, 어쩌면 살이의 겉모습이 좀 거칠 뿐 그들의 실제적인 자산과 수입은 이미 중산층에 편입되고도 남음이 있었다.

그러나 정신적인 면에서 보면 그들은 가장 황폐해 있었다.

강만석 씨네만 해도 부분적이긴 하지만 고급한 문화와 정신이 스며들어 있었다. 집에 없는 큰아들과 직장에 나가는 큰딸이 그 원천이었다. 박 씨네도 그 삶의 현실이야 어떻든 이데올로기가 있고 정신적인 지향이 있었다. 젊은 동거인 남녀도 어느 정도는 현대적인 삶에 눈떠 공중에 뜬 것이긴 해도 그 정신이 무턱대고 물질에만 기울어져 있지는 않았다.

아까끼네는 어떤 면에서 정신적으로 가장 충만한 집이라고 할 수 있었다. 그들은 어쨌든 화이트칼라 출신이라 할 수 있었고, 6, 70년대 중산층의 문화를 고스란히 유지하고 있는 데다가 고학력인 남매로 그걸 현대적으로 세련시키기도 했다. 이를테면 그 집에서는 복사판 그림 한 장이 걸려도 제자리에 걸려 있다는 식이었다.

하지만 시장집 '김 씨와 마산댁'에게는 문화라 이름할 게 없었다. 중졸 국졸이란 부부의 학력도 그렇지만 그보다는 그들의 관심과 흥미의 방향 탓이었다. 그들에게 가장 소중한 것은 돈으로 표상되는 경제적 성취였고, 또 그들은 지나치리만큼 자기들의 가치관에 충실하였다. 좋고 나쁘고를 따질 것 없이 그들 부부가 스스로 산 책은 결혼 뒤 한 권도 없었다. 아이들도 그런 부모를 닮아 공부나 책과는 거리가 멀어 보였다. 따라서 그들의 집에는 두 아들에게 당장에 필요한 교과서 외에는 단 한 권의 책도 찾아볼 수 없었다.

하지만 그럼에도 불구하고 아이들의 정서가 비뚤어지지 않은 것은 참으로 다행이었다. 두 아들 모두 학교 성적은 하위권을 맴돌고 달리 기대를 걸 만한 특기나 취미도 없었지만 적어도 엇나가서 부모를 걱정시키는 일은 없었다. 하루 종일 부모가 없는 집에서 무얼 하며 보내는지는 몰라도 그런 환경에 있는 그 또래의 아이들이 부리기 일쑤인 말썽에는 빠져들지 않았다.

그런 시장집이 강만석 씨와 한 지붕 아래나 다름없이 사는 이웃의 또 다른 유형이었다.

희극 또는 비참

이제부터 강만석 씨네를 중심으로 다섯 가구가 한 울타리 안처럼 살고 있는 공간을 편의상 '작은 동네'로 불러 그 달동네 전체와 구분 짓도록 하자.

작은 동네의 이웃들은 이미 말했듯 모든 것이 넉넉하지 못한 살이의 특성 때문에 도심의 고급 아파트에서는 상상도 못 할 만큼 끈끈한 정으로 얽혀 살았다. 모두가 한결같은 것도 아니고 더러는 꽤나 심각한 반목과 불화를 보이지만 전체로 보아서는 거의 전원적이라 해도 좋을 상부상조의 분위기였다.

그런데 요즘 들어 그 작은 동네는 5년 주기로 찾아드는 괴질 때문에 차츰 인심이 사나워져 가고 있었다. 원래 예부터 있어온 한국의 풍토병이었으나 그리 심각하게 드러나진 않았는데 80년대

들어 갑자기 예외 없는 발병률로 영호남을 휩쓴 지역감정이란 괴질이었다.

그 괴질의 원인과 진행 경과와 처방에 대해서는 여러 가지 설이 있어 종잡을 길이 없다. 백 놈이 백 가지 말을 하는데, 그게 저마다 제 좋게 제 편리한 대로만 끊은 진단서요 처방전이라 나처럼 밖에서 굴러들어온 처지로는 어느 편이 옳은지 도무지 가늠이 서지 않았다. 그러나 읽는 여러분은 이 땅에 오래 살아 나름의 잣대가 있을 것이니 지겹더라도 내 논의를 한번 들어주기 바란다. 때로는 직접 현장에 뒤얽혀 있는 이의 눈길보다 한 발 떨어져 밖에서 살피는 눈길이 더 매서울 수도 있다.

그 괴질의 원인에 대해서는 멀리 천 년 전에 멸망한 이 땅의 고대 왕국들에서 찾는 사람도 있다. 곧 신라와 백제란 왕국이 그것인데 그들의 오랜 투쟁과 멸망시키고 멸망당한 원한이 오늘날까지 그 후손에게 이어져 그 왕국들의 고토(古土)에 해당되는 두 지방이 서로 반목한다는 설명이다.

그럴듯한 엉터리다. 나는 이 땅의 역사에 대해 그리 밝지 못하지만 그 역사적인 지식에 상관없이 그 진단은 틀림없이 돌팔이 짓이다. 고대왕국 간의 투쟁이란 오늘날의 국민국가와 달리 지배계층 간의 투쟁인 경우가 많다. 더구나 같은 어계(語系)와 혈통을 가진 민족 간에서랴. 그런데 그 고대 왕국은 지배층의 후손만 남았단 말인가.

설령 대답이 그렇더라도 문제는 여전히 남는다. 일반적으로 정복지에 더 많이 살게 되는 것은 정복국의 지배층이게 마련이다. 정복된 나라의 지배층도 정복자에 복속되어 살아남는 수가 있지만 그 수는 그리 많지 않다. 더 많은 수는 전사하거나 학살당하고 아니면 낯선 땅으로 망명해가게 마련이다. 곧 정복된 땅에는 망국의 원한을 자손에게 전달할 만한 피정복국의 지배층보다는 정복국 주둔군 간부들과 행정관료들이 더 많게 된다.

잘은 모르지만 이 땅의 오래된 역사서에서 그 간접적인 반증이 있다. 그것은 이른바 백제 8성(姓)의 문제다. 『삼국사기』에 의하면 백제의 지배계층에는 여(餘) 해(解) 고(高) 진(眞) 사(沙) 연(燕) 목(木) 등 여덟 개의 큰 성씨(姓氏)가 있었다. 그런데 그들 중 어느 성이 지금의 호남지방에 남아 있는가. 기껏해야 연 씨와 고 씨 등이 더러 있지만, 그 고 씨도 부여계로 고구려의 왕성(王姓)이라 백제계의 후예인지 그 땅으로 숨어든 고구려 왕족의 후예인지 알 수가 없다.

그런데도 동서 지역감정의 원인을 백제와 신라에서 찾는 것은 얼치기 역사가들이거나 이야기 좋아하는 호사가들이 억지로 꿰맞춘 혐의가 짙다. 하지만 이 나라 사람들 중에는 아직도 그걸 은근히 믿는 사람이 적지 않은 모양이다. 요즘 바로 그 고대 왕국의 이야기인 『삼국기(三國記)』란 드라마가 방영 중인데 거기서도 그 부분에 꽤나 신경을 쓴다는 소문을 들은 적이 있다.

지역감정이란 괴질의 원인을 역사에서 찾는 논의로, 그다음 오래된 것은 이 땅의 중세왕국 개조(開祖)의 유훈에서 비롯됐다는 설이다. 흔히 「훈요십조(訓要十條)」로 알려진 열 항목의 유훈에서 고려 태조 왕건은 '차령(車嶺) 이남', 곧 오늘날의 호남 땅에서는 인재를 등용하지 말라고 후손들에게 가르치고 있다.

비록 당시 한창 성행하던 풍수지리설로 그 이유를 끌어대고 있지만, 짐작으로 그 유훈은 왕건 자신의 괴로운 체험에서 우러난 것일 것이다. 후삼국을 재통일하는 과정에서 그는 그 땅을 근거로 하는 후백제와 가장 힘든 싸움을 치러야 했다. 특히 공산(公山) 싸움에서는 목숨이 오락가락할 만큼 위급한 지경에 빠졌고, 견훤의 주력부대를 섬멸한 고창(古昌) 싸움도 그 지방 토호들의 연합세력이 돕고 나서서야 승기를 잡을 수 있었다.

하지만 지역 차별정책으로서의 효과는 고려 중기를 넘어서면서 줄어들고 있다. 그리고 조선으로 넘어오면 인재등용에 있어서의 차별은 거의 느끼기 어렵다. 조선의 태조인 이성계 자신이 그 지방에 본관을 두고 있을 뿐만 아니라, 임진왜란 때 의병사(義兵史)를 보면, 그 지역이 느끼는 중앙정부로부터의 소외감은 거의 보이지 않는다.

이성계의 본관이 전주란 것에 대해서는 특히 지역 차별과 관계해서 여러 가지로 이의가 있을 줄 안다. 그는 이미 여러 대(代) 전에 그 지역을 떠나 그의 대에는 거의 야인(野人: 여진족)이 되다시피 했으며, 어떤 이는 전주란 본관 자체가 모칭(冒稱)일지도 모른다는 극단적인 의심을 하기도 한다.

그러나 옛날처럼 정체된 사회에서 몇 대 전에 어느 지역을 떠났다고 해서 그 지역성을 완전히 벗지는 못한다. 오늘날처럼 변화가 심한 사회에서도, 그리고 아버지대 혹은 몇십 년 전에 그 지역을 떠나 호적까지 바뀌어 있어도 특정의 시기에는 그 지역성이 나타나곤 하지 않던가. 또 이성계의 모칭 문제는 전주 이씨(全州李氏)의 족보가 엄연한 이상 함부로 입에 담을 일이 못 된다.

임진왜란 때의 의병사도 조선왕조에는 지역 차별정책이 없었음을 반증하는 예가 될 듯싶다. 그때 가장 의병 활동이 활발한 지역이 호남인데, 그들을 궐기시킨 것은 대개 근왕(勤王)의 정신이었다. 민족주의나 애국심 같은 거창한 개념은 그 근왕의 정신 속에 혼재돼 있을지는 몰라도, 의식 표면으로 드러나는 동기가 못 되었다. 만약 고려 초기와 같은 차별정책이 시행되었다면, 과연 그 같은 왕조를 위해 그 지방 백성들이 그렇게 떨쳐 일어날 수 있었을 것인가.

어떤 이는 정여립(鄭汝立) 사건이나 잦은 민란을 예로 들어 어떤 차별정책의 존재를 유추하려 한다. 그러나 정여립 사건은 지역성으로 해석하기보다는 당시 치열했던 당쟁의 한 불행한 결과로 봐야 한다. 지역 차별의 문제라면, 서북(西北)지방과 홍경래의 난이 훨씬 더 좋은 본보기를 보여줄 수 있을 것이다. 민란의 문제도 그렇다. 과연 다른 지역보다 다소 민란 발생의 빈도가 높기는 하지만, 그 원인을 몇백 년 전의 역사에 뿌리를 둔 지역 차별정책에서 찾는 데는 선뜻 동의하기 어렵다. 그보다는 토지가 유일한 생산수단이던 시절의, 가장 비옥하고 넓은 평야를 가졌던 지역이 겪어야 했던 가혹하고 잦은 수탈이란 사회 경제적 방향의 원인을 찾아보는 게 더 온당하지 않을까.

따라서 이 땅이 앓고 있는 괴질의 원인을 역사에서 찾으려 드는 것은 무리이거나 지나쳐 보인다. 근거로 삼는 역사적 사실들은 기껏해야 의식 밑바닥에 가라앉은 앙금 같은 것으로서 지역감정의 악용으로 이득을 얻을 사람들이 휘저어대지만 않으면 쉽게 의식 표면으로 떠오르지 못할 것이다.

내가 보기에 이 땅이 앓고 있는 지역감정이란 병은 과거(역사)가 아니라 현재가, 사회적 환경이나 시대의 상황보다는 사람이 만들어낸 병이다. 대개는 이 땅 사람들을 분열시킴으로써 이득을 얻는 자들이 기회 있을 때마다 부추기고 퍼뜨리는.

요즘 정석처럼 유행하는 설명은 보통 18년 장기집권 끝에 불행하기 최후를 마친 영남 출신의 전 대통령에게서 그 괴질의 기원을 찾는다. 그러나 시대의 정신적 유행과 견해를 달리하는 사람들의 말로는 그 기원을 그렇게 한정시키는 것 또한 어떤 반사이익을 노린 새로운 형태의 지역감정 유발책동으로 보인다고 한다.

그들은 묻는다. 그렇다면 그 대통령이 출현하기 전에는 지역감정이 전혀 존재하지 않았는가. 그러고는 강하게 고개를 내젓는다. 아니다. 오래 살아본 사람들에게 물어보라. 형태는 좀 달라도 전체 대 부분으로써의 지역감정은 그전에도 있었다. 50년대 말 「야담과 실화」라는 잡지를 폐간시키고 그 편집자를 구속한 '개땅쇠' 소동도 그 한 예가 될 것이라고 한다.

굳이 고인이 된 대통령과 연관을 시킨다면 지역감정을 정치화한 책임을 물을 수 있다. 그러나 그것도 문제의 70년대를 기억하는 사람들에 따르면 요즈음같이 노골적이지는 않았던 듯하다. 나중에 선거의 결과를 놓고 유추하니 그랬다는 것뿐 그때는 이 땅 사람들의 주의조차 별로 끌지 못했을 정도였다고 한다.

그들에 따르면 지역감정이 이 땅 사람들이 다 같이 아파해야 할 괴질로 발전한 것은 80년대 정치가들에게서 그 문제가 제기된 이후부터라고 주장한다. 그리고 한번 그 문제가 제기되자 80년대 초 광주에서 있었던 불행한 사태와 결합되어 감정의 상승작용이 일어나 예외 없는 발병률을 가진 집단 괴질로 번져갔다는 것이다.

거기다가 — 그들, 시대의 정신적인 유행에서 자기를 지켰다고 자부하는 사람들에 따르면 — 더 나쁜 것은 그런 정치가들에게 맞장구 치며 악의에 찬 통계나 정황증거를 들고 분분히 떨쳐나선 박사님, 교수님들이라고 한다. 신문들은 사흘이 멀다 하고 약이 오르는 통계를 실어 상대적으로 이익을 보았다고 생각하는 지역의 사람들에게는 공연한 기득권 관념을 심어주고 불이익을 받았다고 생각하는 지역 사람들은 새삼 치를 떨게 했다.

비록 그게 이왕의 상처를 키우는 일이라 해도 진실이 밝혀지는 일은 언제든 어디서든 환영받아야 한다. 그런데 문제는 그 진실이 상처를 치유하려는 방향보다는 고통을 자극하는 쪽으로, 그래서 결과적으로는 상처를 키우는 쪽으로만 악용된 것 같은 혐의를 주는 데가 있다.

사람들에게 그 같은 혐의를 주는 대표적인 예는 어디에는 장군과 각료가 많고 어디에는 예술가가 많다고 하는 식의 통계이다. 한편으로는 어떤 지역 출신의 권력이 장기집권한 결과로 생겨난 인사의 편중을 보여주고, 다른 한편으로는 권력에서 소외된 사람들이 어쩔 수 없이 선택한 차선의 예를 드러내는 자료인 듯하지만 논의의 본질적인 부분을 간과하고 있다는 점에서 어떤 악의가 느껴진다.

그 본질적인 부분이란 권력의 문제만으로는 다 설명할 수 없는 문화적 전통의 측면과 개인의 기질 및 성향이다. 권력에서 소외되었다고 해서 아무에게나 붓을 쥐여주면 화가가 되고 서예가가 되는가. 관료의 핵심에 들어가지 못했다고 해서 부채만 쥐여주면 소리꾼이 되는가.

내가 알기로 물 건너 민주깨나 한다는 나라들도 모든 직종이 인구비례로 나타나지는 않는다. 어떤 지역에서는 정치가가 많이 나고, 어떤 지역에서는 사업가가 많이 나며, 또 어떤 지역에서는 예술가가 많이 난다. 그 지역의 문화적 전통과 가치관 기질 따위에 따라 인구비례와 무관하게 나타날 수도 있다. 왜냐하면 정치가와 사업가와 예술가를 인구비례에 따라 투표로 뽑지는 않기 때문이다.

물론 그 같은 통계의 대비가 일어난 데에는 특정 지역의 정권이 오래 집권하는 바람에 나타난 인사의 왜곡이 원인이 되었을 것이다. 그러나 그것만이 원인의 전부라고 몰아갈 때에는 그 같은 왜

곡의 시정과는 정반대의 효과가 나올 수도 있다. 곧 이익을 보던 지역의 주민들은 앞으로 그 비율이 줄어든다면 상실감이나 그 이상 패배감을 느끼게 되고, 불이익을 보았다고 나오는 지역주민은 과거의 불리까지 한꺼번에 셈 쳐 받아야 한다는 보상심리가 생겨 인위적인 특별대우를 요구하게 될 것이기 때문이다.

하기야 80년대 후반에 나온 그 방면의 통계가 다 그랬던 것은 아니고, 그걸 제공한 모든 학자 전문가들이 어떤 악의를 가지고 있었다고는 할 수가 없다. 오히려 그 대부분은 나라의 장래를 걱정하는 마음, 안타까워하는 마음으로 발표에 임했다는 편이 옳다. 그러나 앞서와 같은 논자들이 지적하는 대목에 소홀했던 것 또한 사실이었던 듯하다. 그런 까닭에 80년대식 정신적인 유행을 못마땅하게 생각하는 사람들 중에는 이렇게 극단적인 말까지 내뱉는 사람도 있었다.

"80년대의 지역감정은 단순한 감정의 차원을 넘어 정치적인 모반의 심리에 가까웠다. 특히 87년 대선 때 보인 두 지역주민들의 행태는 이미 통일된 나라의 국민이라고는 보기 힘든 데가 있었다. 상대편 후보는 한 국가 한 체제 안의 경쟁자가 아니라, 적국의 원수(元首)와 같은 대접을 받았다. 실로 천년 만에 고대 왕국이 부활한 느낌이었다. 특히 어떤 지역에서는 상대편 후보가 집권하느니보다는 차라리 세상이 뒤집히는 것이 낫겠다는 심리까지 번질 지경이었다. 왜 그런 일이 80년대에 일어났는가. 기본적으로는 그동안에 쌓여온 감정 탓이겠지만 가장 직접적인 것은 그 문제를 정치

쟁점으로 삼은 데 있다. 진정으로 그 문제를 해결하기 위해서라기보다는 오히려 격앙시켜 반사이익을 얻으려는 자들의 충동질 때문이다. 그 뒤에 진행된 지역감정의 해소를 위한 논의의 진행도 그렇다. 그런 문제는 상호 반성을 바탕으로 해야 한다. 일방적인 강요는 오히려 골을 더 깊게 할 뿐이다. 그런데 논의의 형태를 보면, 서로 조심들을 해도 내심에 감추어진 말은 한마디였다. '지역감정이라 나쁘니 네가 버려라'이다. 가만히 들어보면, 거의가 '나'는 빠져 있다. 따라서 우리는 제안한다. 지역감정을 악용하려는 자는 물론, 어설프게 지역감정을 푸느니 어쩌느니 하며 찧고 까불어 오히려 그걸 더 자극하고 마는 일체의 논의를 내란죄(內亂罪)에 준해 처벌하자고……. 얼치기 역사 지식에다 지방 고유의 문화와 기질, 그리고 사회 경제적 환경까지 겹쳐 오랜 기간 형성된 복합감정을 정치적인 처방 하나로 치유하겠다고 나서거나, 일시에 인위적으로 해결하겠다고 떠벌리는 자가 있으면, 당연히 그 악용의 저의가 먼저 의심되어야 한다."

내가 보기에도 그 같은 그들의 주장이 모두 옳다고는 할 수 없지만, 귀담아들을 가치는 충분히 있을 것 같다.

연초 내가 처음 이 땅에 발을 디뎠을 때나, 거인들의 숲에 살 때에도 그런 지역감정의 존재를 전혀 느끼지 못한 것은 아니었다. 어떤 땅에 태어났느냐가 지도자의 선택은 물론, 어떤 정당정책에 대한 호오(好惡)며 심지어는 예술적인 안목까지 결정하는 듯한 인상에 나도 몇 번인가 충격을 받은 적이 있다.

하지만 그때만 해도 그 감정은 지난 4년의 세련(洗鍊)을 거쳐 내연중(內燃中)이던 시기였다. 언론도 거기에 대한 찧고 까불기에 시들해져 있었고, 사람들도 실속 없이 점잖아져 어지간한 계기가 아니면 쉽게 속을 드러내지 않았다. 그 바람에 어떤 낙관적인 논자는 지난 4년에 걸친 사회 전반의 노력이 상당한 결실을 맺은 것으로 단정하기도 했다.

그런데 국회의원선거로 다시 표출되기 시작한 지역감정은 대선 분위기가 차츰 달아올라 가면서 그 원래의 모습이 어떤 것이었던지를 내게 일깨워주었다. 특히 내가 달동네로 거처를 옮긴 뒤에는 비교적 감정표출에 직접적인 그 동네 사람들의 성격 때문인지, 그게 한층 더 뚜렷해졌다. 내가 보기엔 누가 대통령이 되든, 텔레비전 화면이나 신문에서밖에는 대통령을 볼 수 없을 것 같은 사람들이, 이 나라의 살림 규모나 몇십 년 다져온 체제로 보아 어느 쪽이 되든 그들의 삶 자체에는 별반 영향을 받을 것 같지도 않은 사람들이, 선거 얘기만 나오면 거품을 무는 것이었다.

서로가 서로를 빤히 아는 강만석 씨네의 작은 동네도 예외는 아니어서 거기서도 여러 차례 그 방면의 다툼이 있었다. 내용은 그때그때의 정치적 현안을 대상으로 한 것이었지만, 상대는 거의 일정했다. 영남은 어차피 김 씨네뿐이어서 김 씨와 마산댁이 항상 대표선수로 뛰어야 했고, 호남은 강만석 씨네와 젊은 동거인 남녀에 박 씨댁 해서 두 집 반인 셈이었으나, 대표선수는 엉뚱하게도 박 씨네였다.

경기도 출신인 박 씨가 호남의 대표선수가 된 까닭을 아는 데는 내게도 시간이 좀 걸렸다. 박 씨는 틀림없이 경기도의 농부 출신이고, 호적에도 본적이 경기도 어디라고 되어 있었다. 그러나 그것은 박 씨가 어릴 적 박 씨의 선친이 그리로 이주하면서 호적을 옮긴 때문이었을 뿐, 혈연과 정은 그대로 고향 땅과 이어져 있었다. 박 씨가 군에서 제대하고 돌아왔을 때, 그 선친이 며느릿감을 굳이 고향 쪽에서 구해온 게 바로 그 한 예였다.

하지만 박 씨로 보면 자신은 어쨌든 경기도 사람이었다. 호적뿐만 아니라 아버지의 고향에 대한 기억은 거의 남아 있지 않았고, 사투리도 경기도 토박이의 그것이었으며, 무엇보다도 그 자신이 그때껏 경기도 사람으로만 살아왔다. 따라서 그런 논쟁에 끼어들면 중립적인 위치를 즐기면서 일방적인 편들기를 할 수 있었다.

그 작은 동네의 지방색을 띤 다툼에서도 박 씨는 한동안 그런 중립적인 위치, 심할 때는 판관으로서의 위치까지를 즐길 수 있던 때가 있었던 듯했다. 그러나 김 씨로부터 거듭 불리한 판정을 당한데다, 박 씨댁의 출신에 착안한 김 씨가 집요한 추적 끝에 그걸 밝혀내고 말았다. '구청에 가서 호적등본 한 통만 떼어보면……' 하며 어르고 구슬리는 통에 박 씨댁이 사실대로 털어놓은 것이었다. 그러자 김 씨는 그날부터 말마다 박 씨의 오금을 박고 나오고, 거기에 속이 틀어진 박 씨는 스스로 그 상대편 대표선수를 자임하게 되고 말았다.

내가 강만석 씨네 안방에 자리 잡은 뒤로 시장집 김 씨와 협회 박 씨의 충돌은 서너 번 있었다. 김 씨가 워낙 공휴일도 없는 싸구려 장사라 그렇지 그게 아니면 충돌은 훨씬 잦을 것 같아 보였다. 왜냐하면 두 사람은 이미 승리를 포기한 채 싸움 자체를 즐기는 경지에 들어가 이제는 그 다툼을 한가하게 만나면 함께 하는 도락쯤으로 여기고 있었기 때문이었다.

게다가 이웃들도 두 사람의 다툼을 특별히 귀찮게 여기거나 걱정하지 않아도 되었다. 말이 다툼이지 내용은 수준이 낮은 대로 대변인의 성명전 같은 입씨름에 지나지 않았기 때문이었다. 때로 목소리가 높아지고 욕설이 섞일 때가 있지만, 그게 열전으로 변하는 일은 결코 없었다. 그들이 떠드는 것은 확실한 정보나 절실한 믿음이라기보다는 여기저기서 주워들은 풍설이나, 어쩌다 어울리게 된 지역집단의 한쪽으로 치우친 견해였기 때문이었다.

나는 서너 번에 걸친 그들의 논쟁을 거의 대부분 기억하고 있다. 그러나 이제 와서 보면 그것은 이미 지나간 현안에 대한 쓸모없는 다툼이고, 들어봤자 별로 새로울 게 없는 흘러간 옛 노래이다. 그걸 모두 전하느니보다는 가장 최근에 있었던 입씨름 하나만을 골라 살핌으로써 그들 논쟁의 형태나 알아보자.

그들 사이에 있었던 최근의 말다툼이라면 누구든 그게 차기 대통령선거 석 달을 앞둔 시점에 생긴 현직 대통령의 여당 탈당이라는, 이 땅뿐만 아니라 세계사에서도 전례가 없는 사건에 관한 것이라고 짐작이 갈 것이다. 실로 그러하다. 그날 이 나라 대통령이 그 같은 폭탄선언을 하고 비행기에 올라 훌쩍 물 건너 가버렸다는 말을 듣자 나도 잠시 어리둥절했었다. 하지만 나는 오래잖아 나름대로 생각을 정리할 수 있었다.

'그 냥반 민주 한번 화끈하게 할 작심을 하셨구먼. 책에도 없고 들은 적도 없어 좀 낯설기는 하지만, 이제 이 나라 여당은 5년마다 재창당을 해야 하게 되겠지만. 또 단원제(單院制)인 처지에 의회와 정부의 당이 달라 국정이 혼란될 위험이 있고, 대통령 임기가 4년 중임제로 바뀌기라도 한다면 재선을 꿈꾸는 대통령은 설 자리가 없겠지만. 어쨌든 대단한 결단이다. 민주로는 일류라고 떠드는 나라들도 여당 프리미엄은 조금씩 있는 모양이던데 이 나라 여당은 그것까지 포기했으니 얼마나 대단한 고결함인가. 이제 이 나라는 민주로는 초일류가 되겠구나.'

갑자기 너무 민주가 되는 것 같아 못 미더운 구석은 있었지만 대강 그 정도로 감 잡은 것이었다. 그러나 시장집 김 씨나 협회 박 씨에게는 그게 그리 심상한 일이 아니었던 모양이다. 그 발표가 있던 날 두 사람은 약속이나 한 듯 얼큰해 돌아와서는 서로를 찾아 나서듯 한자리에 모이더니 전에 없는 열기로 한바탕 주고받았기 때문이었다.

그날 먼저 집으로 돌아온 것은 협회 박 씨였다. 밖에서야 투사이든 전사이든 마을에 돌아오면 얌전한 편인 그인데도 그날은 왠지 호탕한 웃음을 날리며 돌아오더니 김 씨부터 찾았다. 그러나 김 씨가 그날따라 귀가가 늦자 꿩 대신 닭이라고 강만석 씨를 불러내 초저녁부터 술판을 벌였다.

그들이 자리 잡은 곳은 그 작은 동네로 드는 입구에 놓인 살평상 위였다. 여름내 동네 아줌마들과 아이들의 차지였으나 그날은 두 사람이 먼저 자리를 잡은 것이었다. 누가 술을 사고 누가 안주를 내는지 알 수는 없지만 곧 막걸릿잔이 오가기 시작했다. 직장에서 무슨 말을 듣고 왔는지 강만석 씨도 나쁜 기분은 아닌 듯했다.

김 씨가 돌아온 것은 두 사람이 아직 막걸리 한 병을 다 비우기 전이었다. 김 씨도 어디서 한잔 걸쳤는지 불안정한 발자국 소리를 내며 돌아오다가 두 사람이 술잔을 나누는 걸 보고 살평상 모퉁이에 끼어드는 것 같았다.

"에헤이, 이 양반들 보래이. 오늘 무신 좋은 일 있었는교?"

김 씨의 말투로 미루어 술보다는 말 상대를 더 반가워하는 눈치였다. 박 씨 또한 반가운 목소리로 그를 맞아들였다.

"김 씨, 오늘 늦었네. 술도 한잔 걸치고. 김 씨야말로 무슨 좋은 일 있소?"

"좋은 일은 무신……. 전 거두다 고향사람 만나 한잔했제."

김 씨는 거기까지는 좋았으나 뒤이은 말이 좀 삐딱했다.

"하기사 기분도 좋을 기라. 아까 오다 보이 전자대리점 테레비에 나오는 그 사람 입이 귀밑까지 째졌더구마는."

"그 사람이라니, 누구 말이오?"

박 씨가 짐짓 김 씨의 악의를 모르는 체하며 그렇게 되물었다.

"누구긴 누구라. 당신네 후보선생님이제."

"아, 그거. 그야 뭐 누구에게도 잘된 일이잖소?"

"그럴끼요. 민주하고 공명선거하겠다는데 언 놈이 뭐라 카겠노? 글치만 그래는 게 아이라. 그라고 나는 그 사람 싫더라. 정말 싫더라."

그러자 박 씨는 물론 강만석 씨도 갑자기 조용해졌다. 짐작으로는 김 씨가 또 자기들의 우상을 헐뜯고 나서는 줄 안 모양이었다.

"그 사람 싫어한 게 어제오늘이야?"

이윽고 박 씨가 그렇게 퉁명스럽게 받는소리가 들렸다. 그제서야 김 씨가 자신이 받은 오해를 알아차리고 급하게 말했다.

"당신네 후보선생님이 아이고오, 비행기 타고 물 건너간 사람 말이라. 지만 쏙 빠져 청정무구한 민주화대통령 말이라."

"언제는 그 사람 안 찍으면 금세 나라가 내려앉을 듯이 말하더니……."

"그기 속은 기라꼬. 그때 표 찍은 요 손목대기를 도끼로 그양(그냥) 콱 짜뿌리고 싶다카이."

"그만한 대통령도 잘 없을걸. 시작 좋고 끝 좋고……."

박 씨가 드디어 삐딱하게 나오기 시작했다. 약이 오른 김 씨가 목소리를 높였다.

"보소, 박 씨야말로 그래는 게 아이라. 어제까지 세상에 죽일 놈은 그 사람이디, 하루 아침에 그래 말 바꾸는 게 아이라꼬. 시작 좋은 거 뭐 있노? 순 사기제, 그래 가지고 맨 머이(먼저) 잡은 게 앞사람 아이가. 백담사에 있는 것도 못마땅해 외국으로 후차뿔라고(쫓아버리려고) 얼매나 몰아댔노? 끝도 글타. 뒷사람한테 하는 기 그기 뭐꼬? 이왕 줄 거 미리 딱딱 띠 줬으믄 그 분란이 왜 나노? 결국은 후보경선 그 모양으로 맹글어 뺏다구만 넘가준 꼴이 됐제. 거기다 막판에는 이 무슨 짓꼬? 하기사 뒷사람 밀어줘봤자 별수 없다는 거 자기도 잘 알기라. 한 짓이 있으이깨는."

"이봐요, 김 씨. 아무리 김 씨가 좋아하는 사람에게 불리하다 해도 한 나라 대통령의 결단을 그리 말하는 게 아뇨. 말이야 바른 말이지 이 나라 민주화에 그보다 더 눈에 보이게 일한 대통령이 어딨소?"

"그기 더 속상한다꼬. 우째 그 사람은 인간적으로 빠져나가기 어려울 때마다 민주가 핑계가 되노? 그 민주 두 번만 했다가는 나라가 쑥대밭 안 될라. 그 따우 민주라믄 참말로 언성시럽데이."

"그게 당신네 지방 사람들의 비민주적인 발상이란 말요. 민주가 좋으면 그걸 실천하는 것도 좋은 일이 되지. 거기 왜 인간적이 끼어들어요? 저 사람들에겐 민주고 뭐고 지역감정에 걸리면 아무것도 아니라니까."

박 씨가 참지 못해 그렇게 공격적으로 나오자 차츰 다툼은 꼴을 갖춰갔다.

"나도 그쪽하고 우리하고 어디가 다른지는 잘 알구마. 글치만 함 들어보소. 그 패거리가 깡패 아이라 살인강도 집단이라도 저 패거리를 경찰에 찔러 잡아였고(넣고) 혼자 싹 빠져나가는 눔 곱게 비(보이)든교? 밀수가 나쁘다, 마약이 해롭다 카지만 저어 식구 오다(옳아)였고 보상금 타 먹은 놈 잘나 비든가 이 말이라. 내 말 났으이 하는 소리지만 요새 젤 웃기는 말이 뭔지 아능교? 바로 양심이라 카는 말이라. 재단에 돈 바치고 선생질 잘해 먹다가 수틀려 폭로하는데 그기 양심선언이라니 내사 뭔 소린지 통 모르겠더라꼬. 참말로 양심이 있었다면 언필칭 남을 가르친다는 사람이 아무리 실업자 생활이 괴롭다 해도 돈 내고 교편을 잡아? 그래놓고 무슨 양심선언은. 그건 잘돼야 폭로고 제대로 말하면 참회가 되어야 한다꼬. 요새 시끄러운 아무개 양심선언도 글타카이. 새카만 면서기로 출발해 군수까지 올라갈라믄 눈치노름, 돈질에 얼매나 밝아야 되는지 아는 사람은 다 안다꼬. 그 많은 선거 때마다 얼매나 앞장서 설쳤는지 뻔할 뻔 자라꼬. 그래놓고 수틀린다꼬 몇십 년 같이 일한 공무원 말캉 도둑놈 아이믄 개쌔끼 맹글어놓고 하는 폭로가 양심선언이라꼬? 지발 그럴 때는 양심이란 말 쓰지 말자꼬. 아무개 자기고발, 아무개 참회, 아무개 폭로마당이라 부르자꼬. 잘못하믄 양심이란 말 뜻 달라지겠다카이. 민주란 말도 마찬가지라. 그기 아무리 좋은 말이라 캐도 지를 위해서 쓸 때는 앞세우는 기 아이라. 그기 바로 민주 욕비는 거라꼬."

"어어, 이 사람 봐, 점점 본색이 드러나네. 바로 당신 같은 사람이 있어 이 나라 민주화가 안 되는 거야. 아니 그럼 자기가 한번 몸담았다고 나라가 망하고 사회가 썩어도 입 꾹 다물고 있어야 하는 거야? 의리니, 인간적이니 해서 언제까지고 같이 해 먹는 게 경상도식 양심이냐구."

대통령의 탈당을 놓고 시작된 논쟁은 거기서 잠시 옆길로 샜다. 박 씨가 그렇게 따져 들자 김 씨는 잠시 말문이 막히는지 눈만 멀뚱거리다가 자기 앞에 놓인 술잔을 들었다. 그러면서 궁한 논리를 어떻게든 꿰맞춰 보려는 눈치였다. 되도록 천천히 술잔을 비운 김 씨가 이윽고 기세를 회복해 대답했다.

"내 말은 그게 아니고 말을 바로 쓰자는 거라. 그리고 사람이 뭔 짓을 하더라도 최소한의 야마리(염치)는 지키게 하자는 거라. 지금 이사 그 동네 당에 도움되고 당신네 후보선생에게 유리해 빌지(보일지) 모르지만 너무 좋아할 거 없다꼬. 한 번 그랜 사람들 두 번 세 번 못 그릴 게 뭐 있노? 또 글찮다 캐도 보는 사람 눈이 있고 감정이 있는 법이라. '뭔 당이 맨 폭로자 고발꾼 덕으로만 살라카노' 한번 이런 생각이 국민들 머리에 박히뿌믄 그쪽 당에도 후보선생한테도 이로울 거 하나 없다꼬. 그라고 당장 재미본다꼬 오아(일러)바치고 찔러뿌고 터자뿌는(터뜨리는) 짓 너무 추카(추켜)주는 거 나라 전체로 봐도 꼭 좋은 일은 아이라. 어디든동 쪼매씩은 감촛고 속일 일이 있게 마련인데 그래서야 우에 믿고 사람 쓰겠노?

고발 폭로 많은 나라 그거 좋은 나라 아이라카이. 그라고 지금은 민자당에서 민주당으로 왔다 갔다 하는 거이 그렇지마는 만약 이북이나 일본하고 한창 맞붙어 있는데 정보사병이 서류 가지고 튀고 감사관이나 군수가 그쪽에 가가주고 양심선언이나 해대믄 우째겠노 이 말이라."

논리에는 억지가 많았지만 제 딴에는 머리를 다해 짜낸 말인 듯했다.

"도대체 무슨 소리를 하는지 모르겠네. 지금 양심선언 얘기하는데 북한은 왜 나오고 일본은 왜 나와?"

박 씨가 그렇게 김 씨의 무논리에 오금을 박았다. 김 씨가 일부러 그러는 것처럼 동문서답을 했다.

"얘기사 원체는 대통령 탈당 얘기였제. 하다 보이 옆길로 새가주고 양심선언까지 갔지마는. 하여튼 나는 말이라, 조자룡이 헌칼 쓰듯 그눔의 민주 아무 데나 쑥쑥 내미는 거 몸서리난다 이 말이라. 6공 청문회 겁나 이쪽저쪽 눈치 보다 그랬다 카믄 되지 민주는 무슨 놈의 민주…… 하기사 그쪽에서는 내가 그 탈당 때메 우리 와엣스한테 불리해졌다꼬 성내는지 알겠지마는……."

"그것두 영 빈말은 아닐걸. 와이에스 대통령은 이제 물 건너 간 거 아냐? 가장 큰 몫이 관권부정인데 이제 그게 날아가 버렸으니 게임이 되겠어?"

박 씨가 여유 있게 웃으며 김 씨의 말을 받았다. 뭔가 제대로 풀리지 않고 지나쳐버린 듯하지만 어쨌든 화제는 제자리로 돌아온 셈이었다. 김 씨도 피식 웃어 여유를 보이며 그런 박 씨를 받아쳤다.

"개 눈에는 뭐밖에 안 빈다카디, 내 그럴 줄 알았제. 그 때문에 기분이 좋아 고향 사람들끼리 한잔 빨았구마는. 글치만 그게 아이라꼬. 아, 와엣스가 안 카등교? 날 떨어줄라 카믄 관권 부정선거하라꼬. 그 말이 맞다카이. 요새 공무원이 와서 뭐라 칸다꼬 표 찍어

줄 놈 어딨는교? 백지로(공연히) 어슬프게 관권 덕볼라카다 그 몇 배 날아가는 게 요새 선거라. 국회의원선거 때도 안 봤는교? 그게 참말이라 캐도 안기부가 나서면 흑색선전이 되고 표는 반대로 쏠리는 게 요새 인심이라꼬요. 그런데 와엣스가 그 관권선거 덕볼라 카겠는교? 그쪽에서는 택없이 좋아하지만 들으이 대통령 탈당한 것도 그런 와엣스 생각 여러 번 다짐받은 뒤라 카더라꼬요. 하기사 요뉴월 볕도 쬐다가 그만두면 섭섭하다꼬, 속내 모르는 사람들이야 쪼매 허전하기는 하겠제. 글치만 와엣스로 보믄 크다란(커다란) 혹 하나 띤 셈이라꼬."

"그럼 아까는 대통령한테 왜 그리 입에 거품을 물었소? 그 사람 눈앞에 있으면 따귀라도 칠 기세더니."

박 씨가 못 믿겠다는 듯 그렇게 이죽거렸다. 김 씨가 아까와는 달리 심드렁하게 받았다.

"그거는 딴 얘기라. 5년 동안 겪은 그 사람 시끼(式)가 앵꼬와(아니꼬와) 그렇다꼬. 폼은 혼자 다 재고……."

"그게 아니지. 그 선언으로 당이 쑥밭이 되고 민정계다 뭐다 저마다 고무신 거꾸로 신고 나서니까 그런 거 아뇨? 그게 어디 단순히 여당 프리미엄만 잃어버리는 일이요?"

"당이 쑥밭이 날지 누가 고무신을 거꾸로 신을지는 가봐야 아는 게고오."

"이제는 정치자금 거두기도 쉽지 않을걸. 이 나라 재벌들이란 게 얼마나 영악한데 못 미더운 곳에 돈 질르겠어?"

"그건 돈 가진 사람 안목 나름이고오. 또 언제 우리 와엣스 돈 가주고 정치했나? 그럼 누구는 뭉쳐둔 돈 많아 좋겠네."

"하지만 닭 쫓던 개 지붕 쳐다보기도 유분수지. 대통령병에 휘몰려 30년 야당생활 헌신짝 버리듯 했는데, 막상 선거 앞두고 여당 프리미엄이라고는 눈곱만큼도 못 보게 됐으니."

"우리나라 사람들은 정이 많아 불쌍해서 표 찍어주는 수도 있다꼬."

대화가 그렇게 전개되니 차차 열이 오르는 것은 박 씨 쪽이 되어갔다. 그걸 알아차린 김 씨가 이번에는 오히려 약을 올리는 입장이 되어 이죽댔다.

"거기다가 우리 와엣스 좋아진 것도 있다꼬."

"물에 빠진 사람 지푸라기라도 잡는 심정이라고, 좋게 보려면 안 좋은 게 어딨어?"

박 씨는 약이 올라 하면서도 김 씨의 다음 말이 궁금한 표정이었다. 김 씨가 그걸 알고 짐짓 말을 돌렸다.

"우리나라 정치라는 거 뻔하잖는교? 잘할 필요 없이 가마이 있으믄 되는 거. 그라문 저쪽에서 자충수 떠가주고 이쪽에서 앉아서 덕 보는 거 말이라."

"건 또 무슨 소리야?"

"내 보이 당신네 후보선생 또 헛발질 시작하는 거 같더라꼬. 가마이 있으믄 될 걸 나서가주고 지(제) 표 지 깨는 거."

"그 냥반이 무슨 헛발질을 했는데?"

"가마이 앉아서 받은 떡 그냥 먹기만 하믄 될 낀데 술상 고깃국 안 따라 나온다꼬 난리를 치이 남 보기 안 우습나? 거국내각은 무슨 놈의 거국내각. 장관 말고도 누구는 옷 벗고 누구는 아이고……. 여 어디 혁명이 났나? 여당 말마따나 야당이 무신 점령군이가? 대통령 말 한마디에 세상이 뒤배진 것 맨쿠로 휘젓고 댕기이 그기 헛발질 아이고 뭐꼬? 그 양반 한동안 가마이 있으니 볼만하디 나서이 마 파이라. 앞으로 또 얼매나 헛발질을 할동……."

"아, 그거야 당연하지. 말만 탈당하고 말만 중립이면 뭣 해? 그걸 보장하자면 거국내각이 필요한 거고, 각료는 아니라도 선거에 개입할 우려가 있는 부처의 장(長)들은 다 중립적인 인사로 갈아야지. 그게 어찌 헛발질이야?"

"막말로 혁명에 성공해서 칼자루를 쥐게 됐다꼬 해도 그래는 게 아이라. 눈꼴시래워하는 사람도 있다는 걸 알아야제. 경위야 어찌 됐건 이건 여당으로 보면 큰 양본데 큰 양보는 또 그걸 받는 사람한테도 격식이 있다꼬. 그런데 모양이 영 아이라. 잘 나가든 뉴 디제이 우째 됐노? 어제아래 중립내각 인선(人選)에는 대통령 인사권을 존중하겠다고 한 소리는 우째 된 기고?"

그쯤에서 박 씨도 냉정을 조금 회복했다. 공연히 열 올리다가 김 씨의 마구잡이 입심에 말려들 것 같은지 거기서 다시 빈정거림으로 말투를 바꾸었다.

"그거야 그 동네에서 하는 소리고, 딴 지방 사람들은 생각이 다를걸. 그걸 헛발질이라고 생각하는 국민은 그 동네 빼고는 없을 거

라. 희망사항이시겠지. 그게 헛발질하는 걸루 비쳤으면 하는……."

술은 언제 마시는지 그렇고 그런 둘의 논쟁은 한없이 이어졌다. 신통한 것은 함께 있는 강만석 씨였다. 분명히 자리를 뜨는 소리를 듣지 못했으니 거기 있을 텐데도 한마디 끼어드는 법이 없었다. 있다면 겨우 '어서 잔이나 비우더라고'와 '목소리 낮춰. 동네 개 다 깨우겠어'가 전부였다.

나는 대강 거기까지 듣자 지루하고 피곤해졌다. 어느 쪽이 대통령이 되든 현실적으로는 동전 하나 생길 것 같지 않은 사람들이, 그것도 지역이 결정하고 개발한 사고에 의지해 끝도 없이 물고 물리는 게 여간 희극적이 아니었다. 다만 감탄스러운 게 있다면 그들의 학력이나 직업을 훨씬 뛰어넘는 정치상식의 수준 정도일까.

하지만 두 사람 모두 애써 드러내지 않으려고는 해도 대통령의 여당 탈당이라는 사태가 적잖이 그들을 흥분시킨 것만은 사실인 듯했다. 그날 얘기 끝에 다시 그 화제로 돌아간 두 사람은 마침내 전에 없는 멱살잡이로 논쟁을 끝냈다. 마치 대통령선거에 자신의 삶을 통째로 건 듯한 그들의 성난 목소리를 들으면서 나는 왠지 그게 그들 정신의 황폐함을 드러내 보이는 것 같아 씁쓸하였다.

그런데 여기서 나는 잠시 읽는 이들의 양해를 구하지 않을 수가 없게 되었다. 원래의 내 얘기의 다음 순서는 강만석 씨네의 '작은 동네'에서 벌어지는 또 다른 희극이나 비참을 보여주는 것이었다. 그러나 최근 본 텔레비전 뉴스의 한 화면이 내 그런 예정을 바꿔놓고 말았다. 나는 잠시 강만석 씨네의 작은 동네를 떠나 이 사회가 한 덩어리가 되어 연출하고 있는 희극과 비참 한 막을 먼저 살펴보려 한다.

내가 이 나라에 와서 영 알 수 없는 일들 중의 하나는 기묘한 법체계이다. 이 나라는 분명히 실정법체계를 갖추고 있고, 법원의 판결도 명문화된 법 규정에 가장 우선권을 주고 있다고 들었다. 그런데 실제로 통용되고 있는 걸 보면 자연법이나 여론을 위장한 집단 히스테리 내지 정신적 유행이 더 유력한 것처럼 보일 때가 있다.

며칠 전 내가 텔레비전 화면에서 본 것도 아마 그런 예가 될 것이다. 텔레비전에서 그만한 무게로 다루었으면 일간지에서도 아마 중간 톱쯤으로 나왔을 법한 그 뉴스의 내용은 40여 년 전 이 나라의 위대한 애국자를 암살한 늙은 암살범의 참회였다. 드디어 배후에 당시의 대통령이 있었고, 역시 당시 국방장관을 지낸 인물과 참모총장을 지낸 인물도 있었다는 자백을 했다는 내용이었다.

그 늙은 암살범을 둘러싼 소동은 지난봄에도 한차례 있어 나도 비교적 상세하게 이 나라의 불행한 역사 한 토막을 알고 있다. 70 평생을 이역만리에서 임시정부를 이끌고 일제와 투쟁했고, 해방 뒤에는 남북분단을 막아보려고 노구를 이끌고 평양까지 다녀온 적이 있는 그 민족의 지도자를 당시의 육군 소위가 암살한 사건이었다. 범인은 그 자리에서 체포되어 수감되었으나 어찌 된 셈인지 몇 년도 안 돼 감옥에서 풀려나오고 나중에는 군납사업으로 막대한 치부까지 해 잘 살았다고 한다.

처음 그 얘기를 들었을 때 이 나라 국민이 아닌 나도 몹시 분개했다. 나도 그때는 이 나라의 불행에 원인이 있다면 바로 그와 같은 자가 잘살아갈 수 있는 환경을 조성한 그 무엇이라 보았다. 내가 태어난 땅 독일은 과거의 반성에 얼마나 철저했던가.

그런데 연이은 상보(詳報)를 보게 되면서 내 분개는 차츰 사그라들었다. 그 늙은 암살범이 법정에 선 것은 암살 당시 한 번은 아니었다. 4·19 뒤에도 그는 다시 법정에 불려 나갔고, 거기서 배후에 관한 엄한 심문을 받았고, 그때 나름으로 어떤 자백도 했다.

벌도 정식의 형벌은 결국 한 번으로 그쳤지만 사형(私刑)은 여러 번이었다.

몇 년 전에만 해도 어떤 백범(白凡) 숭배자에 의해 피습당해 여러 주일 입원한 적이 있었다고 한다. 이 봄에 나온 그의 자백도 그 나이로는 가혹한 사형(私刑)을 받은 끝에 나온 것이었으며 더구나 그 자백을 받아낸 것은 바로 몇 년 전의 그 습격자였다.

신문의 보도로는 그가 그동안 정신적으로 받아온 형벌도 여간 아니었던 듯했다. 이런저런 추적자들을 따돌리기 위해 한곳에 오래 머물러 살 수도 없었고, 문패를 걸기는커녕 동회의 주민등록 신고조차 위장하지 않으면 안 되었다. 그것도 30년이 넘는 세월을. 그 밖에 그의 자녀들도 이 땅에는 살지 못해 하나도 곁에 없었다.

그는 결코 벌을 받지 않은 게 아니었다. 형벌의 가장 무거운 단계는 생명형이므로 그가 목숨으로 죗값을 치르지 않는 한 정의는 실현되지 않았다고 볼 수 있으나, 내가 보기에 그는 오히려 그 목숨 같지도 않은 목숨값으로 너무도 많은 걸 치른 것 같았다. 자유도 없고, 평온도 없고, 기쁨도 희망도 없는 삶, 적막과 공포와 불안만 있을 뿐인 삶의 대가로는 지금까지의 고통으로도 충분한 것 같다고 한다면 너무도 내막 모르는 이방(異邦)의 눈길이 될까.

그런데 그 암살범에 대한 내 동정을 결정적으로 키운 것은 이 봄의 소동 때 있은 어떤 텔레비전 방송국 대담이었다. 화면에 나온 암살자는 한눈에 중풍기가 있어 뵈는 칠순의 노인이었는데, 그나마 무슨 위원회인가 하는 사람들에게 사형(私刑)을 당해 입원 중이었다.

나는 이 나라 사람들이 고문이라면 특히 치를 떠는 걸로 알았다. 내가 태어난 나라의 녹색당이라는 정당 사무실에 가면 이 나라의 고문을 비난하고 있는 유명한 포스터가 붙어 있다. 시위진압복을 입은 이 나라 전경(戰警)이 거꾸로 그려져 있고, 그 아래는 한글로 '고문은 올림픽종목이 아닙니다'라고 씌어 있는 포스터이다. 그렇게 세계에 널리 알려질 만큼 고문의 고통을 많이 겪은 나라 사람들이 어떻게 사형을 곱게 보아 넘기겠는가.

하지만 그날 내가 그 프로그램을 보고 느낀 것은 그렇지가 않았다. 이 나라에서 어떤 고문은 사회도, 법도 용서하는 것 같았다. 특히 민족의 지도자를 암살한 흉악범은 두 번이나 법정에 선 적이 있건 말건, 공소 소멸시효가 세 번이나 지나갈 만큼 세월이 흘렀건 아니건, 아무나 잡아다 고문해도 되는 게 틀림없었다. 분명 고문을 당한 흔적이 있고, 그 자신도 그 고통을 호소하건만, 그 암살범이 사적으로 당한 고문에 대해서는 아무도 신경 쓰지 않았고, 나중에도 그 사형자(私刑者)들이 처벌받았다는 소문은 듣지 못했다.

나는 처음 이 나라의 법에는 어떤 예외조항이 존재하는 줄 알았다.

민족의 지도자를 죽인 범죄에 대해서는 일사부재리의 원칙도 적용되지 않고, 소멸시효도 진행하지 않으며, 그 범죄자는 영원히 법의 보호에서 제외되는……. 그러나 아니었다. 알고 보니 이 나랏법으로도 그 암살범은 엄연한 권리의 주체였고, 다른 법의 원칙 또한 동등하게 적용되고 있었다. 그런데도 현실은 내가 보고 들은 대로 그랬다. 아마도 이 나라에는 실정법보다 상위의 규범이 있어 그것에는 실정법도 양보를 해야 되는 듯했다.

거기다가 그날 그 대담 프로그램에서 더욱 어이없는 것은 대담자의 태도였다. 그 대담자는 한때 이름난 사회자로 반짝하다가 유부녀인 가수와의 성추문(性醜聞)으로 텔레비전 화면에서 사라졌던 사람이었다. 그래서 한동안 안 보이더니 어떻게 다시 기용되어 암살범과 대담을 하는데, 내 보기에는 그 또한 고문자들이나 다름없었다. 명색 인권을 보호하는 변호사라면서 암살범이 호소하는 고문의 고통에 대해서는 작은 관심조차 보이지 않을뿐더러, 오히려 그 부분은 윽박질러 막기까지 했다.

나중의 얘기이지만, 시청자들의 빗발치는 항의 전화로 방송국이 그 사회자를 더 쓰지 않기로 했다는 소문을 들었을 때, 나는 진심으로 이 땅을 위해 다행이라 여겼다. 그리고 비록 이유는 다른 데 있었다 할지라도, 그런 사회자를 애써 걸러낸 시청자의 안목에 대해 아낌없는 경의를 보냈다.

그 밖에 그 무렵의 일로 알 수 없는 것은 그 사건을 대하는 언론들의 태도였다. 내가 알기로 그 무렵의 신문들 중에서 그 참회를 끌어낸 사람들에 대해 과연 그 암살범을 그토록 가혹하게 신문하고 고문할 수 있는 권리가 그들에게 있는가를 문의한 기사는 하나도 없었다. 오히려 상업지(誌) 중에는 장한 일을 했다는 식의 인터뷰까지 한 곳도 있었다. 그러고는 한눈에 신빙성이 의심되는 그 자백을 대서특필 경쟁하듯 휘갈겨댔다. 미국 OSS가 나오고 이제 와서 보면 얼토당토않은 셈이 된 장택상이 나오고 더 많은 알 만한 사람들의 이름이 들먹여졌다. 그러더니 며칠도 안 돼 시작의 요란스러움과는 너무도 어울리지 않게 그 관계 기사는 지면에서 슬그머니 자취를 감추고 말았다.

나는 그 일련의 전개를 보면서 무슨 기괴한 해프닝을 구경하는 느낌이 들었다. 하지만 그때만 해도 이 땅에 온 지 얼마 되지 않은 때라 내가 이해하지 못하는 다른 무엇이 있겠거니 하며 넘겼는데, 오늘 다시 그 암살범이 끝도 밑도 없이 참회를 하고 나온 것이었다. 그것도 저번과는 생판 다른 내용으로, 그러나 가장 상식적이고 보편적인 이 땅 사람들의 추측에 맞춰.

물론 백범과 같은 민족의 지도자를, 한 세기가 하나 키워낼까 말까 한 역사의 거목(巨木)을 쓰러뜨린 그 암살범의 죄악은 시시

한 법 원칙이나 인정론으로 가릴 수 없을 만큼 크다. 또 법 원칙의 측면에서도 때로는 실정법에 우선하는 규범이 승인될 수 있다. 그러나 어떤 경우에도 법이, 특히 형벌이 사회의 자의적인 복수감(復讐感)에 맡겨져서는 안 된다.

거기다가 이쯤 와서 보면 스스로 그 복수를 떠맡고 미결로 넘어온 역사의 해결사를 자임한 그 '의사(義士)'도 다분히 수상쩍다. 여러 해 전 그가 처음으로 암살범을 추적해서 린치를 가할 때의 심리까지도 공허한 영웅심으로 의심하는 것은 아무래도 잔인한 짓이 될 것이다. 따라서 그때의 진정성은 믿어준다 하더라도 그 일로 일약 그 방면의 명사가 된 뒤의 경과를 가만히 살펴보면 아무래도 의심스러운 대목이 많다. 처음의 순수한 정의감보다는 국민정서를 등에 업은 다른 마뜩잖은 의도가 추측되는 까닭이다.

어쩌면 그 뒤 그 암살범은 그 '의사'에게 언제나 퍼내기만 하면 무언가가 나오는 화수분 같은 존재가 되지나 않았는지. 처음의 '장거(壯擧)'로 얻은 이름 덕분에 민족이라면 꺼벅 넘어가는 단체들의 고문도 되고 무슨 위원도 되었다가 이름의 약효가 좀 떨어진다 싶으면 가서 그 암살범을 '신문한다'. 당하다 못한 암살범은 무언가 새로운 걸 내놓게 되고 그러면 언론은 큰 특종을 만났다고 목청대로 그 일을 떠들어댄다. '해방 후 최대사건의 진상' 어쩌고 하며. 그리고 그사이 그 의사의 이름은 은연중에 감추어진 역사를 들춰낸 숨은 공로자로 다시 한번 떠오른다. 그게 세 번이나 되풀이된 그 '장거'의 실질적인 동기는 아닌지.

두 차례에 걸친 그 늙은 암살범의 참회도 못 미덥기 짝이 없다. 주의를 기울여 살펴보면 두 참회의 내용은 한 사람의 기억에서 나온 것 같지가 않다. 그렇지 않고서는 불과 몇 달 만에 암살범의 자백내용이 어떻게 그토록 백팔십도로 달라질 수 있겠는가. 단정할 수는 없지만, 저번 것이거나 이번 것 둘 중의 하나는 신문자의 주문에 따른 자백 같다는 느낌을 지울 수가 없다. 어쩌면 둘 다거나.

보다못해 좀 모질게 마음먹고 이 이야기를 꺼내긴 했지만 실은 걱정이 태산이다. 완고한 민족 세력들은 틀림없이 민족정기(民族正氣)를 바로잡으려고 고군분투하는 아무개 의사를 터무니없이 모함한다고 노발대발하실 것이고 좀 온건한 분들도 '그렇게까지야……' 하며 흘겨보실지도 모른다. 그래도 할 수 없다. 내가 보기에 그런 식으로 역사의 진실을 찾는 것은 가능하지도, 미덥지도 않다. 심하게는 비록 악에 대한 응징이라는 면이 있긴 하지만 또 다른 종류의 잔인한 암살이 공공연히 자행되고 있는 걸 보는 듯한 섬뜩함뿐이다.

이제 다시 강만석 씨네의 작은 동네로 돌아가자. 갖출 것 다 갖추고 살 만큼 사는 동네와는 달리 좁은 공간에서 이것저것 넉넉잖은 살림으로 여러 집이 뒤엉켜 살다 보면 말도 많고 탈도 많게 마련이었다. 그러나 요즘 그 작은 동네는 며칠 전에 있은 아까끼네의 일로 자못 숙연해져 있었다. 그림자같이, 또는 그늘 속에서만 움직이는 유령같이 살고 있는 아까끼네 큰딸의 숨겨져 있던 불행이 갑자기 이웃에게 알려진 탓이었다.

무심히 보아온 사람에게는 갑작스러울지 모르지만 사실 그녀의 불행을 예감케 하는 구석은 진작부터 있었다. 듣기로는 얼굴도 꽤나 예쁘고 교육도 받을 만큼 받은 젊은 여자가 방 안에만 틀어박혀 지내는 것부터가 무슨 말 못 할 사연을 짐작게 했지만 더 직접적인 것은 근래 들어 가끔씩 듣게 되는 그녀의 흐느낌이었다.

내가 처음 그녀의 흐느낌 소리를 들은 것은 한 보름 전이었다. 워낙 집들이 다닥다닥 붙어 있는 데다가 여름이라 문단속들이 부실해서 웬만한 소리는 특별히 엿들으려 하지 않아도 서로들 듣게 되지만 그 울음소리만은 아마도 예외일 듯했다. 동네가 다 잠이 든 깊은 밤중에나 들릴 뿐만 아니라 그 소리 자체도 억누르고 억누른 끝에 새어 나온 것이라 남자들의 코 고는 소리보다 높지 않은 까닭이었다.

나도 두어 번 되풀이 듣게 될 때까지는 그 소리가 좀 특별한 잠꼬대거나 정도가 심한 한숨 정도로 여겼다. 그러나 비슷한 시간에 같은 방향에서 들려온다는 게 차츰 내 주의를 끌었고, 거기서 감지되는 애절한 음조는 더욱 긴장하여 그 소리에 귀 기울이게 했다.

오래잖아 나는 그 소리가 아까끼의 병든 노모가 누운 골방에서 들려오는 것임을 알 수 있었다. 그런데 그 방은 또 낮 동안은 안방으로 옮겨 앉아 입 한번 떼는 법 없이 이것저것 어머니가 하는 일을 돕던 아까끼의 큰딸이 밤이 늦으면 유령처럼 스며드는 잠자리이기도 했다.

그렇다면 그 소리도 둘 중 하나가 내는 소리일 것이었다. 그러나 그게 참다못해 터져나온 흐느낌이란 걸 알게 되자 나는 그게 틀림없이 아까끼의 큰딸이 낸 소리라고 단정하게 되었다. 우선 아까끼의 노모에게는 자신의 고통이나 슬픔의 표현을 그렇게 억누를 만한 힘이 없었다. 그녀가 평소 내는 신음소리는 물론 가래 끓는 소리만도 그 울음소리보다는 컸다. 거기다가 세상일을 겪을 만큼 겪은 칠순의 병자에게 새삼 그렇게 애절한 울음으로 표현해야 할 고통이나 슬픔이 있을 것 같지도 않았다.

하지만 처음 한동안 그 울음소리는 사람들의 가청(可聽) 범위를 벗어날 만큼 작았던 듯했다. 그 소리의 임자를 알아낸 내가 그 원인을 궁금히 여기며 기다려도 누구 하나 거기에 관해 얘기를 꺼내는 사람이 없었기 때문이다.

아까끼네 집에서 나는 울음소리가 비로소 그 작은 마을 아낙들의 주의를 끈 것은 내가 처음 그 소리를 감지한 밤으로부터 거의 일주일이나 지난 뒤였다. 되풀이되는 바람에 들을 기회가 많아서일 수도 있지만, 그 무렵부터 그 울음소리가 전보다 더 커진 것도 이웃 아낙들이 알아듣게 된 원인이 되었을 것이다.

집이 아까끼네와 마주 보고 있어 그 소리를 듣기에 가장 유리한 박 씨댁이 어느 날 무주댁을 찾아와 목소리를 죽여 말했다.

"거참 이상한 일이네……. 형님, 요즘 무슨 소리 듣지 못하셨어요?"

“뜬금없이 소린 무슨 소리야?”

집안일로 속이 상해 아침부터 안방에 틀어박혀 굴뚝같이 담배 연기만 피워올리던 무주댁이 퉁명스레 받았다. 그러나 박 씨댁이 은밀하게 물어오는 말투에는 적지않이 흥미를 느끼는 모양이었다.

“앞집 송 씨네 말이에요……. 한밤중에 그 집에서 나는 이상한 소리 못 들으셨어요?”

“글쎄, 그러고 보니 무슨 소리를 들은 것도 같은데…….”

“그게 울음소리라니까요. 어쩌다가 초저녁 잠이 들어 새벽에 눈을 뜨게 되면 어김없이 듣게 되는데, 글쎄 그게 날이 샐 때까지 이어질 때도 있다구요.”

“응, 나도 비슷한 소릴 들은 적이 있는 것 같구먼. 공연히 심란하더라고.”

“누굴까요? 아무래도 그 집 할머니와 큰딸이 쓰는 방에서 나는 소리 같던데…….”

박 씨댁이 그렇게 말꼬리를 흐렸지만, 자신은 이미 그 울음소리의 임자가 누구인지 알고 있는 듯한 눈치였다.

“그 할머니가 앓으며 내는 소리 아닐까. 이제 다 돼가니 아픈 곳이 한두 군데겠어? 에유, 할 소리는 아니지만 그리 사느니 일찍 죽는 게 서로 간에 편하지.”

“그런데 그렇지가 않아요. 나도 처음은 그리 짐작했는데, 자세히 들어보니 그게 아니더라구요. 한 머리에서 앓는 소리 가래 끓는 소리가 나는데두 울음소리는 계속 들리더라니까요. 그리구우

노환이란 게 어디 갑자기 울고 짜고 할 만큼 아픈 거예요?"

"그럼 그 처녀애가 우는 소리란 말여?"

"틀림없어요. 요즈음은 방 밖을 나오지도 않는다구요. 송 씨댁 일을 도우는 것도 통 볼 수 없어요."

"맨날 집 안에만 처박혀 있는 처녀애에게 뭐가 그리 슬피 울 일이 있어, 밤새워가며, 듣는 사람 애간장 다 노그라지게……! 시집 못 가고 늙는 거 어제오늘 일도 아니잖아."

"그러게 말예요. 아마 무슨 특별한 일이 있는 모양인데, 그 집 사람들이 원체 속내를 내비치지 않는 사람들이 돼놔서……. 무슨 일일까?"

박 씨댁이 그렇게 말끝을 맺자, 무주댁도 자신의 궁금함을 아까끼네에 대한 불평으로 드러냈다.

"그 사람들은 이웃에 살아도 어찌 이웃 같지 않다니까……. 무슨 비밀이 그리 많은지 집안일은 허투루라도 입에 담는 법이 없어. 그 사람들 식구대로 약 먹고 죽을 일이 생겨도 이웃에게는 표정 하나 들키지 않을걸. 아니, 칼을 물고 엎어지면서도 찍소리 한 번 안 낼 사람들이야."

하지만 박 씨댁은 그렇게 불평만 하고 참을 사람이 아니었다. 강만석 씨네 안방에서 소곤대면서도 눈은 끊임없이 열린 방문을 통해 아까끼네의 출입문을 살피고 있었다.

때마침 아까끼의 아내가 커다란 대야를 들고 집을 나왔다. 아침나절에 깐 마늘껍질을 그 작은 동네 뒤편에 있는 커다란 마대에 쏟아부으려고 나온 길이었다. 박 씨댁이 바로 그때를 기다렸다는 듯 급히 강만석 씨네의 안방을 나가며 무주댁에게 눈을 찡긋했다.

"형님, 아무래도 궁금해서 안 되겠어요. 조금만 기다리세요."

그리고 방을 나간 박 씨댁은 오래잖아 억지로 끌듯 아까끼의 아내를 데리고 왔다.

"무슨 일이세요?"

방 안으로 끌려 들어온 아까끼의 아내가 무주댁을 보고 예절 바르게 물었다. 느닷없이 떠안겨진 짐이었으나, 눈치 빠른 무주댁은 잘도 받았다.

"으응, 송 서사(書士)댁. 궁금한 게 좀 있어서……. 이웃사촌 좋다는 게 뭐예요? 어려울 때 서로 돕는 거 바로 그거 아녜요?"

그렇게 허두를 뗀 뒤 잠시 뜸을 들였다가 정말로 걱정스럽다는 듯 물었다.

"요즘 댁에 무슨 일이 있수?"

그렇지 않아도 핼쑥한 얼굴로 들어왔던 아까끼의 아내가 그 말에 더욱 낯빛이 하얘졌다. 그러나 이내 평소의 침착을 되찾아 고개를 저었다.

"아무 일 없어요."

그 대답이 뜻밖으로 간단해 오히려 의심이 갔으나, 말투가 너무도 단호해 무주댁으로서는 더 붙들고 늘어질 엄두가 안 나는 듯했다. 힐끗 박 씨댁을 돌아보며 도움을 요청하는 눈길을 보냈다. 박 씨댁이 그 뜻을 알아듣고 끼어들었다.

"우리가 묻는 건 뭐 딴 뜻이 있어서가 아니라……. 이웃 간에 괴로운 일이 있으면 서로 알고 돕자는 뜻에서……."

"걱정해주셔서 고마워요. 하지만 정말 아무 일도 없어요."

박 씨댁이 아직 본론을 꺼내기도 전에 아까끼의 아내가 다시 한번 그렇게 단호하게 부인했다. 그쯤 되자, 어지간한 박 씨댁도 더 말을 붙여볼 여지가 없는지 머쓱한 얼굴로 물러났다.

"그럼 가보겠어요. 열두 시까지는 마칠 일이 있어서……."

아까끼의 아내가 찬바람 도는 얼굴로 그렇게 말하며 돌아섰다. 그녀의 발자국 소리가 멀어지자, 박 씨댁이 갑자기 속상하다는 듯 아까끼네 집 쪽으로 눈을 흘기며 입을 비쭉댔다.

"사람들이 저렇다니까. 저러니 맨날 저 모양 저 꼴이지. 없을수록 없는 사람들끼리 힘을 모아 일을 해결할 생각은 않고 그저 배배 꼬여서는……."

무주댁은 나이 먹은 사람답게 너그러움을 보였으나 그녀도 끝내 궁금함을 지워버리지 못한 눈치였다. 그런데 그 같은 궁금증의 일단을 풀어준 게 그날 저녁에 있은 아까끼의 술주정이었다.

"음마, 별일이네. 송 서사가 대낮부터 웬일이야?"

"정말 오래 살고 볼 일이야. 저 냥반이 다 술을 자시고 비틀거리다니……."

그날 해 질 무렵 눈에 띄게 비틀거리며 돌아오는 아까끼를 보고 동네 아줌마들이 저마다 한마디씩 했다. 도대체 그가 술을 마셨다는 것 자체가 무슨 괴변이라도 되는 듯했다.

나도 호기심이 일어 될 수 있는 한 세밀히 아까끼를 살펴보았다. 비척거리며 그들 작은 동네의 좁은 입구로 들어서는 그는 한마디로 쥐어짠 빨래 같은 몰골이었다.

비록 공허한 에너지라도 술에는 사람을 활기차게 만드는 힘이 있건만, 그에게는 그것조차 보이지 않았다. 오히려 관절이 더 심하게 접히고 사지가 흐느적거려 이제는 옷만 걸려 있는 듯한 느낌을 주는 게 아니라, 그의 살과 뼈까지도 어떤 보이지 않는 지주대에 걸려 있는 것 같았다.

흥분, 격정 같은 술의 약리적 작용도 그의 지쳐 늘어진 신경에는 무력한 듯했다. 희미하게 떠도는 붉은 기운뿐, 그의 잿빛 얼굴 어디에도 어떤 특별한 자극을 받은 흔적은 엿보이지 않았다. 보기에 따라서는 평소보다 더욱 얌전하고 흐트러짐 없는 표정이요, 몸가짐이었다.

하지만 일단 집으로 돌아가자, 술은 그에게도 효력을 발생했다. 다툼이랬자 박 씨네의 일상대화 수준에도 못 미치는 정도였지만, 그래도 몇 마디 아내에게 구시렁거렸고, 늙은 어머니에게도 전에 없이 이웃에 들릴 만큼 큰 소리로 문안을 올렸다. 그러다가 느닷없이 꺼이꺼이 울기 시작했다. 짐작으로는 큰딸이 그 방 안에 있었던 것 같았다.

사실 그가 우는 소리는 어린애의 칭얼댐보다 낮아 평소 같으면 이웃에까지 들리지도 않았을 것이다. 그러나 그가 취해서 돌아왔다는 이변에 긴장한 이웃이 한결같이 숨죽이고 엿듣는 바람에 그 울음소리는 그 어떤 통곡 소리보다 더 뚜렷하게 들렸다. 뒤이은 한탄도 그랬다.

"이 불쌍한 것. 애비가 죄가 많다. 그렇지만, 그렇지만……."

그날 그는 그 몇 마디만 서너 번 반복하다 안방으로 돌아가 잠이 들었는데, 그 목소리는 수군거림을 크게 넘어서는 것이 아니었다. 그런데도 그 소리를 듣기에 가장 불리한 김 씨네 아이들까지 그런 아까끼의 한탄을 알아들었다. 그것도 무슨 대단한 술주정을 겪었다는 기분과 함께…….

그 아이들에게서는 무슨 얘기를 들었는지 다음 날 아침 무주댁을 찾아온 것은 김 씨댁이었다.

"종구 어무이, 송 씨네 뭔 일 있었는교? 어제 송 씨가 다 술에 취해 술주정을 하더라미요?"

"몰라. 그 집에 물어보라믄. 조개 귀신을 덮어썼는지 당최 속을 내보여줘야지."

무주댁이 어제 일로 틀어져 그렇게 입부터 삐죽댔다.

"그래도 뭔 일인지 이웃 간에 서로 알고 지내야제. 색시 같은 송 씨가 술까지 취해 와서 난리를 쳤다면 예삿일이 아닌기라. 혹 그 집 큰 가시나 일 아잉교?"

"거기도 귀는 있어 들은 소리는 있는게벼."

"그거야 다 아는 일 아잉교? 안 그래도 언제 짬 나믄 다 큰 가스나가 왜 그리 울어 쌌는지 물어볼라캤디."

"아무 일 없대. 어제 벌써 물어봤다고."

"그런데 송 씨가 벌거이 취해 울미불미 술취증을 해요? 그게 아이라카이. 보자, 이럴 게 아이라 함 알아봐야제. 뭔 일인동 이웃 간에 알고나 지내야제."

김 씨댁이 그러면서 어제 박 씨댁이 한 역할을 다시 떠맡아 자리에서 일어났다. 얼마 안 돼 가벼운 실랑이 소리가 나더니 어제보다 훨씬 초췌해진 아까끼의 아내가 강만석 씨네 안방으로 끌려왔다.

"사람이 일타카이. 아무것도 안 하고 돌부처매이 방 안에 앉아 있는 걸 내가 안 모시고 왔는교?"

김 씨댁이 무주댁에게 보고하듯 그렇게 말해놓고 아까끼의 아내를 돌아보았다.

"보소 아주무이요. 그래믄 병난다꼬요. 무슨 일이 있으면 말을 하소, 말을. 말하고 훌훌 속을 털어뿌래야 우째 되든지 해결이 나제."

"아무 일 없다는 거 아냐. 우리 같은 것들 들어봤자지."

무주댁이 여전히 뒤틀린 목소리로 그렇게 어깃장을 놓았다. 아까끼의 아내가 공연히 송구스럽다는 듯 몸을 웅크리며 말끝을 흐렸다.

"그런 뜻은 아녜요. 말해봤자……."

"그기 아이라꼬요. 거 뭐시라 기쁨은 나누면 배가 되고, 슬픔은 나누면 반이 된다는 말도 있잖능교? 동네가 다 그 집 일로 걱정이라카이."

그렇게 다그쳐대는 김 씨댁이나 어깃장으로 은근한 압력을 가하고 있는 무주댁 모두가 어찌 보면 남의 사생활이고 뭐고를 가리지 않는 극성인 것처럼 보였으나, 한편으로는 그들 동네 특유의 끈끈한 정 같은 것도 느껴졌다. 아까끼의 아내도 전날보단 쉽게 허물어졌다.

"하기야 이젠 동네방네 다 알려진 일이니 더 숨길 것두 없지만……."

그러면서 내막을 털어놓기 시작했다. 곱게만 살아온 그녀에게는 대단할 것도 없는 간밤 남편의 술주정이 무슨 큰 소동처럼만 여겨지는 모양이었다.

"큰딸애 일이죠? 대체 무슨 일이 있어요?"

"실은 개에게 남자가 있었는데…… 대학 다닐 때부터 알고…… 약혼까지 할 뻔했는데…… 인물도 잘나고 집안도 좋아……."

"그라이 그 머스마가 인제 맘이 변했는 모양이구마는. 남자는 다 도둑놈이라카디."

"그게 아니고 개가, 우리 미선이가, 그 일 있고 나서 한사코 마다해 그냥 날짜만 끌고 있었는데……."

"그 일이라니, 무슨 일?"

"교통사고 말예요. 개는 직장에 나가면서 야간이라도 대학을 마쳐 신랑감과 너무 충지는 것을 피하려 했는데, 그 일로 몸이 성치 않게 되자 아시다시피 직장도 그만두고 집에 틀어박혀…… 그러다 보니 성격만 비뚤어지고……."

"나는 그거 참 모르겠더라. 그 처자가 어떻다꼬. 걸음이 좀 온전치는 못 하지만 글타꼬 빙신이 된 것도 아인데. 또 빙신이라 캐도 그보다 더한 빙신이 얼마든지 있는데. 거다가 전에 댕기든 대학도 일류랬다믄서? 그리고 그 참한 얼굴에…… 시상 어디 내놔도 빠지는 게 뭐 있노 이 말이라."

"저쪽에 대면 자격지심이야 생기겠지요. 상대가 워낙 똑똑한데다, 집안이 또 뜨르르해서."

"요새 세상에 그런 기 무슨 문제고? 도대체 어떤 집 자식인데?"

"큰 재벌이라고까지는 못해도 알 만한 기업체 사장 아들인데, 대학도 종태하고 같고……."

"그래두 그렇지, 두 사람만 좋으면 되는 거 아녜요? 왜 시집에서 반대라도 있었어요?"

종태란 말에 자극을 받았는지 무주댁이 팔을 걷어붙이고 나왔다.

"그렇진 않았어요. 오히려 그쪽에서는 결혼하고 대학을 마쳐도 좋다고까지 한 모양인데……."

"그라믄 대체로 뭐가 문제고? 참말로 답답해 죽겠네. 그란데 와 거다 치우지(시집보내지) 않았능교? 마 후딱 치앗뿌지."

"그게 맘 같지 않았어요. 미선이 걔가 한사코 마다하고……, 우리도 좀 형편이 나아지면 어떻게든 너무 기죽지 않게 해서 시집보내려 한 게……."

아까끼의 아내가 이제는 더 숨길 까닭이 없다는 듯 묻는 대로 대답하자 무주댁과 박 씨댁은 잇따라 질문을 퍼부었다. 그러나 이제는 단순한 호기심 때문이 아니라 이웃으로서 같이 걱정하는 태도였다.

"그런데, 색시 발은 어찌 된 거예요? 우리 보기에는 잘 모르겠던데."

"오른쪽 다리 힘줄 하나가 제대로 되살아나지 않았대요. 버스 정류장 하나 거리만 걸어도 절룩거려야 하고, 오래 서 있지도 못하고……."

"그걸 저쪽 신랑집에서 트집이라도 잡던교?"

"아니에요. 지가 지풀에 자격지심이 들어……."

"그쪽에서 혼수라도 대단하게 바라는 건 아니고?"

"것두 아녜요. 사람만 본댔어요. 신랑감은 그게 맘에 걸리면 자기 돈을 줄 테니 남 보기 흉하잖게 혼수를 장만하라고 한 적도 있고."

"내사 웬 택인동 모르겠다. 그럼 뭐가 문제고? 부엉이집을 만나도 여사 부엉이집이 아인데 암말도 안 하고 싸 말아 시집가믄 되지, 뭐때메 골방에 처박혀 울고 짜고 하노?"

실은 듣고 있는 나도 답답했다. 이해하려 들면 아까끼네 큰딸의 미묘한 심리를 전혀 이해할 수 없는 것은 아니었으나 이미 들은 것만으로도 정상을 벗어나는 데가 있었다. 그런데 그 뒤가 훨씬 심했다.

"들어보이 어제오늘 일도 아닌데 요즘 갑자기 왜 그래요? 무슨 특별한 일 있어요?"

"실은 지난주에 그댁에서 사람을 보냈어요. 신랑감이 외아들인데다 지금 스물아홉이라 올 가을은 넘길 수 없다는 거예요. 그런데 이제껏 버티고도 나아진 거 하나 없이 받아들이자니 고 못된 소가지가……."

"아이, 몇 년이나 삐쳤는데(끌었는데)?"

"그럭저럭 한 사 년 돼요. 약혼이라두 해두잔 말이 나온 게 우리 미선이 스물넷 되던 해니까. 둘이 안 지는 한 칠 년 되구."

요새같이 속도감이 차 있는 시대에 이 무슨 고전이란 말인가. 나는 아까끼의 아내가 말한 세월의 길이에 은근한 감동까지 느꼈다. 아니나 다를까, 김 씨댁이 기가 막힌다는 듯 반문했다.

"아니, 그럼 그 좋은 신랑, 그 대단한 시집이 그 색시를 사 년이나 목매고 기다렸단 말인교? 세상에 별일도 다 있제. 복을 까불러도 유분수제. 아이 그래 다시 한번 물어보자. 그 색시는 와 그란다는교? 뭐가 잘나서 그마이 뻗댔다는공?"

"잘나서 그런 것두 아니구, 꼭 이해할 수 없는 것두 아니지만……. 실은 저두 그게 답답해요. 내 배 아파하며 나은 자식이지만 야속할 때가 있다구요. 물론 여러 가지로 기우는 혼인이야 겁이야 났겠지만 처음 그쪽에서 발 벗고 나설 때 왜 그냥 눈감고 가고 말지……."

기어이 아까끼의 아내가 옷깃으로 눈물을 찍어냈다. 세상에는 쉽게 이해하기 어려운 자존심이란 게 있는 법이고, 때로 그것은 고귀함의 한 징표가 되기도 한다. 그러나 남이 답답한 것은 나 역시 답답하다. 게다가 더욱 비극적인 일은 그날 저녁에 다시 일어났다.

그날 해 질 무렵하여 그 작은 동네의 입구가 술렁거리는 것 같더니 손님 두엇이 아까끼네 집으로 들어갔다. 한눈에 기품있어 뵈는 마나님하고 운전사거나 개인비서인 듯한 젊은이, 그리고 차림은 간소해도 어딘가 유행 하나는 제대로 따른 젊은 부인네였다.

아까끼의 아내가 허둥거리며 그들을 안방으로 맞아들이고, 이어 건넌방에 있던 큰딸을 그 방으로 불러들이는 듯했다. 한동안 방안에서는 알아들을 수 없는 수군거림이 오갔다. 그러다가 흑! 하는 약한 흐느낌 소리와 큰딸이 먼저 제 방으로 돌아가고 다시 내용은 알아듣지 못해도 무언가를 아까끼의 아내가 울먹거리는 소리가 들렸다.

그리고 다시 얼마나 지났을까, 한동안 집안이 조용하더니 세 사람이 나왔다. 마나님은 낭패스런 얼굴이었고, 젊은 부인네는 차갑기 짝이 없는 표정이 떠올라 있었으며, 앞장선 젊은이는 긴장해 있었다. 그 젊은이가 긴장한 것은 그새 아까끼의 집을 싸고도는 이상한 분위기에 집집마다 사람들이 고개를 내밀고 그들을 살피고 있어서인 듯했다. 만약 아까끼네가 구원을 요청하면 당장 뛰쳐나올 사람들처럼 보여 마나님을 보호해야 하는 그 젊은이로서는 긴장하지 않을 수가 없었을 것이다.

"이것 가지고 가세요. 이런 건 필요 없어요!"

갑자기 아까끼네 집 안에서 아까끼의 아내가 달려 나와 그들에게 흰 봉투 하나를 내밀며 소리쳤다. 별로 목청을 높인 것도 아닌데 그 전의 기묘한 정적이 생각보다 무거웠던지 그 작은 동네가 다 알아들을 수 있을 만큼 크게 들렸다.

마나님이 어색한 웃음을 지으면서 손을 내저었다.

"왜 이러십니까? 작은 정표예요. 넣어두세요. 미선일 위해서도……."

"아뇨. 이런 건 받아들일 수 없어요. 바깥에서 아시면 펄쩍 뛰실 일이에요. 뜻은 고맙지만……."

아까끼의 아낙이 평소의 그녀답지 않게 단호한 어조로 봉투를 내밀었다. 젊은 여자가 차가운 눈길로 그런 아까끼의 아내를 보다가 가볍게 이맛살을 찌푸리며 물었다.

"아주머니, 혹시 다른 뜻으로 이러시는 거 아녜요? 우선 봉투 속이라도 살펴보세요."

"다른 뜻 없어요. 봉투 속을 볼 필요두 없구……. 어쨌든 이름 없는 물건 함부로 받아들일 수 없어요."

"그렇게 속단할 수 없을 거예요. 우선 안이나 살펴보구 돌려주시든지 마시든지 하세요. 우리도 가슴 아픈 만큼 최대로 생각해서 넣은 거라구요."

젊은 여자가 다시 그렇게 쌀쌀맞게 내뱉고는 관찰의 눈으로 아까끼의 아내를 살폈다. 아까끼의 아내가 돌연 번쩍하고 불길이 이는 듯한 두 눈으로 그녀를 쏘아보며 목소리를 높였다.

"글쎄 여기 억만금이 들어 있다고 해도 필요 없으니 받아 가기나 하세요. 막말로 우리 미선이가 댁에 시집가서 살다가 쫓겨나왔다 해도 이러실 필요는 없을 거예요."

아까끼의 아내가 거기까지 말하자, 일의 내막을 어느 정도 짐작한 이웃들이 하나둘 문밖으로 나왔다. 마침 집에 있던 무주댁과 박 씨댁, 그리고 그 옆집 새댁에 김 씨네 아이들이었다. 그러나 응원의 성질에 대해서는 그들 간에도 의견이 엇갈렸다.

무주댁이나 젊은 새댁은 그게 얼마이든 주는 돈은 받아두고 봐야 한다는 의견 같았다.

그러나 박 씨댁은 달랐다. 먼저 실력부터 보인 다음, 돈을 확인하고 담판에 들어가 그쪽에서 스스로 내놓은 것에 단 얼마라도 더 얹게 하자는 3단계 작전으로 이끌 생각인 듯했다.

"미선 어머니, 무슨 일이에요? 이 사람들이 어쩌겠대요?"

여차하면 실력행사로 들어갈 수 있다는 듯 위협적으로 그 세 사람을 훑어보며 박 씨댁이 먼저 끼어들었다. 박 씨댁을 잘 아는 무주댁과 새댁이 말릴 자세로 뒤따라 샌들을 끌고 나가 어느새 그 작은 동네의 입구는 사람들도 막혀버렸다. 마나님의 얼굴이 묘하게 일그러지고, 젊은 남자도 당혹스러워하는 얼굴이 되었다. 그러나 그들보다 더 심하게 표정이 변한 건 아까끼의 아내였다. 박 씨댁이 끼어드는 걸 본 순간, 그녀의 얼굴은 희다 못해 파르스름해졌다.

"아무 일 아녜요! 여기 나설 데 아니니 모두들 들어가세요."

그녀는 박 씨댁뿐만 아니라, 무주댁과 새댁까지도 같은 생각으로 나선 줄 아는 모양이었다. 그녀의 표정이 하도 매서워 박 씨댁이 머쓱해 하며 한발 내밀었던 몸을 주춤 뒤로 뺐다. 그때 손님으로 온 젊은 여자가 차게 빈정거렸다.

"저흰 이 댁을 그리 보지 않았는데요. 동네사람들까지 떼로 모아두고 이런 식으로 나오실 줄은 몰랐어요. 솔직히 실망했다구요. 우리 명식이도 이 얘기 들으면 속이 상할 거예요."

그러자 아까끼의 아내가 원망스러운 듯 박 씨댁을 보며 말했다.

"보세요. 공연히 나서니까 우리가 더러운 의심을 받게 되잖아요? 정말 이러지들 말고 들어들 가세요. 이건 우리 두 집 사이의 일이에요. 여러분이 도울 수 있는 일이 아니라니까요!"

그런 그녀의 눈에서는 어느새 눈물이 줄줄 흘러내리고 있었다. 그 눈물의 의미를 정확히 이해했는지는 알 수 없지만, 무주댁과 새댁은 그녀가 그렇게 나오자, 아무 소리 않고 집 안으로 되돌아갔다. 박 씨댁도 일단 입구를 틔워주었다. 그러나 아무래도 자신이 도울 일이 있을 것 같다는 듯 집 안으로 돌아가지는 않고 문 앞에서 팔짱을 낀 채 버텨 섰다. 그새 손님들에게로 다가간 아까끼의 아내가 봉투를 젊은 여자 손에 쥐여주며 사정하듯이 말했다.

"정말 아무런 딴 뜻 없어요. 이렇게 찾아주신 것만도 얼마나 고마운지……. 하지만 이건 가져가세요. 못난 딸자식 때문에 심려를 끼쳐드린 것만 해도 죄스러운데, 우리가 왜 이런 걸 받아요? 이건 넣어두셨다가 며느리 되실 분에게 뭐든 해드리세요."

여전히 눈물은 흐르고 있어도, 그러는 그녀의 말소리는 또박또박하기 그지없었다. 젊은 여자가 힐끔 마나님의 눈치를 보더니 얼결에 받아쥔 그 봉투를 도로 내밀었다.

"전 이걸 되돌려받을 수가 없네요. 어머님 뜻이니 그냥 받아두세요. 남의 호의를 너무 무시하는 것도 실례예요."

"그냥 넣어두시죠, 아주머니. 사모님께서 이모저모 깊이 생각하셔서 준비해 온 건데……. 상무님 뜻도 있고……."

젊은 남자도 그렇게 거들었다. 그러나 아까끼의 아내는 단호했다.

"정말로 저희들을 생각해주신다면 그냥 돌아가 주세요. 죄송스러운 것은 오히려 저희들이에요. 너그럽게 이해해주신 것만도 뭐라 감사를 드려야 할지……."

그러면서 가만히 돌아섰다. 그런 그녀의 태도에는 단호함 이상의 어떤 범할 수 없는 위엄까지 엿보였다.

"얘, 우리는 그냥 가자. 아무래도 명식이한테 맡겨야겠다."

마나님도 일이 그렇게 되자 자신의 뜻을 바꿨다. 딸인 듯한 젊은 여자에게 그렇게 말하고는 젊은 남자의 부축을 받아 언덕길을 내려갔다. 아까끼의 아내는 꼼짝 않고 집 앞을 막아섰다가 그들이 완전히 보이지 않을 때에야 집 안으로 달려 들어갔다. 잠시 후 아까끼네 건넌방에서는 그녀들 모녀의 숨죽인 울음소리가 한동안 새어 나왔다. 그 어느 때보다 조심성 없는 울음이었다.

솔직히 말해 나도 아까끼네 큰딸이 왜 그런 고집에 빠져들게 되었는지는 잘 이해할 수가 없었다. 인간의 미묘한 감정, 그리고 때로는 보편성으로 해결되지 않는 특수한 의식의 왜곡 같은 것으로 이해하려 들어도 그 때문에 그녀가 잃게 되는 게 너무도 커서 다른 감춰진 이유를 추측해보지 않을 수가 없었다.

그 동네 여자들의 의심은 당연히 그런 나보다 더 컸다. 그날은 막연한 동료 의식으로 무조건 아까끼네 편이 되었지만 그 손님들이 사라진 뒤에는 이내 마음들이 변했다.

"돈 있는 것들 중에 양심 있는 것들이 있네. 별일이야."

그 작은 소동이 지나가자 무슨 약속이나 한 듯 강만석 씨네 안방에 모여앉은 여자들 중 박 씨댁이 먼저 그렇게 운을 뗐다.

"젊은 게 눈을 치뜨고 나서는 꼴이 그 봉투에 적잖은 돈이 들어 있었던 모양이야. 몇백은 넘을 것 같더라고."

무주댁이 그렇게 받았고 박 씨네 아랫방 새댁도 거들었다.

"내막은 잘 모르지만 쉽잖은 일이에요. 아마 신랑 쪽이 달리 정혼을 한 모양인데……."

"그러게 말야. 자기들이 버린 것도 아니고 이쪽에서 마다해서 깨진 혼인인데 여기까지 찾아오구. 돈 문제가 아니야. 사람들이 됐어."

박 씨댁이 그렇게 받아놓고 다시 두 사람을 돌아보며 목소리를 죽였다.

"그런데 저 집 큰딸이 왜 그렇게 마다했을까? 뭐가 좀 이상하지 않아요?"

"글쎄. 실은 나도 그걸 생각하는 중이야. 송 서사댁 얘기대로라면 자존심 문제라는 뜻인데, 정말 그럴까? 무슨 자존심이 그래 제 죽는지 모르는 자존심이 있어?"

"나두 뭔가 딴 이유가 있는 것 같아요. 젊은 여자 변덕이라지만 나두 젊은 여자라구요. 미선이란 그 언니, 아이두 아니고 나이도 나보다 두 살이나 윈데, 정말 다리 좀 다치고 살림 좀 층 진다구 일껏 좋아하던 사람과 그리 갈라설 수 있겠어요? 더구나 상대가 그렇게 목을 매구 기다렸다는데……."

"하긴 많이 배우고 잘난 것들 그 괴상한 감정놀음 우리 같은 게 어떻게 알아? 테레비에서도 보라구. 답답한 짓들 하는 게 한두 번이여? 말 한마디 하면 끝날 걸 공연히 비비 틀고 꼬아대다가 둘 다 박살 나는 꼴들 많이 봤잖어?"

그러나 그들이 궁금해하는 이유는 내가 그 동네를 떠날 때까지도 끝내 밝혀지지 않았다. 다만 좀 다행스러워진 것이 있다면 그날을 고비로 아까끼네 큰딸의 울음소리가 조금씩 잦아들어 곧 들리지 않게 되었다는 정도일까.

거기다가 아까끼네의 일은 한편으로는 미스터리적 흥미를 일으키면서도 다른 한편으로는 묘하게 가슴 저려오는 데가 있긴 해도 오래 사람들의 주의를 잡아둘 수는 없었다. 시끄러운 나라의 말 많고 탈 많은 동네라 금세금세 새로운 일이 터지는 까닭이었다.

그중에서 가장 먼저 사람들의 관심을 다른 데로 돌리게 한 것은 얼마 전에 있었던 대규모 간첩단 사건이었다. 남한을 제집 안방처럼 들락거리며 일을 꾸민 칠순의 할머니가 나오고, 북한의 권력 서열이 들먹여지고, 80년대 한다 하던 진보적인 인사들이 줄줄이 엮어 들어갔으며, 그 통에 남한 노동 운동권의 '로열패밀리'도 하나 소개되었다.

물론 그 사건에 대해 바깥에서도 논의들이 있었을 것이다. 그러나 강만석 씨네 안방에 처박힌 나로서는 불만스럽지만 거기에 모인 아주머니네들을 통해 그 사건이 가진 의미를 더듬어보는 수밖에 없었다. 그 사건의 전모가 발표되던 날이었다. 그날따라 강만석 씨네 안방에 와서 무주댁이 부업 삼아 하고 있는 도라지 껍질 벗기는 일을 돕던 박 씨댁이 한창 삼엄하게 사건의 전모가 발표되고 있는 텔레비전의 스위치를 다 듣지도 않고 툭 꺼버렸다.

"왜 그려? 한번 들어보자구. 오래 뜸들이는 거 보니 일이 큰 모양이던데."

무주댁이 가볍게 눈을 흘기며 박 씨댁을 나무라듯 말했다. 내 짐작에는 운동권 자식을 가진 어머니로서 그 사건에 남다른 관심이 있어 보였다. 그러나 박 씨댁은 무주댁의 말을 가볍게 무시했다.

"뻔할 뻔 자 아네요? 선거 가까워 오니 또 어떻게 엮은 거겠죠. 어디 그런 수작 한두 번 겪었어요?"

"그래도 들어볼 게 있어 그렇다니까. 어서 테레비 켜라구."

"참 형님두. 아, 이젠 때려잡다 때려잡다 우리 애 아빠 나가는 협회까지 옭아넣으려 한다니까요. 민주화를 위해 죽은 사람들 가족까지 빨갱이를 만들려 한다구요."

"그러니까 더 들어보자는 거 아냐. 쫓기는 자식 둔 에미 맘두 몰라?”

무주댁이 그러면서 물 묻은 손을 닦았다. 그제서야 박 씨댁이 마지못한 듯 몸을 일으켜 텔레비전의 스위치를 넣었다. 내가 보기에는 엄청난 규모요 놀랍기 짝이 없는 내용이었다. 그러나 듣는 두 사람의 태도는 전혀 그렇지가 않았다.

“휴, 나는 또 종태 그놈이 얽혀들었을까 봐…… 어때? 발표루 봐서 대강 아퀴가 진 것 같지? 더 뭐가 있을 것 같지는 않지?”

발표가 끝나자 무주댁의 첫 반응은 그랬다. 아예 듣지도 않았다는 양 앉아 도라지 껍질만 벗기고 있던 박 씨댁이 성의 없이 받았다.

“알 수 있나요? 필요하면 뭘 어떻게 끌어댈지. 칼자루 쥔 놈들 만들어내기 나름 아니겠어요?”

“이 사람아, 이번 일은 꼭 그렇게 말할 것두 아닌 것 같애. 시작부터가 신중하고 규모도 그렇고.”

“아, 남은 선거가 크잖아요?”

“그게 아냐. 막말로 암것두 모르는 우리 같은 사람들까지도 이렇게 의심을 하는데 그쪽에서 그런 감 없겠어? 그리구 일 만들어내는 것도 그래. 요새 세상에 박 씨네 말같이 없는 일 꾸며내기가 그리 쉽겠어? 지금이 어떤 세상이라고. 잘못이 있으면 군수가 양심선언을 하고, 감사관 보안부대원이 서류 가지고 뛰어나와 폭로하는 세상이야. 이런 세상에 어떤 놈이 제 죽을 짓을 하려 들겠어? 더구나 대통령까지 탈당하고 선거중립을 선언한 마당에 누굴 돕자고 있지도 않을 일을 꾸며?"

그래도 박 씨댁은 눈도 깜짝 않았다.

"그래 봤자 제 눈 제 찌른 거지 뭐."

"그건 또 무슨 소리야?"

"아, 늑대와 소년이란 얘기 들어보지도 못하셨어요? 거 왜 거짓말쟁이 양치기 애 말예요. 늑대두 안 오는데 늑대가 온다, 늑대가 온다 장난질 치다가 정작 늑대가 나왔을 때는 동네 사람 아무도 나오지 않아 낭패 봤다는 얘기……."

그러자 무주댁이 기다렸다는 듯 평소의 그녀답지 않게 걱정스러운 목소리로 받았다.

"실은 바루 그게 걱정이여. 내 보기엔 그 얘기가 썩 잘 지어진 것 같지도 않고 꼭 맞는 얘기 같지도 않더라고. 문제는 그 애 녀석이 지키던 양이 누구 것이냐야. 그 양 떼가 다만 그 애 녀석의 것이라면 어느 정도 괜찮은 얘기가 될 수도 있지. 그러나 그 양떼가 마을 사람들의 것이라면 세상에 못난 게 그 마을사람들이 되구 만다고. 아, 그래 애 녀석 못된 버릇 고치자고 자기들 양떼를 가만히 앉아서 늑대한테 내줘?"

"아이구. 우리 형님이 많이 생각하셨네. 형님이 이렇게 유식하구 고상한 분인 줄 정말 몰랐어."

박 씨댁이 그렇게 농담처럼 받아놓고 가만히 무주댁을 살피다가 다시 무언가를 탐색하는 사람처럼 물었다.

"그럼 우리 동네 사람들은 이제 늑대가 왔대두 안 내다보는 거예요? 뭐 그렇지두 않던데. 자유 무슨 단체다, 상이군인 뭐다 해서 데모두 하구 대회두 열잖아요?"

"나는 지금 그런 사람들 말하는 게 아녀. 우리 같은 보통 사람들을 말한다고. 방금 이 방에도 반반이잖여."

여기서 박 씨댁은 한번 더 무주댁을 빤히 살피다가 뭔가를 결심한 듯 목소리를 낮춰 물었다.

"형님은 그 양 떼가 우리 거라구 생각하세요?"

"그게 말여, 나는 아무래도 우리 것 같애. 동생은 아녀?"

"우리한테 무슨 양 떼가 있어요? 말이야 바른 말이지 이눔의 사회, 내일루 폭삭해두 우리 답답할 건 하나도 없어요. 그런데 사람 바뀌는 거야……. 솔직히 누가 와서 해 먹은들 지금보다 더 나빠지겠어요? 오히려 한 번이라두 기회가 늘면 늘지……."

"나두 그렇게 생각한 적이 있지. 그런데 이것두 나잇값인지 요샌 아닌 것 같더라구."

"형님, 아무래도 이 움막 같은 여덟 평짜리 블록집과 미화원이란 일자리에 너무 홀리신 거 같애. 방배동 역삼동 대궐 같은 집들 보지 못하셨어요? 사우나탕 가보세요. 낮부터 펀펀 자빠져 놀면서두 매일 같이 쓰레기나 주무르는, 종태 아버지 열 배 백 배를 버는 것들이 수두룩하다구요. 그래도 그 양떼가 우리 거 같아요? 그리구 종태가 하마 일 년두 넘게 저리 쫓겨 다녀도?"

"그런 얘기야 똑똑한 사람들끼리 따져볼 일이고……. 잘난 저희끼리 의논해봐도 백 년 가야 선뜻 답 나오기 어려운 얘기고요……."

"그럼 형님은 뭐예요? 무어 그리 쌍지팡이 들고 나서서 지킬 게 있으세요?"

박 씨댁이 그렇게 따지듯 묻는 말에 무주댁이 그 어느 때보다 신중해진 어조로 받았다.

"동생도 사라호 태풍 알지? 그때 얘긴데 말여, 참 요상하데. 그때 나두 친정 동생하구 물 구경을 나갔는데 구경하는 사람들을 보니 대강 두 종류라. 한 패는 울고불고하는 사람들인데 평소 마을에서 밥술깨나 먹는다고 하는 사람들이더만. 논밭전지 떠내려가고 소 돼지 떠내려가는 걸 보고 우는 거라. 그런데 또 한 패는 안 그렇더라고. 함부로 내색은 못 해도 괜히 신이나 왔다 갔다 하며 기분 좋게 구경하는 사람들이 있더라고. 떠내려갈 논밭도 없고 집도 절도 없는 가난뱅이들이라. 정말이지 그 사람들 중에는 드러내놓고 고소해하는 이들도 있더라니까. 하지만 큰물 지나가구 어찌 된 줄 알아? 고생하는 건 되레 그 사람들, 없는 사람들이더라구. 논밭전지 있는 사람들이야 그거 잡히고 돈을 빌려 집도 금방 세우고 밥 굶는 일도 없더만. 물론 수해 안 당하기보다는 못해도 말여. 그런데 없는 사람들은 그야말로 죽을 지경이 되더만. 문간방 아래채 살이도 집이 흔할 때 얘기지 물이 싹 쓸어갔는데 어디 문간방 아래채가 있어? 먹는 것두 그래. 농사가 남았을 때야 어디 가서 날품을 팔아도 배곯지는 않았지만 큰물 끝에는 그것두 어렵더라구. 식구대로 얼고 굶고 하다가 못 견뎌 도회지로 비럭질 나가는 사람두 여럿 봤어."

"에이, 형님두. 그 일하구 이 일은 다르지요."

"다르다면 물바다와 불바다가 다를까……."

"나이 드신 분들 저래서 탈이라니까. 불바다는 무슨 불바다예요? 사람들 마음먹기에 따라서는 총 한 방 안 쏘고도 세상이 뒤집힐 수 있다니까요."

박 씨댁이 그 방면의 전사로 여러 해 뛰어본 적이 있는 사람답게 받았다. 무주댁이 그런 박 씨댁을 멀거니 바라보다가 가볍게 혀를 찼다.

"동생. 보기보다는 겁나는 사람이네. 천재지변 몇 푼 안 되는 재물 쓸려가는 것두 울고불고하는 사람들이, 아 그래 전 재산에 목숨까지 잃을 판이 됐는데 가만히 앉아서 국으로 당하겠어? 불바다가 나두 열 번은 날 거여. 그래도 나는 동생이 민주, 민주 하고 다니길래 그쪽은 의심 안 했는데 알고 보니 동생 민주는 내 아는 민주하고 다른가 보네."

"전 형님이 답답해요. 언제까지 소학교 때 배운 반공독본의 민주만 찾으실 거예요?"

"그럼 간첩을 독립투사쯤으로 보는 게 옳은 민주여?"

"그렇게 안기부 사람들처럼 덮어씌우지 마세요. 내 알기로는 종태 학생의 민주도 형님 민주하고는 다를 것 같은데요."

"그럴까 봐 우리 내외 잠 못 자고 한숨이여. 나두 내 자식이 힘없고 못 가진 사람 위해 일하는 거 반대 안 해. 까짓 고생 좀 하고 쫓겨 다닌대두 오히려 자랑삼을 수도 있다구. 걱정은 그래서 기껏

하자는 일이 김일성 부자 모시자는 게 되는 거야. 간첩을 옛날 상해 임시정부 특사쯤으로 아는 거구."

얘기가 거기까지 흘러가자 싸움에 단련된 박 씨댁은 슬며시 호기심에 사로잡힌 듯했다.

"김일성, 김일성 하지 마세요. 형님이 그 사람 알기나 해요?"

제법 숨결까지 높아져 그렇게 나오다가 갑자기 무슨 생각을 했는지 슬몃 꼬리를 뺐다.

"하긴 나두 뭐 아는 건 없지만……."

아무래도 더는 밀고 나갈 주장이 못 되는 데다 설령 이겨봤자 별로 신통할 것도 없는 상대라는 생각이 든 듯했다.

그 바람에 그 화제는 그 뒤로 그리 많이 이어지지는 않았지만 내게는 이 나라 서민들 의식의 한 단면을 본 것 같아 매우 인상 깊었다.

내가 이 나라에 와서 본 이해 못 할 일들 중의 하나는 사회주의 내지 공산주의에 대한 일반의 의식이다. 물 건너에서 듣기로 이 나라는 엄격한 반공국가라 했지만 와서 보고 들은 것은 천만의 말씀이었다. 내 생각에 이 나라의 사상적 자유는 물 건너 어떤 나라에도 뒤지지 않을 듯했다. 물 건너 나라들이야 당장에 아무 위협이 안 되니 얼마든지 관대할 수 있지만 이 나라는 몇 발자국 떨어지지 않은 곳에 그 사상에 바탕한 강력한 무장집단이 적대 내지 경쟁관계로 존재하고 있지 않은가.

물론 일반의 의식이 그렇게 된 원인에 대해서는 여러 가지로 들은 게 있다. 역대의 정권들이 억압적 통치의 구실로 안보 논리를 너무 남용해 왔다든가, 사회주의 국가들의 잇따른 몰락으로 이제는 북한이 그리 위협적인 존재가 되지 못하게 되었다든가, 자본주의의 기형적인 비대로 그 약점들이 너무 많이 불거져, 한 치유책으로 사회주의적 원리의 도입이 필요해졌다든가 하는 따위인데 대개는 수긍이 가는 얘기들이었다. 그러나 이 땅에 온 지 여러 달이 지나다 보니 드러나지 않은 원인들도 몇 더 알게 되었다.

그 하나는 특정 정권에 대한 원한과 혐오감이 너무도 커서 그 정권만 아니라면 무엇이든, 누구든 좋다는 식의 감정에서 자라난 관대함이고, 다른 하나는 일종의 유행으로서의 관대함이었다. 사람은 무엇보다 감정의 동물이란 점에서 앞의 원인이 어느 정도 수긍이 간다. 지극한 미움 앞에서는 그 어떤 논리도 무력하다. 그러나 정신적인 유행으로서의 관대함이나 동조는 나로서는 영 이해하기 힘들었다.

하기야 그 유행의 원인에 대해서도 전혀 짐작이 없는 것은 아니다. 억압적인 군사정권의 통치와 맞서 싸운 사람들 중에는 어쩔 수 없는 대안으로 좌파 이데올로기에 기울어진 사람들이 많았는데, 그들은 현실적으로는 박해받는 사람들이었지만 정신적으로는 그 시대의 멋쟁이들이었다. 따라서 70, 80년대에 정신적으로 멋깨나 부려보고 싶던 이들은 하나같이 많건 적건 그들 흉내를 내게 되었고, 그 유행은 80년대 말의 대(大) 해빙기를 맞아 일반에게 옮아붙은 것 같다.

엄숙한 이데올로기를 놓고 어떻게 감히 유행 같은 천박한 말을 쓰느냐고 나무랄 분도 있고, 더 구체적으로는 어디에 근거해 이 사회의 사상적 관대함 내지 좌파 경도를 유행이라고 단정할 수 있느냐고 따지고 들 분도 있을 것이다. 하지만 그 유행적인 성격을 밝히는 것은 그리 힘들지 않다.

만약 그가 속한 계층이나 신분이 사회주의, 특히 주체사상에 바탕한 사회에서 더 유리한 사람이 그 이념에 관대하거나 동조한다면 그것은 정신적인 유행이 아니다. 이데올로기의 선택 공식에 맞기 때문이다. 또 출신이나 현재의 계급이 모두 그 체제에 불리한 사람이라도 그 불리를 충분히 인식하면서 어떤 민족적 공동선(共同善)을 위해 자기를 내던지고 그 이념에 동조한다면 그에게도 유행이란 말은 쓸 수가 없다. 오히려 그는 훌륭한 이념가이다.

그러나 출신 계급 신분 그 어느 것도 유리한 게 없고 그렇다고 민족의 공동선이나 어떤 특정의 대의를 위해 자신을 희생할 각오도 돼 있지 않으면서 그 이념에 관대하거나 동조한다면 그것은 바로 정신적인 유행을 허겁지겁 추종하는 것이고, 그가 제법 그럴듯하게 펼치는 동조의 논리도 유행가를 흥얼거리는 것과 크게 다르지 않을 것이다. 그런데 가만히 살펴보면 이 땅에는 그런 유행이 아직도 상당히 위력적이고 그 유행가도 꽤나 소리 높게 불리어지고 있는 듯하다. 한번 곰곰이 연구해볼 가치가 있는 과제이다.

그렇지만 내게는 그 문제에 대한 연구의 기회가 얼른 주어지지 않았다. 바로 그날 저녁 시장집 김 씨 내외가 벌인 한바탕의 희비극 때문이었다. 마침 집에 돌아와 있던 딸과 무주댁, 강만석 씨가 텔레비전 채널을 놓고 다툴 때니까 열 시 가까이 되었을 무렵인데 골목길이 귀에 익은 목소리들로 시끄러웠다.

"놔라. 이거 못 놓나?"

"안 된다, 이눔아. 또 어디로 내빼라꼬. 가자. 집에 가서 니 죽고 내 죽자아 —."

사실 그때 강만석 씨네 안방에서 벌어지고 있던 채널 쟁탈전도 제법 후끈 달아 있을 때였다. 무주댁은 새로 생긴 민방(民放)의 멜러물에 홀딱 빠져 있고, 강만석 씨는 〈형〉이란 시대물을 좋아하고 있어 그러잖아도 그 시간대에는 적잖은 시비가 있었는데 딸은 또 유부남과 처녀가 놀아나는 다른 방송극을 보자고 우겨 삼파전이 되고 만 것이었다.

"맨날 그눔의 계집 사내 붙어먹는 얘기 지겹지두 않아? 〈형〉 그거 얼마나 좋아? 옛 생각 나 구수하고 사람들 인정 넘치고…."

강만석 씨가 먼저 그렇게 걷어붙이고 나왔으나 그는 그 쟁탈전에서 곧 탈락되고 말았다. 그날은 수요일이라 월화드라마인 〈형〉은 방영되지 않았기 때문이다. 그러자 무주댁이 다시 기세로 딸을 누르려 들었다.

"아, 멀쩡하게 처자 있는 눔이 남의 처녀 신세 망치는 얘기 뭐가 좋다고 들여다봐. 더구나 처녀가."

그러나 딸도 지지 않았다.

"엄마 보는 거 그거는 뭐 좋은 건 줄 아세요? 아무리 상업방송이라도 그렇지. 어디 내보낼 게 없어 대만의 통속작가가 쓴 싸구려 연애소설을 각색해 내보내? 거기 말 되는 거 하나라두 있어요? 케케묵은 얘기에 요샌 난데없이 「제인 에어」까지 해 먹으려고 들어. 그런 거 보지 마세요. 시청률을 팍팍 떨어뜨려 놔야 다신 그런 짓 안 하지. 이왕 외국에서 사들여 번안하자면 좋은 것두 많잖아요? 수준도 높고 재미도 있고 배울 것도 많은……."

그렇게 아는 걸로 어머니에게 맞섰다. 그걸 다시 무주댁이 받아쳐 시비가 제대로 되어가는가 싶은데 갑자기 그 악다구니 소리가 들려온 것이었다.

"아니, 저건 시장집 아녀?"

무주댁이 먼저 김 씨댁 목소리를 알아듣고 그렇게 말했고 강만석 씨도 그들 내외의 목소리를 확인한 듯 고개를 끄덕였다.

"그런 거 같네. 사이좋기로 유명하던 부부가 웬일이야?"

그때 마치 그런 강만석 씨의 물음에 대답이라도 하듯 김 씨댁이 악쓰는 목소리가 훨씬 가까운 곳에서 들려왔다.

"조선놈은 쌀알 시(세) 개를 동개놓고(재어놓고) 못 배긴다카디, 인제 겨우 살 만하이 하마 그 짓이가? 아이구 분해, 어예 벌인(번) 돈인데……. 이눔아, 말해봐라 니가 다 벌인 돈이가?"

"요새 김 씨가 술이 좀 과하다 싶더라. 뭔 나쁜 짓 하다가 들킨 모양이구마는."

무주댁이 금세 그들 부부싸움의 성질을 알아차리고 힐끗 강만석 씨를 살피며 대답했다. 강만석 씨도 대강 짐작이 가는지 가볍게 혀를 찼다.

"뭘 또 칠칠치 못하게 들켜가지고……."

"꼴에 남자라고 저 집 바깥양반 편드는 모양이네. 들키지만 않으면 얼마든지 바람을 피워도 된단 말이지?"

그렇게 남편에게 타박을 주기는 해도 이미 무주댁의 흥미는 시장집 내외의 싸움 쪽으로 기울어진 표정이었다. 딸이 그 틈을 타 텔레비전 채널을 냉큼 자신이 원하는 프로 쪽으로 돌려버렸다.

그새 집으로 들어간 시장집 김 씨네는 본격적인 싸움을 시작했다. 무엇이 부서져 깨어지는 소리와 함께 김 씨댁의 악다구니가 시작되었다.

"가보기만 하믄 자리에 없고 없고 할 때 하마 내 이상타 싶드라. 뭐 선거대책 본부라꼬? 눈 처억 내리깔고 이번에는 사재를 털어서라도 누굴 밀어야 된다꼬? 아이고 분해라. 굼벵이 굼틀재주 있다 카디, 세상에 저 인간이 다 날 속일라 칼 줄 누가 알았겠노?"

"시끄러버! 동네 부끄럽구로 여펜네가 뭘 안다꼬. 사나가 밖에서 장사하다 보믄 술도 쪼매씩 하게 되는 기고, 우짜다 가시나 곁에도 앉는 수 있는 기제."

"뭐시라? 우짜다가 앉은 기라꼬? 우짜다 앉는 기 대낮에 젊은 가시나 끼고 여인숙에 눕는 기가?"

"눕기는 누가 누버? 다방에서 당(黨) 간부 만날라 카이 시끄럽고 남의 눈도 있어 조용히 마시다 보이 인삼찻집 가시나가 따라온 기제. 막말로 내가 무신 나쁜 짓 하는 거 니 눈까리로 봤나? 내가 그 가시나하고 붙어먹는 거 봤나 이 말이라."

한마디로 현장을 설잡은 모양인데 김 씨는 어디까지나 오리발을 내밀고 버텼다. 김 씨댁은 그걸 더 속상해했다. 그 소리가 문밖까지 쿵쿵 울리도록 가슴을 치며 더욱 큰 소리로 악을 썼다.

"아이구 복장이야. 저 빌어먹을 화상이 우째 이래 사람 부애(부아)를 지르노? 내가 한발만 늦게 갔으믄 빨가벗고 붙어도 열 번은 붙었을 것들이……. 그라고, 야 이눔아. 만내기는 누굴 만내노? 뭐, 당 간부? 선거? 소가 웃는다. 소가 웃어, 아이. 어디 사람이 없어 니 맨치로 시장바닥에서 '골라, 골라' 캐싸미 게암(고함) 지르는 눔한테 당 간부가 찾아오겠노? 그때 벌써 내가 알아봐야 하는 긴데……. 니 영수증 함 보자. 뭔 돈이든동 그냥이사 안 줬겠제."

"자다가 봉창을 뚜디리도 분수가 있제. 영수증이라니? 무슨 영수증 말이고?"

"선거자금 댄다 카미 가주고 간 돈 말이라. 이십만 원, 삼십만 원꿈 가주간 게 하마 몇 번이로?"

"그런 기 영수증이 어딨노? 고향사람 여유대로 쪼매씩 성의를 비는 기제."

"내 그럴 줄 알았다. 큰 선거 있으믄 돈 얻어먹는단 소리는 들어도 갖다 바친다는 소리는 또 첨이라. 그래도 짤랑거리고 댕기는 기 제법 그럴싸하고 그것도 사나라꼬 지 하는 대로 그양 보고 있었디 시상에…… 마, 치아라. 뻔할 뻔 짜다. 선거자금은 무신 선거자금. 다 고 가시나 밑에 갖다 붓고는 애맨 사람한테 덮어씌우고,

선밴동 후밴동하는 고 뺀두름한 놈아, 그거 당 간부는 아이라도 진짜배기 당원은 맞나?"

"저 기집년 저거 말하는 거 보래이. 아이 그라믄 내가 허깨비가? 내하고 가보자. 당장 지역당 사무실로 가보자고. 그 사람 직책이 뭔강."

뭣 때문인지 기세가 죽어 있던 김 씨가 그대로 있어서는 안 되겠다 싶었던지 다시 목청을 높였다.

"그래. 가보자. 영수증은 없디라도 장부는 있겠제. 길 가다 주운 돈도 아이고 또 저어한테는 적지마는 그래도 몇십만 원꿈씩 되는 돈을 흔적도 안 남긋코 먹어뿌지는 않겠제. 나는 그것만 보믄 된다."

적어도 김 씨가 그 무렵 들어 자주 어울려 다니는 고향 후배가 지역당에 관여하는 것은 분명함을 간파한 김 씨댁이 돈 문제에만 초점을 맞춰 다시 전열을 가다듬었다.

"니가 국정감사 위원이가? 아이, 국정감사 위원이라 캐도 남의 당 장부는 못 들따(들여다)본다. 그런데 무식한 기 겁대가리 없구로. 어디를……."

김 씨가 다시 기세를 올렸으나 이번에는 역효과가 나고 말았다. 무식하다는 말에 눈이 뒤집힌 김 씨댁이 드디어 앞뒤 없이 악을 쓰며 덤볐다.

"이 쎄(혀)빠질 놈이 뭐라 카노? 오이야, 그래 나는 무식하다. 니는 유식이 철철 넘치고…… 그런데 유식한 놈의 눈이 시퍼런 기집

자슥 놔뚜고 대낮부터 기집질해도 되나? 그렇게 좋은 법 어딨드노? 대답해 봐라. 이 쎄빠질 눔아아……."

"에익, 이기 마. 또 그 소리네. 아이, 내가 언제 기집질 했노? 니 눈까리로 봤나? 봤어? 그마이 얘기했으믄 못 알아듣고……."

"이눔이 다부(되레) 사람 칠라 카네. 눈까리 희번덕거리가미(가며) 주먹 을러매믄 우짤 기고? 때릴라믄 함 때리봐라. 때리봐라. 이 쎄빠질 눔아아……."

그리되면 육탄전은 필연적이었다. 곧 엉겨 붙은 두 사람은 동네사람들이 개입해서야 각기 떨어졌다. 떼어놓고 보니 김 씨는 광대뼈에서 입술 언저리까지 길게 손톱자국이 나 있었고, 김 씨댁은 그새 벌써 눈덩이가 시커멓게 부어 있더라는 게 박 씨댁의 전언이었다.

김 씨네는 그 작은 동네에서 중산층에 가장 가까이 다가가 있는 집이었다.

그러나 그 중산층은 역시 한국형이었다. 경제적으로, 특히 수입의 액수로는 틀림없이 중간 이상에 이르고 있어도, 정신은 여전히 하층계급의 바닥을 기고 있을 뿐이었다.

짐작대로 김 씨는 그 무렵 들어 시장 골목의 뒷길에 있는 작은 카페의 아가씨에게 빠져 있었다. 전에 인삼찻집이라는 이름의 변태업소가 재미를 볼 때는 인삼찻집이어서 아직도 그 이름으로 불리고 있었지만, 카페로 상호가 바뀐 뒤에도 영업의 내용은 크게 달라진 게 없는 업소였다. 40대 과부가 스물 남짓한 두 아가씨와 장사를 하는데, 김 씨는 그중 작은 박 양에게 홀려 벌이를 쓸어 넣다가 그것도 부족해 정치헌금 명목으로까지 돈을 빼내 쓴 모양이었다. 아직 중산층에 안착하기도 전에 그 타락부터 먼저 배워 생긴 희극 또는 비참이었다.

종류는 달리하지만, 박 씨네도 김 씨네와 앞뒤 해서 한바탕 홍역을 치렀다. 선거가 점점 다가오면서 정당들이 외곽단체들을 포섭하는 과정에 약간의 푼돈이 흘러든 모양인데 그게 말썽의 원인이 되었다. 우연히 세일 매장에서 3만 원에 기성복 한 벌을 사 입게 된 걸 계기로 박 씨는 나날이 모습이 변해갔다. 와이셔츠와 넥타이가 바뀌고, 구두를 새로 사고 하다 보니 얼마 동안에 사람이 달라진 것처럼 신수가 훤해졌다.

변한 것은 그런 외양이나 차림뿐만이 아니었다. 그사이 스스로도 점점 중요한 사람이 되어 간 박 씨는 이름뿐인 단체들의 역시 이름뿐인 직함들을 찍은 명함에 테 굵고 도수 없는 안경까지 받쳐쓴 뒤 정말로 정치 흉내를 내기 시작했다. 무슨 부녀회를 조직합네 어쩌구 하며 동네를 어슬렁거리기 시작한 것이었다.

그러다가 김 씨네 일이 있고 닷새도 안 돼 기어이 탈이 나고 말았다. 동네 꼭대기의 어떤 과부댁과 눈이 맞아 재미를 본 것까지는 좋았으나, 예비군훈련에서 일찍 돌아온 그 과부의 아들에게 한차례 경을 치고 다시 드센 아내에게서까지 못 볼 꼴을 당한 게 그랬다. 소문이 돌고 돌아 하루 만에 박 씨가 과부댁의 집에서 경을 친 일이 박 씨댁에게 전해지자, 그녀는 남편의 몸에 그야말로 실한 오리 붙어 있지 않을 때까지 쥐어뜯어 놓고도 그 뒤 사흘 동안이나 그 작은 동네가 시끄럽도록 악다구니를 써 박 씨의 얼을 반 넘게 빼놓았다.

돌아온 이카루스

내가 이 작은 동네에 안착하면서부터 강만석 씨의 맏아들 종태는 내 의식 속에서 작은 신화로 자리 잡아갔다. 그 신화는 부분적으로는 뒤틀린 보상심리에 바탕한 강만석 씨 내외의 허풍과 과장에도 원인이 있었지만, 객관적으로 보아도 종태의 얘기는 어느 정도 신화화의 조건을 구비하고 있었다. 신화의 정의에는 범인(凡人)들의 불가능에 영웅 또는 신들이 도전하고 극복해나가는 과정이란 것도 들 수 있기 때문이다.

내가 관찰한 바 그 신화는 본질적으로 태양을 향해 날아오른 이카루스의 신화였다. 아버지 디달루스를 졸라 밀랍으로 만든 날개를 달고 하늘로 솟아오르다 태양열에 밀랍이 녹는 바람에 지중해에 떨어져 죽고 말았다는 희랍신화의 비극적인 인물 말이다.

얼핏 보면 그 신화는 불가능에 도전하는 인간의 어리석음을 경계하는 단선적 구조로 보인다.

그러나 해석하기에 따라서는 이중적 구조를 가진 비극적 서사시일 수도 있다. 곧 하늘 높이 날아오를 때까지의 불가능에 도전하는 인간 의지의 아름다움을 노래하고 추락하는 장면에서는 어찌 해볼 수 없는 운명에 저항하다 파멸하는 영웅의 비극을 보여주는 것으로 해석할 수도 있기 때문이다.

종태는 그 달동네의 열악한 조건을 극복하고 이 나라에서 제일가는 대학의, 일반적으로 가장 유망하다고 여겨지는 학과에 진학함으로써 그 비상(飛翔)의 신화를 시작하였다. 그때만 해도 그의 날개는 밀랍이 아니었고, 그의 비상도 그렇게 터무니없이 높진 않았다. 따라서 태양의 열기는 아무런 위험이 되지 않아 그 신화는 아직 찬연하였다.

그러나 그의 지향이 민중해방 같은 거창하고 추상적인 것이 됨으로써 그는 태양을 향해 날아오르는 격이 되었고, 그 성취에 이제는 한물간 것으로 판명이 난 방식만을 고집함으로써 그의 날개는 밀랍으로 변질되어 갔다. 멀지 않아 그 날개는 태양의 열기에 녹아내려 추락의 비극은 시작될 것이다. 그게 내가 종태에게서 읽은 대강의 내용이고, 예측한 결말이었다.

하지만 내가 여기서 신화를 끌어내게 된 데는 그같이 관념적인 이유만 있는 것은 아니다. 강만석 씨네 안방에 갇혀 있는 이 넉 달 동안 이상하게도 나는 한 번도 그가 돌아오는 상상을 해

본 적이 없었다. 그것은 강만석 씨의 허풍 못지않은 무주댁의 과장 때문이었다.

그녀가 이웃에게 조심스레 수군거리는 것에 따르면, 종태는 수배 중이라도 아주 엄중한 죄목으로 수배당하고 있는 그 방면의 거물이었다. 그 동네 어딘가에는 형사나 안기부원 내지 기무사 요원이 잠복해 그의 귀가를 기다리는 중이며, 도피 중인 곳도 도저히 연락이 닿지 않는 어떤 은밀한 곳이었다. 따라서 아들을 보는 길은 여러 겹으로 보호된 연락망에 의해 그쪽에서 오는 연락을 받고서야 가능할 뿐이었다. 충분히 신화적인 상상력이 발동될 만큼 신비감을 주는 배경이 아닐 수 없었다.

그런데 그 종태가 어느 날 아무런 연락도 없이 집으로 돌아왔다. 체포의 우려에 대한 어떤 경계도 나타내지 않고, 조직의 아무런 보호도 없이, 그것도 지치고 실의에 빠진 모습으로, 그의 차림도 쫓기는 이념가의 그것과는 거리가 멀었다. 솔직히 나는 처음 그가 아무도 없는 방문을 열고 들어설 때, 그 동네에서는 흔치 않은 좀도둑이라도 든 줄 알았다.

내가 종태에게 품은 상상은 투철한 이념가 또는 어두운 열정의 불같은 전사(戰士)였다. 그의 눈은 용기와 신념으로 불타고 있어야 했으며, 그의 입술은 강인한 의지로 굳게 다물어져 있어야 했다. 비록 개털 모자에 모피 조끼 같은 러시아식 복장은 아니더라도, 그의 차림 또한 미행이나 추적자를 따돌리기 위한 특출난 것이어야 했다. 그러나 방안에 들어선 것은 한 부랑(浮浪) 노동자의 분위기가 몸에 밴 스물 대여섯의 청년이었다.

그렇지만 그가 그 작은 동네의 입구에 모습을 나타낸 순간부터 그를 아는 그곳 주민들이 보인 반응은 퍽이나 인상적인 것이었다. 점심 식사 후의 나른하고 권태로운 분위기에 빠져 있던 동네가 갑자기 긴장으로 고요해지며 은밀한 수색으로 들어갔다. 틀림없이 가까운 곳에 잠복해 있다고 믿는 기관원의 눈을 피해 종태가 돌아온 소식을 전하기 위해 때마침 무슨 일인가로 잠시 집을 비우고 있는 무주댁을 찾는 듯했다.

무주댁이 돌아온 것도 이웃의 수색만큼 은밀하고 조용했다. 한동안 느낌만의 수런거림에 이어, 어디선가 발소리를 죽여가며 달려온 무주댁 역시 낮고 질린 목소리로 아들을 나무랐다.

“얘가…… 너 어쩌자고 이렇게 대낮에 여길 나타나? 어디 가까운 곳에서 연락하면 에미가 그리로 달려갈 텐데. 잠복 형사나 안기부원이라도 덮치면 어떡하려고. 너 혹 미행당하지는 않았니?”

“잠복 형사, 그런 건 없어요. 미행 같은 것도 애초에 당할 리 없구요.”

청년이 약간 쉰 목소리로 누군가를 비웃듯 그렇게 대답했다. 그제서야 나는 그가 바로 종태라는 걸 알고 자세하게 그의 얼굴을 뜯어보았다. 오랜 육체노동의 흔적으로 다소간 그을고 거칠어져 있었지만, 대강은 반듯한 이목구비였다. 지적인 음영이 더해져 얼른 그 비슷한 점을 가려내기는 어려워도 강만석 씨와 무주댁의 좋은 점만 닮은 얼굴 같았다.

"그럼 변장은 왜 이렇게 했어?"

무주댁이 알 수 없다는 듯 다시 그의 옷차림을 턱짓으로 가리키며 그렇게 물었다. 종태가 살풋 미간을 찌푸리며 대답했다.

"변장이 아녜요. 이게 제 원래 옷차림이라구요."

그러자 무주댁의 얼굴이 잠시 굳어졌다. 돌아온 아들에게서 아무래도 심상찮은 변화를 감지해서인 듯했다. 잠시 무언가 생각에 잠겼다가 이내 평범한 어머니로 돌아가 말했다

"어쨌든 네가 더 쫓기지 않아도 된다니 반갑다. 그래, 이제 집으로 아주 돌아온 거냐?"

"그건 아직 결정되지 않았어요. 우선 잠시 쉬고 조용히 생각이나 해볼까 해서……."

거기서 무주댁은 다시 궁금한 게 많은 얼굴이었다. 당장은 어머니로서의 정에 몰려 다른 곳에 관심을 보내고 있어도 묻고 싶은 것을 애써 참는 빛이 역력했다.

"점심은 어쨌냐? 몹시 피곤해 뵈는데 이부자리부터 봐주랴?"

"점심은 관두세요. 이부자리도 필요 없구요. 그냥 잠시 이대로 절 놔두세요. 옆집 사람들에게도 내가 돌아온 걸 너무 떠들 거 없구요."

아들이 그렇게 대답하고는 머리를 벽에 기대며 눈을 감았다. 피로하다기보다는 귀찮다는 동작에 가까웠다. 무주댁이 그런 아들의 태도에 까닭 모르게 당황해했다. 내가 보기에도 맘 졸이며 기다리는 부모에게 몇 년 만에 돌아온 아들의 태도는 정상에서 크

게 벗어나 있었다.

무주댁이 영문 모르게 착잡한 얼굴로 방을 나간 뒤 나는 다시 한번 세밀하게 종태를 관찰했다. 그는 정말로 벽에 머리를 기댄 채 그 자세로 눈을 감고 거의 한 시간이나 꼼짝 않고 앉아 있었다. 반드시 무얼 생각하는 눈치도 아니어서 피로한 것은 몸이 아니라 마음이었던 것 같았다.

그렇지만 그런 휴식은 오래가지 못했다. 이상하리만큼 순순히 아들 앞을 물러났던 무주댁이 그새 어디선가 술 한잔 걸치고 돌아온 까닭이었다. 무주댁은 방 안으로 들어서자마자 아들과 마주 앉았다.

"하도 꿈 같고오—, 하도 난데없어 그냥 있을 수가 있어야제. 이제 어지간히 쉬었으면 에미하고 얘기 좀 하자."

똑바로 아들을 올려다보며 그렇게 허두를 꺼내는 폼이 적잖이 술의 도움을 받은 듯했다. 종태가 눈을 뜨고 자세를 고쳐 앉았다. 그러나 어머니의 얘기를 받는 표정에는 되도록이면 그 자리를 피하고 싶다는 기색이 역력했다.

"늬 말이여, 이젠 뒤쫓는 형사도, 잠복해 기다리는 기관원두 없다구 했는디, 고거 증말이여?"

무주댁이 몹시 흥분했을 때나 다급할 때가 아니면 내비치지 않는 사투리를 섞어 그렇게 물었다. 그걸 가장 먼저 묻는 데는 아들의 안전을 확인하기 위한 것 이상의 뜻이 있는 것 같았다. 종태가 가볍게 이맛살을 찌푸렸다가 짧게 대답했다.

"네, 맞아요."

"그럼 그때는 왜 그렇게 쉬쉬거리며 숨어다녔냐? 잡히면 당장 그 자리에서 맞아 죽을 사람처럼……."

"그런 때도 있었죠. 우리 쪽 생각에서만 그랬는지 모르지만 정말 겁난 때도 있었다구요. 하지만 그건 벌써 90년에 땡이에요."

"그럼 아무 일도 없이 2년이나 더 숨어 댕겼단 말여?"

"아무 일 없긴……. 할 일이야 많았죠."

거기서 종태의 얼굴에 조금씩 곤혹의 빛이 서리기 시작했다. 그와 비례해 무주댁의 표정은 알 수 없게 어두워져갔다.

"무슨 일이여? 어디서 뭘 했어?"

"말해도 어머닌 몰라요. 노동자로 일했다는 것만 아세요."

"그럼 저번에 만났을 때 그 수선은 뭐여? 왜 집에 바로 들어오지 않고 사람을 그 낯선 곳까지 불러……. 그리고 그때도 네 입으로 말했잖여. 미행이 있을지 모른다며 조심해서 오라구."

"그땐 조그만 언더(지하그룹)에 관여할 때라 혹시 해서. 나야 괜찮지만 조직에 피해가 있을까 봐…… 하지만 그것두 없어졌어요."

"왜 다 잡혀갔냐?"

"저절로 흐지부지 깨어졌어요. 애초에 모여서 떠든 것밖에는 잡혀갈 만한 활동을 한 것두 없고."

그러자 무주댁의 얼굴이 가볍게 일그러졌다.

"너 에미한테 거짓말하는 거 아니지? 그저 에미 맘 놓으라고. 바로 말혀. 에민 벌써 놀랄 거 다 놀랐어. 뭔 일이 있어 이리 소리 소문 없이 돌아왔어?”

“피곤해서 쉬고 싶어 왔다니까요. 바로 말하고 자시고 할 것도 없어요. 어머니가 놀라실 일은 더욱 없고…….”

“아니, 그럼 그동안 증말로 니 혼자 생각으로 그리 수선을 피우며 다닌 거란 말여? 경찰서에 빼젓이 책잡힐 일 하나두 없이.”

“네, 그렇다니까요.”

종태는 애써 태연하려 했으나 내 느낌에는 이제 곤혹 이상 무언가에 몰리고 있는 듯한 표정까지 엿보였다.

되도록 그쯤에서 얘기를 끝내고 싶다는 아들과 달리 무주댁은 갈수록 집요해졌다. 조금 전에 보인 원인 모를 실망의 기색에서 비롯된 집요함인 듯했다.

“이번 간첩단과두 아마 상관없구?”

“간첩단이 저하구 무슨 상관이에요? 그럼 어머닌 지금까지 내가 간첩질이라두 하고 있는 줄 아셨어요?”

“간첩은 아니지만 너두 좌익 아니냐? 네가 한 말 우리 어릴 적 인민군 군관한테 들은 것과 비슷한 게 많던데…….”

“그건 요새 좌파라고 해요. 굳이 분류하면 저는 좌파죠. 하지만 간첩단과 손을 잡을 만큼은 아네요.”

종태가 스스로를 좌파라고 시인하자 묘하게도 무주댁의 표정은 오히려 밝아졌다. 갑자기 힘을 얻은 목소리로 물음을 계속했다.

“거봐. 그런데도 에미까지 속이려 들어? 좌익인지 좌판지 그것두 말하자면 빨갱이 아녀? 그런데 정보부가 그런 널 놔둬? 아무도 널 미행하지 않는단 말여?"

"저 같은 좌파에게까지 미행을 붙이자면 안기부 요원이 국군만큼 되어도 모자랄 거예요. 보세요, 어머니. 세상이 달라졌어요. 달라져도 너무 달라졌다구요. 재벌 출신의 대통령 후보가 버젓이 공산당 허용 발언을 하는 세상이라구요. 야당 대표 비서관이 그 직책을 이용해 국방부 기밀문서를 빼내 간첩에게 넘겨줬어도 그 대표에게는 정치적 책임은커녕 도덕적 시비조차 일지 않는 세상이라구요."

"그래도 요즘도 땀땀이 운동권 학생 수배자들 잡혔다는 소리 들기던디."

"그건 총리를 두들겨 팼다거나 어디 불을 질렀다거나 해서 죄목이 뚜렷한 경우예요. 아니면 정말로 그 방면의 거물이거나."

조금씩 어머니의 의도가 감에 잡혀 오는지 종태의 목소리가 조금씩 비틀어지기 시작했다. 그럴수록 무주댁은 매달리는 투가 되었다.

"그래 맞다. 그 뭐시냐, 거물 말이다. 이젠 너도 그 마당의 거물이 될 때가 안 되었냐? 하마 그 길로 몇 년인디."

"거물 같은 소리 하지도 마세요. 기라성 같은 80년대 초 학번(學番)들이 버텨 서 있는데. 그렇다고 내가 무슨 로열패밀리도 아니고……."

"로열…… 그건 또 뭐냐?"

"우리 판에도 혈통이 있다구요. 아버지가 거물급 사상가였다거나 형이 어떤 가문의 보스라거나 뭐, 하여튼 그런 게 있어요."

"그럼 늬는 이름도 성도 없는 쫄병으로 이날 이때까정 고생했단 말여? 그 좋은 머리루, 파출소 유치장까지 오락가락하며……."

"이 운동에 쫄병 대장이 어딨어요? 좋은 세상 만들자고 하는 일에."

"늬 입으로 말했잖여? 거물, 로열 뭐 어쩌구…… 세상에 계급 없는 데가 어딨어? 아래위가 없이 무슨 일을 해?"

"그렇담 전 쫄병 맞아요. 그런데 어머니, 제가 쫄병이라서 서운하세요?"

종태가 무슨 생각을 했는지 빙긋 웃으며 그렇게 대답했다. 무주댁은 그 웃음에서 무슨 희망의 징조를 보았다는 듯 갑자기 아들에게로 다가앉으며 전에 없이 간절하게 물었다.

"너 거짓말한 거지? 실은 쫓겨 다니기도 귀찮고 이쯤 해서 매스컴도 타두려고 잡히러 온 거지? 제 발로 자수했다가는 욕먹을 테니 집으로 돌아와 자연스럽게 붙들리려고…… 뻔히 감시받고 있는 줄 알면서 말여."

"그렇다면 어쩌시겠어요?"

종태가 웃음기를 거두고 차갑기 그지없이 물었다. 그러나 무주댁은 이미 자신만의 생각에 취해 있었다.

"그럼 쫄병은 아니란 말이지? 내 그럴 줄 알았다. 원래 벼도 익으면 머리를 숙인다구, 사람은 높을수록 겸손해야 되는 거여. 데모 때도 그렇다며? 누가 어디서 시키는 줄도 모르는 일학년 꼴부리들만 천방지방 앞장을 서서 난리를 치지 무슨 회장이니 의장이니 하는 학생들은 데모판에 얼굴도 내미는 법이 없다며. 같은 학생들끼리도 경호원 대여섯 명씩 거느리고 으슥한 데 숨어 있는 법이라며?"

"그렇지만 어머니, 제가 우두머리라면 곧 잡혀가야 하는데요? 가서 사형선고를 받을지두 모르고 잘 돼도 몇 년은 살아야 하는데요?"

"그건 괜찮다. 이 에미도 각오가 돼 있다. 막말로 올가미 없는 개장사가 어딨냐? 사람이 크려면 풍상도 겪어야 하는 법이여."

"그건 풍상 정도가 아니라 모진 고문도 당하고 콩밥도 먹으며 추운 감옥에서 떨어야 되는 일인데요?"

"에미 되어 그게 왜 걱정 아니겠냐? 그렇지만 요샌 꼭 그렇지도 않은 모양이더라. 텔레비전 한번 봐라. 그게 꼭 그렇게 죽을 지경이면 그런 일루 붙잡혀가는 사람마다 어째 그리 환하게 웃어쌌냐? 상 받고 훈장 타러 가는 사람도 그렇게 환하고 자랑스럽게 웃지는 못하겠더라."

"그건 그 사람들의 자기훈련하고 신념……."

"안다 알어. 믿는 게 있다는 뜻 아니겠냐? 믿을 만두 하지. 하마 박정희 때부터 그렇게 묶여 들어간 사람이 얼마냐? 그렇지만 나중에 보니 다 잘됐데. 장관두 되고 국회의원도 되고……."

거기서 무주댁은 이미 속을 다 드러낸 셈이었다. 듣고 있던 종태의 얼굴이 차츰 무참하게 일그러져갔다. 그러나 무엇을 더 확인하고 싶은지 애써 자신의 감정을 억누르며 어머니를 떠보았다.

"그렇지만 어머니. 어쨌든 재판은 재판이고 감옥은 감옥이에요. 정말 제가 그렇게 잡혀가두 괜찮겠어요? 제가 나올 때까지 어머니 아버지는 어쩌시구요?"

"에민 각오가 돼 있다구 하지 않았냐? 거 뭐시냐, 나도 그리되면 박 씨 관계하는 그 협회에 나갈란다. 머리띠 질끈 동이고 늬가 나올 때까지 한번 해 대볼란다. 곤란해지기는 늬 아버지가 좀 그렇겠지만 그때가 되면 그 냥반도 또 무슨 수를 내겠지."

"아버지가요? 아버지가 어디 구청에라도 들어갔나요?"

"그게 아니고, 지난 여름에 그 냥반이 아 글쎄, 뜬금없이 늬가 불란서 유학 가 있다구 떠들어쌌고 다니잖냐? 내가 중간에 들어 입을 막기는 했다만 직장 사람들은 아직도 그리 알고 있을 게라. 그런데 네가 덜컥 잽혀 들어가 봐라. 신문 방송이 떠들고……."

"왜 하필이면 불란서엘?"

종태가 참을성 있게 물었다. 무주댁이 갑자기 신을 내며 필통에 든 나를 꺼냈다.

"이거여. 그 냥반이 청소하다 이걸 어디서 주운 모양인데 이게 뭐 불란서제라나. 몇십만 원 하는 고급 물건이라는데, 아 그때부터 갑자기 불란서가 나온 거라. 늬가 불란서 유학을 가 있는데 이걸 보냈다고……."

"이건 불란서제가 아니고 독일제예요."

종태가 나를 받아들고 살피다가 그렇게 말해놓고는 가만히 생각에 잠겼다. 아버지 강만석 씨의 심리적 배경을 헤아려보는 것 같았다. 하지만 오래 걸리지는 않았다. 태양을 향해 날아오르던 사람답게 이내 모든 걸 이해하겠다는 듯 아버지 문제는 제쳐놓고 다시 어머니를 향했다.

"정말 아버지께서 꿈꾸신 대로 외국 유학이라도 갔더라면 좋았을걸. 이제 내가 이 길로 본전이라도 뽑을 수 있을까요?"

어딘가 다분히 의도적인 데가 있는 물음이었다. 어머니의 생각을 속속들이 알아보겠다는 뜻 같았는데, 무주댁은 그런 일종의 유도신문에 잘도 걸려들었다.

"뽑아야제. 하마 몇 년인데."

"어떻게요?"

"이번에 정권 바뀌면 너 같은 죄수들은 다 풀려날 거라더라. 아주 중죄라도 몇 년이면 되고. 그래서 풀려나거든 우리 후보선생님 같은 분을 찾아가는 거라. 거긴 니 선배도 있고 후배도 있을 테니 어떻게 자리를 마련해주지 않겠냐?"

무주댁은 예상 밖의 의뭉스러움으로 제법 아들의 길까지 일러주었다. 종태가 참을성 있게 대화를 끌어나갔다.

"그래서는요?"

"그 밑에서 몇 해 얼쩡거리다가 다음 국회의원선거 때는 너도 나가보는 거지 뭐. 너같이 시작한 사람들 많은 모양이더라. 야당 젊은 국회의원은 대강 그런 모양이던데."

"그렇다면 이미 늦은지도 몰라요. 막차라는 거 있죠? 남이 다 재미 보는 거 보구 따라 하면 벌써 막차라구요."

"그렇담 차리리 지금 여당 쪽으로 붙지 뭐. 거긴 너 같은 사람 적을 테니 더 중하게 써줄걸."

"꼭 그렇지도 않아요. 합당 뒤에는 그쪽도 운동권 출신이 적잖다구요."

"그럼 거 뭐시냐? 늬 같은 사람들이 모여 꾸민 당두 있는 모양이던데, 거기라도 가면 될 거 아니냐?"

거기까지 가자 종태도 더 알아볼 게 없다는 기분이 된 것 같았다. 갑자기 차게 변한 얼굴로 무주댁을 쏘아보며 내뱉었다.

"하지만 어머니, 그런 꿈이라면 어서 깨세요. 다시 말하지만 난 그럴 만한 거물이 못 돼요. 우선 나를 잡아가 주지 않을 거라구요."

그제서야 무주댁이 자기만의 생각에서 깨어나 멀거니 아들을 건너다보았다. 종태가 이번에는 자조(自嘲)에 찬 목소리로 혼잣말처럼 중얼거렸다.

"이제야말로 그동안 내가 한 일이 후회스럽군요. 어머니 같은 사람을 그대로 두고 어디에 있는 민중을 찾아다녔는지…… 아니, 민중의 진정한 모습이 어머니 같은 것이라 우리가 이렇게 몰락했는지도……."

"그게 뭔 소리여?"

"어머니, 잘 들으세요. 지난 십 년간 우리 선배 동지들이 뛴 건 개인적인 출세나 영달을 바라서가 아녜요. 잘못되고 뒤틀려 있는 이 나라의 사회구조를 바로잡아보려는 순수한 목적뿐이었다구요."

"안다, 알아. 에미가 그걸 모르겠냐? 하지만 그토록 장한 일을 한 사람들이니 이 사회가 높이 써주는 것두 당연하지, 그게 뭐 그렇게 새파랗게 성낼 일이냐?"

"그렇지가 않다구요. 우리가 바라는 세상만 오면 우린 그 세상에선 뭐가 돼도 상관없다는 게 우리 생각이죠."

"당연히 그래야지. 그게 크게 되는 사람들의 마음가짐이여. 하지만 세상은 바로 그런 사람들이 다스려야 하지 않겠어? 세상이 원하면 절로 높게 올라가게 될 테고 결국은 그게 출세 아니냐? 시작이야 달라도 따지면 그게 그거 아니냐구."

무주댁이 척척 그렇게 받으니 종태는 더욱 답답해졌다.

"어쨌든 어머니, 내게 그런 기대를 거셨다면 깨끗이 잊어버리세요. 남에게도 그런 소리 마시구요. 그건 우리 운동을 모욕하는 거예요."

더욱 낯색을 새파랗게 해서 그렇게 어머니를 몰아세워 보았지만 무주댁에게는 조금도 먹혀들지 않았다.

"알았다, 알았어. 내가 남에게 그런 소린 무얼 하려고 해? 나만 가슴에 묻어둔 얘기라고. 마침 널 만났으니 해보는 소리지."

"이제는 가슴에도 묻어두지 말란 말이에요. 나는 거기서 쫄병보다 더 못한 낙오자란 말예요. 학교가 받아주면 이제라도 돌아가 졸업하고 어떻게 살 궁리나 해볼까 돌아왔을 뿐이에요."

"남자는 속이 있어야지. 에미에게라도 못 할 소리는 있는 법이여. 그래, 뭐든 늬 좋을 대루 해."

무주댁은 어떻게든 자신이 품어온 기대를 버리려 하지 않았다. 그 바람에 얘기는 한참을 겉돌다가 마침내 제 속을 이기지 못한 종태가 종구의 골방으로 옮겨 앉음으로써 끝이 났다.

한 평 남짓한 종구의 공부방으로 옮겨 앉을 때 종태는 무슨 생각에선지 나를 그대로 들고 갔다. 그리고 한동안을 무언가 골똘한 생각에 잠겼다가 문득 종구의 책상을 뒤져 쓰다 만 노트를 꺼내 끄적거리기 시작했다.

'우리의 그림 같은 민중은 어디 있는가. 만약 우리의 운동이 실패로 판명 나게 된다면 그 원인으로 가장 먼저 손꼽힐 것은 민중과의 관련일 것이다. 지금에 와서 살펴보면 우리의 민중은 다분히 의제(擬制)된 그 무엇이었다. 존재하는 민중이 아니라 존재했으면 하는 민중이며 그들에 대한 우리 사랑과 믿음도 사랑하기 위한 사랑, 믿기 위한 믿음에 지나지 않은 것은 아닌지. 그리하여 우리가 한 일도 민중의 진정한 의식을 일깨운 게 아니라 그들의 탐욕과 성급함만을 키운 것은 아닌지…….'

종태가 그쯤 써나갈 때 헛기침 소리와 함께 강만석 씨가 들어섰다. 무주댁이 들어서는 강만석 씨를 잡고 무언가 하소연하듯 종태가 돌아온 걸 알렸다. 역시 남자라서 그런지 강만석 씨는 보기 흉한 감정의 굴곡이나 호들갑을 내비치지 않았다.

"종태 거기 있으면 좀 건너오너라."

아내의 말을 조용히 듣고 난 강만석 씨는 침착하기가 태산 같은 자세로 아들을 불러냈다. 오히려 당황하는 것은 종태 쪽 같았다. 아버지가 돌아오는 기척을 들었을 때부터 몸이 굳은 사람처럼 가만히 안방의 동정에만 귀를 기울이던 그는 아버지의 부름을 받자 가볍게 몸까지 움찔하더니 곧 심호흡을 해 마음을 가다듬고 안방으로 건너갔다.

강만석 씨와 종태의 대면은 무주댁과의 대면보다는 훨씬 직선적이고 순조로웠다. 강만석 씨에게는 무주댁 같은 기대가 없었고 마음가짐도 대범해 종태가 답답해할 일은 벌어지지 않았다.

"음, 이제 돌아온 거냐? 그동안 힘들었지? 어쨌거나 잘 생각했다. 며칠 푹 쉬면서 같이 생각해보자. 애비는 언제나 늬 편인게."

요약하면 그렇게 끝날 몇 마디로 얘기를 맺고는 바로 종태를 놓아주었다. 하지만 강만석 씨에게도 어떤 서운함은 있는 듯했다. 그길로 별 내색 없이 집을 나서기는 했지만 밤이 되어 돌아온 그는 불콰하게 취한 얼굴이었다. 강만석 씨는 종태가 있는 골방으로 들어오더니 한마디 당부를 보탰다.

"늬 속 다 안다, 알어. 그렇지만 늬 엄마도 이해는 혀줘라. 시절이 워낙 그랬잖냐? 쫓기는 자식 둔 엄니들 그 낙도 없으면 어떻게 견디겠냐? 감옥 가는 게 훈장이 되는 나라 좋을 거는 없다마는 그래도 그런 엄니들에게는 적잖은 위로가 됐을 게다."

그러자 무주댁이 뒤따라 들어와 눈물을 찔끔거리며 말했다.

"아니다. 내가 잘못 생각했다. 생각하니 늬가 턱도 없는 거물로 지목이 돼 쫓겨 다니는 거보다는 이렇게 몸 성히 돌아온 게 훨씬 낫다. 가망 없는 일에 일평생을 날리는 것보다야 이제라도 돌아와 준 게 고맙다. 이웃 눈은 걱정할 거 없다. 그건 이 에미가 맡으마."

그 말로 미루어 돌아온 아들에 대한 무주댁의 이해 못 할 반응에는 이웃들의 눈치도 한몫한 듯했다. 이 나라 사람들의 타인지향(他人志向) 내지 명분우선의 심리로 보아 어쩌면 무주댁과 같은 태도는 설령 선택의 잘못을 느껴도 얼른 되돌아올 수 없는 운동권의 보편적인 정서와도 무관하지 않은 것 같다.

듣기로 주자학은 대륙에서는 원말(元末) 명초(明初)의 학문이었다고 한다. 명왕조 중기에 이르면 양명학(陽明學)이 일어나고 청대에는 고증학(考證學)이 주류를 이루게 되지만 이 땅에서는 한번 뿌리를 내리자 5백 년을 흔들림 없이 국시(國是)로 유지됐다. 어떤 이들은 이 세계에서 가장 최후까지 순정한 마르크스주의자들이 남아 있을 곳으로 이 땅을 꼽기도 하는데 그 원인 중에는 아마도 그런 타인지향 내지 명분우선 심리도 끼일 듯하다.

어쨌든 나는 그날부터 이제 강만석 씨네 안방과 그들 일가 및 그 이웃의 일상을 떠나 그때껏 종구가 쓰던 골방과 거기서 새로운 불길을 피워올리는 종태의 의식에 눈길을 돌리게 되었다.

'지난 몇 년 나에게 무슨 일이 일어났던가. 아니, 지난 80년대 우리 의식에 어떤 일이 일어났던가를 해명하는 데 나는 성급하지 않겠다. 아울러 내게 주어진 선택이 무엇인가, 어떤 길이 우리에게 남아 있는가를 모색하는 일에도 마찬가지로 성급해서는 안 될 것이다. 우선은 내게 있는 온갖 고정관념들과 이념적 편견을 털어버리고 보편인 상식인의 심성과 안목을 회복하는 일이 시급하다. 그리하여 당분간은 거기에 의지해 현재 표출되고 있는 여러 사회적 현상들을 관찰하고 그 의미들을 분석해보자. 내 희망에 불과하고 결과도 불확실하지만 어쩌면 그것도 내가 현재 빠져 있는 이 무력감과 전망상실에 유효한 치유법이 될지도 모른다…….'

다시 혼자가 된 종태가 두 번째로 끄적거린 글은 대강 그랬다. 그런데 그 관찰과 분석의 제일호는 바로 그날 저녁에 있었다. 발단은 그날도 역시 학원을 핑계로 압구정동을 쏘다니다가 술까지 한잔 살짝 걸치고 들어온 종구였다.

"어, 형 왔어? 정말이네, 형 그간 별일 없었어?"

집안으로 들어서면서부터 어머니에게서 잔소리와 함께 종태가 돌아왔다는 소식을 전해 들은 종구는 우선 반가움으로 그렇게 외치며 제 방으로 뛰어들었다. 종태도 손윗사람다운 정으로 그런 아우를 싸안듯 맞아들였다. 하지만 그다음이 문제였다. 살짝 풍기는 술 냄새에다 한눈에 그 임자의 정신이 들여다보이는 차림이 종태의 의식을 예민하게 건드린 까닭이었다.

"응, 그런데 너 왜 이렇게 늦었냐? 삼학년이면 한창 바쁠 텐데……."

종태가 오랜만에 돌아온 형답지 않게 엄한 눈으로 그렇게 물었다. 그제서야 무턱댄 반가움에서 깨어난 종구가 새삼 당황해하며 어물거렸다.

"학원에…… 갔다가."

그러면서 무스를 발라 세운 앞머리 칼을 손으로 만졌다. 얼른 그것이라도 풀어보려고 한 것이지만 별 소용이 없었다. 몸에 꽉 끼는 청바지와 남자 옷인지 여자 옷인지 구별이 안 가는 윗도리 어디에도 학원에서 늦도록 공부하다 돌아온 수험생 같은 데는 없었다. 종태에게서 오랜만에 아우를 만나는 반가움을 씻어가 버린 것 중에는 틀림없이 종구의 그런 차림도 들어 있었다.

"학원? 지금이 시월인데 아직도 학원이야? 그리구 무슨 학원이 열두 시가 되도록 강의를 하지? 내가 알기로 열 시에는 대개 끝날 텐데……."

"독서실에 좀 있다가 왔어. 학원도 좀 멀고."

종구가 자신 없는 목소리로 늦은 핑계를 댔다. 종태의 목소리가 좀 더 추궁하는 투가 되었다.

"학원이 어디야? 어느 동네 있는 무슨 학원이야?"

"은성학원이라구…… 역삼동에."

"은성학원?"

"형은 잘 모를 거야. 오래되지 않은 작은 학원이야."

"듣는 과목은 뭐야?"

"영어, 수학……."

그러자 종태의 눈빛이 날카로워졌다.

"너 대학 포기했구나. 그래, 아직도 영어 수학에 매달려 있단 말이지. 암기 과목은 언제 할 거야?"

"같이…… 하구 있어. 그런 애들 많아."

"시월까지 학원을 얼쩡거리며, 그것도 영어 수학이나 듣고……. 그러면서도 암기까지 함께 채워 대학을 간단 말이지?"

어느새 종태의 말투에는 빈정거리는 빛이 뚜렷했다. 그러자 몰리던 종구가 역습에 들어갔다.

"세상에 모두 형같이 머리 좋은 사람만 있는 건 아냐. 과외, 학원 같은 건 근처에도 안 가보구 일류 대학 쑥쑥 들어가는……. 몇천만 원 과외비 들여 요란을 떨고도 지방 캠퍼스 원서를 내는 것조차 벌벌 떠는 치들도 있다구. 싸구려 학원 정도로 서울 시내에만 남게 되어도 장한 게 요즘 입시야."

"나도 조금은 알지. 전에 과외지도 많이 해봤으니까……. 그런데 문제는 네가 그 학원조차 나가지 않는 것 같다는 거야."

종태는 조금도 뒤를 남기지 않고 아우를 몰아댔다. 그 철저함이 그를 운동권으로 내몰았는지 모른다는 추측이 갔다. 형이 사정없이 자신을 몰아댄다는 생각이 들었던지 종구도 완연한 방어자세로 들어갔다.

"그건 무슨 소리야? 그럼 형은 내가 어디 있다 왔다구 생각해?"

"너희 학원 압구정동이지?"

"역삼동이랬잖아? 하긴 압구정동하구 거기가 거기이지만……."

"아니, 바로 압구정동이야. 아마 카페 골목 같은데."

"이 술 냄새 때메 그러는가 본데, 아냐. 독서실에서 나오다 편의점에서 맥주 한 캔 했을 뿐이라구. 형, 스트레스 해소로 그 정도두 안 돼?"

"스트레스? 그게 뭔데? 나는 고3 때 그런 거 몰랐는데."

"그러니까 뭐든 형을 기준으로 삼지 말라구 했잖아? 형 같은 사람은 모른다구. 우리가 얼마나 시달리고 있는지."

종구는 은근히 제 머리도 굵을 만큼 굵었음을 내세우며 어떻게든 뻗대보려고 애썼다. 그러나 종태는 눈도 깜짝 않았다. 뚫어질 듯이 아우의 얼굴을 바라보다가 차갑게 내뱉었다.

"그래서 학원 간다는 핑계로 압구정동을 쏘다니냐? 불쌍한 부모님들 등골을 우려빼서."

"형, 누나 만났어? 누나 만났구나. 하지만 누나 말 다 믿지 마. 큰일은 진짜 그쪽이라구. 내 말해줄까. 누나 회사 경리과장이라는 남자와 둘이서만 만나는 걸 내가 봤다구. 마흔 가까운 유부남하고 분위기 그윽한 곳에서……. 그래놓고 요샌 뭐가 잘 안되는지 교회야. 거기 미쳐 일주일에 두어 번씩 들어오던 집에도 벌써 두 주째나 안 들어왔다구. 말이 기숙사에 있지, 교회에 가서 사는 것 같아. 뭐 이달 28일에는 휴거가 있다나. 아마 이달 28일쯤 세상이 끝나주는 게 차라리 편할 일이 뭐 있는 모양이야."

종구는 누나가 일러바쳤으리라는 단정에서 비롯된 원한과 되도록이면 그쪽의 문제점을 들추어 자신에게 쏠려 있는 형의 주의를 분산시켜보려는 의도로 그렇게 길게 늘어놓았다. 그러나 종태는 그 정도의 잔재주에 넘어가 주지 않았다. 여전히 종구의 얼굴에서 눈을 떼지 않은 채 깐깐하게 말했다.

"누난 아직 만나지 못했어. 내가 알게 된 것은 모두가 네 자신이 말해준 거야. 네 그 옷차림이며 머리에 바른 무스가, 입에서 풍기는 술 냄새가. 너 내가 얼마간 집을 나가 있었다고 해서 아주 바보가 된 줄 알아? 이젠 형을 속일 수 있다고 생각하는 거야?"

그러자 종구는 급격하게 허물어져 갔다. 과거의 기억들이, 형이 한 번 그렇다고 말하면 틀림없이 그렇던 지난날의 경험이 그를 더 버틸 수 없게 만든 것 같았다.

"속이긴 뭘……."

"너 바로 말해. 내가 정말로 성내기 전에. 오랜만에 만난 형제들끼리 서로 속이는 걸루 인사를 삼아서 되겠니?"

"속이는 거 없어. 여기 학원증 있잖아?"

종구가 학원증까지 꺼내 보이며 마지막 저항을 하고 있었으나 표정은 이미 저항을 포기한 사람의 그것이었다. 종태는 학원증을 보지도 않고 다시 다그쳤다.

"그 학원증 어디서 났는지 모르지만 네가 학원에 나가지 않는다는 것, 특히 이미 이번 입시는 포기한 건 틀림없어. 알아보는 거야 간단하지. 그러니 날 정말로 실망시키지 말고 바로 말해. 언제부터야? 언제부터 압구정동을 쏘다니게 됐어?"

그래도 종구는 몇 번을 더 둘러댔으나 마침내는 실토하기 시작했다.

"구월부터…… 그러나 첨부터 그럴 생각은 아니었어!"

"혼자가 아닐 텐데. 어떤 친구들이야?"

"학원에서 만난 친구들이야. 아무래도 그냥은 안 될 것 같아 학원엘 나갔는데, 거기 가니 더 답답하잖아? 더구나 딴 때 같으면 재수할 길도 있는데 올핸 그것도 없으니……. 그래서 맥이 빠져 있는데 걔들이 나타났어."

"음, 끼리끼리는 잘 알아보는 법이지. 어떤 놈들이야?"

"형 무조건 나쁘게만 보지 말아. 알고 보면 걔들도 좋은 애들이야. 집안도 우리하고는 비교도 안 될 만큼 굉장하고……."

"어떤 집안인데?"

종태는 여전히 표정을 흩뜨리지 않은 채 묻기만을 계속했다.

"한 애는 저희 아버지가 대기업 이사이고, 한 애는 동대문 시장에서 장살 하는데 살기는 장삿집 애가 나아 보였어."

"학교는?"

"8학군. 둘 다 같은 학교야."

"그런데 그렇게 나다녀?"

"알고 보니 좋은 학교란 게 바로 그런가 봐. 걔들 말야, 솔직히 진학 포기했다고 나오니 그냥 봐준다는 거야. 요샌 수업을 해도 그만, 안 해도 그만, 아침에 얼굴만 내밀면 결석은 면한다지 아마. 그걸 가지고 시간시간 따지며 사람 들볶아대는 건 우리 학교 같은 변두리 따라지 학교뿐이라구."

"그 자식들 좋은 학교 다녀서 좋겠다. 그건 임마, 마음잡고 공부하는 애들한테 방해될까 봐 선생님들이 눈감아주는 것뿐이야. 완전히 버린 자식 취급하는 거라구. 같잖은 새끼들."

종태가 그렇게 받아놓고 조금 표정을 진지하게 해서 물었다.

"그건 그렇고, 걔들이 좋은 애들이란 무슨 뜻이지?"

"의리가 있어. 대범하구."

"의리? 무슨 의리? 대범은 또 어떻게 대범하다는 거야?"

"걔들 안 지는 이제 한 너덧 달밖에 안 되지만 의리는 국민학교서부터의 친구들 저리 가라야. 걔들은 우리가 어떻게 살고 아버지가 뭘 하시는지 다 알아. 그런데두 처음과 달라진 게 없어. 오히려 나를 이해하고 뭐든 도우려고 애를 쓴다구. 아까 형은 내가 부모님들 등골을 우려뺀다 했지만, 솔직히 그건 억울해. 내가 엄마한테 얻어가는 것은 차비 정도야. 나머지는 걔들이 다 알아서 맡는다구."

"술값, 디스코테크 입장료 따위 말이지? 대범하다는 것도 그 얘기겠구나."

"대범 정도가 아냐, 실은 아까 그 학원증도 걔들이 끊어준 거야. 학원 수강료 딴 데 쓰고 접때 누나한테 호되게 당한 적이 있는데, 그 얘길 들은 걔들이 말두 않구 끊어주더라구."

"너하고 함께 어울려 다니기 위해서? 같이 시시덕거리며 록 카페에서 몸이나 흔들자구? 그거참 대단한 의리구나."

"꼭 그런 것만은 아냐. 실은……."

종구가 그러다가 문득 입을 다물었다. 무심코 얘기를 꺼내기는 했지만 과연 그 일을 형에게 밝혀도 될 것인지가 얼른 판단이 안 선다는 표정이었다. 종태도 그런 아우에게서 무얼 느낀 듯했다. 갑자기 엄한 표정을 이전의 진지함으로 바꾸었다.

"나도 네가 예전 같은 어린애로는 보이지 않는다. 낼모레 스물이 되는 놈이 아무 생각 없이 하루하루 즐기고만 보내지는 않겠지. 적어도 내 동생이 그렇게 형편없는 인간이라고는 한 번도 생각해본 적이 없어. 게다가 의리 어쩌고 하는 소리를 들으니 너희 셋이 뭔가같이 하는 일이 있는 것 같다. 그게 뭐냐?"

타고난 영민함의 한 형태인지, 그동안의 단련에서 길러진 것인지 알 수 없지만, 종태의 눈길은 예리하기 짝이 없었다. 아우의 망설임이 무엇 때문인지를 금세 알아보고 그렇게 묻자 종구는 더욱 당황해 말문을 열지 못했다. 종태가 그런 아우의 마음을 편하게 해주는 말투로 대답을 유도했다.

"너와 나는 세상에 하나뿐인 형제다. 나이도 겨우 네 살밖에 층이 안 지고. 아버지나 어머니가 이해하시지 못하는 일도 나는 이해할 수 있다. 한번 얘기해 봐, 니네들 계획이 뭐냐?"

그제야 힘을 얻은 종구가 뜻밖의 대답을 했다.

"실은…… 우리도 뭘 하나 띄울 생각이야."

"뭘 띄운다고?"

"우리 셋을 중심으로 뭔가 근사한 걸 뽑아낼 거라구, 예술 쪽으로……."

"예술?"

워낙 몸담고 있는 세계가 달라서인지 겨우 네 살 터울인 형제 사이에도 언어소통에 문제가 생긴 것 같았다. 종태가 오리무중이라는 표정으로 그렇게 반문하자, 종구 역시 그런 문제가 생긴 게 알 수 없다는 표정이 되었다.

"응, 예술. 음악 말이야."

"셋이서…… 음악이라. 그럼 그룹사운드 말이냐?"

"그런 고색창연한 말은 요샌 쓰지 않아. 그냥……."

"어쨌든 셋이 함께 춤추고 노래하고…… 그런 거지? 거 뭐야, '서태지와 아이들' 같은 거 생각하고 있는 거 아냐?"

"그건 랩 댄스팀이고……. 우린 꼭 랩을 생각하는 건 아냐. 랩은 걔들로 끝날지도 모르지. 무어든 우리가 준비를 마쳤을 때 가장 인기 있는 품목으로 띄울 거야. 락이든 재즈든……."

그제서야 종태도 아우가 꿈꾸고 있는 게 무엇인지 짐작이 가는 듯했다. 그러나 짐작을 하고 나니 더 오리무중이라는 표정이 되어 한참이나 말없이 있다 종구 말마따나 고색창연한 물음을 다시 던졌다.

"말하자면 그룹 같은 건데…… 그건 음악성을 바탕으로 하는 거 아냐? 난 너에게 어떤 음악성이 있다고는 느껴본 적이 없는 것 같은데……."

"우리 자유인들이 생각하는 음악성은 노땅들과 달라. 음악은 감각이야. 생활이고, 현상이야. 노땅들이 생각하는 것처럼 딱딱하게 굳은 머리만 비틀고 쥐어짜는 게 아니라구."

"노땅은 늙은이를 말하는 것 같은데, 그럼 나도 늙었단 말이냐? 우리 한창때 75학번 이전은 전부 반동이라던 말이 생각나네. 그래 음악이 무엇이든 그건 그렇다 치고, 어쨌든 요새 음악은 젊고 마음만 먹으면 아무나 되는 거냐?"

"그건 아니지, 형……. 서태지와 아이들이나 현진영이 어느 날 갑자기 유명해졌다고 해서 걔들이 갑자기 만들어진 거라고 생각하면 절대 안 돼. 걔들도 공부 많이 했다구."

"너희들이 압구정동을 쏘다니는 것처럼?"

"우리가 공연히 쏘다니는 거 아냐. 수입품 동향도 살피고, 눈치도 보고, 아이디어도 땡기고……. 그런 점에서는 형 말대루 거기가 우리 학원이라구. 셋 모두 음악학원에도 나가고 있지만, 그건 그야말로 기초야."

"수입품이라면 외국서 새로 들어오는 음악 같은 것인 모양인데…… 공부라는 건 눈치와 아이디어를 키우는 거고. 그래서…… 가수가 된단 말이지?"

"가수가 아니고 예술가야!"

"예술가라……."

"너무 비웃지 마, 형! 압구정동 문화란 말 못 들었어? 그래 그것두 엄연히 문화야. 우리는 그 문화의 첨단을 가는 예술가를 꿈꾸고 있는 거구……."

"문화라……."

종태는 아연한 얼굴로 아우를 바라보다 다시 고색창연한 의문을 나타냈다.

"어쨌거나 그러려면 상당한 비용이, 아니 투자가 있어야 할 텐데……."

"그건 걱정하지 마. 세상에는 형 같은 사람만 있는 건 아니니까. 우린 든든한 '백'이 있다구. 걔네들 부모 말이야. 처음에는 반대도 있었던 모양이지만, 요샌 우릴 인정한다구. 특히 동대문 걔넨 엄마 아빠가 더 열성이야. 집이 바루 압구정동 현댄데, 어쩌다가 우리가 찾아가면 대접이 그저 그만이라구. 대기업 이사라는 또 딴 애 아빠두 형네 선배이지만, 요샌 걔보구 한번 힘껏 해보라구 한다던데……."

"이해심 많은 부모들이군. 세상 많이 좋아졌구나. 하긴 이런 시대에는 그것도 한 길은 되겠지."

종태가 씁쓰름한 얼굴로 그렇게 받아놓고 별 나무라는 기색 없이 물었다.

"그래, 이젠 너도 그걸 네 길로 정했단 말이지."

"응."

"하지만 그게 기분만으로 되지 않을 텐데. 솔직히 말해 난 네가 예술전문학교 작곡과만 나오고 그런 길을 골라도 이리 걱정스럽지 않겠다."

"아냐, 새로운 것은 학교에서 배울 수가 없어. 우린 반드시 해낼 거야."

형이 이해해줄 듯한 태도로 나오자 힘을 얻은 종구가 그렇게 자신했다. 종태의 얼굴이 거기서 갑자기 변했다.

"건방 떨지 말아. 가르칠 만한 가치가 없으니까 학교에서 가르치지 않는다는 게 옳아. 너 우리 제도를 그리 만만하게 보지 마

라. 어느 것 하나 너보다 못한 멍청이가 하루아침에 문득 생각해 낸 건 아니니까."

"형, 나는 형이 아주 진보적이고 트인 사람인 줄 알았는데……."

"뭐? 진보적?"

종태가 그렇게 발끈해 받아놓고 다시 자조적으로 웃으며 중얼거렸다.

"진보란 말이 그렇게도 쓰이나……."

하지만 그 이상 아우를 몰아대지는 않았다. 잠시 무언가를 생각하더니 다시 원래의 침착을 되찾아 말했다.

"좋다. 우리 같이 한번 생각해보자. 하지만 이제부터 결론이 날 때까지 압구정동은 못 나가. 그걸 한 길로 승인한다 해도 그 길로 가는 방식은 다를 수가 있어. 놀이가 아니라 일이 되자면 그 일이 무엇이든 엄한 수업과 단련은 필요한 법이야."

그리고 아우를 놓아주었다.

그날 밤 종구는 좀 떨떠름한 얼굴이기는 해도 한동안 말없이 앉았다가 곧 이부자리를 펴고 잠자리에 들었다. 그러나 종태는 쉽게 잠을 이루지 못하는 눈치였다. 자신이 찬연한 이데아의 광휘에 눈부셔 있는 동안 변해버린 세상을 이해하고 정리해보려고 애쓰는 것 같았다. 하지만 그 변화가 너무 낯설어서인지 밤늦도록 몸만 뒤척일 뿐 어떤 결론을 얻지는 못한 듯했다.

종태가 아우의 일에 대해 결론 비슷한 걸 끌어내 노트에 끄적이기 시작한 것은 그 사흘 뒤였다. 요란스러운 휴거 예정일 다음

날 아침이었는데 강만석 씨의 맏딸이 힘없이 돌아온 게 그의 사고에 어떤 실마리가 된 듯했다.

"아니, 늬가 웬일이야? 오늘 회사 일 안 해?"

그 같은 무주댁의 놀란 목소리를 큰딸의 지치고 쉰 목소리가 받았다.

"그냥, 오늘은 좀 쉬려고……."

그때 뭣 때문인가 아직 학교에 가지 않고 있던 종구가 끼어들었다.

"누나, 교회서 바루 오는 길이지? 근데 왜 휴거 안 되고 이렇게 돌아왔어? 예수님이 연기하셨대?"

그때쯤 골방에서 누워 있던 종태도 안방으로 건너갔다.

"누나야? 오랜만이야."

무언가 암담한 사념에 빠져 혼란되어 있던 큰딸은 종태가 나오는 걸 보자 좀 정신이 드는 얼굴이었다. 워낙 오랜만에 보는 아우의 얼굴이기도 했다.

"아, 종태 왔구나. 너 언제 왔어?"

"며칠 돼. 그러잖아도 오늘쯤은 누나에게 전화라도 걸려고 했는데."

"뜻밖이야. 그런데 이젠 이렇게 집에 와 있어도 괜찮니?"

강만석 씨의 큰딸이 마치 깊은 잠에서 조금씩 깨나고 있는 사람처럼 그렇게 받았다. 이제 겨우 종태의 일을 기억해냈다는 그런 표정이었다. 종태가 그런 누나를 살피다가 걱정스레 말했다.

"누나 몹시 피곤해 보이네. 눈도 충혈되고……. 우선 좀 쉬어야겠어. 저 방에 들어가 한숨 자. 종구는 곧 학교 갈 거구 나도 어디 나가볼 데가 있어."

그렇지만 그때 이미 무주댁의 눈길은 곱지가 않았다.

"너 어디서 오는 거냐? 정말 종구 말대로 그 무슨 이상한 교회서 오는 거냐?"

"이상한 교회가 어딨어요? 교회면 그냥 교회지."

"그럼 지난 주일부터 집에 오지 않은 것두 그 교회 때문이었냐? 종구 말대로 아예 기숙사를 나와 교회에서 살았냐구."

"것두 아녜요."

"어쨌든 테레비에 나오는 그 이상한 교회에 다닌 건 사실이지? 다미셍이던가 하는……."

무주댁은 아마도 다미선이 무슨 외래어인 줄 알고 있는 듯했다. 그 같은 무주댁의 말에 큰딸이 갑작스러운 생기로 반발했다.

"다미선교회가 어쨌다구 자꾸 이상한, 이상한 하세요. 엄마가 정말 이상하네. 엄만 그 교회를 알기나 하세요?"

"내가 왜 몰라? 요사이 방송마다 그 얘기더라. 어젯밤에는 중계까지 했고. 내 참 챙피해서. 그게 어디 교회냐? 미치광이들 난장판이지."

무주댁이 그렇게 받아놓고 길게 한숨을 내뿜더니 탄식처럼 말했다.

"잘 돼가는 집구석이다. 자식 셋이 있는 게 어느 것 하나 성한 게 있어야지."

그때 종구가 다시 끼어들었다.

"그래, 누나네 교회 목사는 뭐라 그래? 쌩 구라가 들통났는데두 할 말 있대? 그리구 순 사기에 얽혀 폭삭 망하게 된 교인들은 가만 있든?"

"네가 뭘 안다구 함부로 떠들어? 엉덩이에 뿔부터 나가지고선……."

큰딸이 종구에게만은 질 수 없다는 듯 그렇게 강하게 받아쳤다. 종구는 더욱 빈정거리는 어조가 되어 누나의 부아를 질러댔다.

"종로에서 뺨 맞고 한강에서 눈 흘긴다더니 누나가 그 꼴이네. 공중에 들려 올라가지 못했으면 그만이지 어디 그게 내 탓이야? 어디 순 사기에 해까닥 해서 울고불고하다가 애맨 나한테 와서 분풀이야."

"너 입 닥치지 못하겠니? 네가 신앙에 대해서 뭘 안다구. 나설 때나 안 나설 때나…… 네 할 일이나 똑똑히 해. 엄마 아빠 등골이나 우려뺄 궁리만 하지 말고."

드디어 전의를 되찾은 큰딸이 그렇게 반격으로 나서는데 무주댁이 막내를 편들어 딸을 몰아세웠다.

"뭘 잘했다고 되레 큰소리여, 큰소리는. 늬 땜에 에미가 얼마나 속을 태웠는데. 그 교회에서 머리채 끌려 나오지 않은 것만두 다행으로 알아. 암것두 모르는 늬 아부지까지 덩달아 나서 시끄러워질까 봐 입 꾸욱 다물고는 있어도 속은 곤쟁이젓을 담갔어. 다 큰 계집애가 어디 할 일이 없어서 그런데 미쳐선……."

그 바람에 갑자기 분위기가 험악해졌으나 다행히 종태가 있어 큰 소리가 집 밖으로 새 나가는 일은 피할 수 있었다.

"어머니, 그만 하세요. 그리구 누나는 저 방으로 가. 할 말 있으면 한숨 자구 나서 차분히 얘기해. 종구 너는 어서 학교나 가구."

종태는 그렇게 셋을 뜯어말린 뒤 누나를 끌듯 골방으로 데려다 뉘었다. 그리고 아직도 못마땅해 앉아 있는 무주댁에게 딴 얘기를 꺼냈다.

"어머니 우리도 신문 한 부 봐야겠어요. 아무리 그렇지만 사람이 답답해서 배길 수 있어야지."

"답답할 게 뭐 있냐? 테레비가 있는데. 뉴스도 시간시간 알아서 다해주고, 곁들여 연속극에 코메디 같은 볼거리까지 내보내는데."

"그게 아녜요. 텔레비전의 몫이 따로 있고, 신문 몫이 따로 있다구요."

종태는 그렇게 어머니의 주의를 돌려놓고는 슬며시 몸을 일으켰다. 무주댁이 곧바로 나서는 종태에게 물었다.

"어딜 가? 아침도 안 먹고."

"요 아래 내려가 조간 한 장 사 올게요. 벌써 며칠이나 신문을 못 봤더니 영 궁금한 게 많아서……."

종태가 그렇게 대답하고는 운동화를 끌고 밖으로 나갔다. 그 바람에 잠깐 일었던 아침의 풍파는 절로 가라앉고 말았다.

종태와 종구가 쓰는 골방으로 들어간 강만석 씨네 큰딸은 곧 잠이 들었는지 한동안 그 방에서는 사람의 기척이 없었다. 종태도 그런 누나의 잠을 지켜주려고 애쓰는 눈치였다.

얼마 뒤에 신문을 사 와서는 구석구석을 훑으며 골방문을 지켰다. 혹시라도 무주댁이 화를 못 삭여 자는 누나에게 달려들까 봐 걱정하는 눈치였다. 무주댁의 언행으로 미루어 종태의 그런 걱정은 충분히 이유가 있었다.

"지가 뭘 잘했다구 대낮에 자릴 펴구 누워?"

"그놈의 회사는 지 꺼야? 가고 싶으면 가구, 말고 싶으면 말게. 그것두 직장이라구 나가려면 어서 깨워 보내야지."

그러면서 몇 번이나 골방으로 들어가려다 종태의 강한 눈짓에 주춤해 물러나곤 했다.

하지만 큰딸은 생각보다는 깊이 잠든 것이 아니었다. 종태가 아침상을 물리고도 한동안이나 딸을 닦달할 기회를 노리던 무주댁이 마침내 방을 나가고 얼마 안 돼 가만히 골방문이 열리며 그녀가 나왔다.

"왜? 더 안 자구?"

종태가 무슨 책을 읽다가 걱정스럽게 누나를 돌아보았다. 그녀가 잠기라고는 보이지 않는 얼굴로 동생을 보다가 갑자기 눈시울을 붉혔다.

"잘 수가 없어. 좀 늦었지만 회사로 가봐야겠어. 엄마 말마따나 그만한 직장도 흔하지 않아."

"까짓 하룬데 뭘. 적당한 핑계루 전화나 하구 하루 쉬어. 벌써 몇 년째 다닌 회산데 그만 일로 무슨 일이야 있겠어?"

"까짓 하루가 아니니 그렇지. 오늘로 사흘째야."

"뭐? 아니 뭣 때문에……."

"교회에 있었어."

"그럼 누나두 휴건지 뭔지 하는 걸 믿고 정리를 한 거야?"

"교우들 중에는 더러 그런 사람도 있었지만 나는 그렇게까지는 아니야. 하지만 그게 내 믿음이 약한 증거라고 자책했는데……, 이제 보니 잘된 셈이지 뭐."

그러자 종태가 정색을 하고 물었다.

"누나, 정말 휴거를 믿은 거야? 1992년 10월 28일에 세상이 끝난다는 걸……."

"응, 믿었어."

"그런 걸 어떻게……."

종태가 어이없다는 얼굴로 그렇게 되뇌다가 참으로 알 수 없다는 듯 물었다.

"누나, 옛날엔 그렇지 않았는데……. 우리 남매 중에서 가장 영악스럽단 소릴 듣던 누나 아냐? 그런데 어떻게 그런 턱없는 소릴 믿게 됐어?"

"그게 사람의 믿음이야. 턱없는 걸 믿다가 우습게 되기는 너도 마찬가지지 뭐. 생각해봐. 너 집 나가기 전에 내게 한 소리들 말이야. 이제 우리 민중의 역량은 성숙했다며, 누가 기폭제만 되어주면 민중 혁명은 절로 성취될 거라며? 80년대가 다 가기 전에 찬란한 민중의 날이 밝을 거라며?"

"그거하고 휴거하고 어떻게 비교해? 과학적 사회주의와 미신을……."

"우리도 과학적이었어. 예언서의 기록과 그 속의 수학, 그리고 컴퓨터 시대의 상징인 바코드가 의미하는 666의 신비……. 오히려 네가 말하는 알쏭달쏭한 논리보다는 훨씬 과학적으로 보였지. 어쩌면 그런 너의 과학에 대한 실망이 교회의 과학을 더욱 믿게 했는지도 모르지."

"그건 또 무슨 소리야?"

종태가 거기서 묘하게 불안한 표정이 되어 누나를 빤히 쳐다보며 물었다. 그녀가 문득 회고 조가 되어 말했다.

"언제부터인가 너는 내 판단의 가장 중요한 근거가 되었어. 너는 한 번도 실패가 없는 아이였지. 네가 옳다면 옳았고, 네가 틀렸다면 틀렸어. 네가 운동권에 뛰어들었을 때도 마찬가지야. 아버지 어머니는 어찌 생각했는지 몰라도, 나는 네가 옳다는 걸 믿었지. 기억을 되살려봐. 내가 언제 그 일로 너를 몰아댄 적이 있어? 말리는 것 비슷한 말을 했어도, 그건 동생인 네가 당하게 될지 모를 고통을 걱정해서였지, 네가 틀려서는 아니었다구. 오히려 속으로 나는 하루빨리 네가 말한 그 민중의 날이 오기를 기다렸어. 야간 여상을 나와 책상에서 펜대를 굴리고는 있어도 반은 공순이나 다름없는 내 신세를 면하는 길은 그밖에 없어서였는지도 몰라. 어떤 때는 나도 어떻게 선을 달아 너와 함께 뛰고 싶을 정도였으니까. 우리 공장이 원체 인척 위주로 되어 있고, 규모가 작아 거기까지 그 운동이 번져오지 않아서 그렇지, 만약 그게 있었다면 나는 틀림없이 발 벗고 나섰을 거야. 그런데 세상은 갈수록 네가 말한 것과 다르게 변해갔어. 사람들은 점점 너희들에게서 등을 돌리는 것 같았고, 네가 말한 과학으로 세운 나라들은 하나하나 그 헐벗은 실상을 내보이면서 무너져가더라구. 내가 교회에 나가기 시작한 것은 바로 거기서 비롯된 허전함을 달래기 위해서였어."

그녀가 잠시 말을 끊고 갑자기 심각해진 동생의 눈치를 살피다가 다시 이었다.

"하지만 그냥 교회는 아무래도 그 허전함을 메워줄 수 없었어. 막연한 구원과 기약 없는 재림으로는 도무지 성에 차지 않더라구. 그러다가…… 우리 회사 여공의 소개로 다미선교회를 알게 되었지. 그 말 한마디 책 한 구절이 정말 신통하리만큼 귀에 쏙 들어오데, 네 과학보다 열 배는 뚜렷하게……."

그때 이미 종태는 무언가 자신만의 생각에 깊이 빠져들어 있었다. 그걸 본 그녀가 하던 얘기를 멈추고 걱정스러운 듯 그런 동생을 살폈다.

이윽고 생각을 정리한 종태가 문득 탐색의 눈길이 되어 누나에게 물었다.

"그런데, 누나. 누나는 혹시 그걸 믿은 게 아니라 믿고 싶었던 거 아냐? 다시 말해 세상이 어제쯤으로 끝나주기를 바란 게 아니냐구?"

"그게 무슨 소리야?"

"어제 텔레비전에서 들은 해설이 생각나서 그래. 이 시대에, 이 사회에 적응 못 한 사람들이 많이 그리로 모였다던데. 예를 들면 입시에 절망한 학생들이라든가, 신체적 불구로 불이익을 입고 있는 사람이라든가 말이야. 그런데 누나는 그게 뭐였어? 세상의 빠른 종말을 바랄 만큼 비관스러운 게 뭐였느냐구?"

"그런 거 없어."

강만석 씨네 큰딸이 갑자기 아픈 데를 건드린 사람처럼 몸을 웅크리며 단호하게 부인했다. 종태가 그런 그녀를 놓아주지 않고 늘어붙었다.

"아냐. 있을 거야. 누나는 아까 야간 여상 어쩌고 했지만 세상엔 그보다 못한 조건을 가진 사람도 많아. 전망 없는 직장을 말했지만 그것두 마찬가지구. 그런 것들만으로는 세상이 빨리 끝장나 주기를 바랄 만큼 그렇게 격해지지는 않을 거야. 말해봐. 뭐야? 뭐가 그렇게 누나를 절망시킨 거야?"

"얘가 왜 이래? 그런 거 없다잖아?"

"누나. 우린 남매야. 말해줘. 종구에게도 뭔가 들은 게 있는데…… 혹시 그쪽 아냐?"

"아니, 얘가…… 어디서 무슨 되잖은 소릴 주워듣고선……."

강만석 씨네 큰딸이 두 볼까지 상기되어 갑자기 목소리를 높였다. 종태가 조금도 물러서지 않고 집요하게 따라붙었다.

"그 사람 누구야? 무슨 일이 있었어?"

"너 종구 녀석 되잖은 소리만 듣구 그러는가 본데 자꾸 그 소리 하면 나 정말 화낸다."

"그럼 내가 말해볼까."

종태가 착 가라앉은 목소리로 그래놓고 잠시 뜸을 들이다가 말을 이었다.

"직장 상사인 남자와 사랑하게 되었다. 그러나 그는 처자가 있는 사람이고 그 사랑은 이루어질 수 없는 사람. 유일한 해결은 세상이 끝나는 것뿐."

"그만 그만!"

그녀가 급히 두 손으로 귀를 막는 시늉을 하며 소리를 쳤다.

"그이 얘길 그렇게 천박하게 하지 말아!"

"그렇지. 남이 하면 스캔들이고 자신이 한 건 로맨스니까."

종태는 그래도 집요한 추궁을 늦춰주지 않았다. 마침내 큰딸은 눈물을 쏟았다.

"어쩜 너는 애가 어찌 그리 무정하니? 어쩜……."

그러다가 어느 순간 마음을 정했는지 동생에게 털어놓기 시작했다.

"나도 이제서야 알았지만 실은 내가 휴거를 믿은 게 아니라 믿고 싶어 했는지도 몰라. 네 말마따나 세상이 어제로 끝나기를 바랐는지도. 하지만 그게 꼭 그분 탓만은 아냐. 아니, 그분과 나 사이의 일 전체가 그분 탓은 하나도 없어. 내가 다 얘기할 테니 지레짐작으로 그분을 나쁘게 보아서는 절대 안 돼……."

그쯤에서 그녀는 다시 한번 망설임으로 말을 끊었는데, 말하자면 그것은 서론인 셈이었다.

잠시 숨을 가다듬은 그녀의 얘기는 대강 이랬다.

"혼기에 접어들면서 내가 자신의 신분을 비관한 건 사실이야. 또 그분이 가진 모든 것을 부러워한 것도 사실이구……. 그분은 누가 보아도 미남에 좋은 대학을 나오고 우리 회사로는 가장 노른자위인 직위에 있는 데다, 사장의 장조카이기도 하지. 만약 그분과 결합될 수만 있다면 나의 신분은 틀림없이 한 단계 상승하게 될 거야. 하지만 내가 그분을 좋아한 건 단순히 그 때문만은 아니야. 이건 믿어줘. 그리구 종구 녀석이 생각하는 것처럼 우리 관계가 칙칙하지도 않아. 역시 믿어두 좋아. 그분에게 안기는 꿈을 꾼 적은 있어도 실제로 안긴 적은 없어. 그분도 그리 무분별한 분은 아니구. 다만 성경의 관점에서 본다면 죄가 될 수도 있겠지. 그러나 마지막 순간에는 언제나 멈춰서야 했어. 거기서 이 세상이 이만 끝났으면 하는 생각이 은연중에 내게 들었는지도 모르지만, 적어도 너희들이 상상하는 이유는 아냐. 내가 이 세상이 끝나주길 바랐다면, 그 이유는 적어도 그보다는 훨씬 종합적이고 본질적인 데 있을 거야. 그러니 제발 그 얘기는 그만해."

그러면서 끝내 훌쩍이기까지 했다. 내가 보기에도 그녀의 불행한 사랑과 그 터무니없는 믿음이 전혀 무관한 거 같지는 않았다. 얘기를 다 듣고 난 종태가 비로소 남매의 정이 깃들인 목소리로 돌아가 누나를 위로했다.

"그래. 난 누나를 믿어. 하지만 누나, 이젠 그런 부질없는 희망에 매달리지 말아. 정히 세상이 절망적이라면 우리는 정직하게 그 절망을 응시하며 살자구. 아무리 달콤해도 미신은 미신일 뿐이야."

종태는 그렇게 말해놓고 한층 간곡한 목소리로 권했다.

"그리구 회사는 이쯤서 그만두는 게 어때? 이미 그렇게 생각했다면 그 사람이 있는 회사로 돌아가지 않는 게 더 현명할 것 같은데. 일자리를 찾으면 또 나오겠지 뭐. 좀 일이 험하고 보수가 낮아도 그 회사로 돌아가는 것보다는 그게 훨씬 나을 거야……."

하지만 그녀는 남동생의 그 같은 권유에 대해서는 완강했다.

"그건 아냐. 아무리 여자이지만 그건 비겁한 것 같애. 돌아가서 그분 곁에 있으면서 내 감정을 정리할 거야. 새로 일자리 얻는 것두 쉽지 않고……."

그리고 기어이 자리를 털고 일어났다. 종태가 몇 번 더 말려보았으나 소용이 없었다.

누나가 나간 뒤 다시 골방으로 돌아온 종태는 나를 빼 들고 노트를 펼쳤다. 누나 때문에 자극받은 의식을 노트에 옮겨보려는 생각인 듯했으나, 그게 잘 되지가 않는 눈치였다.

'밖으로 떠돌 때 단편적인 현상으로만 받아들였던 이런저런 일들이 문득 한 끝에 이어진 변화의 다른 모습들인 것 같다는 생각이 든다. 80년대의 치열했던 의식의 빈자리를 메워가고 있는 또 다른 종류의 의식으로……'

그렇게 첫 줄은 시작되었으나 영 생각이 정리되지 않는지 다시 자기만의 생각에만 잠겨 한나절을 보냈다. 오후에 한 시간쯤의 낮잠, 그리고 다시 얼마간의 책 읽기로 짧은 늦가을의 해는 기울기 시작했다.

이윽고 그 무렵 들어 귀가가 좀 늦어진 강만석 씨가 돌아오고, 형의 말만은 무섭게 지키는 종구도 방과 후에는 바로 집으로 돌아왔다. 그 바람에 저녁은 전에 없이 식구들이 다 모여 상을 받았다. 종태가 돌아와 그런지 내가 보기에도 집 안이 그득하게 느껴진다.

그런데 종태의 의식을 또 달리 자극한 사건이 그날 저녁에 있었다.

강만석 씨네 식구들이 큰딸만 빼고 모두 둘러앉아 저녁을 먹은 뒤 그대로 안방에서 텔레비전을 보고 있는데 뉴스에서 어떤 대학 교수를 구속했다는 보도가 나온 게 그 발단이었다.

"형 저거 저래도 되는 거야?"

뉴스를 보던 종구가 불쑥 그렇게 종태에게 물었다. 종태는 다른 생각으로 보도를 흘려듣고 있었는지 멍한 얼굴로 아우에게 되물었다.

"뭘?"

"소설 좀 이상하게 썼다구 소설가를 막 구속해도 되는 거냐구?"

"소설가를 구속해? 아, 아까 그 사람. 그런데 그 사람이 언제 소설가가 됐지? 내가 알기로는 몇 년 전에 '야한 여자' 어쩌고 하는 잡문으로 떠들썩했던 사람 같은데……."

"아냐. 그 사람 소설 몇 편 더 있는 모양이던데. 「권태」라든가 뭐하고……. 소설 쓰면 소설가지 뭐, 무슨 소설가 면허증 같은 거라두 있는 거야?"

"면허증은 아니지만 등단 절차라는 게 있는 법이지. 예컨대 신문의 신춘문예에 당선되었다든가 권위 있는 문예지의 추천을 거쳤다든가."

"그런 거 안 거쳐도 좋은 글만 쓰면 되지 뭐. 서양에선 그런 제도가 없는 모양이던데."

"그건 그래. 하지만 이상하게도 우리나라에서는 글로 말썽을 일으키는 사람들 보면 대개 정한 등단 과정을 거치지 않은 쪽이어서 그래."

"그거야 어쨌건. 저렇게 사람을 잡아넣어도 되는가 이 말이야."

"그야…… 뭐 좀 이상하지. 그런데 너 그 소설 봤어?"

"응. 대강. 우리 교실 뒤쪽에서는 한 바퀴 돌았어."

"뒤쪽이라면 대학은 포기한 녀석들 얘기겠지. 그래, 어떻든?"

"솔직히 말하면 좀 그랬어. 다른 애들도 더러 그런 소릴 하구."

"그렇다면 문제가 있긴 있는 모양이네."

종태는 책을 보지 않고는 말하기 어렵다는 듯 그렇게 어정쩡하게 대답했다.

그러나 종구가 묻고 있는 것은 그와는 다른 방향의 의문이었다.

"내가 궁금한 건 그 책 내용에 관한 게 아냐. 예술가를 표현의 문제로 잡아 가둘 수 있느냐구."

"사회에 해악을 끼치는 일이라면 누구든 잡아 가둬야지. 특히 글을 가지고 장난질을 치는 건 사문난적(斯文亂賊)이라구 해서 동양에서는 예부터 엄하게 다루는 경향이 있지."

드디어 종태가 한때의 법과생다운 대답을 했다. 그러자 종구가 고개를 갸웃거렸다.

"그래두, 형. 형평이라는 게 있잖아? 다른 분야와의 형평."

"그건 또 무슨 소리야?"

"형은 잘 모르겠지만 우리가 보기엔 아주 이상해. 솔직히 말해 그 소설 딴것에 비하면 아무것도 아냐. 그 열 배 스무 배 지독한 비디오두 돈만 내면 얼마든지 볼 수 있는 데가 많아. 압구정동만 해도 한 시간만 돌아다니면 그딴 소설 열 번 읽은 것보다 더 마음이 이상해지는 일들 투성이라구. 한마디로 몸에 꽉 붙는 내복 같은 바지 안으로 드러난 여자애들의 팬티선(線)만 해두 우리에게는 너저분한 활자보다 훨씬 자극적일걸."

그제서야 종태도 아우가 2년 전의 코흘리개가 아니라는 걸 섬뜩하게 느낀 모양이었다.

가만히 아우를 살피다가 정색을 하고 물었다.

"그런데, 네가 왜 그렇게 이 일에 열을 올리냐? 이번 일이 너희들이 말하는 '뭔가 띄우는' 것과 무슨 상관이라도 있어?"

"상관이 있어도 많이 있지. 이건 우리 생각인데 말이야, 그리구 잘된 건지 못 된 건지 모르지만 지금 세상에 섹스어필은 공공연한 상품이 되어 있다구. 그런데 그건 어떤 형태로든 그 방면에 대한 자극의 효과를 내게 되어 있어. 우리가 띄우려고 하는 것에도 그건 중요한 아이템이지. 음성이나 악기 율동 따위보다 더 고심해 개발해야 하는 게 그쪽이라구. 모르긴 하지만 지금 매스컴 타고 노는 애들도 마찬가질걸. 의상에서 춤동작, 입모습 하나까지 그런 쪽의 효과를 외면하고 연출되는 법은 없을 거야. 문학도 마찬가지 같애. 그전에도 그런 시도가 없었던 건 아니지만 요즘 들어서는 부쩍 잦고 노골적이야. 정도의 차이지, 지금 말씽된 그 소설과 비슷한 시도로 쓰여진 소설들을 골라내면 상당할걸. 내가 읽은 것만 해도 대여섯 권은 넘으니까. 그것도 자기들끼리는 꽤 중요하게 치는 작가들에 의해 쓰여진 것만으로."

내가 듣기에도 놀라운 일이었다. 나는 종구를 그저 한 문제학생으로만 보아왔는데 그게 아니었다. 나는 또 압구정동 문화니 오렌지 족이니 하는 말에 대해서도 그게 매스컴의 센세이셔널리즘 지향이 만들어낸 내용 없는 신조어로만 여겼다. 그런데 그 또한 종구의 말을 들어 보니 아닌 듯했다. 정리되어 있지 못하고 여러 갈래의 상이한 요소들이 뒤얽혀 있긴 하지만 그것도 새로운 종류의 의식 같았다.

종태도 그걸 느낀 듯 아연한 눈길로 아우를 쳐다보기만 했다. 보지 못한 사이에 아득한 나라로 갔다가 돌아온 사람이 전하는 신기한 경험을 듣고 있는 듯한 눈길이었다.

"모르긴 하지만 어른들의 세계에서 직접 이루어지는 그 방면의 거래는 더 지독한 모양이야. 압구정동에는 어린 나이에도 그걸 몸으로 경험한 애들이 더러 오거든. 소위 영계라는 이름으로 어른들의 룸살롱에서 일해본 적이 있는 애들 말이야. 한국영화의 그 장사는 이미 오래된 얘기고. 그런데 엉뚱하게 검찰은 그 모든 것들 중에서 지금으로 봐서는 가장 전파력이 떨어져 보이고 파괴력이 작은 문학에 먼저 손을 댔단 말이야."

"내가 검찰을 옹호할 까닭은 없지만 꼭 그런 것 같지도 않은데. 심야영업 금지다 퇴폐추방이다 해서 유흥가 쪽에 손을 댄 지는 벌써 오래됐고…. 영화관도 그 일로 몇 번인가 시끌시끌한 걸 봤고……. 비디오 가게도 서릴 맞은 적이 있다고 들었는데. 다른 분야야 앞으로 손을 보면 되는 거고. 내가 보기에 네가 말한 형평이란 소리는 영 아닌데……."

종태가 반드시 검찰을 위해서라기보다는 아우의 속을 더 깊이 들여다보기 위함에서인 듯 그렇게 띄엄띄엄 반론을 펼쳐나갔다.

"그런데 말야. 난 그 때문에 더욱 이번 일을 이해하기 힘들어. 형이 말한 대로 여기저기 손댄 건 사실이야. 그렇지만 그게 거둔 효과는 기껏 정도를 덜 하게 한 것뿐이라구. 그것도 일시적으로. 그건 뭘 말하는지 알아? 이미 그 방면의 상품은 기회만 있으면 언제든 만들어 팔고 싶은 유혹이 일 만큼 대중화되고 이익도 많은 품목이 되었다는 뜻이야. 사고 싶은 사람도 많고……. 그럼 어떻게 돼? 만들어 팔려고 틈만 엿보는 사람들도 많고 물건만 있으면 사겠다는 사람도 많은데 그 장사를 법이 막으려 든다고 되겠어? 도대체 무슨 힘으로 막아? 우리끼리 말루 웬 법이냐구."

"너 무슨 소리를 하고 싶은 거냐?"

드디어 아우가 하려는 얘기를 대강 짐작하겠다는 듯 종태가 조용히 물었다.

종구는 이미 그쪽으로 누군가와 얘기한 적이 있었던지 마치 준비하고 있던 사람처럼 술술 말했다.

"우리 정치경제 선생님이 그러는데 금지가 불가능한 걸 금지하는 건 법이 아니래. 대표적으로 미국의 금주법(禁酒法) 같은 거 말야. 그런데 이제 외설 문제는 그 금주법 같은 게 되었다구 봐. 근본적으로 단속하기에는 불가능해 보여. 오히려 단속이 광고효과만 높여줄걸. 이제 두고 봐. 이번에 걸린 그 책 불티나게 됐어. 그뿐인 줄 알아? 그 책을 쓴 사람도 영웅 만들어줄 거야. 다음에는 아무 책을 써도 베스트셀러가 될 거라구."

"법의 효과는 범죄의 근절에만 있지는 않아. 때로는 예방이나 억제의 효과가 더 강조될 수도 있다구. 근절할 수 없다고 해서 방치하는 것은 법의 자살행위나 같아. 현실적으로 단속할 수 없어 네 말마따나 베스트셀러가 되었다고 치자. 그러나 그런 책을 만드는 사람도 읽는 사람도 숨어서 해야 돼. 죄지은 사람의 심경으로. 그것만으로도 법의 효과가 있는 거야."

"그런데 그게 그렇지 않으니까 문제지. 쓰는 사람도 죄의식이 없고 읽는 사람도 죄의식이 없는데 어떡해?"

그 같은 종구의 말에 종태가 다시 관찰의 눈길이 되어 물었다.

"그럼 너희들 그거 숨어서 읽지 않니? 표지를 싸 제목을 감추고."

"아니. 조금 있으면 오히려 그 책을 읽은 게 자랑이 될걸. 우리끼리만이 아니라 어른들도 어쩌다 구한 「펜트하우스」나 「플레이보이」를 서로 간 자랑하는 모양이던데. 선진문화의 한 측면으로다 말이야. 음란 비디오도 그렇구."

"정말 세상 많이 달라졌다. 그게 너희 오렌지족의 사고란 거냐?"

"형도 그 말 어디서 들은 모양이네. 하지만 이건 오렌지족의 사고가 아니고 우리 사회 일반의 생각일 거야."

"그럴 리는 없어. 그건 네가 속한 오렌진지 낑깡인지 하는 그 괴상한 족속들의 엉터리 추측일 뿐이야."

그동안 은근히 감탄한 눈으로 아우를 보던 종태가 거기서 다시 자신을 되찾아 그렇게 잘라 말했다. 종구가 조금도 수그러드는 기색 없이 받았다.

"형은 자꾸 오렌지족, 오렌지족 하며 걔들을 무슨 몹쓸 족속처럼 말하는데 정확히 오렌지가 뭘 뜻하는 줄이나 알아?"

"아나 마나지 뭐. 되잖은 양키문화, 왜색문화에 얼이 빠져 압구정동을 싸돌아다니는 한심한 것들을 가리키는 말 아냐?"

"저렇다니까. 형두 노땅 다 됐어. 잘 들어. 그리구 어디 가서 젊은 애들에게 실수하지 말아. 오렌지는 말이야 겉으로 보면 하나지. 그런데 그걸 쪼개보면 안에서는 여러 쪽이 나온다구. 그뿐이야? 그 한쪽을 다시 자세히 보면 그 한쪽은 수많은 알맹이들로 이루어져 있어. 쌕쌕이 마셔보면 씹히는 그 알맹이들 말이야. 다시 말해 얼른 보면 비슷하지만 그 안에는 수많은 개성과 꿈이 어우러져 있는 세대라구. 오히려 자부심을 느끼며 들을 수 있는 세대명칭이야."

종태는 거기서 다시 관찰의 눈길이 되었다.

"그럼 꿈 같은 기회를 얻어 딴따라로 날리는 것 외에 다른 꿈을 꾸는 것들도 있어?"

"있지 패션디자이너, 영화제작, 광고기획에 소프트웨어 쪽이며 심지어는 벤처기업까지 일으켜볼 생각을 하는 애들도 있다구."

"잘도 되겠다. 학교 수업도 땡땡이치고 싸돌아다니는 건달에 가망없는 재수생들이 모여. 그 빈 머리루다……."

"그것두 노땅들의 오해야. 거기에 온다구 해서 형의 생각처럼 모두가 농땡이에 재수생은 아니라구. 태반은 대학생이야. 그리고 대학생이 아니라도 접때 말했지만 거기서 세월만 죽이는 건 아니구……. 한마디로 걔들은 거기서 앞으로 자기들이 살게 될 세상의 감을 익히는 거야."

"그게 우리의 미래란 말이지. 껍데기가 동경이나 뉴욕의 뒷골목과 비슷하다구 해서? 같잖은 것들."

종태가 거기서 다시 숨김없는 적의를 드러내다가 이내 관찰의 눈길로 돌아가 아우에게 물었다.

"그건 어쨌건 하나 확인하자. 네가 말하는 것들을 의식의 한 형태로 봐도 되기는 되는 거냐? 사회 일반은 아니라도 좋다. 압구정동을 헤매는 것들에게 다 공통될 필요도 없어. 한 줌이 되어도 좋으니 그게 네 생각만은 아니라고 할 수 있냐? 너 말고 또 그런 생각으로 거기를 헤매는 것들이 정말 더 있느냐구."

종태에게는 어떤 종합을 위해 사실의 확인이 필요한 듯했다. 종구가 조금도 망설임 없이 확인해주었다.

"형이 놀랄 만큼은 충분히."

그러자 종태는 다시 자기만의 생각으로 돌아가 입을 다물었다. 그새 뉴스는 끝나고 텔레비전 화면은 민방(民放)의 출현으로 통속하향 경쟁을 벌이고 있는 멜로드라마로 바뀌어 있었다.

지난 이 년 동안 그가 가 있었던 곳이 어디였는지는 알 수 없지만 집으로 돌아온 종태는 적잖은 문화적인 충격을 느끼고 있는 듯했다. 그는 전선에서 여러 해 만에 귀환한 병사처럼 변화된 환경을 주의 깊게 살폈고 조금이라도 낯선 게 있으면 호기심으로 식구들에게 확인을 했다. 종구의 압구정동 문화, 외설 시비에 대한 해설이 그랬고, 어머니의 사회운동관이며 누나의 종말론이 그랬다.

그러나 한편으로 그 특유의 종합력과 추리력은 변질된 기층민의 의식과 압구정동 문화, 그리고 종말론과 외설 시비에서 어떤 공통분모를 추적하고 있음에 틀림없었다. 그게 아우와의 대화에서 그동안 실패가 없는 형으로서 쌓아 올린 권위를 고집하는 대신 그토록 자주 관찰의 눈길을 번득이게 한 것이다.

그런데 그의 종합에 마지막 항목이 며칠 안 돼 다시 그의 주의를 끌었다. 어느 날 강만석 씨가 전에 없이 늦게 돌아와서 혼자만 받게 된 밥상머리였다. 강만석 씨가 술기운 있는 얼굴로 수저를 들며 혼잣말처럼 말했다.

"재벌당, 재벌당 하더니 돈이 많긴 많은 모양이야. 그참."

"왜 뭔 일 있었어요?"

무주댁이 바싹 상머리로 다가앉으며 물었다. 무언가 할 얘기가 있었는데 고맙게도 남편이 먼저 꺼내주었다는 표정이었다.

"임자두 최 씨 알지? 아, 그 사람이 그쪽 당원이 된 모양이야. 뭘 얼마나 퍼부었기에……."

"최 씨라니, 어디 최 씨가 한둘이에요?"

무주댁이 얼른 알아듣지 못하고 그렇게 물었다.

"거 왜 있잖아? 전에 나하고 한 구미가 되어 일하던 최 씨 말이야. 술 좋아하고 고향이 목포 쪽이고……."

"아, 그 냥반. 지난번 선거 때 보라매공원에서 만났던 영감 말이죠? 후보선생님 유세장마다 소주 됫병 사 들고 쫓아다니느라 직장에 안 나와 모가지 간당간당했다던……."

"맞아. 우리 선생님 연설만 듣고 있어도 살맛이 절로 난다던 그 친구가 저쪽 당원으로 넘어갔다구. 내게 술까지 사며 입당을 권하는데 영 맛이 갔더라구."

하지만 무주댁은 생각이 꼭 강만석 씨와 같지는 않은 듯했다. 눈을 반짝하며 남편에게 물었다.

"그래, 그 당에 입당하면 얼마나 주겠대요?"

"요새 법이 얼마나 무서운데 입당할지 안 할지 모르는 사람한테 돈부터 내밀겠어? 그저 자길 믿고 들어와 보라는 거야. 당원에도 ABC 등급이 있는 모양인데, A급만 되면 살 길이 나는 것처럼 거품을 품더라구. 뭔가 얻어걸려도 단단히 얻어걸린 눈치야."

"그럼 당신두 한번 들어가 보지 그래요."

"당신 시방 제정신으로 하는 소리여? 아니, 우리가 누군데 그런 소릴 함부루다 지껄이는 거여. 말이 씨 되는 법이라고……."

강만석 씨가 숟가락으로 상머리까지 쳐가며 아내를 나무랐다. 그 서슬에 기가 죽은 무주댁이 말투를 얼른 해명 조로 바꾸었다.

"누가 표까지 팔랬어요? 주는 대로 받아먹고 표는 바로 찍으면 되는 거지. 아, 당원이라고 누가 투표장 안까지 따라 들어와 확인한대요?"

"그렇지만 사람이 어떻게 그런 짓을 해? 당원 되어 받을 거 다 받아먹고 표는 따로 찍으라구? 난 그런 짓 못 해. 그리고 설령 그랬다 쳐도 고향사람들은 어떻게 볼 거여? 누가 그 말을 믿어줄 거여? 그렇다고 내 속이 버선목이라 앞앞이 다 뒤집어 보일 수도 없고……."

"들으라구 있는 귄데 사람 말을 그렇게 못 믿어요. 모로 가도 서울만 가면 된다고 후보선생 당선만 되면 되지. 나는 주면 주는 대로 받고 끌면 끄는 대루 따라가 보겠네. 돈이 있으면 얼마나 있는지 구경이라두 하게."

그러한 무주댁의 말에는 뭔가 야릇한 여운이 있었다. 강만석 씨도 그걸 느낀 것 같았다. 시답잖게 하던 숟갈질을 그만두고 아내의 얼굴을 살피며 물었다.

"임자 말이 언중유골인데. 혹시 벌써 뭘 받거나 거기 입당한 거 아냐?"

"내가 받긴 뭘 받아요. 나 같은 거한테 입당은 무슨 입당이구……."

그러나 삼십 년을 함께 살아오면서 익힌 감각인지 강만석 씨는 얼른 의심을 풀지 않았다. 무주댁도 생각보다 오래 버티지 못했다. 남편이 갑자기 입을 다물고 자신을 살피자 곧 슬그머니 속을 내비쳤다. 실은 전에 없이 상머리에 가깝게 다가앉은 것도 그 일을 의논하기 위해서였던 듯했다.

"하긴 낮에 저 아래 옛날 통장이 그 비슷한 일루 다녀가긴 했지만서두."

"옛날 통장? 그 영감이 왜?"

"뭐라더라, 산업시찰인가를 가겠느냐구요. 울산으루……."

"뭐? 임자한테 산업시찰을? 어디서?"

"지금까지 얘기해 놓구두 물어요? 뻔하지."

"그럼 그 영감두 당원이래?"

"그저 당원이 아니라 그 동네 총 책임자쯤 되는 모양이더라구요. 벌써 저 아랫동네에서는 여러 차 다녀왔대요."

"그 산업시찰이라는 거 어떻게 하는 건데?"

"울산 현대자동차 시찰하고 오다가 경주 들러 하루 묵고 온다나……."

"당신이 자동차공장 구경해서 뭘 해? 당신 앞으로 자동차사업 벌일 일 있어? 그걸 구경하자구 그 먼 길을 가 밖에서 잠까지 자구 와? 당신 그렇게 한가한 사람이야?"

"그게 아닌가 봐요. 자동차공장 구경은 쬐끔이고, 재미는 딴 데 있는 모양이더라구요."

"건 또 뭔 소리여?"

"우선 묵는 호텔이 우리 같은 건 평생 가야 누워보기 어려운 관광호텔이구요. 경주 관광도 공떨어지고오……."

"까짓 당일치기관광이 가봤자지."

"삼시세끼 먹는 게 호화판 도시락이 아니면, 관광호텔 부페래요. 오는 길 가는 길 맥주야 소주야 흔전만전이고……."

"아, 당신 그렇게 먹을 게 없어?"

"그뿐도 아니래요. 기념품이란 게 또 짭짤한데, 듣기로는 좋은 손목시곌 받은 사람들도 있대요."

무주댁이 거기까지 말하자, 강만석 씨가 갑자기 험악한 얼굴이 되어 무주댁을 노려보았다.

"그럼 그거 완전히 탈법선거 아냐? 멕이고, 구경시키고, 주고……. 아, 그런 짓거리 하고 언제까지 성할 것 같애? 괜히 그때 얼굴 붉힐 짓 말고. 당신은 국으로 가만있어!"

그러나 무주댁은 천만의 말씀! 이란 표정이었다.

"중립내각까지 들어서 눈 시퍼렇게 뜨고 있는데, 그런 일 하는 사람들이 그만한 준비 없겠어요? 첫째로는요, 집에서 떠날 때부터 집으로 돌아올 때까지 국민당의 '국' 자도 정 후보의 '정' 자도 말하지 않는대요. 어디까지나 국민당과 관계없는 현대란 기업이 기업홍보 차원에서 산업시찰을 주선한 것뿐이라구요. 정 후보가 들먹여져도 그건 어디까지나 그 기업의 창업자로서 잘한 일뿐이라구요. 나서서 일하는 사람들도 다 현대 직원뿐이고……."

"그게 바로 눈 가리고 아웅이지. 현대가 언제부터 그런 기업선전 했어?"

"현장에서 당원증을 나눠주기도 한대요. 그럼 당원 단합대회이지 뭐!"

"잘한다, 그게 참신한 거야? 늦게 시작한 사람들이 못된 짓은 더 빨리 배웠어. 고런 얄팍한 수로 누가 넘어갈 것 같아? 두고 봐. 걸려들어도 왕창 걸려들어 갈걸."

"얘기 투로는 그런 거 겁내는 것 같지 않던데요."

"그건 왜 그래? 이젠 그 당이 여당이래? 정부하고 짜고 그런대?"

"그게 아니라 오히려 건드려주기를 기다리는 눈치던데요. 정부가 건드리기만 하면 야당 탄압이라구 물고 늘어질 셈인가 봐요. 몇이 묶여 들어가도 동정표가 있잖겠어요? 우리나라 사람처럼 정 많은 사람들도 없으니까. 선거 때마다 나오는 옥중당선 한번 생각해보세요."

"어림없는 수작. 어디서 이승만 때 수작을……."

"그럼 됐잖아요? 우린 그 덕에 경주 관광이나 하고, 호텔 부페 한번 먹어보는 거지. 나 가도 되겠죠?"

"그건 안 돼! 이 집구석에 안 들어오려면 그런 데 따라가."

그때 골방문이 열리며 종태가 나왔다. 아마도 아버지와 어머니의 애기를 엿듣다가 그냥 있을 수 없어 거들려고 나온 모양이었다.

"음마, 저 냥반 좀 봐, 공연히 핏대를 올려가며. 막말루 내가 정말루 거기 당원되고 표 찍는데두 어때서. 돈 많은 양반이 하면 뭐가 나아도 낫겠지."

강만석 씨가 너무 단호하게 나오자 무주댁이 그렇게 어깃장을 놓았다.

"돈 많으면 지가 많았지 우리한테 거저 준대? 그리고 많아봤자 얼마 된다고 3천억 아니라 3조를 현금으로 가졌고 그걸 모두 나눠준대두 한 사람한테 십만 원이 안 돌아와."

"그래두 그 냥반 하는 말 들으니 속이 다 시원하더라. 5년 안에 선진국 만들겠다잖아요? 아파트도 고깃배도 반값이고 국민소득은 4배로 늘고…… 그뿐이에요? 강원도 가는 길 불편하지 원주부터 강릉까지 굴 뚫는다잖아요? 그거 뚫으면 세계에서 제일 긴 굴 될걸. 이백 리도 넘는. 2년 안에 남북한 마음대로 들락거릴 수 있고요……."

"저 여자 저거 넘어가도 한참 넘어갔네. 아주 국민당 공약을 꿰고 있군, 꿰고 있어. 그 사람보구 대통령후보라 그러지 말고 요술쟁이라 그러지 왜. 아니면 큼직한 공갈방망이 든 왕도깨비라 그러던지."

강만석 씨가 점점 더 격해져서 아내를 몰아댔다. 그냥 두면 쌍욕이라도 나올 것 같았다. 나는 그 같은 강만석 씨의 격렬한 반감이 얼른 이해되지가 않았다.

어떤 후보가 좋을 수도 있고 싫을 수도 있는 법이지만 그는 아무래도 유별난 데가 있었다. 종태에게도 그게 의아스러운 듯했다. 한동안은 부모의 대화에 끼어들지 않고 있다가 그 무렵 해서 가만히 끼어들었다.

"헌데 아버지께서는 왜 그 사람이 싫죠? 어려운 사람들에게야 잘살게 해준다는 것보다 더 반가운 소리도 없을 텐데."

"너는 대학까지 다닌 녀석이 될 일 안 될 일도 구별 못 하냐? 대통령선거가 어디 거짓말 시합이냐? 나야 오갈 데 없는 우리 후보선생님 표지만 그쪽이래두 우선 당선해놓고 보자는 식의 공약은 싫더라."

"공약대로 될지 안 될지를 지금 어떻게 알아요? 불가능해 보여도 되는 일이 어디 한둘입니까?"

"이래서 단임제가 안 된다니까. 그저 아무 소리나 표가 될 만 하면 뒷생각 않고 마구 주워섬기고……."

"그게 아닌 것 같은데요. 아버지 솔직히 그 후보가 왜 그리 밉죠? 아버지가 찍으려는 그분한테는 그 냥반이 그렇게 천둥벌거숭이로 뛰어 여당표를 흩어놓는 게 많이 도움이 될 텐데."

"그런 소리 마라. 누군들 처음엔 그렇게 생각 않았겠냐? 그런데 갈수록 하는 짓이."

"그 냥반이 뭘 어쨌게요?"

종태의 눈에 다시 관찰의 눈빛이 빛났다. 그런 아버지에게서 뭔가를 확인해보려는 것 같았다.

"아, 자기는 이 땅에 공산당을 허용해야 한다고 외국까지 가서 떠벌려놓고 간첩단 사건 터지니 뭐야? 관련 정치인들 수사 철저히 하고 진상을 밝히라고? 그거 우리 후보선생님 겨냥한 소리 아니고 뭐냐? 아 보좌관이 여럿 있다 보면 이런 수도 있고 저런 수도 있지. 우리 선생님이 그놈 시켜 국방부 문서 빼내라고 했냐? 그거 빼내 북한에 갖다 바치라구 시키기라두 했어? 나쁜 새끼들……. 그뿐이야? 늬 알다시피 없이 사는 사람들 언제나 우리 후보선생님 편 아니었냐? 그런데 이 영감태기 하는 짓 봐라. 배고픈 놈 사탕 줘 달래듯 없는 사람들 푼돈으로 홀려…… 이젠 늬 엄니까지 넘어갈 판이다. 요샌 그 영감쟁이 나와 설치는 것도 공작 아닌가 싶다니까."

"음마, 저 냥반 말하는 것 좀 봐. 내가 넘어가길 어디로 넘어갔다구, 그래. 아 공짜로 시켜주겠다는 호화판 관광 한번 따라가 보겠다는데 그게 국민당에 넘어간 거야?"

"임자, 그런 소리 말어. 최 씨 한번 보라구. 그런 사람이 해까닥 넘어가는 판이야. 아닌 말루 소금 먹은 놈이 물 켠다구, 관광이다 술이다 밥이다 실컷 얻어먹고 그냥 돌아선다는 게 쉬울 것 같애? 그 닳고 닳은 장사꾼들이 그렇게 어수룩한 일을 꾸미겠어?"

강만석 씨가 그렇게 핀잔을 놓았다. 그런데 거기에는 어딘가 딴 이유로 심사가 뒤틀려 있는 듯한 느낌이 섞여 있었다. 그걸 알아차렸는지 종태가 조용히 어머니에게 물었다.

"어머니 꼭 거길 가고 싶으세요?"

"꼭 가고 싶다기보다는……. 남들 다 가는데 못 갈 게 뭐냐?"

"혹시 다른 건 바라지 않으세요?"

"아, 주면 받지. 돈, 돈 하는데 얼마나 쓰는지 증말루 보고 싶다."

"그러다 한 보따리 안기며 당원 되라면요."

"못 할 것도 없지. 솔직히 말해 정치라는 게 뭐냐? 우리 잘살게 해주는 거 아니겠어? 또 잘사는 건 돈 많은 거구. 그렇다면 돈 많이 주는 놈이 장땡이지. 꼭 누굴 찍어야 한다는 법이 어딨어?"

"저 여펜네 말하는 거 좀 봐. 아 돈 몇 푼 준다고 고향을 팔아?"

"고향을 팔긴 누가 고향을 팔아요? 자기 고향사람 안 찍어주면 고향 파는 건가. 그런 소리 말아요. 그러니까 사람들이 지역감정, 지역감정하고 떠들어대지. 제 좋다고 생각하는 후보에게 표 찍는데 고향을 팔기는 무슨 놈의 고향을 팔아?"

"벌써 작정을 하고 나섰구먼."

"당신도 좀 솔직하세요. 당신 심사 틀어진 거 정말로 그 사람들이 돈 선거하는 거 때문이 아니죠? 최 씨 같은 덜떨어진 주정뱅이한테는 진작부터 찾아가 보따리 보따리 앵기고 당신 같은 사람한테 뒤늦게 와서 말단 당원으로 국물이나 얻어 마시라니 심사가 틀어진 거 아녜요?"

"말조심해. 사람이 다 당신 같은 줄 알아?"

드디어 강만석 씨가 다시 목소리를 높였다. 거기에는 어딘가 아픈 데를 건들린 사람의 신경질도 들어 있는 듯한 느낌이 들었다. 무주댁이 그런 남편을 아랑곳 않고 속마음을 털어놓았다.

"여자라 그런지 몰라도 나는 그게 젤로 부아가 나데. 알고 보니 옛날 통장영감뿐만 아니라 별 웃기는 것들이 다 한 대가리씩 맡아 사람을 끌더라고. 저 아래 구멍가게 여자, 부동산 안집 떠벌이, 맨 병신 같은 예펜네들이 뭘 어떻게 얻어먹었는지 숨이 꺼벅 넘어갈 듯 설쳐대는 게 눈꼴 시려워서……."

그때 종태가 끼어들어 정리했다.

"그럼 어머니한테는 그 당 사람들이 실수했군요. 진작에 한 보따리 싸 와 알아모셨으면 당원으로 나설 수도 있었겠네요."

"못 할 거 뭐 있어? 돈이면 다 되는 세상, 난 백 원짜리 동전 한 개라도 더 많이 주는 사람 찍을 거야. 그 냥반 한번 보라고. 뭔 짓을 했건 돈 많이 버니 당수도 되고 대통령후보도 되잖아?"

얼핏 들어서는 남편에 격해 어깃장을 놓는 소리 같기도 하지만 전혀 마음에 없는 말 같지는 않았다. 종태가 웬지 암담한 표정으로 그런 어머니를 바라보다가 말없이 돌아갔다.

종태에게는 틀림없이 충격이었을 일은 하나 더 있었다. 결국 무주댁이 이웃 아주머니 몇과 산업시찰을 떠난 그날 오후 강만석 씨네 작은 동네는 갑작스러운 이사로 술렁거렸다. 아까끼네 골방에 그 집 주인들만큼이나 소리 없이 세 들어 있던 정체 모를 젊은이가 짐을 싼 것이었다.

하기는 셋방살이 끝나는 게 짐 싸는 일로만 되는 게 아닌 이상 그 이사를 갑작스럽다고 할 수는 없었다. 집주인이과 세 든 사람 사이에는 남은 보증금도 주고받고 전기세니 수도세니 하는 까다로운 정산도 있었을 것이다. 그러나 양쪽이 모두 워낙 조용한 사람들이라 그 모든 일이 남모르게 이루어지고 보니 이웃에게는 갑작스럽게 느껴졌을 뿐이었다.

"아니, 총각 이런 법이 어딨어? 그래도 한 지붕같이 산 게 몇 달인데 이리 소리 소문 없이 짐을 싸는 거야?"

마침 집에 있던 박 씨댁의 그 같은 수다로 곧 작은 소동 같은 작별의 의식이 시작되었다. 바퀴 달린 커다란 여행가방 하나와 작은 손가방에 짐을 꾸리고 아까끼 아내의 그림자 같은 전송을 받으며 그 '작은 동네'를 벗어나려던 젊은이는 당시 집안에 남아 있던 모든 이웃에게 둘러싸였다.

"이게 뭔 소리야? 누가 어딜 간다구?"

그날따라 일찍 돌아와 있는 강만석 씨가 문을 열고 나오고 김 씨댁과 박 씨네 아이들까지 구경거리라도 난 줄 알고 몰려들었다. 골방에 있던 종태도 무슨 일인가 싶어 안방으로 건너와 문틈으로 밖을 내다보았다.

"그동안 신세 많이 졌습니다. 일일이 찾아뵙고 인사를 드려야겠지만 너무 번거로운 것 같아……."

젊은이가 그 뜻아니한 사태에 공연히 송구스러워하며 변명 아닌 변명을 했다. 수다에는 누구 못지않은 김 씨댁이 제법 낯성까지 내며 타박을 주었다.

"아이, 그래 반년이나 한 수도꼭지의 물을 먹고 인사도 없이 떠날 생각을 했능교? 참말로 인제 보이 그 총각 몬쓰겠데이. 나는 껍데기가 맑소름(말그스럼)하길래 속도 빤한 줄 알았다. 참말로 섭섭하구마."

"죄송하게 되었습니다. 모두 바빠 보이시길래……."

젊은이가 더욱 죄지은 표정이 되어 그렇게 우물거렸다. 얼굴까지 벌게지는 게 꽤나 순진한 젊은이인 듯했다. 강만석 씨가 점잖게 한마디 훈시했다.

"우린 말이야, 없이 살아도 한집같이 지내 온 이웃사촌이라구. 어제라도 말했으면 그냥 보내지 않았을 거여. 세상 그리 넓은 게 아녀. 하룻밤을 자도 만리장성을 쌓는다고, 아 우리가 언제 어떻게 만나게 될지 어떻게 알아?"

"죄송합니다."

젊은이가 연신 허리를 굽히며 사죄를 했다. 그때였다. 종태가 갑자기 방문을 열고 나서며 소리쳤다.

"거기 민우 형 아뇨. 민우 형!"

그러자 사내도 놀라움과 반가움이 반반인 얼굴로 아는 체를 했다.

"이게 누구야? 강철이 아냐?"

"그건 그때 쓰던 가명이고, 형 내 본명 알려줬잖소? 종태, 강종태."

"아 참, 그랬지. 근데 종태 넌 어찌 된 거야? 아직 인천 쪽 현장에서 뛰고 있을 줄 알았는데……."

그 말에 이번에는 종태가 까닭 없이 얼굴을 붉히며 머뭇거리다가 받았다.

"돌아왔소, 집에. 여기가 내 집이요."

"뭐야? 언제?"

"한 열흘 되나……."

"그런데 어째서 이제 나온 거야?"

민우 형이라고 불린 청년이 정말로 뜻밖이라는 듯 그렇게 말했다. 종태가 가볍게 얼굴을 붉혔다가 힘없는 목소리로 대답했다.

"내 방에 처박혀 있었소. 뭐 대단한 귀환용사라고…… 생각해 볼 것도 많고."

"그럼 이제 아주 돌아온 거냐?"

"글쎄…… 어쨌든 선(線)은 끊어졌소. 그건 그렇고…… 형이야말로 어찌 된 거요? 그쪽에서 몹시 찾는 눈치던데. 도대체 여기서 여섯 달씩이나 뭘 했소? 그리고 지금은 어딜 가는 거요?"

이번에는 종태가 반격이라도 하듯 그렇게 물었다. 민우는 의미 있는 눈짓으로 자기들을 둘러싼 이웃 사람들을 가리키고 말끝을 흐렸다.

"그건, 음……."

종태도 이내 자신의 실수를 알아차렸다. 반갑고 궁금한 김에 큰 소리로 묻기는 했지만 모두가 듣는 데서 물을 일은 아니었다.

"어쨌든 좀 들어왔다 가세요. 짐은 거기 두고. 이따가 내가 거들어드릴 테니 내 방에서 얘기 좀 합시다."

종태가 그러면서 민우란 청년을 제 방으로 끌었다.

"세상이 참 좁제. 종태 학생하고 잘 아는 모양이제. 그런데 어예 한 집같이 살민서 서로 몰랐으꼬?"

그때서야 김 씨댁이 그렇게 끼어들었고, 멀뚱하게 아들과 민우란 청년을 살피고만 있던 강만석 씨도 한마디 했다.

"학교 선배냐? 어떻게 아는 사이냐?"

"형이나 다름없는 학교 선배예요. 민우 형, 인사드리세요. 제 아버님입니다."

종태가 그렇게 민우란 청년을 강만석 씨에게 소개시킨 뒤 제 방으로 끌고 갔다.

"아버지, 저희끼리 할 얘기가 좀 있어서요. 자리 좀 비켜주시겠어요?"

종태의 그 같은 요구에 강만석 씨가 못마땅한 헛기침으로 대꾸하고 방을 나갔다.

둘만 남자 종태가 민우에게 바짝 다가앉으며 목소리를 죽여 물었다.

"형, 어찌 된 거요? 수배는 작년에 해제되지 않았어요? 더구나 이런 데는 숨을 곳도 못 되는데."

"숨으러 온 게 아니야. 학습이지."

"학습?"

"도시빈민 연구라 해둘까. 어쨌든 구체적으로 기층민의 의식과 형태를 봐두고 싶어서."

"이런 데서? 더구나 우리 아버지 어머니 같은 사람을 대상으로……."

그러자 민우가 빈정거림 섞인 말투로 되물었다.

"이런 데서라니? 그럼 내가 어딜 가야 돼?"

"여기 말고 더 표본적인 데가 있잖아요? 비닐하우스라든지 철거민 수용소 같은 데."

"그게 도대체 몇이나 되냐? 그리고 그 사람들에게 무슨 대표성이 있어? 절박해서 격앙될 대로 격앙된 한 줌의 극빈층과 거기 얹혀 일종의 투기를 하고 있는 또 한 줌의 이기 집단을 데리고 뭘 할래?"

"그렇지만 여긴……."

"그게 우리 80년대식 병통이지. 민중은, 기층민은 머릿속에만 있는 거, 이젠 실재하는 민중을 봐야 돼. 그리고 그 민중은 바로 여기 있는 이 사람들이야. 나는 오히려 여기도 표본집단으로 삼기에는 너무 산 위로 올라와 있다고 생각해. 더 내려가야겠어. 이 사람들만으로는 안 돼. 더 폭넓게 동원하기 위해서는 더 폭넓은 계층의 행태와 의식이 연구되어야 해. 내 아버지와 어머니는 빼고, 천박한 이기심과 비굴함에 푹 빠져 깊이 잠든 저 천박한 군중은 빼고, 개인적인 축적과 상승의 갈망에 염치도 체면도 없는 저 속물들은 빼고…… 이런 식의 민중론으로는 아무것도 못 해. 새로운 시대를 이끌 이데올로기는 새로운 민중론에 바탕하지 않으면 안 돼."

그러나 민우의 목소리에는 내용만큼의 열기가 담겨 있지 않았다.

내가 듣기에는 꽤 심각한 내용이었으나 듣는 종태의 표정도 덤덤하기만 했다.

"그쪽, 그렇게 한가롭수? 형이 여기 와서 이러구 있어도 가만히들 있습디까?"

"차라리 악악거리는 녀석이라도 있었으면 좋겠다. 그런데 너는 어떻게 된 거야? 너희들도 이젠 맘대루 들어가구 나가구 해도 되게 돼버린 거야?"

"그러구 보니 형은 나보다 먼저 떠나도 한참 먼저 떠난 모양이네. 지금 어딜 묻고 있는 거요?"

"너 노문연(勞問硏)에 있지 않았어?"

"그거 깨진 게 언젠데. 없어요, 그런 거 벌써 지난겨울 얘기라구요. 아, 형 같은 사람이 이런 데서 이렇게 한가롭게 계시는데, 거기 무슨……."

"한가롭게…… 보내지는 않았다."

"그럼, 뭘 좀 보셨어요? 무슨 가닥이 잡혀요?"

그렇게 들어서인지 이번에는 종태의 물음에서 어떤 빈정거림의 기색이 느껴졌다. 애써 확신을 가장해보려 해도 잘 안 되는지 민우가 변명하듯 말끝을 흐렸다.

"아직은…… 하지만 저 아래 내려가서 보면 뭔가 보일지도 모르지……."

그러다가 다시 종태에게 물었다. 곤혹스러운 대답을 질문으로 피해보려는 의도 같았다.

"그래, 너는 아예 나와버린 거냐?"

"말했잖아요? 나오고 자시고 할 것두 없다구요. 이젠 친목단체같이 돼버렸다구요. 예전의 불같은 전사들이 깡소주나 마시면서 흘러간 옛 노래하듯 무용담이나 되뇌는. 하지만 뭘 해야 될지는 나도 모르겠어요. 나도 형 식(式)으로 유장한 포부나 품어볼까?"

그래도 민우는 별로 껴 듣는 눈치가 아니었다.

"선거가 가까운데, 그쪽으로도 아무런 움직임이 없어?"

"몰라요. 민중후보 어쩌구 하는 소린 들었는데 별루 기대 않는 눈치들예요. 게다가 간첩단 사건까지 터져 들쑤셔놨으니. 하기야 가만히 있지는 않겠죠. 또 어디서 영원히 철들지 않는 아이 하나 내세워 떠들고 다니게 되겠죠."

"그건 무슨 소리냐?"

"십 년 전이나 지금이나 줄기차게 동어반복만 하고 있는 어른들 있잖아요? 구사하는 어휘는 대학교 하급생을 결코 넘지 못하고…… 뭐라더라, 민족을 '보듬고' '떨쳐' 일어나 '한 떨기' 꽃으로 지자 따위, 어찌 보면 힘찬 것 같기도 하고, 어찌 보면 간지럽기도 한 미사여구 좋아하는 머리 허연 천둥벌거숭이들……."

"너 많이 변했구나."

거기서 비로소 민우의 표정이 굳어졌다.

"실은 나도 지쳤다. 피곤하고…… 서글프다. 어쩌면 내가 지금 하고 있는 일도 쉬기 위한 구실일지도 몰라. 아니, 더 나쁘게 의심하면 발을 빼기 위한 술수인지도 모르지. 하지만 너같이 지저분하지는 않다. 나는 어떤 이유로든 함께 일했던 사람들을 험구하지는 않겠다. 내가 품었던 이데아를 한탄하지도 않고, 거기 바친 세월을 아까워하지도 않겠다. 너도 이제는 아이가 아니다. 그리고 아이가 아닌 이상 떼쓰는 법이 아니야."

"떼쓰지는…… 않았어요."

종태가 좀 머쓱해서 그렇게 받았다.

민우고 몸을 일으키며 한층 단호해진 목소리로 말했다.

"그 양반들을 험구하는 걸 보니 오래잖아 듣기 민망한 떼를 쓸 것 같아 하는 소리다. 빠지려면 조용히 빠져. 마음속으로는 미안해하고, 약간은 괴로워하며."

"충분히 괴로워하고 있어요."

"나는 가봐야겠다. 그런데 왜 이리 가슴이 서늘해지냐?"

민우가 그 말과 함께 방문을 열다가 흠칫했다. 강만석 씨가 멀지 않은 툇마루에 앉아 있는 게 보였다. 아버지로서의 예민한 감각에 뭐가 걸려들었는지 거기서 아들의 얘기를 엿들은 것 같았다.

"술이라도 한 병 갖다줄까 했는데……."

강만석 씨가 멋쩍어하며 변명 아닌 변명을 했다.

깃발은 쓰러지고 동지만 남아

자칭 도시빈민 연구가인 민우 형을 만난 뒤로 한동안 종태는 심란해 보였다. 그날 저녁에는 부모 몰래 동네 어귀로 내려가 소주까지 한잔 걸치고 돌아왔고 다음 날부터는 다시 깊은 생각에 빠져들었다. 그 전 며칠은 생각보다 읽기나 쓰기에 더 많은 시간을 보내던 그였다.

그사이 이 사회는 본격적인 대통령선거 열기에 빠져들었다. 아직 선거일이 공고되기 전부터 공공연히 진행되던 선거운동은 선거일 공고와 더불어 불꽃 튀는 유세 행군으로 바뀌었다. 결국 한 사람을 빼고는 환상으로 판명되고 말 대통령의 꿈에 후끈 달아 거의 앞뒤를 가리지 못하게 된 사람들이 후보들의 경선이라기보다는 바보들의 행진에 가까운 갖가지 희비극을 연출하기 시작했다.

그들 중에도 특히 보기 딱한 것은 너무 빨리, 또는 너무 근거 없이 자기 확신에 빠져 그 행진에 끼어든 사람들이었다. 꿈을 가지는 것은 누구에게나 자유지만 그 꿈의 실현이 남의 지지에 바탕해야 될 경우에는 그것은 꿈이 아니라 병이 되고 만다. 자기를 해치고 이웃을 민망하게 하는 게 어찌 병이 아니겠는가.

그 병의 원인은 내가 보기에 크게 두 가지 방향에서 온 듯했다. 그 하나는 권력자의 인척이거나 권력자와의 개인적인 연분 때문에 권력 핵심 부근에 있던 사람에게 나타나는 증상이다. 그들은 자기들이 휘두를 수 있었던 현실적인 권력에 취해 정치와 권력을 완전히 혼동해 행정부서나 정당 안에서의 비합법적인 권력 서열과 대중의 지지를 바탕으로 해야 하는 정치적 서열을 혼동해버렸다. 요새 아이들 말로 '주제 파악'에 문제가 생긴 셈이었다.

확실히 그들 중의 몇몇은 지난 삼엄했던 정보정치 공작정치의 시절에 야당의 당수 하나쯤은 꼼짝없이 누를 만한 힘을 지녀본 적이 있었다. 또 어떤 사람은 지난 시대 권력승계 전통대로라면 다음번 후계자로 강하게 추정되기도 했다. 하지만 그것은 그 집단 또는 그 세력 내부의 관행 내지 묵계였지 투표권을 가진 대중들의 승인을 받은 서열과는 아무런 상관이 없었다.

하지만 그들 자신은 한때 맛본 권력, 한때 취한 근거 없는 기대에서 영영 깨나지 못하고 자기 스스로가 이미 한 정치적인 거인이 된 걸로 착각해 보기 딱한 희비극이 연출된다. 아무래도 이 방면으로는 구(舊) 여당 쪽이 요란뻑적지근하니 그쪽부터 한번 살펴보자.

그 방면으로는 기라성 같은 인재가 있지만 가장 먼저 애석함으로 얘기되는 이는 아무래도 가만히 있었으면 다음번의 선거에서 한 강력한 정당의 대통령후보로 가장 유력했을 어떤 중진의원이다. 자신을 너무 크게 여긴 바람에 (혹은 누구의 꼬드김에 빠져 대통령후보 지명대회부터 경선 거부란 첫 단추를 잘못 끼게 되었다고도 한다) 좌충우돌하다가 그야말로 무졸지장(無卒之將)이 되어 당나귀를 타고 출마하는 꼴이 나고 말았다는 게 흔히 듣게 되는 세상의 평이었다.

또 주로 특보(特補)와 밀사(密使)로 자랐으나 그런대로 여당 정치권에서는 세력을 길러 다음번이나 그 다음번쯤에는 어떻게 해볼 수도 있어 뵈던 사람도 앞서의 사람과 비슷한 착각을 거쳐 아무래도 손해 보는 장사만 거듭한다고 말들이 많다. 두 번이나 당적을 바꾸고 주군(主君)을 갈았으나, 새로 얻은 당과 주군이란 게 무능하기 짝이 없다 해서 주군으로 받들기를 거부하고 떠난 사람보다는 영 급수가 떨어진다는 게 일반의 평인 듯하다.

두 대통령과 군대 시절 서열이 동급이고, 특히 그중 한 대통령과는 특별한 인척관계도 있어 어쩌면 여당의 다음번 가장 유력한 후계자가 될지도 모른다는 추측으로 몰려든 사람들이 붕 띄우는 바람에 스스로 정계의 거목(巨木)이 되어버린 어떤 초선의원도 요즘 꽤나 사람들의 입에 오르내리고 있다. 거목 대접을 해주지 않는다고 앙앙불락하다가 한차례 해프닝 끝에 탈당해버린 일을 두고 하는 소린 듯하다. 아마 새로 들어간 당에서 최고위원 자리쯤은 어렵사리 얻을 듯도 싶지만, 그 당의 최고위원이란 게 고무짐바처럼 당기는 대로 늘어나는 것일 바에야 이름밖에 뭐가 신통할 게 있으며, 게다가 불투명한 그 당의 전망에 이르면 그 선택이 신통치 못함은 더욱 뚜렷해진다는 얘기들이다.

뭐 그렇다고 이런 일이 구(舊) 여당 쪽에서만 벌어지고 있는 희비극은 아니다. 탈당 입당이 빈번하고 말썽 많기로 랭킹 1위는 아마도 구(舊) 야당 쪽에 있을 듯하고, 시끌시끌한 것도 저쪽 구(舊) 여당 동네에 크게 뒤지지는 않는다. 그러나 이 나라에서는 여당 욕을 하면 용기 있는 사람이요 행동하는 양심이지만, 야당을 헐뜯거나 비아냥거리는 것은 공연히 마뜩잖은 의심만 받기 십상이라니, 나도 이 정도로 대강 넘어가기로 하자.

요란스럽게 발표되는 정강 정책도 물 건너서 온 내게는 요령부득이다. 일관성이란 대중의 인기에 영합되면 무어든 늘어놓는다는 것뿐, 원론에서는 당과 당 사이에 뚜렷한 구별이 어렵다. 이래서 이 나라의 선거는 어쩔 수 없이 사람중심이 되고 마는가 보다.

더군다나 각 지역에서 구체적으로 남발되는 공약들에 이르면, 강만석 씨도 일찍이 갈파한 적이 있듯이 대통령선거가 아니라, 요술쟁이 경연대회 같은 느낌도 든다. 5년 단임제라 뒷날을 기약할 것도 없으니, 당장 표 되는 일이라면 국민마다 도깨비방망이라도 하나씩 쥐어주겠다고 공약할 판이었다.

그래도 다행인 것은 미국처럼 여론조사를 발표해야 된다고 우기고 나서는 인사들이 많지 않은 점이다. 뭐든지 미국식이 가장 좋다고 생각하는 사람들로서는 당연히 그 방식도 도입하자고 나설 만한데 어째 그런 소리를 하는 사람들이 잘 보이지 않는다.

만약 이 나라에 여론조사가 발표된다면 당선자는 언론기관의 지지를 받는 이가 될 것이 불 보듯 뻔하다. 사표(死票)를 던지기 싫은 게 유권자의 보편적인 심정이라 부동표는 결국 발표된 여론조사의 결과를 따르기 십상이다. 그런데 이 나라는 그 부동표가 아직은 30퍼센트가 되는 데다, 국민성은 어떤 외국인으로부터 들쥐 떼 같다는 혹평을 받았을 정도로 사람 많이 몰리는 곳으로 쏠리는 특성이 있다.

물론 그 여론조사가 객관성이 있고 정확하다면 그것도 진실이라는 뜻에서 알릴 의무가 생길지도 모르겠다. 그러나 1백 퍼센트 정확한 여론조사는 있을 수가 없다.

정확성을 자랑한다는 미국의 여론조사에서도 이번 선거를 통해 본 바로는 조사단체에 따라 크게는 10퍼센트 가까운 편차가 있었고, 조사단체 자체가 인정하는 오차율을 더하면 그 정확성은 더욱 떨어졌다.

이 나라가 많이 발전한 줄은 알지만, 아무래도 미국 이상 가는 객관성과 정확도를 기대하기는 어려울 것이다. 그런데 선거는 특히 이 나라 대통령선거는 1퍼센트가 아니라 단 한 표가 많아도 이기게 되는 선거이다. 다시 말해 10퍼센트는 무한대와 동일한 의미를 가진 오차이다.

텔레비전 토론이라는 미국식 인물품평회는 그대로 도입될 모양인데 그 결과가 꽤나 주목된다. 아직은 경험이 없어 영상매체의 선동성이 유권자에게 어떻게 작용할는지는 모르지만 더러는 걱정하는 사람들도 있는 모양이다.

앞으로는 대통령의 자질에 수사학과 연기력이 가장 중요한 항목으로 떠오를지 모르겠다. 그럴 수도 있다. 하지만 이미 이번 미국 선거에서 뚜렷한 조짐을 보인 것처럼 그 텔레비전 대담이 점잖고 고급한 토론이 아니라 저질 코미디나 재치문답이 된다면 누구라도 걱정할 만하다. 자칫하면 앞으로는 이 나라에서는 육사보다 배우학교나 웅변학원이 더 많은 대통령을 낼 거라고 우스갯소리를 하는 사람도 있다.

그러나 종태는 매일 신문은 꼬박꼬박 읽으면서도 그런 대통령 선거에는 이렇다 할 관심을 나타내지 않았다. 당장 그에게는 더 급하게 정리해둬야 할 게 있다는 듯 며칠이고 혼자만의 골똘한 생각에 잠겨 골방에서 꼼짝하지 않았다.

종태가 다시 대학노트를 꺼내 무언가 끄적이기 시작한 것은 민우가 떠난 지 닷새 뒤였다. 그의 필기구가 되어 하루 스물네 시간을 그와 함께 있게 된 나는 물론 그가 쓰는 것을 읽을 수가 있었다.

'물질주의는 어느 시대나 경계와 한탄의 대상이 되어왔다. 때로 그것은 정신주의와 대비되어 세계의 구조를 설명하는 데 활용될 만큼 보편적인 인간 심성의 한 단편으로 여겨지기도 한다. 그러나 우리 시대가 앓고 있는 물질주의의 병폐는 아무래도 그러한 일반론으로 설명하기 어려울 만큼 유별난 데가 있다.

사람들은 별로 주목하지 않는 눈치지만 이른바 한탕주의와 과소비는 지금 떠들고 있듯이 일과성의 사회심리학적인 현상이 아니다. 그것은 물질주의의 병폐가 소비와 소득에서 표리를 이루며 가치체계의 전복까지 엿보는 보다 위험스럽고 뿌리 깊은 시대의 병이다.

종말론은 외형상으로는 미래와 예측의 세계에 속한 것이지만 좀 더 신중하게 관찰하면 오히려 현실의 섬뜩한 반영에 지나지 않는 경우가 많다. 또 종말론에 대한 믿음은 믿음이라기보다는 희망에 불과한 경우가 많다. 다시 말해 예언된 시간에 예언된 형태로 세계가 끝난다는 것을 정말로 믿기보다는 그렇게 세계가 끝나주기를 희망해서 믿고 싶어 한다는 게 진실에 가까워 보인다. 우리 시대에 때아닌 종말론이 그토록 위세를 떨친 것도 믿음보다는 그런 희망에 바탕한 듯한 혐의가 짙다. 뒤집어 말하면 이쯤 해서 세상이 끝나주기를 바란 사람들이 그렇게 많았다는 뜻이 되는 것이다.

향락주의 또한 인간의 정신사에서 승리보다는 패배의 기록을 훨씬 더 많이 남게 한 거대한 유혹이다. 엄격히 말하면 그 어떤 시대도 이 유혹으로부터 온전하게 자유롭지는 못했다. 그렇지만 우리 시대가 앓고 있는 향락주의의 양태는 그런 일반론에 끼워 맞추기 어려울 만큼 불길한 조짐을 느끼게 한다. 이른바 압구정동 문화라는, 앞선 세대에게는 거의 생소한 형태의 이 향락주의는 제법 문화라는 장식까지 획득하고 있다. 그러나 그보다 더 전율스러운 것은 성적 부패를 부추겨, 채워질 줄 모르는 자신의 욕망을 만족시키려는 향락주의의 노골적인 기도다. 영상매체 활자문화뿐만 아니라 음향, 색채에 이르기까지 광범위한 연합군을 형성해 진군해 오는 포르노문화는 지금의 상황으로 보아서는 거의 저지가 불가능해 보인다…….'

종태는 거기까지 쓰고 잠시 생각에 잠겼다가 다시 썼다.

'어떻게 이런 일이 벌어졌는가. 무엇이 우리 시대의 의식을 그러한 방향으로 몰고 갔는가. 물론 이 물음은 내가 처음 하는 것이 아니고 거기 대한 분석도 수없이 이루어졌으며, 나름으로 나온 대답도 여럿 있다. 80년대 후반부터 시작된 이러한 현상에 대해 언론은 여러 가지 해명과 더불어 처방까지 제시했고, 방금은 정치권에서 한국병이란 이름으로 진단되어 선거에서의 쟁점으로까지 등장했다.

그러나 내가 보기에 그러한 해석들과 처방들에는 중요한 게 하나 간과돼 있다. 그것은 80년대 치열했던 의식이다. 어떤 부분은 너무 빨라서, 또 어떤 부분은 너무 늦어서 우리들의 이데올로기는 좌절했지만, 변혁을 향한 그 뜨거운 염원과 순수했던 정신은 은연중에 일반의 의식에도 어떤 기대를 주었을 것이다. 누리는 자들, 지키고자 하는 자들에게조차 한 부담의 형식으로.

그게 막연한 실패의 예감이 아니라, 거의 명확한 좌절로 나타났을 때, 그 치열했던 의식의 빈자리는 어떻게 되는가. 일차로 예상되는 것은 반동적인 의식의 강화이다. 하지만 그럴듯한 보수의 논리를 갖지 못한 대중에게는 먼저 허탈감으로만 다가왔을 것이다. 아무도 뚜렷이 감지하지는 못해도 우리의 운동이 저 자랑스러운 80년대의 한낮을 지나면서 차츰 패퇴의 기색을 보이자, 그리고 동구와 소련의 붕괴라는 뜻밖의 사태가 단순한 징후 이상의 불길한 그림자를 드리우기 시작하면서부터 사람들은 그 빈자리를 메우려는 무의식적인 노력에 들어갔다고는 해석할 수 없을는지.

만약 이러한 해석이 부분적으로나마 맞고, 그래서 이 시대의 물질주의와 종말론과 향락주의가 지난 시대 치열했던 의식의 대체물에 불과하다면, 우리 80년대 전사들의 선택은 오래 기억되고 찬양받아야 할 것이다. 우리에게도 틀림없이 실수와 착오가 있었으나, 그래도 우리 의식은 건강했고, 공동선을 지향하고 있었다. 아니 어쩌면 우리의 싸움은 애초부터 지금 이러한 형태로 분출될 수밖에 없는 저열한 의식들의 원형(原型)을 향한 것이었는지도 모른다.'

논리가 좀 거칠고 결론에 너무 성급하지만, 그 같은 종태의 글은 그간에 내가 들어온 분석이나 해설과는 다른 새로움이 있었다. 그러나 종태의 글은 거기서 더 나아가지는 못했다. 어쩌면 거기서 자신이 빠져 있는 좌절감과 무력감에서 벗어날 길이 있을지도 모른다는 기대가 그를 갑자기 흥분시킨 듯했다.

종태는 그날부터 다시 자신만의 생각에 빠져 골방에서만 보냈다. 앞서의 글은 말하자면 자신이 펼쳐보려는 논리의 골격이나 아주 간략한 초안 같은 것으로서, 그걸 발전시키려면 뭔가 자신의 시대를 명쾌하게 설명해줄 글이 될 수 있다고 믿는 눈치였다.

하지만 종태에게는 그 같은 기대를 채울 만한 시간이 주어지지 않았다. 그로부터 이틀도 안 돼 불쑥 찾아든 옛날의 동지 때문이었다.

"학생, 종태 학생 있어?"

그날 오전 열한 시쯤이나 됐을까. 그날따라 일찍 낮잠에 빠진 종태가 가늘게 코까지 골고 있는데, 박 씨댁이 안방 문을 두드리며 소리쳤다. 안방에 있던 무주댁이 그 소리를 듣고 문을 열었다.

"누가 찾아왔는데?"

"몰라요. 친구라던데…… 저기."

그러자 밖을 내다본 무주댁이 그쪽을 향해 소리쳤다.

"누구요? 종태는 무슨 일로?"

"친굽니다아. 지금 집에 없습니까?"

밖에서 어딘가 뒤틀리고 탁하게 들리는 목소리가 그렇게 무주댁의 물음에 답했다. 그러나 무주댁은 무엇을 보았는지 얼른 대답을 못 하고 말없이 그쪽을 살피기만 했다. 아들이 집에 있음을 그대로 알려야 할지 말아야 할지 얼른 판단이 서지 않는다는 눈치였다. 그때 어느새 잠이 깬 종태가 골방문을 열고 안방으로 건너오며 어머니에게 물었다.

"누구예요? 누가 날 찾아왔어요?"

"친구라는데 어찌 토옹……."

무주댁이 낮은 목소리로 그렇게 말끝을 흐렸다. 종태가 뭔가를 잠깐 생각하다가 이젠 아무것도 걱정할 게 없다는 듯 활짝 문을 열어젖히며 찾아온 사람을 내다보았다.

"아니, 이거……."

"나요. 강 형. 날 모르시겠소?"

"박 형. 그런데 박 형이 어떻게……."

종태의 표정으로 보아 꽤나 뜻밖의 사람 같았다. 그제서야 내 눈에도 찾아온 사내가 들어왔다. 나이는 종태 또래로 보였지만 생김새부터 차림에 이르기까지 왠지 종태와는 어울리지 않는 느낌을 주는 청년이었다. 무주댁이 망설인 것도 아마 그 때문이었을 것이다.

나는 그런 느낌의 원인이 무엇인지를 알기 위해 찬찬히 그 청년을 살펴보았다. 집으로 찾아들 때의 종태처럼 그을고 지친 얼굴이었으나 그에게서 풍기는 것은 종태와는 달리 찌들고 비틀린 인상이었다. 그것이 일시적인 것이 아니라 이미 오래되어 피부에 배어버린 듯한. 옷차림도 그랬다. 다 같이 노동자 차림을 하고 있어도 종태의 경우는 어딘가 분장의 흔적이 약간이나마 느껴졌는데 비해 그 청년은 바로 몸에 맞아 보였다.

"잠깐 들어오쇼. 어쨌든 집까지 오셨으니까."

종태가 그렇게 말해 청년을 방 안으로 불러들였으나 왠지 반가워하는 기색은 전혀 없었다. 오히려 조금은 민망스러워하고 어색해하는 표정까지 내비치는 것이었다. 방 안으로 들어와 한 바퀴 둘러본 청년이 한층 당당해지며 말했다.

"기층민 출신이라 듣긴 했어도 설마 했는데 정말이었군. 정말로 용해. 이런 데서 어떻게 그 좋은 대학까지…… 역시 강 형은 천재인 모양이야."

"때아니게 비행기는…… 그래, 어떻게 왔소? 내가 여기 왔는 줄은 어떻게 알았소?"

"두 곳의 부탁을 받고. 하나는 영규 형인데, 소집이오. 민우 형에게서 강 형 있는 곳을 들은 모양이더라구. 그리고 하나는 은경 씨. 개별적인 부탁을 받은 적은 없지만."

종태가 가볍게 이맛살을 찌푸렸다.

"아니 그럼 다시 다들 모인 거요? 나는 지난봄에 다 끝난 걸루 알았는데……."

"시국이 시국이니만치."

박이라는 청년이 제법 으스대는 말투로 그렇게 받았다. 그때 곁에서 둘이 주고받는 얘기를 가만히 듣고 있던 무주댁이 눈치로 모든 걸 때려잡고 끼어들었다.

"그럼, 거 뭐시냐. 같이 운동하던 친구인 모양이네. 우리 종태 다시 끌어내려고?"

그제서야 종태도 그 청년도 자기들의 실수를 알아차린 듯했다.

"아뇨. 요샌 어디 그런……. 그냥 계모임쯤으로 생각하세요. 연말도 되고."

"어머닌 가만 계세요. 제가 말하지 않았어요? 그런 건 다 끝났다구."

두 사람이 동시에 그렇게 무주댁의 입을 막았다. 그러나 종태는 그걸로 안 되겠다는 듯 급히 몸을 일으키며 박을 재촉했다.

"박 형, 우리 나가지. 오랜만인데 나가서 대포나 한잔하며 얘기합시다."

"대낮부터 무슨 술은. 여기서 얘기해라. 에미가 비켜줄게. 그러다가 점심이나 먹여 보내. 내 시장 봐올 테니."

무주댁이 갑자기 태도를 바꾸어 그렇게 나왔다. 아무래도 그냥 밖으로 내보내는 것보다는 어떻게 집안에서 얘기가 맺어지도록 하는 게 낫다는 판단 같았다. 그러나 종태는 며칠 전 민우 형과 만났을 때 아버지가 한 일을 떠올린 듯 내쳐 일어나 밖으로 나갔다.

"어머니, 그런 걱정이라면 마음 놓으세요. 이젠 제가 가서 뛰려 해도 뛸 곳이 없다니까요. 그냥 이 친구하고 옛날얘기나 좀 하다가 돌아오겠어요."

무주댁은 그래도 몇 번인가 더 종태를 잡아두려 했으나 마침내는 할 수 없다는 듯 허리춤에서 꼬깃꼬깃한 만 원짜리 두 장을 꺼내주며 말했다.

"너무 늦지 말고 돌아오니라 잉. 에미 속 태우지 말고……."

집을 나온 둘은 한동안 말없이 언덕길을 걸어 내려갔다. 그러다가 시장통 입구에 이르자 종태가 한곳을 가리키며 말했다.

"좀 이르지만 저기 가서 점심이나 먹으며 얘기합시다. 술은 배갈이나 몇 잔 곁들이고…….”

그곳은 시장통에 흔히 있는 허술한 중국음식점이었다. 박도 흔쾌히 고개를 끄덕여 둘은 그 음식점 안으로 들어갔다. 음식점 안이 뜻밖으로 붐벼 둘은 한참을 서서 기다린 뒤에야 구석진 탁자 하나를 얻을 수 있었다.

“아까 시국…… 이라 했는데 무슨 일이 있소?”

탕수육 한 접시와 배갈 한 병을 시킨 종태가 먼저 날라져 온 단무지를 씹고 있는 박에게 물었다. 박이 약간 나무라는 기색마저 느껴질 정도의 과장된 목소리로 받았다.

“강 형, 정말 청산분자로 들어앉은 모양이네. 아, 안 보여요? 대통령선거. 조직과 운동경력 있는 우리가 그냥 구경만 할 수 있소?”

“아, 그거. 하기야……. 그렇지만 우리가 발 벗고 밀어야 할 후보가 있을까. 내 보기엔 보수반동의 경연장 같던데. 민중후보도 그렇고…….”

“그래도 선택은 있을 거요. 영규 형이 소집한 것은 그걸 토론해 보기 위해서인 모양이오.”

“언제 모인대요? 어디서? 이젠 ‘트(아지트)’다운 ‘트’도 없을 텐데.”

“그건 영규 형이 알아서 할 일이고, 어쨌든 내일 오후 세 시에 옛날의 5번 포스트로 나오시오. 영규 형은 일차적으로 옛날의 포스트 중에서 홀수만 부활시켰소.”

박의 표정이 자못 엄숙해졌다. 종태가 피식 웃으며 말했다.

"이제 와서 포스트까지……. 그냥 전화 연락해 만나도 아무 일 없을 텐데. 적당한 대폿집이나 하나 골라. 내 알기로 누구 하나 수배받고 있는 사람도 없지 않소?"

"아니, 강 형 왜 그리 냉소적이 되었소? 조직의 안전은 최상의 철칙이란 걸 잊었소? 그리고 수배자가 없다니 나만 해도 기소중지 중인 걸 잊었소?"

"박 형이 언제? 지난 연말까진 별일 없지 않았소?"

"춘투(春鬪)를 부산에서 보내면서 걸린 게 있소. 제삼자 개입으루다……."

"그건 또 몰랐네. 그러구 보니 박 형도 끈질긴 데가 있구먼. 하지만…… 그땐 이미 선이 다 끊어졌을 땐데. 어디 따로 선을 댄 데라도 있소?"

종태가 얼른 믿기지 않는다는 듯 물었다. 박이 갑자기 얼굴에 빈정거리는 빛을 떠올리며 받았다.

"먹물 든 사람들은 저게 병통이라니까. 선이 있어야 움직이고, 지령을 받아야 움직이고……. 하지만 우린 그런 거 개의치 않아요. 단신잠입이지. 우리가 바로 근로자이니 위장취업이라구 할 것두 없구. 그런데 좀 일할 만한 데는 예전 같지 않더구만. 내게서 무슨 냄새가 나는지. 아니면 그놈의 컴퓨터가 정말루 다 카발(바를)하는지 노조다운 거 만들 만한 데는 아예 받아주질 않더라구요. 그래서 쉬운 대로 노조 같은 거 걱정 안 하는 작은 플라스틱 사출공장에 적을 두고 옆에 큰 공장 친구들을 거들었지. 그러다가……."

그 말에 종태는 왠지 감격스러워했다. 그때 탕수육과 배갈이 나왔다. 종태가 얼른 술 한 잔을 따르며 추켜세우듯 말했다.

"참 용해요. 이런 좌절의 시대에……. 우린 기껏 노동법이나 뒤적이며 입으로 해주는 부조도 몸을 사렸는데……. 그런 우리 지원을 바라는 데도 올핸 별루 없었지만……."

"용한 게 아니라, 그게 바루 우리 같은 공돌이 출신과 먹물들의 차이요. 당신들은 돌아갈 데가 있고, 우린 이미 돌아갈 길이 끊긴 처지라는."

술잔을 받아 홀짝 비운 박이 그렇게 내뱉고는 큼직한 탕수육 한 토막을 손으로 집어 우물우물 씹었다.

"돌아갈 길이 없기는 우리도 마찬가지지요."

스스로 따른 잔을 비운 종태가 까닭 모르게 수세가 되어 그렇게 항의하듯 말했다. 박이 숨기지 않고 악의를 드러냈다.

"이보슈. 그 이름도 빛나는 울대 86학번 강종태 씨. 당신들끼리는 그 기분을 안주 삼아 술깨나 마시는지 모르지만, 우리 앞에서는 그런 소리 마슈. 당신들이야 하다 안 되면 학교로 돌아갈 수도 있고, 배워논 거 있으니까 어물쩍 취직을 할 수도 있잖소? 학교는 제적됐고, 취직은 운동경력 때문에 안 된다고 말들 하시겠지. 하지만 내가 알기로 그 정도 경력 있는 투사는 몇 되지 않아. 학교는 바꿔 마치면 되고, 취직이라는 것도 취직 나름이고……. 게다가…… 강 형은 아닌 듯 보이지만, 대개는 든든한 부모님들 계시니 안 되면 출판사 같은 걸 벌여볼 수도 있고, 선후배 막강하니 봉급쟁이 못잖은 잡일을 따낼 수도 있고. 나 이래 봬도 겉으로는 죽는 소리 해대면서도, 그사이 제법 펑퍼짐하게 자리 잡고 앉은 친구들 여럿 안다구. 개새끼들! 강 형도 곧 그런 식으로 부르주아 체제에 재편입될 계획을 가지고 있다면 듣기 껄끄럽겠지만."

"나는 아직 거기까지는 생각해보지 않았소."

종태가 그렇게 부인했으나 소용없었다. 박이 덮어씌우듯 말했다.

"어쨌든 우리같이 못 배우고 손에 쥔 것 없는 것들 앞에서는 그런 소리 마슈. 우린 크게 한바탕 벌이고 감옥에 들어가 우리 세상이 올 때까지 느긋하게 기다리거나 승진도 축적도 기대할 수 없는 부랑 노동자로 떠돌 수밖에 없는 신세란 말이오. 항복도, 전향도 우리에게는 인정되지 않아……."

"마치 세상이 정말로 끝나버린 것처럼 말씀하시는군. 하지만 아직 아무것도 끝난 건 없소. 공연히 울적해지니 그 얘기는 고만하고, 아까 은경이 얘길 하셨는데 걔 요새 뭘 해요?"

종태가 갑자기 화제를 바꾸어 그렇게 물었다. 쓸데없이 서로간 서먹해지는 분위기가 싫어 그랬는 듯하지만 결과는 별로 좋지 못했다.

"헛바람 든 공순이 신세, 저나 나나 따로 할 일이 있겠소? 어쨌든 그 바닥에 남아 악쓰는 일밖에. 하지만 움직이기는 남자인 나보다 훨씬 불편한 모양이더만. 이건 일 그 자체가 예전처럼 돌아가지 않는 거라."

"그건 무슨 소리요?"

"참 열심인데, 도무지 성과가 없는 거지. 기껏해야 사전에 발각돼 경찰에서 훈방조치로 풀려나오거나 아니면 아예 사내(社內)에서 인사 규정에 따라 짤릴 뿐이라구요. 그러다 보니 얼굴은 점점 더 팔려 갈 수 있는 공장은 갈수록 줄어들고……."

그 말을 듣고 있는 종태의 얼굴이 눈에 띄게 침울해졌다. 그러나 아무래도 알 건 알아야겠다는 듯 다시 물었다.

"날 만나자고 한 것 같은데 그건 뭣 때문이오?"

"그걸 몰라 묻소? 걔 머리 얹어준 게 누군데."

"머릴 얹다니, 그건 또 무슨 소리요?"

종태가 발끈해 그렇게 따졌다. 얼굴까지 빨개지는 게 은경이란 아가씨와 정말로 무슨 일이 있었던 것 같았다. 그러나 박은 조금도 개의치 않았다.

"그럼, 걔 처음으로 학습시킨 게 강 형 아뇨? 착취에 순종적인 여공을 열렬한 일선투사로 키운 게 누구요?"

"몇 달 조가 되어 일한 적은 있소. 아마도 그녀가 의식의 눈을 뜨는 데 내가 약간의 도움은 되었을 거요. 그런데 그걸 그렇게 표현하다니. 그건 한은경 동지에 대한 모욕이오. 의식이란 소여(所與)의 환경만 있으면 절로 자라나고 꽃피는 것이오."

종태의 목소리가 갑자기 격해졌다. 그제서야 박의 기세가 약간 수그러졌다. 그러나 빈정거리는 기색까지 거둔 것은 아니었다.

"그렇게 유식하게 말하면 나 같은 무식꾼이 어떻게 알아듣소?

의식을 눈뜨게 한 거나 투사로 기른 거나 그게 그거 아뇨? 어쨌든 걜 한번 만나주시오. 내가 보기 딱해서 그래."

"보기 딱하다니?"

종태가 그래놓고 목마른 사람처럼 급하게 자기 잔을 비웠다. 박이 그런 종태를 지그시 살피다가 좀 진지한 목소리가 되어 말했다.

"걔 말이요. 아무래도 강 형이 좀 말려줘야겠소. 걘 지금 합리성이나 조직성 효율성 같은 건 안중에도 없이 투쟁 그 자체에만 몰두하고 있소. 꼭 죽을 자리 찾는 사람처럼. 만약 지금이 옛날처럼 살벌한 때고 대의가 흔했다면 걘 벌써 어느 현장에선가 자기 몸을 태우며 내던졌을 거요."

"그런데 왜 하필 나요? 예전에 한 조가 되어 일한 적 있다는 것만으로 내가 그 일생까지 책임져야 한단 말이오?"

종태는 그렇게 묻고 있었지만 실은 자신도 어느 정도 이유를 알고 있는 듯했다. 박이 다시 삐딱해져 받았다.

"정말 무정한 동지군. 이것도 먹물의 비정함인가……."

"혹시…… 박 형. 무슨 엉뚱한 의심을 하는 건 아뇨? 아까 머리 얹었단 말을 했는데, 내가 어떻게 은경일 건드린 걸루……. 하지만 그거라면 내 무엇에게라도 맹세할 수 있소. 난 걔 손목도 한 번 잡은 적 없소. 그게 그래선 안 된다는 건 박 형도 잘 알잖소?"

종태가 한층 더 격한 목소리가 되어 박을 보고 따지듯이 말했다. 격한 것은 목소리뿐만이 아니었다. 자기가 받고 있는 불쾌한 의심에 두 눈까지 번들거렸다.

박도 이제는 빈정거림이 완연히 가신 말투로 받았다.

"난 강 형을 그렇게 의심하지는 않소. 그렇다면 이렇게 마주앉아 술 마시고 있을 나도 아니고……. 비록 힘은 없지만, 만약 강 형이 그 불쌍한 애에게 손끝 하나 댔다고 의심했다면 골통부터 부숴놨을 거요. 실은 그게 아니고……."

박이 거기서 잠시 머뭇거리다가 다시 말을 이었다.

"문제는 걔 쪽이오. 지난번에 은경일 만났을 때 걘 진심으로 괴로워하고 있었소. 무언가 강 형에게 자랑스러운 인정을 받고 싶었는데, 자기에게는 능력과 신념이 부족해 아직껏 아무런 성과가 없었다는 거요. 왠지 강형을 만나면 그걸 나무라는 것 같아 눈앞에 서기가 두려웠다는 거요. 그러다가 갑자기 강 형이 사라지자, 걘 지금 물불 안 가리는 조급에 빠져 있소. 아까(좀전)도 말했지만, 은경이는 지금이라도 누가 자리만 마련해주면 그대로 신나를 뒤집어쓰고 제 몸에 불을 붙일 거요……. 그건 우리 운동을 위해서뿐만 아니라 한 가엾은 생명을 위해서라도 막아야 하오."

"그렇지만 내가 왜……?"

종태가 어이없이 풀썩 주저앉는 듯한 표정으로 박을 쳐다보며 그렇게 물었다. 이번에는 박이 사정 조가 되어서 말했다.

"물론 강 형에게는 아무런 책임이 없을지도 모르오. 하지만 나는 적어도 걜 이해할 수는 있소. 저임과 피로, 그리고 전망 없는 삶에 지쳐 있던 은경이에게 강 형이 보여준 것은 그야말로 새로운 하늘과 새로운 땅이었을 거요. 거기다가 어떻게 야간대학에라도

가 보려고 바둥대고 있던 개한테 일류 대학을 팽개치고 다가온 강 형의 모습은 또 어떻게 비쳤겠소? 모르긴 하지만 그 또한 새로운 하늘과 새로운 땅이었고, 그 둘은 곧 하나로 결합되었을 거요. 지금 은경이에게는 강 형 자체가 가장 강렬한 이데올로기로 작동하고 있는 것 같기도 하오. 내 생각에는 강 형이 아니고는 걜 멈추게 할 사람이 없소."

스스로 무식을 앞세우고는 있어도, 말투로 보아서 박은 나름대로는 상당한 지적(知的) 연마와 언어의 수련을 거친 사람 같았다. 종태가 한동안 곤혹스러운 표정을 지었다가 무섭게 고개를 저었다.

"자신 없어요. 나는 지금 나를 지탱하기도 힘들 지경이오. 지금 내가 그 여자에게 새삼 무슨 말을……."

"그래도 해야 되오. 이건 한끝에 이어진 일이오. 은경이에게 의식의 씨앗을 뿌린 건 강 형이오. 뿌린 자가 거두시오. 정히 할 말이 없으면 전향이라도 시키든가."

그러는 박의 표정에는 음험한 분노 같은 것이 내비쳤다. 당황스러워하던 종태가 그걸 알아보고 오히려 침착해졌다. 한동안이나 관찰의 눈길로 박을 살피다가 나직하게 물었다.

"박 형, 혹시 은경일 좋아하는 거 아뇨?"

"그거라면 염려 꽉 붙들어 매슈. 그런 걸 철저하게 금기로 내세운 게 누군데. 사람 욕뵈지 마슈."

박이 몸까지 움츠리면서 강렬하게 부인했다. 그러나 내가 보기에도 그 부인은 수상쩍기 그지없었다. 종태가 놓아주지 않고 몰아세우듯 물었다.

"그럼 왜 그 여자를 이탈시키라는 거요?"

"좀 멈추게 해달라는 얘기이지, 이탈시키라고는 안 했소."

"아까 안 되면 차라리 전향이라도 시켜달라고 한 것 같은데."

"아, 그거 정히 안 되면 그렇게라도 걜 말려야 한다는 뜻이었소. 맞아. 그런 사이비 의식은 필요 없어! 그건 우리 운동에 대한 모욕이야! 현실적으로도 움츠려야 할 때 내뛰는 것은 우리 운동을 해칠 수도 있고……. 골 때리는 기집애. 지가 무슨 민중의 잔 다르크라고."

무엇 때문인지 갑자기 흥분한 박이 그렇게 목소리를 높였다. 종태가 그런 박을 달래 술 몇 잔을 권한 뒤에 차분하게 말했다.

"박 형이 바로 말해줘야 내가 해야 할 일이 무엇인지 정확히 알 수 있을 거요. 박 형, 솔직히 말해주시오. 지금 박 형이 걱정하는 것은 은경이가 다치는 것이지요? 자신은 위험 속을 내달려도 은경이는 그러지 않았으면 해서 내게 말려달라고 부탁하는 거 아뇨? 부끄러워할 것 없소. 우리도 청춘이오. 아무리 철혈(鐵血)의 전사라도 감정은 있는 법이니까. 누구도 박 형을 나무라지 못할 거요. 그리고…… 그런 이유라면 나도 힘닿는 대로 도와드리겠소."

"좀…… 도와주시오. 부탁이오."

비로소 박이 검붉어진 얼굴을 힘없이 숙이며 그렇게 속을 털어놓았다. 종태의 얼굴에 까닭 모를 안도의 빛이 떠올랐다. 과장의 혐의가 들 정도로 정색을 짓더니 다짐하듯 말했다.

"힘이 된다면 뭐든 하겠소. 내일 저녁 모임 은경이도 나와요?"

"아마…… 그럴 거요."

"그때 같이 얘기합시다. 하지만 내 보기에 더 힘이 있는 건 박 형의 진심일 것 같은데."

"그 기집앤 그런 거 몰라요. 내가 조금이라도 마음을 열고 다가가려 하면 문둥이라도 만난 듯 질겁을 하고 내빼니까……. 강 형도 걔하고 얘기할 때 내게서 이런 얘기 들었단 소리는 입도 뻥긋 마시오. 그랬다간 산통 다 깨진단 말요. 알겠소?"

"알았어요. 어쨌든 내일 봅시다. 정말 은경이의 요즘 상태가 그렇다면 누가 말려도 말려야 하니까."

그들이 얘기하는 중에 시킨 자장면은 진작부터 나와 불어터지고 있었다. 그러나 아무도 젓가락을 대지 않고 있다가 얘기가 그쯤 매듭이 지어지고서야 비로소 종태의 주의를 끌었다. 종태가 나무젓가락을 쪼개며 박에게 권했다.

"이것부터 듭시다. 벌써 떡이 됐어요."

그러나 무엇이 식욕을 죽여버렸는지 박은 남은 배갈만 찔끔찔끔 비울 뿐, 자장면 접시에는 끝내 젓가락을 대지 않았다.

이튿날 종태는 점심을 먹기 바쁘게 집을 나섰다. 아마도 소집에 응하기 위해 5번 포스트를 찾아가는 길 같았다. 포스트란 말이 공연히 삼엄하게 느껴져 나는 제법 으스스한 기분으로 그런 종태의 하는 양을 주의 깊게 살폈다.

언덕길을 내려온 종태는 내쳐 지하철역까지 걸어가 전동차에 올랐다. 그리고 한 30분이나 가더니 다시 지하철을 갈아타고 인천 쪽으로 갔다. 종태가 지하철을 내린 곳은 인천 쪽의 어떤 공단에 가까운 지하철역이었다.

지하철역 출구를 나오면서 종태는 한동안 경계 어린 눈으로 사방을 살폈다. 아마도 미행이 있는가를 살피는 눈치였다. 거기서 나는 다시 한번 긴장했다. 드디어 포스트에 가까웠다는 걸 직감한 까닭이었다.

공단 반대편 상가 쪽으로 따라 난 길을 걷던 종태는 한 군데 건물로 들어섰다. 아래층은 은행이고, 위층은 이런저런 자질구레한 사무실이 들어선 건물이었는데, 종태는 바로 그 은행 문을 밀고 들어가는 것이었다.

그들이 말한 5번 포스트는 바로 그 은행의 공중전화 부스인 것 같았다. 그런데 나는 거기서 약간 어이없는 일을 보았다. 전화부스 안으로 들어선 종태가 갑자기 난감한 얼굴이 되어 거기 있는 전화번호부를 뒤적이는데, 누군가 뒤따라 들어온 사람이 등 뒤에서 말했다.

"362쪽."

종태가 놀라 돌아보더니 아는 체를 했다. 그러나 종태보다 두어 살은 어려 뵈는 그 청년은 뒤도 돌아보지 않고 전화부스를 떠나버렸다. 종태가 어리둥절한 얼굴로 그를 보다가 전화번호부의 한 곳을 펼쳤다. 아까 청년이 일러준 페이지 같은데, 거기에는 두 개의 전화번호가 낙서 되어있었다.

종태는 나를 꺼내 두 개의 번호를 조합하더니 한 전화번호를 만들어냈다. 짐작으로는 한 전화번호에서 한 숫자씩 차례로 빼내 하나의 다른 전화번호를 만들어내는 듯했다. 종태가 그 번호로 전화를 하자, 누군가가 받아 어떤 장소를 일러주었다. 그들이 모일 장소인 듯했다.

전화를 마친 종태는 곧바로 버스정류장으로 가서 때마침 오는 버스에 올랐다. 종태가 세 정류장 만에 내려 찾아간 곳은 작은 시장 뒷골목의 허름한 식당이었다.

그런데 그 식당 문 앞에 아까의 청년이 서 있는 걸 보고 종태가 좀 어이없는 표정이 되었다.

"어떻게 된 거야? 네가 이왕 거기까지 왔으면 바로 이리루 안내하면 되지. 이건 뭐 바쿠닌 식으로 암호와 해독법을 같은 봉투에 넣어 부치는 꼴 아냐?"

종태가 그 청년에게 그렇게 묻자, 그도 그제서야 좀 머쓱한지 뒤통수를 긁으면서 대답했다.

"받은 통신이 그런 게 돼놔서……."

"웃기는군. 이런 대폿집일 바에야 어제 박용철이 편에 바루 말했어두 되잖아? 그래, 다들 왔어?"

"절반두 안 왔어요."

"영규 형은?"

"온 지 벌써 한 시간은 될걸요. 실은 이 집이 영규 형 밥집이에요."

그러면서 청년이 종태를 안내해 간 곳은 식당 주방 뒤쪽으로 난 후미진 방이었다. 손님이 넘칠 때나 쓰는지 곰팡이냄새 나는 방 안 구석진 곳에는 쌀부대며 이런저런 박스들이 쌓여 있었다.

그 한가운데 6인용의 앉은뱅이상 둘을 붙여 여남은 명이 앉을 자리가 마련되어 있었는데, 자리는 아직 채 반이 차지 않고 있었다.

"종태구나. 어서 와라."

가운데 자리에 앉아 있던 서른 이쪽저쪽의 청년이 들어서는 종태를 보고 아는 체를 했다. 아마도 영규 형이라는 사람인 것 같은데 목소리에 별로 감정이 들어 있지 않았다. 그러나 그 곁에 앉은 종태 또래의 청년은 달랐다.

"때리치우고 집에 들앉았다 카디 참말인 모양이네. 옛날의 칼 같은 강종태가 아이라. 그때 어딘강 모임 있을 때 한 십 분 늦었다고 억시기 머라 카디."

차림이나 자신 있는 태도로 보아 그는 아직도 현장 부근에서 활동 중인 투사 같았다. 한때는 그 모임에서 서열이 종태보다 뒤였으나 혼자 오래 남다 보니 발언권이 강해진 모양이었다. 리더격인 영규란 청년이 가볍게 이맛살을 찌푸리며 그를 제지했다.

"요즘은 옛날같이 일 분 이분을 따질 때가 아냐. 오 분이면 많이 늦은 것두 아닌데 뭘 그래? 더구나 오랜만에 만난 동지들인데."

"행임, 그거는 모르는 소리라. 요새 약속 한 시간은 눈감아조야 한다는 거 나도 안다꼬. 지나 개나 눈코 붙은 거는 다 자가용이라꼬 끌고 나서는 바람에 길 막히는 거 누가 몰라. 글치만 그거는 바깥에 있는 사람들 얘기라꼬요. 조직에 몸담은 사람이 그라믄 안 되는 기라. 더구나 오늘 맨쿠로 중요한 소집에. 안기부 보안사가 어데 트래픽 걸렸다꼬 예정시간 넘과 덮치등교?"

"이제 우리 같은 거 작전 짜 덮칠 리도 없고, 자."

영규가 그렇게 그 사투리 심한 청년의 입을 막고 종태에게 잔을 내밀었다.

"한잔 받아. 오랜만이야."

"형, 죄송해요. 아무 말 않고 떠나서."

종태가 잔을 받으며 새삼 낯빛까지 붉혔다. 영규가 여전히 감동 없는 목소리로 받았다.

"나도 할 말 없다, 조직을 제대로 이끌지 못해서. 그때 어디 뭐가 제대로 돌아가기나 했나? 내가 있었대두 말릴 수 없었을는지 몰라. 생각할수록 암담한 좌절의 시대다. 하기야 여기 민수처럼 갈수록 더 치열해지는 전사가 없는 건 아니지만. 그래, 그동안 뭘 하고 지냈냐?"

"한 사흘 자고 난 뒤로는 그냥 집에 틀어박혀 있었어요. 이것저것 생각도 좀 하고……."

"그래도 나온 걸 보니 동지들이 의심하는 것처럼 완전히 청산분자가 된 것 같지는 않구나. 생각을 하니 뭐가 보이긴 보이데?"

"별로……."

종태가 그렇게 대답해놓고 조심스레 덧붙였다.

"하지만 자기부정에 빠지지 않을 정도는 보이더군요. 우리를 부정하고 대신 사회의식의 표면으로 떠오르고 있는 것들의 경박함, 새로운 부패의 징후 같은 것들이 준 자신감이랄까."

"되잖은 궤변으로 짜 맞춘 이탈의 선언보다는 쪼매 듣기가 낫네. 나는 영 물 건너 간 줄 알았지."

거기서 민수란 청년이 다시 끼어들었다. 빈정거림 같지만 내가 보기에는 종태에 대한 감정이 조금 호전된 듯했다.

"내 그랬지. 사람 보지도 않고 그렇게 막말하는 거 아니라고. 얜 이래 봬도 순혈(純血) 프롤레타리아야."

영규가 다시 한번 그렇게 종태를 편들어주었다.

오래잖아 서너 사람이 더 왔고 은경이란 아가씨도 그중에 있었다. 한 삼십 분쯤 뒤 토의가 시작되었을 때 방 안에 모인 것은 열둘이었다. 자리가 서넛 남은 거나 기다리는 눈치로 보아 기대보다는 머릿수가 모자라는 것 같았다.

리더 격인 영규란 사람은 인사말을 통해 두어 개의 단체 이름을 댔지만 내가 보기에 그 자리에 모인 사람들은 영규를 정점으로 하는 이른바 '패밀리' 같았다. 과거 어떤 일로 함께 활동한 사람들을 주축으로 그 뒤 개별적인 활동은 조금씩 편차가 있어도 전체적으로 비슷한 성향을 견지하는 운동권의 소그룹을 그렇게 부른단 소리는 나도 들었다.

여러 가지로 미루어 전성시대인 80년대 후반의 이 그룹은 전

형적인 노·학연계를 이루어 현장 출신과 대학 출신이 잘 조화를 이루고 있었던 듯했다. 그러나 90년대에 접어들면서 양쪽의 다른 환경이 조금씩 내비치기 시작하다가 지난해 말부터 박이 암시한 바처럼 분열에 가까운 양상으로 바뀐 것 같았다.

곧 학부 출신들은 노동문제 연구손가 노동법 연구횐가를 만들어 노동운동 모플(외곽지원단체)로 물러앉고, 거기서 자기 일거리를 찾기 어려워진 박이나 은경이 같은 현장 출신들은 다른 그룹과 손잡거나 혹은 단독으로 현장활동을 고집하는 식이었다. 그러나 사회 분위기가 분위기인 만치 어느 쪽도 이렇다 할 성과가 없이 흐지부지되어 가다가 이번에 대통령선거 문제로 소집이 된 것 같았다.

그런데 그들의 잡담 중에 주워듣고 짐작하게 된 것으로 잘 이해가 안 되는 일은 그들의 활동자금에 관한 부분이었다. 80년대 말만 해도 어떤 단체에 소속되어 있으면 생활급이라 할 것까지는 없어도 최소한의 경비로는 쓸 수 있는 자금지원이 있었고, 그게 실제로도 그런 단체들의 활성화에 상당한 기여를 했는데 근년에 들어서는 그게 일절 끊겨버린 듯했다. 그 익명의 민중민주 지원인사 혹은 후원자그룹이 왜 갑자기 사라져버렸는가에 대해 그들도 매우 궁금해하는 눈치였다.

그들은 돈 많고 허영도 많은 부르주아가, 혹은 돈 많고 겁도 많은 부르주아가 시대 분위기에 편승하거나 억눌려 돈을 대다가 세상이 이렇게 변하고 나니 꽁무니를 빼버린 것으로 결론짓는 눈치였지만, 내가 보기에는 반드시 그럴 것 같지가 않았다. 80년대 말의 그 많은 운동단체를 활성화하는 데 든 그 엄청난 자금이(듣기로는 웬만한 시위 한 번에도 수천만 원의 자금이 들어갔다고 한다) 몇몇 허영에 찬, 혹은 겁 많은 부르주아가 뿌린 푼돈으로 과연 다 충당될 수 있었을까. 하지만 그 자금의 출처에 대해 더 이상의 의심을 하는 것은 때가 때인 만치 그만두는 게 좋겠다.

본안 토의는 약간 비정상적인 형태로 시작되었다. 영규란 청년이 오랜만에 만나 인사를 나누고 막 토의에 들어가려 할 때였다. 은경이 외에 여자로 참석한 두 아가씨들 중 정임이란 아가씨가 비틀린 어조로 영규에게 물었다.

"뜸 들이지 말구 바로 시작해요. 솔직히 말해서 한 해 내내 있으나 마나 하게 흩어져 있다가 갑자기 웬 소집이에요? 정말 반동들의 거짓말 경연에 끼어들 생각이에요?"

"이번 선거를 뚝 그렇게 말할 거사 있는교? 엄연히 민중후보가 있고, 옛날 동지들도 마이 지원하고 나섰다는데."

민수가 자기들이 지원할 것은 민중후보라고 지레짐작한 듯 그렇게 받았다. 영규가 가볍게 이맛살을 찌푸리며 급하게 덧붙였다.

"두꺼운 보수층을 의식해 노선수정을 했지만 정책연합이 가능한 후보도 있을 수 있지."

그러자 자리에 있던 또 다른 경상도 사투리의 청년이 영규에게 맞장구치듯 말했다.

"전술적으로는 보수반동을 지원할 수 있고오 —. 이러이 모도 모여 얘기해보자는 거 아이겠어요?"

거기서 논의는 본격적으로 진행되었다. 그런데 알 수 없는 것은 리더 격인 영규란 청년의 논조였다. 그는 처음의 암시처럼 중도우파를 표방한 어떤 야당후보 쪽으로 결론을 몰아갔는데 그것은 토의라기보다는 일방적인 동의 유도에 가까웠다. 주로 민중연합이라는 모든 재야 운동단체 연합체의 권위에 의지한 유도였다.

그러나 어찌 된 셈인지 그런 단체에서 예상되는 일사불란한 체계 같은 게 별로 느껴지지 않을 만큼 그런 영규의 의도에 대한 반발도 만만치 않았다. 그중에서도 가장 정면으로 나서는 것은 민수란 청년이었다.

"행임 말 듣고 보이 뭐 쫌 이상하네. 민중후보란 게 없으믄 몰라도 엄연히 민중후보라는 게 있는데 우째 딴 쪽을 자꾸 말해 쌌소? 그럼 민중후보 지지한 동지들은 우째되는교? 우리 운동권이 이대로 두 짜가리 나도 좋단 말인교?"

"걔들이 우리 대표성을 사칭한 거야. 한 줌도 안 되는 짜식들이 그 덜떨어진 어른을 업고 어깨춤을 추는 거지. 지난번 선거 때두 그러다가 막판에 사퇴했는데 거기에는 마뜩잖은 소문도 있다구."

"한 줌도 안 된다 카지는 못할 만큼 세력은 되는 갑던데. 운동권의 삼 할은 된다꼬 보는 사람도 있더라고요. 그라고 마뜩지 못한 소문이라이, 그건 또 뭔 소린교?"

"그런 거 있어. 그때 사퇴할 때 후보선생하고 어쩌고 하는……. 그런 걸 꼭 우리끼리 말해야 돼? 궁금하면 나중에 그쪽에 알아봐."

그러자 또 다른 경상도 사투리가 따지듯 물었다.

"형은 민중연합, 민중연합 캐쌌는데 거기는 대표성 있심미꺼? 그라고 우리가 언제 그 민중연합이란 단체의 산하가 됐슴미꺼? 지난봄까지도 형 입에서 그 단체 뭐 글케 대단하게 얘기하는 소리 몬 들었는데."

"대표성이라면 그건 내가 보증할 수 있지. 물론 80년대 후반의 운동권으로 본다면 그런 의심이 들 수도 있겠지만 지금은 달라. 그동안 옷 벗을 놈 다 옷 벗고, 고무신 바꿔 신을 놈 다 바꿔 신었어. 심지어는 누구 따라 여당으로 넘어가 버린 놈도 있고. 그리고, 남은 사람들로 보면 민중연합은 단연 대표성을 가졌다 할 수 있지. 이제야말로 대표성에다 진정성까지 확보했다고 말할 수 있다구. 그다음은 연대성 얘긴데, 물론 지금까지 우리 모임은 그 연대성에 그리 유의하지 않았어. 상황도 작년 강종대사건 때 반짝한 걸 제외하고는 연대성이 강조될 만큼 이슈가 주어지지 않았고……. 그러나 연대성이란 중요한 거야. 같은 이상을 가지고 활동하는 이상 우리는 동지임에 틀림없고, 연대가 필요할 때는 아낌없이 우리를 투척해야 하는 거야. 그런 동지적 연대에 산하라든가 하는 상하 종속개념을 끌어들이는 것은 자칫 분열주의로 의심받을 수 있어."

그렇지만 그런 영규의 설득은 내가 듣기에도 그리 자신에 찬 것이 못 되었다. 그도 내심으로는 뭔가 자기 설득에 곤혹을 느끼고 있음에 틀림없었다. 민수가 다시 강하게 반발했다.

"행임, 내 이런 의심 안 할라 캤디 암만 캐도 함 물어봐야겠네.

이번에도 저번맨치로 되는 거 아잉교? 지난 87선거 때맨치로. 그때 평민당 후보가 진정한 민중후보라꼬 고로코롬 입에 거품 물던 사람들 나중에 우예 됐는지 알 끼라. 인제 와서 보이 다 지역감정이고 개인적인 출세주의더라꼬. 그때 그 공으로 지금 민주당에 차악 들앉은 선배만도 열 손가락으로 히기는(헤아리기는) 모자랠 거로……."

"민수, 너…… 아직도 출신지역 따지고 앉은 거야? 전국연합 지도부가 그따위 지역감정으로 그런 결정을 했다고 의심한다 이 말이야?"

어지간해서는 흥분하지 않을 것 같아 뵈던 영규도 그런 의심에는 민감하게 반응했다. 민수도 그것만은 짚고 넘어가겠다는 듯 영규의 파랗게 날 선 얼굴에도 움츠러드는 기색 없이 받았다.

"그렇잖으믄 아무래도 이상 안 한교? 아무리 전술적이라 카지만은 엄연히 민중후보가 있는데 우에 중도우파를 표방한 정당하고 정책연합을 하노?"

"맞다. PD 쪽은 오히려 민중후보를 밀고, 주사파(主思派)가 판치는 전대협이니 하는 패들이 중도우파하고 손을 잡는다이 우에 이상하지 않심미꺼?"

또 다른 목소리가 곁에서 거들었다. 그 사투리가 비슷하다는 게 우연의 일치보다는 이 나라 의식의 착잡한 현주소를 보여주는 듯했다. 내 짐작이지만 반대도 결코 지역감정과 무관하지 않은 것 같았다.

"야, 너희들 정말 뭘 모르는구나. 아직도 80년대 주사파를 생각하고 있는 거지? 걔들 한번 만나봐라. 아마도 사고의 유연성에서는 너희들보다 훨씬 뛰어날걸. 옛날 선입견 가지구 그렇게 주사파를 도매금으로 판단하는 게 아냐."

영규가 한심하다는 듯 그들 둘을 번갈아 보며 그렇게 말했다. 표정에 별로 동요가 없는 걸로 보아 그 부분에 대해서는 어느 정도 사전에 준비해둔 게 있는 것 같았다. 민수가 다시 받아쳤다.

"아이, 주사파믄 주사파지 80년대 주사파 따로 있고, 90년대 주사파 따로 있는교? 그라고 이북 노동신문 보도는 또 뭔교? 전국연합을 중심으로 전국연합이 미는 후보를 밀어 남한의 민중혁명을 완성시키자 카더라면서요? 주사파를 저그하고 아무 관계없는 패로 보고도 그런 소리 하겠는교?"

"그게 바로 정부 여당의 공작이라고! 남한 정보기관이 북한 정보기관과 내통해 우리 진정한 민중후보를 제거하려고 그렇게 공작한 거란 말야."

"그거도 희한한 소리네. 이북 정권이 뭣 때메 그 사람을 떠라(떨어뜨려)줄라카능공? 남한 정권 도아가미? 우째 그때는 그리 손발이 잘 맞노?"

"그야 진정한 민주정부가 들어서믄 적화가 어려우니까 썩어빠진 반동 정권을 유지시키는 게 유리해서이지."

"거참 이상타. 남한 좌파 몽지리 물믹이가미. 더군다나 주사파까지 곰바우 맹글어가미……."

"이것 봐, 전술이란 것은……."

거기서 드디어 토의는 이론투쟁의 성격을 띠어가고, 보다 많은 응원군들이 나서 양편의 주장에 가담했다. 그런데 그렇게 들어서 그런지 이상하게 비슷한 억양의 사람들끼리 잘 한편이 되는 것 같았다. 게다가 내가 더욱 실망스럽게 본 것은 끝내 그 토의가 일치된 결론에 이르지 못한 점이었다. 한 삼십 분이나 그 논의가 진행되었을까, 논리라기보다는 숫자에 밀린 듯한 민수와 또 한 청년이 자리를 박차고 일어났다.

"어디나 그저 그눔의 지역감정……. 행임, 마 솔직해보소. 이번에는 고향사람 민다꼬. 되잖게 논리를 비틀기는. 하지만 우리는 파이요. 기분 같으면 우리도 우째 말을 맹글어가지고 공삼거사 밀었으면 좋겠지만, 낯간지러버 그래는 못 하요. 택도 없이 떨어지더라도 민중후보한테 한 표라도 더 보태 아직 우리가 있다는 거나 알릴라요."

사전에 말을 맞춘 것 같지는 않았으나, 그러면서 방을 나가는 민수를 따라나서며 또 다른 청년도 비슷한 사투리로 거들어 말했다.

"한해 내내 있는동 만동 비실비실하다가 겨우 소집해 의논한다는 게 그 따우 궤변임미꺼? 마 치우입시다. 하기사 우리 패밀리 작년에 벌써 끝난 거 아이가. 인자 와서 연합은 뭐고, 연대는 뭐꼬!"

다행히 동조자는 더 없어 둘이 나가는 것으로 분위기는 곧 수습되었다. 그러나 나는 그때 종태의 눈길을 스쳐 가는 쓸쓸한 빛을 놓치지 않았다. 영규도 애써 그 둘을 무시하고 토의를 진행시켰으나 그 또한 무언가를 쓸쓸해하는 것 같았다.

결론은 오래잖아 영규와 몇몇 동조자가 이끄는 대로 나고 곧 술판이 벌어졌다. 내가 그렇게 보아서 그런지 소주잔이 도는 속도가 이상하게 빨랐다. 그런데 알 수 없는 것은 은경이란 아가씨는 잔만 받아놓고 비우지를 않는 일이었다. 처음 술들이 오르지 않았을 때는 그게 제법 실랑이 거리가 되었으나 곧 술잔은 그녀를 지나쳐 오가기 시작했다.

오래지 않아 나는 그들이 왜 그리 급하게 잔들을 비워대는지 짐작이 갔다. 그들은 서둘러 현실을 떠나고 싶어 했다. 그래서 과거로, 그 자랑과 영광의 기억으로 되돌아가고 싶었던 듯했다.

술들이 어느 정도 올랐다 싶자, 좋았던 옛날의 추억과 무용담들이 구석구석에서 쏟아져나왔다. 그림같이 성공한 노동쟁의들, 고구려병사(방호복 입은 전경)를 집단으로 생포해 무장해제하고 놓아준 무용담, 경찰의 무선전화기를 빼앗아 거기서 흘러나오는 정보대로 포위망을 돌파한 이야기……. 웃음거리도 그런 추억 속에서 나왔다. 어느 투쟁에선가 몰리던 여공들이 옷을 벗어 던지고 팬티바람으로 저항하게 되었는데, 그중 한 여공의 팬티 사이로 음모가 한줌이나 비어져 나오더라던가.

그러다가 누군가의 제안으로 노래가 시작되었다. 한동안은 낭자한 유행가 가락이 방을 채웠으나 나중에는 이른바 운동권 가요들이 쏟아졌다. 내가 이제껏 제목만 들어봤던 '임을 위한 행진곡'

을 처음부터 끝까지 듣게 된 것은 바로 그곳에서였다.

사랑도 명예도 이름도 남김없이

한평생 나가자던 뜨거운 맹세

세월은 흘러가도 산천은 안다

깨어나서 외치는 뜨거운 함성

앞서서 나가니 산 자여 따르라

앞서서 나가니 산 자여 따르라…….

여럿의 합창으로 그 노래를 듣고 있으니 나도 모르게 숙연한 기분이 되었다. 그들도 그 노래를 부를 때는 비감에 젖어 있었다. 그때까지의 활기찬 목소리가 갑자기 침울해졌다. 그런데 1절이 끝나고 2절로 접어들었을 때였다.

동지는 간데없고 깃발만 나부껴

새날이 올 때까지 흔들리지 말자…….

노래가 거기까지 이어졌을 때, 그중 한 청년이 두 손을 내저으며 그새 뒤틀린 혀로 여럿의 입을 막았다.

"가만, 가만. 이 부분은 틀렸어. 이젠 가사를 바꿔야 한다구……."

"뜬금없이 무슨 소리여?"

"가사를 바꾸기는 왜 바꿔? 누구 맘대로……."

노래를 제지당한 사람들이 알 수 없다는 눈길로 그 청년을 보며 툴툴거렸다. 그러자 그 청년이 소리를 높여 노래를 자신의 새로운 가사로 바꿔 불렀다.

> 깃발은 쓰러지고 동지만 남아
> 어찌 헤쳐 갈거나 어두운 세월…….

"저 자식 저거 벌써 꼭지가 돌았군."

"집어쳐, 마. 누가 저 보고 날라리 시인 아니랠까 봐."

거기 있던 사람들이 떠들썩하게 농담처럼 말렸지만 다음 구절을 듣고 싶지 않아 하는 눈치들은 뚜렷했다. 그 무언의 압력에 굴복해선지 그 청년도 자신의 노래를 더는 고집하지 않았다. 아니, 그 한 구절을 하고는 그대로 술상에 고개를 묻는 게 그 스스로도 더 할 기분이 아닌 것 같았다.

그러나 그의 새로운 가사가 그러지 않아도 불안하던 그 술자리의 흥을 깨어놓은 것만은 분명했다. 노래는 그걸로 흐지부지되고 곧 잡담이 시작되었다. 조금 전의 억지스럽게 내던 흥 대신에 적당한 음울과 슬픔의 정조가 두어 갈래의 침중한 대화로 판을 나누어놓았다.

"형, 쓸쓸해요……. 우리 모임 자리가 왜 이래요?"

그때껏 별말 없이 술잔만 받고 있던 종태가 맞은편 영규를 건너보며 누눅한 목소리로 말했다. 아까 두 사람이 자리를 박차고 나선 뒤부터 줄곧 어두운 얼굴로 무언가 생각에 잠겨 있던 영규가 퍼뜩 정신을 가다듬으며 짐짓 여유 있는 말투로 받았다.

"응, 걔들? 신경 쓸 거 없어. 말은 민중후보 어쩌구 해도 표는 고향 따라가겠지. 하지만 그러잖아도 이미 떠난 놈들이야. 걔들만으로 끝난 것도 다행으로 여겨야지."

"걔들 얘기가 아니라구요. 남은 우리라구요! 저기 쟤 노래가 맞아. 깃발은 쓰러지고 동지만 남아……."

"갑자기 그건 무슨 소리야?"

"형, 이번 우리 선택 쓸쓸하잖아요? 깃발 없이 남은 동지들이 할 수 있는 차선의 선택……. 형, 정말로 이번 전국연합의 결정 기꺼이 접수하세요?"

종태가 그렇게 묻자 영규가 대답 대신 자기 앞의 술잔을 들어 훌쩍 비웠다. 짧지만 종태가 하고자 하는 말의 뜻은 속속들이 알아들은 눈치였다.

"실은 나도 쓸쓸하다."

이윽고 영규는 나직이 그렇게 대답해놓고 이어 성난 듯 이었다.

"하지만 우리 깃발이 쓰러진 것은 아냐. 좌절의 시대를 피해 잠시 누운 것일 뿐, 새날이 오면 다시 일어날 거야. 따라서 우리의 선택도 차선이 아니라 지금 할 수 있는 최선이라구!"

그러나 그때 이미 종태는 그 말을 듣고 있지 않았다. 무언가 혼자만의 생각으로 되돌아가 조금 전의 구절을 의미 없이 흥얼거리고 있었다. 깃발은 쓰러지고 동지만 남아. 깃발은 쓰러지고 동지만 남아…….”

그들의 모임은 열 시를 조금 넘어 흩어졌다. 그들 중 몇몇은 이번 선거에 임하는 실질적인 활동지침도 받았고 몇에게는 또 구체적인 직책까지 주어졌다. 그러나 내가 보기에 그 소집의 실제적인 효과는 결정된 사항의 일방적인 전달에 그칠 듯했다.

종태가 은경이란 아가씨와 둘이서만 마주 앉게 된 것은 어지러운 인사와 함께 모두가 흩어지고 얼마 안 돼서였다. 그동안도 박이 여러 차례 눈짓을 보냈으나 짐짓 그녀를 무시하고 있던 종태가 다른 여자 회원과 전철역 쪽으로 가려는 그녀를 뒤따라가며 나직이 소리쳤다.

“은경이, 나 좀 볼까.”

어딘가 잰 체하는 태도로 앞만 보며 발걸음을 옮겨놓던 그녀가 흠칫하며 걸음을 멈추었다. 그때 이차를 가려고 웅성거리던 몇몇 중 하나가 제법 혀 꼬부라진 소리를 냈다.

“어이, 강 형 이차 안 가고? 아니, 그냥 이렇게 깨지구 마는 거야?”

“한은경 동지에게 얘기할 게 있다잖아? 옛날 조(組)끼리 오랜만에 만났는데, 남다른 회포도 있겠지.”

누군가 그렇게 말려 종태를 놓아주었다. 은경이란 아가씨와 함께 걷던 여자도 선선히 물러났다.

“그럼, 너 종태 씨하고 얘기 좀 하고 와라. 나 먼저 가서 탄불 갈아놓을게. 너무 늦지 말고.”

그런 그들의 태도로 보아 종태와 은경이란 아가씨는 일종의 기득권이 인정될 정도로 공공연한 사이였던 듯했다. 박의 말만 믿고 있던 나는 거기서 가벼운 긴장까지 느끼며 그들이 하는 양을 살폈다.

곧 어깨를 나란히 한 둘은 밝은 거리 쪽으로 말없이 걸음을 떼놓았다. 그러나 내가 보기에 그들의 말 없음은 각기 그 뜻하는 바가 다른 것 같았다. 종태는 우물쭈물하면서도 무언가 자연스러운 대화의 실마리를 찾고 있는 게 자기가 맘에 없이 떠맡게 된 역할을 난감해하고 있는 눈치였다. 거기 비해 은경이란 아가씨는 걸음걸이까지 어색해 보일 정도로 굳어 있는 게 어떤 상반되면서도 격앙된 감정에 부대끼고 있음에 틀림없었다.

"저기, 저기 들어가서 얘기하는 게 어때?"

아무래도 자신이 할 얘기가 거리를 걸으면서 가볍게 쏟아낼 수 있는 성질은 아니라고 여긴 종태가 이윽고 한 곳을 손가락질하며 말했다. 큰길 쪽으로 나 있는 OB호프였다. 은경은 말없이 종태를 따라 걷는 것으로 동의를 대신했다.

번쩍거리는 네온사인 간판에 비해 장사는 시원찮은지 맥줏집 안은 썰렁했다. 아직 열한 시도 안 돼 한참 벅적거릴 땐데도 손님이 차 있는 테이블은 절반도 안 됐다.

"그래, 그동안 어떻게 지냈어?"

마른안주와 5백cc 두 잔을 주문한 종태가 비로소 할 말을 찾았다는 듯 그렇게 물었다. 조명이 너무 밝아서인지 그들 주위의 자리는 모두 비어 있었다.

"뭐, 그냥 …… 세월 간다구 공순이 신세 달라질 게 있겠어요?"

은경이 어딘가 뒤틀린 어조로 그렇게 받았다. 종태가 애써 그걸 못 느낀 척 희미한 웃음까지 띠며 다시 말했다.

"점점 더 맹렬해지는 모양이던데. 조금은 듣고 있어."

"그래도 절 기억하고 계시니 고맙네요. 제 소문에 귀까지 기울이시고."

"그건 또 무슨 소리야? 누가 들으면 우리가 싸우고 헤어진 사람인 줄 알겠다."

"하기야, 원체 고고하신 분이시니까……."

얘기는 한참 그렇게 겉돌았다. 그러다가 맥주가 오고 두 사람 모두 목마른 사람처럼 잔을 반 이상 비운 뒤에야 가닥이 잡혀갔다.

"은경아, 너 왜 그러니? 뭔지 모르지만 내게 몹시 섭섭한 게 있는 모양이구나."

아무래도 그대로는 안 되겠다는 듯 종태가 정색을 하며 물었다. 은경의 눈이 번쩍 종태를 쏘아보는 것 같더니 이내 물기를 머금으며 내리깔렸다. 나는 그때서야 그녀가 상당히 예쁜 얼굴임을 알아보았다. 좀전의 술자리에서 대각선으로 건너볼 때는 그저 수더분한 아가씨에 지나지 않았다.

"종태 형. 정말 몰라서 물으세요?"

그녀가 다시 눈길을 들어 종태를 말끄러미 건너보며 비로소 감정어린 목소리로 물었다.

"뭘?"

"우리가 마지막 본 게 언제예요? 언제 연락 한 번 주신 적 있으세요?"

그녀의 말투는 따지기보다는 호소하는 쪽에 가까웠다. 종태가 어색함을 가벼운 웃음으로 지우며 받았다.

"현장이 다르지 않았어? 상황도 그랬고……."

"그래도 제가 있는 곳은 아셨잖아요? 형이 그렇게 바빴던 것도 아니고. 일 년씩이나 전화 한 통 없자 절 잊으신 걸루 알았는데."

"아, 그거. 너두 알잖아? 작년, 올해, 우리에게 어떤 세월이었어? 너뿐만 아니라 모든 걸 잊고 싶은 세월이었다."

종태가 그렇게 대답하자 그녀의 얼굴이 다시 굳어졌다. 그러나 격해지는 감정을 억누르려는 듯 남은 맥주잔을 홀쩍 들이켜고 가만히 물었다.

"그럼, 정말 들리는 대루 패배주의에서 완전히 청산분자로 도신 거예요?"

"글쎄다. 하지만, 주관적으로는 그걸 부인하고 싶다. 그저…… 쉬며, 정리하고 난 뒤에……."

"좋으시겠어요. 쉬고 싶으면 쉬고, 정리하고 싶으면 정리하고. 여차하면 깨끗이 손 털고 돌아설 수도 있고……."

그녀의 목소리가 조금씩 뒤틀려갔다.

"깨끗이 손 털고, 까지는 생각해보지 않았다. 아니, 그렇게까지는 못 해. 내게도 돌아갈 길은 없어."

종태도 당하고 있을 수만은 없다는 듯 목소리가 강경해졌다.

"왜요? 좋은 학벌에, 해둔 공부에 못 돌아갈 게 뭐 있어요? 돌아간다면 저쪽에서두 얼씨구 하며 받을 텐데."

그녀가 그렇게 받아놓고 한층 뒤틀린 어조로 이었다.

"게다가 깃발은 이미 쓰러졌다면서요? 깃발은 쓰러지고 동지만 남았다면서요?"

"그건 그저 울적한 감회의 토로일 뿐이야. 영규 형의 강경한 부인을 듣고 싶어서. 그리구 영규 형도 그랬잖아? 우리 깃발은 쓰러진 게 아니라 모진 세월을 만나 잠시 바람에 누운 것일 뿐이라구. 새 날이 밝으면 다시 일어나 힘차게 펄럭일 거라구."

"어쩐지 그걸 믿는 게 아니라 믿고 싶어 할 뿐인 것처럼 들리네요. 하여튼 좋아요. 종태 형이 아주 쓰러진 건 아닌 것 같아 한결 위로가 되는군요. 그런데 제겐 웬일이세요? 어째서 새삼 절 찾으셨죠? 새로운 학습이라두 있나요?"

그러면서 다시 종태를 쳐다보는 그녀의 눈길에는 어딘가 불안하면서도 간절한 기대가 담겨 있었다. 종태도 그걸 느낀 듯 잠시 멈칫하다가 마음을 다 잡아 먹은 사람처럼 단호하게 말했다.

"좋아. 말을 돌리지 않고 바로 말하지. 동지로서 충고하는데 조금 자중자애하는 게 좋겠어."

"어떻게 하는 게 자중자애예요? 종태 형처럼 집으로 돌아가 몇 달 드러누워 푸욱 쉴까요? 하지만 전 돌아갈 집도 없어요. 잘 아시잖아요?"

"일에는 때가 있고 흐름이 있는 법이야. 주관적인 환상이나 감정에 휘말려 마구 내닫는 것은 자신을 망칠 뿐 아니라 우리의 운동까지 왜곡시키고 훼손할 염려가 있어."

"주관적인 환상이나 감정이라…… 내가 거기 휘말려 앞뒤 없이 내닫는다구 누가 그러던가요?"

"그보다 더 심하게 말하는 사람도 있어. 이 봄과 여름에 걸친 너의 활동을 절망한 사람이 죽을 자리를 찾는 것에 비유한 관찰도 있다구."

그 말에 은경의 얼굴이 알아보게 굳어졌다. 종태가 문득 후회되는 듯 그대로 말을 끊었으나 이미 때는 늦은 뒤였다. 한동안 뒤틀린 웃음을 웃던 은경이 싸늘하기 그지없는 눈길로 종태를 쏘아보며 물었다.

"혹시 그 절망이 우리의 운동 이외의 방향에서 온 것이란 추측은 없던가요? 개꿈에서 깨난 공순이가 그 허전함을 이기지 못해……."

아마도 은경은 종태가 하고 있는 말의 근원지가 어딘지를 짐작한 듯했다. 종태가 당황해하며 부인하려는데 다시 뜻밖의 사태가 개입됐다.

"야, 그림 좋구나. 나는 또 어딜 갔나 했더니."

얘기에 열중해 주위를 느끼지 못하고 있는 두 사람의 테이블 곁으로 누군가 이죽거리며 다가왔다. 아까 이차를 가는 팀에 끼어 있던 것 같던 박이었다. 얼굴이며 말투에 질투의 이글거림 같은 것까지 느껴지는 게 꽤나 공들여 그들 두 사람을 추적해온 모양이었다.

박을 알아본 종태의 표정이 곤혹스러움과 난감함으로 묘하게 일그러졌다. 그러나 더욱 심한 것은 은경이 쪽이었다. 박을 본 그녀의 낯빛은 희다 못해 푸르스름해졌다. 이어 그녀의 혐오와 경멸은 억제할 수 없는 표독스러움으로 변해 박에게 퍼부어졌다.

"넌 줄 알았지. 치사한 새끼. 내게 그렇게 추근댄 것두 모자라 이젠 종태 형까지 끌어들여?"

"그게 아냐. 박 형에게 들은 게 아니라……."

종태가 어떻게 수습해보려 했으나 소용이 없었다. 은경은 그런 종태에게 눈길 한 번 주지 않고 계속해 박에게 퍼부었다.

"그런다구 내가 너에게 돌아갈 것 같니? 뭐 지금이라두 손 씻구 둘이서 새 출발하면 늦지 않다구. 두 사람 힘 모아 착실하게 벌면 집칸 장만하고 남들처럼 살기는 어렵잖을 거라구. 증말 너 같은 거하구 같은 대열에서 운동한답시구 몰려다닌 게 챙피하다. 챙피해."

그러더니 벌떡 몸을 일으키며 종태에게도 차갑게 퍼부었다.

"정말 종태 형두 갈 데 없이 썩은 먹물이네. 어쩌다 저하구 입 한 번 맞추고 손목 몇 번 잡은 게 그렇게 마음에 걸려요? 그렇다구 기껏 저런 새끼하구 짝지어 줄려구 나선 거예요? 하지만 걱정 마세요. 그때 악질 먹물 중엔 의식화 첫 단계로 우리 순진한 공순이들 몸부터 챙긴 것들두 있었다구요. 운동자금 명목으로 돈까지 뜯어간 더 못된 것들두 있구…… 그런데, 뭘 키쓰 정도 가지구. 그리구, 너무 행복한 오해는 하지 마세요. 내가 이러구 다니는 거 종태 형 때문이라고 지레짐작하신다면 그건 너무 행복한 오해라구요. 보기에 너무 천방지축이구 아슬아슬할지 모르지만 이것두 한 의식의 발로라구요. 나름의 전개 과정이구. 막말루 룸살롱의 호스티스로 나앉는 것보다는 이 길루 계속 나가는 게 보기 좋지 않아요? 끼어들 현장이 있을 때까지만이라두……."

짜르를 기다리며

소집에서 돌아온 뒤에도 종태의 생활은 크게 변하지 않았다. 모임에서는 별 반대의 의사를 나타내지 않았으나 그가 조직의 새로운 결정에 이렇다 할 열의를 가지고 임하지 않는 것은 분명했다. 어쩌면 실제적인 역할을 사양할 때부터 그는 간접적으로 자신의 기분을 밝힌 것인지도 몰랐다.

그는 전처럼 하루의 대부분을 방 안에 틀어박혀서 무얼 읽거나 생각에 잠겼다. 그러나 그게 반드시 칩거를 뜻하는 것은 아니었다. 외부와의 통로를 오히려 전보다 더 다양하게 열어 세상을 바라보고 있었기 때문이었다.

그 통로 중에서 중요한 것은 아마도 신문과 방송일 것이다. 종태는 진작부터 야당 성향의 오래된 신문 하나를 정기구독하고 있었지만 그 무렵 들어서는 무주댁의 눈치를 보아가면서도 아침마다 가까운 가판대로 가 정통의 보수계열 신문 한 부를 더 사왔다. 방송도 그랬다. 선거에 관한 각 방송국의 뉴스를 시간시간 챙겼다.

"얘가 선거전문가로 나설 모양이네. 어째 이렇게 수선을 피워? 들은 얘기 또 듣고 본 얼굴 또 보고……. 조금 전 그 뉴스 보았잖아? 방송국 다르다고 뉴스 다르겠어? 정신 시끄러워, 원."

선거 관계 뉴스를 따라 채널을 이리저리 바꾸는 종태를 보고 무주댁은 그렇게 핀잔을 주었고 강만석 씨도 방 안에 널브러진 신문이며 잡지를 발로 걷어내며 못마땅한 듯 한마디씩 하곤 했다.

"선거를 하려면 밖으로 나가야지, 늬는 방 안에서 다 하고 말 거냐?"

그러나 종태는 별로 마음에 걸려 하지 않았다. 내가 보기에 그는 거의 관조에 가까운 심정으로 선거와 우리 사회를 살펴보는 듯했다. 그 바람에 그의 필기구인 나도 덩달아 이 나라의 대통령선거를 분석 관찰할 여유가 생겼다.

그사이 선거는 초반의 그럴듯한 시작과는 달리 날이 갈수록 혼탁하게 변해갔다. 초반이 그럴듯했다고 하는 것은 이 나라의 고질적인 지역감정이 겉으로 두드러지지 않은 걸 주로 말하는데, 되어가는 꼴을 보니 그것도 제대로 지켜질지 걱정스러웠다.

내가 그동안 살펴본 일들 중에 가장 딱한 것은 국회의원들의 거듭되는 변신과 당적(黨籍) 이동이었다. 특히 그것은 구(舊) 여당 쪽이 심했는데 박 씨 같은 사람은 이렇게 빈정댔다.

"대구 국회의원들은 한참 생각해봐야 그 사람이 어느 당인지 알 수 있다니까. 하두 왔다 갔다 해서 정신이 있어야지."

내가 듣기로 그 지방 사람들은 의리 있고 몸가짐이 신중하다 했으나 그 사람들이 대표로 뽑아 보낸 사람들을 보니 반드시 그렇지도 못한 듯했다. 어물전 망신을 꼴뚜기가 시킨 것인지, 그 지역의 정서가 이제는 그렇게 변한 것인지는 잘 알 수가 없지만 개중에는 그렇게 오락가락하다가 단 몇 달 동안에 그동안 애써 쌓은 정치적 자산을 깨끗이 탕진해버린 이도 있어 보는 이를 안타깝게 하기도 했다.

그다음 이번 선거에서 가장 화끈한 쟁점은 금권시비 같았다. 한쪽에서는 돈으로 표를 산다고 아우성이고 상대 쪽에서는 '내 돈 내가 쓰는데 무슨 상관이냐'로 맞받았는데, 내가 보기에는 그 공방의 진행이 좀 이상했다. 되풀이되는 공방은 돈을 쓰는 게 나쁘다 좋다 하는 원론에서 그치고 그게 정말 내 돈인지에 대해서는 정당들도 유권자들도 별로 유의하지 않는 눈치였다.

어떤 일간지의 보도를 보면 금권시비로 한창 말썽인 정당의 후보가 의지하고 있는 재벌그룹이 지고 있는 빚은 20조가 넘는다고 한다. 하도 엄청나 실감이 안 나서인지 따져보는 사람이 없는 모양인데 종태가 하는 계산을 보니 여간 아니었다. 그 빚의 대부분이 국가가 보증한 금융기관의 것이라 결국 이 나라 국민은 일인당 50만 원, 5인 가족 기준 가구당 2백50만 원씩 빚보증을 하고 있는 셈이었다.

그런 엄청난 빚을 지고 있는 그룹의 총수에게 있다는 사재(私財) 몇조가 정말 말 그대로 '사재'일 수 있겠는가. 그 돈을 쓰는 게 과연 '내 돈 내 쓰는' 일이 될 것인가. 그런데도 금권정치를 공격하는 정당도, 금권정치의 대상이 된 국민도, 그 부분에 대해서는 그리 유의해보지 않는 게 영 이해가 안 됐다.

하지만 뭐니 뭐니 해도 가장 알 수 없는 것은 오래된 미신 같은 여러 고정관념들이었다. 이제 선거 막바지가 되니 다시 그것들이 상대방에 대한 무기로 활용되기 시작하고 있는데, 그 대표적인 것으로는 아마도 색깔론, 지조론, 자질론일 것이다.

색깔론은 제 1야당의 후보를 향해 되풀이되고 있는데, 아마도 그 빌미가 된 것은 여러 운동권 단체들의 연계인 전국연합과 정책연대를 한 일이었다. 그 전국연합 안에는 주사파라고 하는 극좌파가 있는 모양인데 그게 후보의 사상성에 대한 지금까지의 미신에 현실적인 근거가 되었다. 거기다가 또 눈치 없는 북한 방송이 거든답시고 거들고 나선 게 공격자들에게 더 큰 호기를 주었다.

그러나 내가 보기에 그 논쟁은 그리 실효성이 있을 것 같지가 않았다. 열 번 양보해서 그 후보의 사상이 정말로 주사파와 맥을 같이하고, 김일성주의와 연계되어 있더라도 그것은 어디까지나 후보 때의 얘기다. 한번 권좌에 오르면 그때는 새로운 권력의 논리가 서게 마련이다. 전력으로 보아 사상적으로 가장 의심스러웠던 것은 박정희 전 대통령이었지만 그도 한번 대통령이 되자 가장 강경한 반공주의자가 되지 않았던가.

그 색깔론 못지않게 어이없는 것으로는 지조론이 있다. 몇 년 전 원내 제 2당 후보가 당시의 여당과 합당한 일을 두고 그것을 야합으로 보며 변절이라고 매도하는 논리인데 젊은 사람들에게는 꽤나 먹혀드는 눈치다. 하지만 조금만 냉정히 따져보면 어지간히 억지스러운 논리라는 게 금세 분명해진다.

야합 또는 변절이란 통상으로 강한 것에 대한 굴복과 그로 인한 본질의 변화를 뜻한다. 그러나 그 후보 스스로가 말했듯이 3년 전의 합당은 호랑이를 잡으려고 호랑이 굴에 뛰어든 형국에 가깝고 지금에 와서 보면 실제로 그 말대로 되었다. 삼 분의 일도 안 되는 세력으로 들어가 오히려 구(舊) 여권 핵심을 제거하고 당권을 장악했으니 무혈 점령 또는 무혈전복이란 말은 돼도 야합이란 영 어울리지 않는다.

또 변절도 그렇다. 그렇게 합당해서 그 후보의 논리가 바뀌고 이념이 달라졌다면 모르지만 의회민주주의에 대한 신념과 중도우파적인 성향은 어느 것 하나 달라진 게 없다. 달라진 게 있다면 당의 이름과 이끄는 국회의원 수가 늘어났다는 정도인데, 그걸 변절이라고 단언할 수 있겠는가. 내 보기에 변절이란 말은 오히려 수십 년 전매특허처럼 써온 진보의 이미지를 버리고 하루아침에 중도우파를 표방한 쪽에 더 합당할 듯하다.

한마디로 그 합당사건은 승리의 기록이요 그 후보의 정치적 자질을 돋보이게 하는 근거가 될지언정 험구의 대상은 안 되어 보이는데, 그런 지조론이 선거의 쟁점까지 되는 게 나로서는 영 알 수가 없다.

이제는 한물간 듯도 해 보이지만 자질론이란 것도 내가 보기에는 선뜻 이해가 안 가는 시비 중의 하나다. 곧 세 후보 중 한 사람은 머리가 좋고 공부를 많이 해서 대통령의 자질이 있는데 나머지 한 사람은 머리도 나쁘고 공부도 안 하며 실물경제도 몰라 영 대통령의 자질이 없다는 주장이다.

기억력 좋은 사람들에 따르면 십여 년 전에 그 원형이 되는 논의가 앞서의 색깔론과 더불어 이른바 신군부에 의해 유포된 적이 있다는데 그게 지금까지 살아남은 거라면 꽤나 고색창연한 주장이다. 그러나 요즈음 무슨 미신처럼 번지고 있는 자질론은 꼭 그런 것 같지도 않다. 그 뒤의 사정 변화까지 다 고려되어 있는 것으로 보아 새로 개량되어 유포된 듯한데, 역시 상당한 설득력을 가지고 퍼지는 눈치다. 거기에 대해서는 얼마 전 선거를 두고 박 씨와 대판 싸운 시장집 김 씨의 반박을 활용해보자.

"시상에 벨 소릴 다 듣겠네. 아, 천하가 다 아는 서울대학교 정식으로 다 나온 눔은 머리도 나쁘고, 공부도 몬 하고오 상업고등학교 나온 눔은 머리도 좋고 시상 오만 거 다 안단 말가? 아이, 소학교 나와 불알 밸갈 때부터 노가다판으로 장터판으로 떠돈 눔은 대통령 자질이 있고, 스무 살에 국회의원이 돼 이 길로 30년이 넘도록 정치한 눔은 대통령 자질이 없단 말가?"

김 씨는 그러면서 입에 거품을 물었는데 그렇게 단순하게 보아도 일리가 없는 것은 아니었다.

그 밖에 이해 안 되는 고정관념이나 기묘한 집단심리의 예는 수 없이 많다. 그러나 그런 걸 하나하나 다 따져보기에는 지면도 모자랄 뿐만 아니라 자칫하면 편들기의 인상을 줄 염려도 있어 이쯤에서 그만두기로 한다. 게다가 이제 내게는 그리 많은 날들이 남은 것 같지도 않다. 언제부터인가 나는 알 수 없는 종말의 예감에 시달리고 있다. 따라서 여기서는 종태의 노트 한 구절을 인용하는 것으로 이 시대의 지성에 감지된 한 징후만 훔쳐보기로 하자.

'불길한 조짐이 무슨 음산한 악령처럼 시대의 문턱을 기웃거리고 있다. 지난 수십 년 관료매판(官僚買辦) 형태로 자란 자본력이 이제 거대한 리바이어던이 되어 정치판에 얼굴을 내밀었다. 때아닌 금권의 등장이다.

물론 이 조짐에 대해 다른 해석을 하는 동지들도 있다. 결과적으로 새로운 리바이어던은 우리가 연합한 후보가 당선되는 데 강력한 우군의 역할을 할 것이며, 그것은 또 우리가 이상하는 시대를 앞당기는 데 기여할 것이란 예측이 그것이다.

하지만 내가 보기에 그 문제는 곧 간단하지 않다. 사람들은 군부의 억압적인 통치는 신물이 나도록 맛보아 그 해악을 잘 알고 있지만 금권통치의 해악에 대해서는 막연한 상상 밖에 가지고 있지 않다. 그러나 기실 그 해악은 상상만으로도 끔찍하다. 물리적 폭력에 의한 통치는 그래도 비판과 저항이란 반사이익을 민중의 의식에 선사했다. 그러나 금력에 의한 판단력의 매수, 그리고 그에 따른 부패는 그대로 민중의 의식을 황폐화시키고 말 것이다.

어떤 사람은 그들이 결국 승리하지는 못하리라는 것이며 기껏 해야 한 중요한 변수로밖에는 기능하지 못하리라는 것으로 안심하려 한다. 그렇지도 않다.

그들이 대통령을 내지 못하리라는 것은 거의 분명해 보이지만 문제는 그들의 출현에 따른 반사이익으로 우리 연합이 지지한 대통령이 당선되었을 경우에 예상되어지는 상황이다.

그들은 누구보다도 자신들이 그러한 당선의 일등 공신임을 잘 알고 있다. 어쩌면 애초부터 그러한 결과를 염두에 두고 밑져야 본전이라는 기분으로 선거를 여기까지 끌어왔을 수도 있다. 반사이익에 대한 논공행상(論功行賞)으로 최소한의 생존은 보장받으리라고 믿고 시작했을 것이다. 게다가 더욱 나쁜 것은 우리 연합이 지지한 후보가 당선되었을 경우, 어쩔 수 없이 그들의 생존을 승인하거나 경우에 따라서는 그들과 새로운 연합을 해야 하는 상황이다. 야당에서 대통령이 나온다면, 국회에서의 형편없는 열세를 만회하기 위해서는 단 한 석을 가진 군소정당에라도 손을 벌려야 하는 게 그의 어쩔 수 없는 선택이다. 물론 맹렬한 여당 와해공작이 있겠지만, 거기에는 한계가 있다.

금력의 무서운 힘은 이 몇 달 선거기간을 통해 섬뜩하게 느껴왔다. 벌거숭이 금력은 일급의 연예인들을 시작으로 한때 여당의 중진이었던 전직 장관, 장군, 국회의장이며 저명한 논객, 최고의 지성을 자랑하던 교수, 대를 이은 명망가의 후예요, 한때는 신세대의 선두주자로 각광받던 후보에 이르기까지 무소불위로 사들일 수 있었다. 사람들은 그 당을 한국 현대정치사의 쓰레기통이라 빈정거리고, 그들 모두를 한물간 정치적 쓰레기로 애써 비하하지만, 나는 그렇게 보지 않는다. 그들도 엄연히 살아 있는 정치력이다. 그리고 그 짧은 기간에 그 모두를 사들일 수 있었던 금력의 엄청남에 나는 전율하고 있다.

지나치게 앞질러 간 피해망상일 수도 있지만, 나는 그 금력이 현실의 정국을 사들이고 군부와 이념을 사들여 금권으로 우리 위에 군림하게 되는 날을 소름 끼치게 상상한다. 내 청춘 일부는 군부독재와의 투쟁이란 대의 속에 사라졌지만, 이제 남은 부분은 금권정치와의 투쟁 속에 바쳐져야 할지도 모른다…….'

선거가 며칠 안 남은 어느 날, 종태는 그의 노트에 그렇게 끄적였다. 어딘가 피해망상과 과장의 혐의가 가는 글이지만, 사태의 본질에 대한 통찰에는 반짝이는 구석이 있었다.

그사이 날은 자꾸 흘러가고 말 그대로 진흙탕을 뒹구는 개새끼들의 싸움(泥田鬪狗) 같은 후보들의 공방은 가열되었다. 지역감정이 수그러들었다지만, 안으로는 더 치열하게 타오르는 것 같고, 50년대 60년대식 흑색선전과 되덮어 씌우기 거짓말 작전이 연일 국민들의 정서를 거칠게 긁어놓았다. 내가 보기에 선거가 끝난 뒤에는 세상도 끝나는 걸로 믿는 사람들의 광기 같았다.

그런 후보들의 심리상황은 그대로 지지자들에게도 반사되어 이성의 논리 대신 감정의 논리가 판을 쳤다. 모두가 흥분해서 바라보고 있는 것은 누가 되느냐일 뿐, 그 뒤에 펼쳐질 구도에는 그리 신경 쓰지 않았다. 그도 그럴 것이 같은 말이 백 가지 뜻으로 받아들여지니, 거기에 어떻게 논리의 연결이 가능하겠는가.

물 건너에서 흘러들어온 볼펜 주제에 너무 분수 넘치는 짓인 줄은 알지만, 이 나라 사람들에게 두 가지는 꼭 상기시키고 싶다. 그 하나는 선거 뒤에도 세상은 계속된다는 점이다. 선거가 중요한 것은 오히려 그 선거 뒤의 세상 때문이니만큼 지금쯤은 차분하게 물러앉아 선거 뒤의 세상에 대해 숙고해보시는 게 어떠실는지. 그 다음은 선거 전에 먼저 확인되어야 할 합의이다. 돌아가는 판세를 보니 이번에도 40퍼센트 미만 대통령을 면하기는 어려울 듯한데, 그렇더라도 일단 판가름 난 뒤에는 결과에 승복하자는 국민적 합의가 꼭 필요해 보인다. 후보자들은 물론, 지지자들도 승복의 정서부터 길러두시는 게 어떠실는지.

그런데 선거 막바지에 희한한 일이 벌어졌다. 부산에서 터진 이른바 '기관장 회의' 사건이 그것이다. 선거를 며칠 앞두고 할 일 없는 전직 장관이, 혹은 뒷날을 기대한 정치휴학생이 그 지방의 기관장 몇을 모아놓고 관권선거를 획책하다가 재벌당이 쳐놓은 그물에 제대로 걸려버린 일이었다.

처음 그 사건이 재벌당의 콧수염 기른 초선의원에 의해 폭로되었을 때 사람들은 모두 큰 변이 난 줄 알았다. 대통령이 탈당까지 하며 중립의지를 표방하고, 선거내각까지 구성해 관권 시비를 면해보려고 하는 판에 한다 하는 기관장들이 모여 지역감정까지 들먹여가며 관권선거를 획책했다니 어찌 놀랄 일이 아니겠는가.

그러나 시간이 지나면서 보니 여러 가지 새로운 사실들이 나왔다. 첫째로 그것은 공식적인 회의가 아니었다는 점, 주재자가 현재의 내각과는 전혀 무관하고 모임의 형식도 아침식사를 겸한 사적인 성질의 것이며, 내용도 사담 수준으로 전혀 어떤 결정력을 가지지 않는 점 등이 밝혀졌다.

정부나 문제의 지원대상이 된 후보 쪽의 반응도 단호하고 신속했다. 정부는 거기 참석한 기관장 네 명을 그날로 해임하고, 후보는 후보대로 격앙된 목소리로 그 쓸데없는 과잉충성에 분노와 한탄을 표명했다. 지금까지의 관행대로라면 어떻게든 모호한 상태를 만들어 수사란 명목으로 이틀을 버텼을 것인데, 그와 전혀 다르게 대응한 셈이었다. 그것도 하나의 전략일 수는 있지만, 어쨌든 정말로 정부나 후보가 시키지 않은 일 같다는 인상을 주는 데 어느 정도 성공했다.

문제는 언론이었다. 언론이 그 후보에게 무슨 억하심정이 있는지 심지어 그 후보에게 우호적인 언론조차도 '기관장 회의' 또는 '기관장 대책회의'란 폭로 측의 명칭을 그대로 받아 썼다. 장교 몇이 모여 아침을 먹으며 어떤 후보를 돕기 위한 사적인 논의를 했다고 해서 '군부회의'라 할 수 있는가. 교사 몇 명이 모여 그 같은 논의를 했다고 해서 그게 바로 '교사 대책회의'라 할 수 있는가. 그런데도 그 명칭을 그대로 써서 마치 부산의 모든 기관장이 공식적으로 지원 결정을 내리고 구체적인 방안을 마련해 시달한 것 같은 인상을 주었다.

게다가 더욱 알 수 없는 것은 그러한 정보의 입수 경위에 대한 불문이었다. 20여 년 전 미국을 발칵 뒤집어놓고 마침내는 현직 대통령 닉슨을 사임케 한 '워터게이트' 사건의 주된 내용은 상대방에 대한 도청이었다. 내용에 관계없이 도청 그 자체의 부도덕성이 치명타가 되어 닉슨을 사임케 한 걸로 알고 있다. 그런데 첫날 그 도청에 대한 의문은 오히려 다른 후보를 지원하는 인상이 짙은 어떤 전통 야당지의 행간에서만 볼 수 있었다.

사실 언론의 센세이셔널리즘 지향에 비추어보면 더 관심이 있는 것은 당연히 그 도청의 경위와 방법일 것이다. 하지만 누가 보아도 전문 정보기관의 장비와 기술 냄새가 물씬물씬 나는 그 미스터리에 대해 제대로 다루고 있는 것은 그 재벌당과 반목 관계에 있는 어떤 신문뿐이었는데 그것도 일이 있고 이틀이나 지난 뒤였다.

부당한 방법으로 특정 후보를 도울 궁리를 했던 그 당사자들은 이미 애써 쌓아 올린 공무원으로서의 지위를 잃어버림으로써 상당한 처분을 받았고, 그들이 지원하고자 했던 후보는 엄청난 손실을 입었다. 그렇다면 다음 차례는 도청이란 비열한 방식의 권익침해에 대한 논의가 이루어져야 한다. 누가 그 도청을 기획하고 실행했는가. 그런 모임에 대한 정보원(情報源)은 어디 있는가. 녹음상태로 보아 고급한 기술의 전문인력이 가담한 듯한데 그들의 소속은 어디이고 누구의 지시를 받아 움직였는가.

그러는 사이에도 시간은 쉼 없이 흘러가고 투표일이 왔다. 막판에는 과열을 지나 곧 폭발할 것 같은 분위기까지 있었지만, 투표

당일은 이상하리만큼 평온했다. 그 평온함은 강만석 씨네 집에서도 그대로 나타났다.

"전 같으면 이맘때 설탕포나 비누쪼가리 하나라도 돌리는 법인데, 어찌 이리 쥐 죽은 듯 조용해?"

막판에 흔히 있는 금품 살포에 대해 전날 밤까지 그렇게 은근히 기대하는 눈치던 무주댁도 그 아침의 평온을 우회적으로 표현했다.

"벨일이야, 증말. 이젠 돈으루 표 사던 시대는 다 지나간 겨?"

강만석 씨도 조용하기만 했다. 그날 아침 투표장에 나가기 전 그가 선거에 관해서 한 말은 딱 한 마디였다.

"부산일 말여, 그게 찜찜하다구. 내 가만히 그쪽 친구들 보니 후끈 달아 설쳐대는 눈치라. 저희 딴엔 여지없는 막판 악재로 여겨 그러는 모양인데, 그게 오히려 불길하다구……."

그러나 그도 말처럼 그렇게 걱정하는 눈치는 아니었다. 그냥 두면 문제없이 압승인데, 혹시 하는 기우에 가까웠다. 종태도 비교적 담담했다. 그날 아침 그는 또 노트에 썼다.

'투표권이 생기고 서너 번 투표할 기회가 있었지만, 정작 투표장에 나가 직접 투표해보는 것은 이번이 처음이 된다. 어떤 때는 수배 중이었기 때문이기도 하고, 어떤 때는 다른 활동에 바빠 참여하지 못했다. 그런데도 무슨 배짱으로 그렇게 여러 번 유권자의 동향을 분석하고 예상을 내놓을 수 있었을까. 선거에 관해 내가 문서로 남긴 것만도 서너 번은 된다.

그러나 이제 내가 실제로 투표장에 나가고 구체적인 유권자로 참여하게 되고 나니 아무것도 보이지 않고 예상은 더욱 불가능하다. 그저 참여할 뿐이다. 결과가 나오면 그때 가서 겨우 원인분석이나 가능할는지. 그러나 어쨌든 이제야말로 내가 진정한 현장으로 돌아온 기분이다. 이들을 관념 속에서 추상하지 말고 현실 그대로 파악하는 또 하나의 계기로 생각해 되도록이면 기존의 선입견을 배제하고 이번 선거를 관찰해보자…….'

그리고는 일찌감치 투표장에 나가 거의 한 시간이나 투표장 주위를 서성거리며 뭔가를 살피다가 한 표를 던지고 집으로 돌아왔다.

종태가 집으로 돌아오니 집 안은 비어 있었다. 강만석 씨는 왠지 그냥 있지 못하고 박 씨와 어울려 시장가 순댓국집으로 술추렴을 나갔고, 무주댁도 반장 아주머니 집에 모인 아낙네들 사이에 섞여 개표가 시작되기를 기다리고 있었다.

종태는 일견 평온하기 그지없는 표정으로 제 방에 들어가 길게 누웠다. 낮잠이나 자며 개표까지의 시간을 때울 생각인 듯했다.

하지만 그러한 느긋함은 오래가지 못했다. 열두 시 무렵 해서 좀체 울리는 법이 없는 그 집 전화벨이 울리고 종태가 돌아온 뒤 처음으로 바로 종태를 찾는 전화가 왔다.

선거 열흘 전쯤에 모인 적이 있는 옛 패밀리의 하나가 건 전화인 듯했다. 내용은 회원들 일부가 한곳에 모여 바둑도 두고 고스톱도 치면서 시간을 죽이고 있는데 웬만하면 그리로 나오라는 권유였다. 거기서 함께 모여 텔레비전 개표나 보고, 또 결과에 따라 선거 이후에 관해서도 논의하자고 했다.

종태도 겉보기보다는 개표 때까지의 시간을 죽이기가 지루했던지 전화를 받자마자 나갈 채비를 했다.

종태가 찾아간 곳은 내 예상과는 달리 인사동 변두리의 기원이었다. 어두운 계단을 돌아 삼층으로 올라간 종태가 여남은 명이나 되는 사람이 여기저기 흩어져 앉아 있는 기원의 출입문을 열고 들어서자 그들 속에 끼어 바둑을 구경하던 영규가 손을 들어 아는 체를 했다.

"종태냐? 이리 와. 인사드려라."

종태가 그 소리에 이끌려 그리로 가자 바둑을 두고 있던 건장한 사십 대의 사내가 눈길을 돌려 영규를 바라보았다.

"도서출판 '적조(赤潮)' 알지? 거기 사장님이신 박현국 선배님이시다. 출판사를 사층에 열고 계셔 오늘 여기서 모이기로 했다."

영규가 그렇게 종태에게 일러주고 그 사내에게 소개시켰다.

"강종태라고 제 후뱁니다. 오랜 동지이고. 최근까지 노문연(勞問研)에서 부천 지역을 커버했죠. 쓸 만한 친굽니다."

"그럼, 우리 총서(叢書) 번역 때 낀 적 있는 친구 아냐? 최근에는 민우 녀석이 또 자네 얘길 하더군."

그가 그렇게 받고 사람 좋은 웃음과 함께 말했다.

"이런 날 긴 소개가 필요 있나? 바둑 둘 줄 알면 적당하게 적수를 찾아보구, 아니면 고스톱 패에나 끼어봐. 여긴 어차피 우리가 전세 낸 거니까."

그리고 보니 구석진 곳에 한패 바둑판 위에 군용담요를 깔고 화투를 치는 패들도 있었다. 인사를 마친 종태가 실내를 휘둘러보자, 여기저기서 손을 들어 아는 체를 했다.

"이리 와. 여기야. 너나 나나 잡기에는 퉁퉁 부은 처지에 기웃거려 봐야 뭘 해? 여기서 쏘주나 까자."

낮은 칸막이 같은 게 쳐져 테이블 위가 잘 안 보이는 저쪽 구석줄에 지난번 모임 때 본 적이 있는 청년 하나가 종태를 불렀다. 종태가 가 보니 그곳에는 벌써 술판이 벌어지고 있었다. 찌개 냄비 몇 개와 돼지머리 고기, 잡채 같은 안주들이 은박지접시에 담겨 널려진 사이로 소주병이 수풀처럼 서 있었다. 분위기로 그 출판사 사장이 한턱 쓰는 것 같았다.

"한잔 받아. 이런 날은 그저 한잔 걸치고 기다려야지."

종태를 부른 청년이 종이컵 가득 소주를 부어주며 말했다. 종태가 잔을 받으며 알 수 없다는 듯이 물었다.

"아까부터 이런 날 이런 날 하는데, 오늘이 무슨 날이야?"

"이런 짜식 봐. 너 정말 몰라서 물어? 투표두 안 했어?"

"대통령선거 날인 줄은 알겠는데, 이건 뭐 잔치판 분위기잖아?"

"다 끝난 거나 다름없어. 확인하고 축하할 일만 남았다구."

"뭐야? 그걸 어떻게 알아? 아직 투표도 다 안 끝났는데."

종태가 약간 놀란 표정으로 물었다. 그러나 꼭 궁금해서라기보다는 자기만 모르는 무슨 좋은 소식을 얼른 알고 싶다는 투였다.

상대방은 더욱 자신 있게 받았다.

"꼭 된장인지 아닌지 찍어 먹어봐야 알아? 5퍼센트 정도 우세는 확실해."

"글쎄……."

"생각해봐. 저희끼리 치구 박아 만신창이가 된 데다, 부산 사건까지 터졌으니……. 그것들이 입이 열 개라두 할 말이 어디 있어?"

"그건 모르지. 대응조치가 신속했고, 또 그 위기의식이 그 지역의 분발로 나타날 수 있으니까……."

종태가 아침에 들은 강만석 씨의 말을 떠올린 듯 그렇게 받았다.

"딴 지방이 있잖아? 아, 그런 소리 듣고 누가 그냥 있겠어? 두고 봐. 개표 한 시간도 안 돼 깜짝쇼가 일어날 거야."

곁에 앉아 있는 친구들도 대충 그런 관측에 동의한다는 표정이었다. 종태도 못 미덥기는 해도 굳이 반박할 건 없다는 듯 그쯤에서 물러섰다. 그러자 화제는 이내 거국내각의 내용으로 바뀌었다. 그걸로 보아 종태가 오기 전까지 그들이 떠들던 것은 주로 그쪽이었던 듯했다.

"그 내각에 우리 전국연합에도 몫이 있을까?"

"당연하지. 정책연합인데. 문제는 누가 들어가느냐이지."

"그보다 더 문제는 그 내각의 성격일걸. 대통령중심제의 내각에 누가 들어간들 힘이 있을까? 괜히 들러리나 서다가 우리의 선명성만 때 묻히게 되는 거 아냐?"

"내가 듣기로 거기 대해서는 이미 논의된 게 있는 줄로 아는데,

해석적 개헌 말이야……."

"해석적 개헌? 그건 또 무슨 소리야?"

"헌법은 그대로 두고 해석을 통해 내각제 요소를 강화하는 거야. 총리 책임하에 국무위원의 진퇴를 집단으로 하게 하고, 국무회의 의결권을 강화하여 대통령은 간접통치의 방식을 취하면 그게 바로 내각제 아니겠어?"

그렇게 주고받는 얘기들은 듣고 있으니, 그들은 자기들이 지지한 후보가 당선될 줄 믿어도 단단히 믿는 눈치였다. 물론 그들 중에도 불안을 품은 사람이 전혀 없는 건 아니었다. 개중의 하나는 말했다.

"우리가 혹시 외국의 패턴이나 외신의 무책임한 전망에 속아 너무 낙관하고 있는 거 아닐까. 미국과 같은 민주당이고, 그 승리가 정권 교체의 의미가 있고, 페로와 같은 역할을 해주는 재벌이 있고……. 또 어떤 권위 있는 외신이 우리 후보의 승리를 예측했고 해서……. 사실은 어느 것도 현실적인 근거는 전혀 못 되는데 말야."

"상대편의 분열에 대해서도 너무 지나친 기대를 걸고 있는 게 아닐까. 그 반사이익만 믿고 너무 수비 위주의 전법으로 돌아선 거 아냐? 야당다운 적극성과 공격성 없이. 오히려 여당 같은 신중함과 임모빌리티로 일관한 거 아니냐구. 어부지리만 노리는 음흉한 인상만 주고……."

하지만 그들도 노는 입에 염불이란 식의 걱정이었지 심각한 표정은 없었다. 그러한 분위기는 날이 저물고 투표가 끝난 뒤에도 마찬가지였다. 개표를 기다리는 동안에도 두어 사람이 더 나타났는데, 그들이 가지고 온 소식도 한결같이 낙관적인 것이었다.

"날씨가 따뜻해서인지 젊은 층이 대거 투표에 참여했다는군. 그 표야 어디 가겠어?"

"대구의 투표율이 제일 낮대. 그 기분 알쪼지. TK의 이탈로 갈라먹기가 나올 것 같아. 남에게 물려줄 밥상, 밥도 말아버리고 김치 접시에 담뱃재도 떨고……."

"투표장에서 간이 여론조사를 해봤대. 서울은 우리 쪽이 더블 스코어로 이길 거라지 아마……."

그때는 어지간히 술들이 취해 있어서 그리된 지도 몰랐다. 마침내 개표가 시작된 뒤에도 그런 분위기는 이어졌다. 자기들이 지지하는 후보가 조금 뒤져도 그들은 느긋하기만 했다.

"부재자 투표를 먼저 개표해서 그래. 그건 아무래도 저쪽이 먹는 거 아니겠어? 까짓거 65만 표 다 주고 시작하지 뭐."

분위기가 조금씩 이상해지기 시작한 것은 본격적인 개표가 시작되고 한 시간쯤 되었을 때였다.

"뭐가 좀 요상하네. 어째 한 번 뒤집히는 법도 없이 계속 뒤쫓는 형국이야? 이거 이상하게 되는 거 아냐?"

술을 마시며 텔레비전을 보던 패거리 중의 하나가 드디어 볼멘소리를 냈다. 고스톱 치는 패와 바둑을 두고 있던 사람들도 잠시 손을 멈추고 텔레비전 화면 쪽으로 눈길을 보냈다. 그러나 그들에게는 아직 대수롭잖아 보이는 듯했다.

“뭐야? 겨우 이만 표 차이잖아. 아직 부재자 투표도 안 끝났겠는데…….”

“그게 아니란 말야. 얼마 전부터 계속 저런 비율로 표 차가 늘고 있다구.”

“까짓거, 금방 뒤집힐 거야. 두고 보라니까, 아직 표밭이 아녀서 그렇지 한 번 쏟아지기 시작하면 엄청날 거야.”

거기서 일단 불길한 추측은 그쳤으나 오래가지 못했다. 자정이 가까워오면서 우려하던 현상은 이제 하나의 추세로 자리를 잡는 것 같았다. 표 차는 어느새 10만에 육박하고 있었다.

그때는 이미 바둑을 두거나 화투를 치고 있는 사람은 아무도 없었다. 말은 않아도 모두 불길한 예감에 빠진 듯 조용조용 술잔만 돌리고 있었다. 개중에는 벌써 분을 못 이겨 숨을 씨근대는 친구들까지 있었다. 술을 마시는 사이사이로 빨아대는 담배 때문에 기원 안은 어느새 연기가 자욱했다.

자정이 넘어서면서 형세는 점점 뚜렷해져 갔다. 표 차는 일정한 비율로 시간의 흐름과 함께 늘어갔다.

“에이, 속에 천불이 나서 못 보고 있겠네. 형, 나 갈라요. 가서 쏘주나 콱 퍼마시고 엎어졌다가 내일 아침 결과나 볼라요. 지난봄에도 이런 식으로 밤새 사람의 허파를 뒤집더니…….”

개중에 성질 급한 패거리가 두엇 자리를 차고 일어났다.

“하지만 그때두 자정 넘어 결국은 뒤집잖았냐? 너무 조급 떨지 말구 여기 있다가 뒤집히는 거 보구 가.”

나이 든 축이 그렇게 말렸으나, 그리 자신 있는 목소리는 아니었다. 종태도 그때 이미 엉덩이를 들먹이고 있었다. 남아 있는 축들 중에는 벌써 맥주잔에 소주를 따라 벌컥벌컥 마셔대는 친구들도 보였다.

한판의 축제를 기대하고 모여든 그들이 술 취한 패잔병처럼 흩어지기 시작한 것은 새벽 2시를 넘겼을 때였다. 이번에는 대여섯 명이 덩이를 지어 자리에서 일어나 혀 꼬부라진 소리를 냈다.

"선배님, 다 끝났습니다. 연합이고 단독이고……, 도대체 선거로 무얼 어쩌겠다구. 게다가 제도권의 보수정당과 손잡고 그들의 집권에 의지해 뭘 해보겠다는 망상 자체가 틀려먹은 것 같수. 공연히 속끓이지 말고, 일찌감치들 집에 가서 해골이나 모시지."

이미 표 차는 60만 표를 넘어서고 있었다. 지도층에 해당하는 축도 그때는 말리지 못했다. 다만 들고 있던 소주잔만 쓰게 기울일 뿐이었다. 종태도 그들을 따라 일어나려는 것처럼 보였다. 가만히 자리에서 일어나 그들 쪽으로 발을 떼다가 무슨 생각을 했는지 그대로 주저앉았다. 그도 이미 꽤나 취했는지 숨소리가 고르지 못했다.

형세는 점점 절망적으로 되어갔다. 새벽 세 시 드디어 표 차가 백만 표를 넘어서자 이제 더는 반전을 기대하는 사람은 없었다. 다시 한 떼의 사람들이 기원을 떠나고 남은 것은 그새 피워둔 석유스토브 가로 모여앉은 다섯뿐이었다. 종태와 영규 외에 출판사 사장이라는 사십 대와 영규 또래의 청년 둘이었다.

종태는 나이로 보나 표정으로 보나 그 자리에 어울리는 사람이 아니었다. 서른 아래로는 그뿐이고 표정도 그들과는 달리 언제부터인가 관찰자의 그것으로 변해 있었다.

"이게 무슨 뜻일까……."

드디어 체념에 들어간 듯 출판사 사장이 긴 한숨을 내쉬며 말했다.

"나는 18일 이후가 더 중요하다고 생각했는데…… 이건 완전히 김칫국부터 먼저 마신 격이 됐군."

"아직은 좀 더 기다려봅시다아. 겨우 60퍼센트밖에 개표가 진행되지 않았잖수?"

눈매가 날카로운 청년이 이맛살을 잔뜩 찌푸리며 선배의 입을 막았다. 그러나 영규도 출판사 사장과 동감인 모양이었다.

"기다려보긴 뭘 더 기다려봐. 호남, 서울 개표도 평균 이상 끝났는데. 게다가 형태가 아주 기분 나빠. 전국이 고루 참패라니까."

"무슨 수작 있는 거 아냐? 난 아까부터 그게 이상한데. 너무 여당에게 그림 같잖아. 한번 추세가 결정된 뒤로는 시간시간 일정한 비율로 표 차가 넓어지는 거라든가 말썽 많고 어쩨 볼 수 없는 지방을 빼고는 여당이 골고루 선두를 달린다든가. 꼭 일부러 입력한 프로그램 같다니까. 컴퓨터 가지고 장난치는 거 아냐?"

입 다물고 있던 청년이 다른 방향으로 의심을 나타냈다. 그쪽은 출판사 사장이 한마디로 쓸어버렸다.

"접때두 그런 소리 했다가 개망신당한 거 몰라? 개표란 게 어디 텔레비전 화면에만 비치고 마는 거야? 화면은 그렇게 조작할 수 있다 치고 전국 수만 군데 개표장의 개표원들은 다 어쩔 거야? 그 입은 어떻게 막고 그 많은 기록은 또 어떻게 조작할 거야? 공연히 그런 소리 해서 무식하단 말이나 안 들으면 다행이라구."

"그럼 형님은 이 같은 결과의 의미를 무엇이라 보십니까?"

눈매 매서운 청년이 그런 출판사 사장을 쏘아보듯 바라보며 물었다. 그새 완연히 취한 박 사장이 가볍게 고개를 건들거리다가 자신 없게 말했다.

"두터워진 중산층 계층의 실체……."

"그런 게 어딨어요? 한 줌도 안 되는 허구의 집단을 과장해 내세우는 것은 기득권층의 어거지라구요."

"그럼 중산층 의식이라구 해두지. 아니, 실제로는 중산층이 아닌데두 스스로를 중산층으로 착각하는 유사 의식의 일종으로 해도 좋아. 어쨌든 지금 저 도표가 나타내는 것은 그 의식이 이 땅에 골고루 확산되어 있다는 거야. 안정 희구라는 형태로 말야."

출판사 사장은 그러면서 다시 한번 방영되는 지역별 지지도 그래프를 가리켰다. 여당 후보의 것이었는데 두 지역을 빼놓고는 전 지역에서 골고루 1위를 기록하고 있었다. 나머지 사람들도 이맛살을 찌푸린 채 그 도표에 눈길을 모았다.

"형 저건 말이요, 확산된 중산층 의식을 나타내는 것이 아니라, 낮은 민도를 나타낼 뿐이오. 깨나지 못한 민중의 의식을 나타내는 지표에 지나지 않는단 말이오. 우리가 공연히 주눅 들어 목소리를 죽이고 있는 사이에 전보다 한층 깊이 잠든……."

화면이 바뀌기 바쁘게 눈매 매서운 청년이 다시 비틀어진 목소리로 반박했다. 영규가 그걸 받았다.

"PD 쪽 애들은 네 말대루 뛰었어. 그렇지만 뛰어봐도 별수 없는 것 같은데. 그거 우리 편에 다 갖다 보태도 터무니없이 모자라. 우리가 나서고 안 나서고의 문제는 아니라구."

하지만 그래도 아직 미련들이 남아 뭉그적거리던 그들이 마침내 기원을 나선 것은 새벽 4시가 가까울 무렵이었다. 이제 더는 반전을 기대하기 어렵다는 결론이 나서인지 그들의 걸음은 무겁기 그지없었다. 기원 주인에게 받은 열쇠로 출입문을 잠그던 출판사 사장이 여럿에게 말했다.

"해장국이나 하구 가지. 일은 이미 글렀지만, 산 사람은 살아야지."

그 말에 나머지 사람들도 군말 없이 따랐다. 아닌 게 아니라, 속들이 모두 쓰린 표정이었다. 여러 시간에 걸쳐 마셨고, 개표결과가 준 격앙 때문에 그리 티가 나지는 않아도 내가 보기에는 적잖은 술을 마신 그들이었다. 전 같으면 노래판이 벌어지고 술주정이 나와도 여러 번 나왔을 법한 술이었다.

그들이 찾아가 자리 잡은 곳은 원조(元祖)라는 말을 유난히 강조해둔 해장국 전문집이었다. 홀 안에는 그들 말고도 여러 사람이 먼저 와 있었다. 대개는 서넛씩 패를 짓고 테이블을 차지하고 있는 걸로 보아 그들도 어디선가 모여서 개표를 보다가 이젠 판가름이 났다는 심경으로 나온 듯했다.

그들이 누구를 지지했느냐는 태도도 쉽게 구별이 되었다. 말없이 국물만 떠넣거나 땅이 꺼질 듯한 한숨과 함께 소주잔을 곁들이는 축은 보나 마나 낙선자를 지지한 축이었다. 그러나 의기양양해서 나름의 결과분석과 의미부여를 하고 있는 쪽은 틀림없이 당선자를 지지한 패거리였다.

그중의 한 패거리가 종태네에게 가까운 테이블에 자리 잡고 있었는데, 저희 딴에는 목소리를 죽인다고 죽여도 주고받는 말이 다 들렸다. 종태네가 침울하게 입 다물고 있어 그들의 말소리가 더욱 뚜렷하게 들려오는지도 모를 일이었다.

"내 이럴 줄 알았지. 지역감정이 가라앉았다 어쨌다 해도 난 믿지 않았어. 봐, 전보다 더한 곳도 있잖아? 속으로는 더 뜨겁게 타고 있었던 거라구."

"자꾸 지역감정, 지역감정 캐쌌지 마소. 텔레비전도 안 봤능교? 적어도 우리는 95퍼센트 따우는 없다 이 말이라."

"그래도 인구가 많으니 그게 그거지. 호남과 경상도에서 차이가 전체 차이 난 것과 비슷할걸."

"그카지 마이소. 인구 얘기 나왔으이 말인데, 영남사람이 호남사람보다 수가 많다고 어느 눔이 캅디꺼?"

"그거야 당장 머릿수가 그렇지 않아?"

"고게 바로 얄팍한 수작이라. 하기사 지금 경상도 땅에 남아 있는 대가리하고 전라도 땅에 남아 있는 대가리는 차이가 나제. 글치만 해방 직후 통계에는 내가 알기로는 다문 하나라도 그쪽 인구가 많았다꼬."

옆자리의 사내는 더욱 기고만장하여 떠들었다. 종태네는 못마땅한 대로 해장국을 주문하고 기다렸다. 옆자리의 사내들은 계속해 떠들어댔다.

"어쨌든 잘됐어. 그림 같아."

"그라이 이 형도 결국 지킬 게 많았던 갑네. 어제까지도 도통 누굴 찍었는지 감이 안 잡히디."

"지킬 게 있고 없고의 문제가 아니라 사회 전체로서의 모양이야. 이번 선거비용은 좀 났지만 우리 사회가 결국은 해결해야 될 문제들을 한꺼번에 다 처리한 것 같아."

"그건 또 처음 듣는 소리네. 우리 와이에쓰 된 기 우째서 모든 사회문젤 한방에 다 날린 게 되노?"

"생각해보슈. 아슬아슬하기는 했지만 중립내각 내세워 선거 뒤의 잡음 깨끗이 잠재웠지. 민자당 골칫거리들 저절로 싹 쓸리나간 꼴 났지. 그 사람들 우왕좌왕하다가 저리 안 되고 민자당에 남아 사사건건 악을 쓰면 앞으로 정치판이 어찌 되겠어? 게다가 지루하던 양 김 시대도 끝장이 났지. 어쨌든 새 시대가 열린 거라. 뿐만 아니야. 국민당의 참패도 우리 사회가 안고 있는 큰 문제를 절로 해결한 거라구."

"그건 또 뭔 소린교? 그 분탕질 그리 쳐놓았는데."

"아냐, 우리 사회 같은 정경유착의 전통 아래서는 현대그룹 아니라도 누구든 반드시 터뜨렸을 일이야. 정통성에 밀리는 정부가 군대에 의존하는 동안에 정치군인이 양성되어 군부 통치 시대가 있었듯, 수십 년 정치 뒷돈 대다가 습득한 정치 노하우, 그 양반 아니라도 누군가 한 사람은 써먹어 보고 싶을 거라구. 그리고 이왕 나오게 되어 있는 거라면 현대가 잘 나왔어. 그래두 비교적 재무 구조가 건실하고 복원력이 있는 재벌이 나와서 시험해보는 게 낫지. 표본으로는 아주 괜찮은 그룹이었다구. 이제 최소한 현대 이하의 그룹은 두 번 다시 그런 터무니없는 시도를 않겠지. 현대보다 실력이 나은 그룹도 그런 짓 벌이려면 으스스할걸. 본보기치고는 화끈했지. 비용은 좀 난 셈이지만 그건 감수해야 될 비용이었다구."

그때쯤 비로소 종태네 일행에서도 입을 떼는 사람이 있었다.

"어쭈, 반동들 논리치고는 제법 정연하네. 저희 좋을 대루만 해석하고 있기는 해도."

눈매 매서운 청년이 차악 가라앉은 목소리로 그렇게 중얼거렸다. 귀담아들으면 저편 테이블에서도 들을 만큼 크고 다분히 도전적인 어투였지만 저편은 자기들의 얘기에 빠져 전혀 알아차리지 못하고 있었다. 출판사 사장이 허탈한 웃음으로 그 청년의 말을 받았다.

"마찬가지지. 우린 어쨌어? 사람은 결국 자기가 보구 싶은 것만 보구 이해하고 싶은 것만 이해하는 거야. 18일 이후 논의 기억 안 나?"

"18일 이후요?"

종태가 조용히 끼어들었다. 영규가 출판사 사장을 대신해 역시 뒤틀린 웃음과 함께 종태에게 설명했다.

"정책연합을 한 후보가 당선되었을 경우 우리가 취해야 할 노선 말이야. 어떻게 우리의 이상을 중도우파를 표방한 기성정당 안에서 펴갈 수 있느냐의 문제. 지분을 받으면 어느 정도여야 하고 참여를 한다면 어느 선까지인가……. 참 행복한 고민이지."

"정말 18일 이후 우리는 어떻게 되는 건가요? 이제 어디까지 밀려야 우리 자리가 있을까요?"

"이제부터 생각해봐야겠지. 정말 지독한 좌절의 시대다."

"그저 한 좌절의 시대가 아니라, 우리들의 시대 그 자체가 막을 내린 거나 아닌지 모르겠어요."

종태가 진심으로 울적해 그렇게 받았다. 출판사 사장이 소주잔을 쓰게 비우고 해장국 두어 숟갈 뜨더니 갑자기 정색을 하고 말했다.

"너무 절망할 거 없어. 러시아의 나로드니키를 기억하나? 그들의 실패는 참담했지. 막판에는 명색이 민중주의자인 그들을 바로 그 민중이 잡아다 관원에게 넘겼으니까……. 그건 좌절이 아니라 아주 끝장이었다구. 그렇지만 그로부터 몇십 년이 안 돼 볼셰비키들은 멋지게 혁명에 성공하지 않아? 그렇다구 그들이 나로드니키보다 조직이나 이념 면에서 반드시 우수했는가는 뒷날의 논의에서처럼 그렇게 명확하지 않아. 그들의 성공을 보장할 수 있었던 것은 다만 한 가지, 회개하지 않는 짜르와 귀족들이었지. 그런 점에서 우리에게도 아직 희망은 있어. 우리 짜르와 귀족들도 전혀 회개하지 않고 반성할 줄 모르고 있으니까. 더구나 우리 짜르와 귀족들은 80년대 동구와 소련에서의 실패에 고양돼 아무런 근거 없는 승리감까지 품고 있다구. 이제 사회주의의 위협은 역사의 유물로 확정된 양 기고만장이지. 너무 절망하지 말고 기다려. 짜르를, 회개 없고 반성 모르는 귀족들을……."

그런데 거기서 갑자기 분위기가 이상하게 돌아갔다. 이쪽에서 주고받는 얘기의 내용까지 다 엿들은 것 같지는 않지만, 어쨌든 자기들과는 이질적인 패거리가 앉았다는 것 정도는 감지했는지 저편 테이블의 대화가 공격적으로 변해간 것이었다.

"운동권 고노마들 안 설친 거 그것도 어디라꼬. 87년 선거 생각해보소, 어쨌등강."

"전략전술이라는 것두 있겠지. 중도우파와의 정책연합이라 제약도 받았을 게고."

"그기 아니라카이, 글마들 인자 끝난 기라꼬요. 저어 설 자리가 어데 있다꼬."

"그렇지도 않은 모양이던데. 활성화되어 있지 못하다 뿐, 조직은 그대로 유지되고 있다지 아마. 이번에 전국연합 봐. 필요하니까 금세 창구를 단일화해서 나오지 않아?"

"나도 들은 기 있는데, 글찮다꼬요. 다 껍데기뿐이라. 날라리들 몇이 남아 껍데기뿐인 단체 이름 걸고 민주당한테 푼돈 받아먹는 재미로……."

그때 눈매 매서운 청년이 더 참지 못하고 일어났다.

"아저씨, 말 좀 삼가세요. 우리가 민주당 돈 받는 거 아저씨 눈으로 봤어요?"

"아인 밤에 홍두깨로 댁들이 누군데? 아, 거기가 운동권이라 이 말이제. 물론 내 눈으로사 못 봤제. 글치만 뻔할 뻰 자 아이라. 운동권이 뭔 돈이 있어가주고 몇천만 원짜리 신문광고 척척 쳐대노?"

저쪽도 술이 어지간히 되어 있어 조금도 움츠러드는 기색이 없었다. 그러자 제대로 불이 붙은 말다툼은 오래잖아 삿대질로 발전해 주먹다짐 직전에 겨우 수습되었다. 때마침 그 해장국집에 들른 방범 순찰조 덕분이었다.

하지만 그게 내 항해의 마지막 새벽이 될 줄이야. 저편에서 종태네가 수상쩍다고 우겨대고 방범들도 그 말을 받아들여 종태네를 가까운 파출소로 연행하는 과정에서 나는 종태의 윗주머니에서 퉁겨나와 아직 어두운 겨울 길바닥에 팽개쳐지고 만 것이었다.

처음 길바닥에 내동댕이쳐졌을 때만 해도 내게는 특별히 비극적인 종말의 예감은 없었다. 얼마 전부터 종말의 예감 비슷한 걸 느껴오기는 했지만 거기에는 또한 출발의 의미도 포함되어 있었다. 이 바다, 강만석 씨와 종태의 바다, 그리고 하늘에서 가장 가까운 이 동네에서의 내 날들은 끝나간다. 이제 머지않아 나는 새로운 바다를 떠돌게 될 것이다 — 그게 내가 그간 느껴온 예감의 내용이었다.

따라서 추운 겨울 새벽의 아스팔트 위에서 얼어가면서도 나는 오히려 내가 새롭게 떠돌게 될 바다를 상상하며 가슴 설레었다. 종태의 바다, 강만석 씨의 바다를 보다 속속들이 들여다보지 못하게 된 게 아쉽고 서운하지 않은 바는 아니었으나 미지의 바다에 대한 기대와 호기심이 그걸 많이 덜어주었다. 이제 내가 다시 떠돌게 될 바다는 보다 아늑하고 보다 평온하기를. 내가 닿을 섬은 보다 아름답고 넉넉하며 거기 이루어진 인간의 마을들은 보다 밝고 깨어 있는 곳이기를.

하지만 나는 결코 저 씩씩한 희랍 사내처럼 신들의 은총을 받고 태어나지 못했고, 내 항해도 그리운 고향 땅으로의 귀환이라는 행복한 결말로 예정되어 있지는 않았다. 내 항해는 애초부터 1992년의 서울이란 시간과 공간 속에 갇혀 있는 것이었고, 내 존재도 거기에 필요한 만큼 허용된 것임에 틀림없었다.

나는 누군가가 내 새로운 항해 수단이 되어 아직은 다 돌아보지 못한 이 바다의 또 다른 모퉁이로 실어 가주길 바랐지만 끝내는 부질없는 바람이 되고 말았다. 미처 그날이 밝아오기도 전에 새벽길을 바삐 달려온 봉고차 한 대가 그 해장국집 앞 도로에 주차하면서 나를 짓이겨버리고 만 까닭이었다.

그 봉고차의 앞바퀴에 깔려 그때껏 내게 존재로서의 기능과 의미를 부여하던 여러 부분들이 무의미한 쇳조각과 플라스틱 부스러기로 흩어지는 순간에야 나는 비로소 마지막 의식을 가다듬어 황급한 작별 인사를 던졌다.

안녕, 서울이여, 1992년이여. 광기와 깨어남, 파탄과 질서의 바다여.

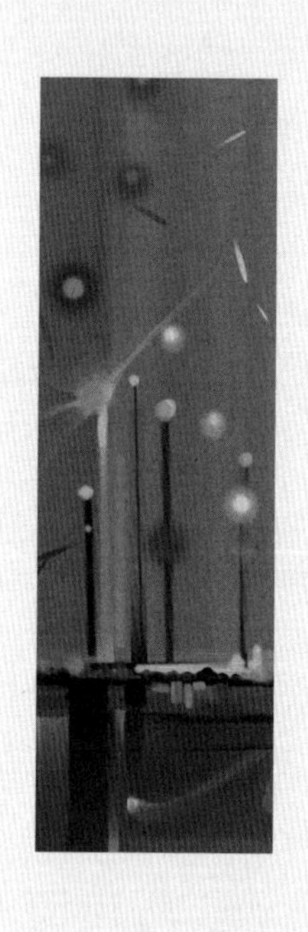

오디세이아 서울 2

신판 1쇄 인쇄 2022년 8월 3일
신판 1쇄 발행 2022년 8월 10일

지은이 이문열

발행인 양원석
책임편집 기획편집2팀
디자인 정세화 **영업마케팅** 양정길, 윤송, 김지현
펴낸 곳 ㈜알에이치코리아
주소 서울시 금천구 가산디지털2로 53, 20층(가산동, 한라시그마밸리)
편집문의 02-6443-8842 **도서문의** 02-6443-8800
홈페이지 http://rhk.co.kr
등록 2004년 1월 15일 제2-3726호

ISBN 978-89-255-7770-8 04810
978-89-255-7769-2 (세트)